ज्ञान गरिमा के
70 वर्ष

भारतीय ज्ञानपीठ

णाणं
पयासयं
वीर नि.सं. 2470
ई.सन् 1944
भारतीय ज्ञानपीठ

आज की उर्दू कहानी

(कहानी-संग्रह)

आज की उर्दू कहानी

संचयन-अनुवाद
आशा प्रभात

भारतीय ज्ञानपीठ

लोकोदय ग्रन्थमाला : ग्रन्थांक 1208
ग्रन्थमाला सम्पादक
रवीन्द्र कालिया
सह-सम्पादक
गुलाबचन्द्र जैन

ISBN : 978-93-263-5233-8

आज की उर्दू कहानी

(कहानी-संग्रह)

सम्पा: आशा प्रभात

प्रथम संस्करण : 2013
मूल्य : 280 रुपये

प्रकाशक : **भारतीय ज्ञानपीठ**
18, इंस्टीट्यूशनल एरिया, लोदी रोड, नयी दिल्ली-110 003

मुद्रक : चार दिशाएँ, नोएडा
साज-सज्जा : ज्ञानपीठ कला प्रभाग

AAJ KI URDU KAHANI
(Collection of Short-stories)
Edited by Asha Prabhat

Published by : **Bharatiya Jnanpith**
18, Institutional Area, Lodi Road, New Delhi-110 003

e-mail : jnanpith@satyam.net.in, sales@jnanpith.net
website : www.jnanpith.net

First Edition : 2013
Price : Rs. 280

सम्पादकीय

समकालीन उर्दू कहानियों में भारत व पाकिस्तान के उन कथाकारों की कहानियाँ शामिल हैं जिनका जन्म पाँचवें दशक के बाद हुआ। इन कहानियों का संचयन तथा अनुवाद के पीछे अभिप्राय था—दोनों देशों के आज के साहित्य की दशा व दिशा की पड़ताल। इनमें सम्मिलित भारत के अधिकांश उर्दू कथाकारों से हिन्दी के पाठक परिचित हैं। परन्तु पाकिस्तान के रचनाकारों से हिन्दी के पाठक क्या, उर्दू के पाठक भी कम ही परिचित होंगे। हिन्दी के पाठकों को यह भी नहीं पता कि अभी वहाँ किन विषयों और प्रवृत्तियों पर लिखा जा रहा है, वहाँ की शैली में क्या परिवर्तन आया है तथा उनके लेखन पर किन-किन विचारधाराओं और आन्दोलनों का प्रभाव पड़ा है।

भारत-बँटवारे के पूर्व का दशक उर्दू साहित्य का स्वर्ण युग माना जाता है। उस समय के चन्द रचनाकार ऐसे हैं जिन्होंने आज़ादी के पूर्व ही प्रसिद्धि के शिखर को छू लिया था और आज भी उनकी रचनाएँ उर्दू साहित्य में प्रमुख स्थान रखती हैं। उनमें महत्त्वपूर्ण नाम हैं— अब्बास हुसैनी, अहमद अली, कृश्न चन्दर, सआदत हसन मंटो, हिजाब इम्तियाज़ अली, अहमद नदीम क़ासमी, ख़्वाजा अहमद अब्बास, इस्मत चुग़ताई, राजेन्द्र सिंह बेदी, देवेन्द्र सत्यार्थी, ग़ुलाम अब्बास, बलवन्त सिंह, मजनू गोरखपुरी आदि। इनमें से अधिकांश भारत विभाजन के बाद पाकिस्तान चले गये।

पाचवें दशक के आरम्भ में पाकिस्तान के उर्दू फिक्शन में जो नाम उभरकर आये उनमें चन्द नाम हैं—इन्तज़ार हुसैन, बानो कुदसिया, ख़ालिद हुसैन, अनवर सज्जाद, मुहम्मद मंशा याद, मिर्ज़ा हामिद बेग, रशीद अमजद, मुहम्मद ख़ालिद अख़्तर वग़ैरह जिनकी रचनाओं में देशकाल के उथल-पुथल, बँटवारे की त्रासदी, बसने-उजड़ने की जद्दोजेहद, बेशिनाख़्त होने की पीड़ा का प्रभाव प्रमुखता से लक्षित हुआ। पर क्या उस समय के वे सारे प्रभाव आज की रचनाओं में धूमिल हो गये हैं? नहीं, अब उनमें वैश्विक ग़ौरो-फ़िक्र अधिकता से परिलक्षित हैं। दोनों

देशों में वैचारिक, सांस्कृतिक फ़र्क़ हो सकता है परन्तु समाजी, मआशी (जीवन-यापन) महँगाई, बेरोज़गारी, ग़रीबी भूख व आतंकवाद, जिनका सम्बन्ध मानवीय मूल्यों के उत्थान-पतन से है उनमें स्पष्ट तौर पर देखा जा सकता है।

ये सभी कहानियाँ यथार्थ की हैं परन्तु कलात्मकता के साथ समाज के विभिन्न पहलुओं के रंग को अपने में समेटे हुए। वस्तुस्थिति तथा ज़मीनी सचाई से साक्षात्कार करातीं।

पाकिस्तान के रचनाकार फ़र्रुख़ साबरी, बुशरा एजाज़, नीलम अहमद बशीर, शोएब अख़्तर, शमा ख़ालिद, समरा ज़मीर, शहनाज़ परवीन, निक़हत रिज़वी जो निरन्तर लिख रहे हैं। वहीं भारत के सम्मिलित कथाकार हैं—मुशर्रफ़ आलम ज़ौक़ी, ग़ज़ाला ज़ैग़म, डॉ. सादिक़ा नवाब, डा. अफ़साँ मलिक, परवेज़ शहरयार, आनन्द लहर, सिद्दीक़ आलम, क़ासिम ख़ुर्शीद, तरन्नुम रियाज़, ख़ुर्शीद हयात, फ़ज़ल इमाम मल्लिक, डा. शाहिद जमील, असरार गाँधी, डॉ. तारिक़ छेतारी आदि।

इन कहानियों से गुज़रते हुए पाठक साफ़ तौर पर महसूस कर पाएँगे कि दोनों देशों की उपयुक्त समस्याएँ समान रूप से दोनों ही जगह गम्भीर चुनौती पेश कर रही हैं तथा दोनों मुल्क़ों के ये रचनाकार अपनी लेखनी के माध्यम से मानवीय मूल्यों को सँजोये रखने के लिए समान रूप से जूझ रहे हैं।

—आशा प्रभात

अनुक्रम

दादी माँ	9
मन्नत	13
मधुबन में राधिका	20
यंबरज़ल	28
बाप और बेटा	54
सत्तर हज़ार	67
एक झूठी कहानी का सच	73
दस सरों वाला बिजूका	79
नेमप्लेट	84
पाँच उँगलियाँ	93
ढाक बन	103
ठेस	115
जाले में फँसी मकड़ी	122
एक लाश आप की मुन्तज़िर है	133
विरासत में मिली मुस्कुराहट	139
उदास लम्हों की ख़ुदकलामी	147
सबसे पुरानी कहानी	161
परदानशीं	164
हाथ की दूरी पर चादर	171
लेकिन ये कि...	179
ऑक्टोपस	185
आज की शहरज़ाद	189
चंगड़ी शैदू	197
मूक ओवर	204
दूसरी बाबरी मस्जिद	209

दादी माँ

—आनन्द लहर

राजा और गोपी एक अजीब उलझन में थे। उन्हें लग रहा था कि ज़िन्दगी का सफ़र धागे की तरह है जिसमें क़दम-क़दम पर गाँठे लगी हैं। पहली गाँठ उस वक़्त लगी जब उनकी माँ मरी, उनके बाप ने दूसरी शादी की तो यह दूसरी और जब वह चला गया तो तीसरी गाँठ लगी। यह गाँठ भी क्या चीज़ होती है कि चीज़ का वजूद तो पूरा रहता है मगर उसकी लम्बाई कम हो जाती है गोया कि उम्र के धागे पर लगे तो यों लगता है कि ज़िन्दगी तो पूरी है मगर जीने के दिन कम हो जाते हैं। मगर अब की बार जो गाँठ लगी थी उससे तो पूरे धागों के वजूद को ही ख़तरा पैदा हो गया था।

हुआ यह था कि राजा को ऊँची शिक्षा हासिल करने के लिए देश से बाहर जाना था, मगर रुपये नहीं होने की वजह से दोनों भाई काफ़ी परेशान थे। उनके पास दादा की लिखी हुई वसीयत थी जिसके मुताबिक़ वे लाखों रुपयों की जायदाद के मालिक ज़रूर थे, मगर यह सब उन्हें दादी की मौत के बाद मिलना था। उनके दादा गुलाब ने बड़े ज़ोरदार शब्दों में लिखा था—''मैं जब तक ज़िन्दा हूँ ख़ुद मालिक रहूँगा, मेरे मरने के बाद मेरी पत्नी और उसके बाद मेरे पोते राजा और गोपी बराबर थे हक़दार होंगे।''

उन दोनों को दादी ने बड़े चाव से पाला-पोसा था। उनके पिता जब दूसरी बीवी के साथ चले गये तो एक वही उनका सहारा थी। उनके कपड़े साफ़ करती, उन्हें नहलाती, खाना बनाती और स्कूल भेजती। दादी उन्हें दुनिया की सबसे मज़बूत-तरीन चीज़ लगीं और हक़ीक़त में वे मज़बूत साबित हुई थीं। रात को उन्हें बिस्तर पर सुला देना और ख़ुद फ़र्श पर सोना, उन्हें गर्म कपड़े पहनाना और ख़ुद सर्दी में ठिठुरना, उन्हें ताज़ा खाना खिलाना और ख़ुद बचा-खुचा खाना, यह सब उस औरत की मज़बूती की पहचान थी।

उनकी कक्षा का शिक्षक भी उस औरत से डरता था, कहीं अगर दादी को

मालूम हो जाय कि उसके पोते को किसी ने मारा है तो वे स्कूल जातीं और मास्टर को डर से स्कूल से भागना पड़ता। एक बार एक दोस्त ने राजा को कुछ बुरा-भला कहा तो राजा ने सिर्फ़ इतना कहा—"मैं आज दादी से शिकायत करूँगा।" एक हंगामा-सा मच गया। सब ने मिलकर राजा को टॉफियाँ खिलायीं और उससे वादा लिया कि वह अपनी दादी से कुछ नहीं कहेगा।

और सचाई यह भी थी कि उसे कोई कुछ नहीं कह सकता था। इतने ज़ोर से चीखती कि उसकी आवाज़ से कान फटने लगते। वे दोनों पोते उसे हद से ज़्यादा प्यारे थे। ख़ुद कब खाना खाती, किसी को मालूम नहीं था। खाती भी है या नहीं, मुहल्ले के लोग उस बात पर बहस करते, मगर उन दोनों के लिए खाना मज़ेदार हो और ताज़ा। रात को बाहर सोती ताकि कोई अन्दर न जा सके।

हर शादी-ब्याह में यही चर्चा थी। जब भी जाती सबसे पहले पोतों के लिए खाना डलवाती। पूरियाँ, आलू और फिर मटर से भरे हुए बर्तन से ख़ूब तरीक़े से पनीर चुराती। शोर करती, कहती—"मैंने लिया ही क्या है?" उन दोनों की ज़िन्दगी भी दादी थी। वे उसके लिए जीते और उसके लिए मरते। वे माँ-बाप को दी जानेवाली गाली बरदाश्त करते, मगर दादी को कोई कुछ कह दे तो लड़ने को तैयार हो जाते।

दादी की दुआ रंग लायी और राजा को विदेश में सीट मिल गयी मगर रुपयों का इन्तज़ाम कहाँ से होगा, राजा और गोपी को यह फ़िक्र सताने लगी। दादी ने कहा—"घबराने की ज़रूरत नहीं है।" वह अन्दर गयी और एक ट्रंक उठा लायी और रुपयों के सिक्के ज़मीन पर गिरा दिये। फिर बड़े गर्व से कहने लगी—"उठा लो जितने उठाने हैं।" मगर उस ग़रीब को यह मालूम नहीं था कि यह तो कुछ भी नहीं है। यह अलग बात है कि उसने एक-एक रुपये बड़ी मुश्किल से इकट्ठा किये थे।

उस एक-एक रुपये के अन्दर कई कहानियाँ बसी थीं। कई बार दीवाली की मिठाई कम लाई गयी थी। कई बार रात को दीया बुझा दिया गया था ताकि एक रुपया बच जाय। एक बार उसने कपड़े सिलवाये तो दर्ज़ी ने बटन कम लगाया। कम बटनवाला कपड़ा कम मज़दूरी देकर लायी और एक रुपया बचाते हुए कहने लगी—"इसी में गुज़ारा कर लेंगे।" एक बार एक नाई से झगड़ा करके अठन्नी कम दी थी। कुछ रुपये तो चाय में दूध कम डालकर बचाए गये थे। यह तमाम बातें ज़ाहिर करती थीं कि एक ग़रीब इनसान कैसे रुपये जमा करता है। उसके चेहरे से एक इत्मीनान ज़ाहिर हो रहा था। लगता कि ज़िन्दगी के हर लम्हे को वह बूढ़ी औरत जीत रही है। उसने ये सिक्के इस तरह भी जमा किये हैं कि कई बार साबुन कम इस्तेमाल किया और कपड़े धोने में जिस्म ज़्यादा इस्तेमाल

किया। कई रातों को कम चपातियाँ खायीं।

मगर उस ग़रीब औरत को यह कहाँ मालूम था कि ये रुपये तो कुछ भी नहीं थे। राजा और गोपी इसी बात पर हँसे और चुप हो गये। ज़मीन के काग़ज़ लेकर वह तमाम बैंकों में गये, सब अफ़सरों के पास भी गये मगर हर एक ने कहा कि दादी के मरने के बाद ही वे इस ज़मीन के मालिक बन सकते हैं। उन्हें अपने सपने टूटते हुए नज़र आये और दादी एक फ़िज़ूल-सी चीज़। जब उन्हें हर तरफ़ से निराशा हुई तो आपस में मशविरा करने लगे—बूढ़ी अगर मर जाय तो उसका क्या बिगड़ जाएगा। राजा ने कहा। ''अब जी कर भी क्या करेगी?'' गोपी ने सरगोशी की। उन्होंने सोचा था कि राजा विदेश जाएगा, करोड़ों रुपये कमाकर लाएगा। फिर दोनों एक बहुत बड़ा मकान बनाएँगे, मोटर सायकिल पर बैठकर लड़कियों को छेड़ेंगे, मर्ज़ी के कपड़े पहनेंगे और दादी की ख़ूब सेवा करेंगे। गोपी ने तो अपना हिस्सा गिरवी रखने का मन्सूबा बना लिया मगर दादी की ज़िन्दगी उनके रास्ते में रुकावट थी।

''मुझे लगता है इस बूढ़ी से तंग आकर ही हमारे बाप ने दूसरी शादी की थी।'' राजा ने कहा—''हमारी माँ के मारने की वजह भी यह बूढ़ी ही रही होगी।'' उन्होंने उससे नफ़रत करने की कोशिश की मगर फिर उन्हें वे तमाम बातें याद आ गयीं जो बचपन में उनके साथ पेश आयी थीं। उन्हें न चाहते हुए भी याद आया कि किस तरह वे उन्हें दूध पिलाती थीं, नहलाती थीं, खाना खिलाती थीं और सबसे बड़ी बात कि प्यार करती थीं।

''अगर दादी नहीं होतीं तो किसी भी सूरत में हम ज़िन्दा न होते। मगर अब क्या किया जाय, हमारी तरक़्क़ी में सब से बड़ी बाधा भी वही हैं।''

''क्यों न उसे आराम से मारा जाय।'' राजा ने कहा।

''वो कैसे?'' गोपी ने सवाल किया।

''चाक़ू से मारें उसे?''

''नहीं, इससे उसे बहुत तकलीफ़ होगी और फिर तुम्हें याद होगा कि एक बार मेरी उँगली में जरा-सा चाक़ू लग गया था तो दादी उँगली अपने मुँह में डालकर घंटों चूसती रही थीं।''

''फिर गिरा दें छत से?''

''नहीं, नहीं, याद है एक बार मैं गिर गया था और मेरा पाँव मुड़ गया था। रात-भर उस औरत ने मेरे पाँव को अपनी छाती पर रखा था।''

''किसी तरीक़े से रोटी में ज़हर मिलाकर दे दें उसे?''

''नहीं, एक बार बुआ ने मुझे बासी रोटी दी थी और दादी कई महीनों तक दोबारा उसके घर नहीं गयी थीं। उसे वहम था कि बासी रोटी ज़हर होती

है।'' राजा ने गोपी को जवाब देते हुए कहा।

अब क्या करें? वे दोनों ये सोचते हुए गहरी नींद सो गये।

सुबह हुई। अचानक उनकी नींद खुली। दादी उन्हें दिखाई न दीं। घबराये हुए वे चारपाई के क़रीब गये। देखा कि वे मरी पड़ी हैं। जैसे सदियों से सो रही हों। फिर नीचे एक काग़ज़ का टुकड़ा पड़ा था जिस पर टूटे हुए शब्दों में लिखा था—''प्यारे बच्चों, कपड़े कुछ दिनों के लिए धो चुकी हूँ। स्वेटर दूसरे बड़े ट्रंक में हैं। राजा तुम्हें कह दूँ, विदेश जाकर अपनी सेहत का ख़याल रखना।

''खाना बना पड़ा है। जब मुझे जलाकर आना तो फ़ौरन खा लेना, भूखे न रहना।''

मन्नत

—सादिका सहर नवाब

मुम्बई से पंढरपुर जानेवाली टोलियाँ लेज़िम बजातीं, नर्म-सख़्त धूप में सिर पर फेरा बाँधे, लकड़ी की दिंडी (पालकी) में पिट्ठल की मूर्ति के लिए आगे बढ़ती चली जा रही थीं। पुणे बरामती, इन्दापुर रोड के रास्ते से यह टोली सोलापुर रोड छोड़कर पुणे ज़िले के आख़िरी गाँव बावड़ा से आगे बढ़ी। बावड़ा में होनराव अपनी बहन मुक्ता और माँ शान्ता जिसे वे 'आई' कहते थे, को लिये टोली के साथ हो लिये। बावड़ा एक छोटा-सा गाँव है। यहाँ छोटी-छोटी फसल होती है। यह बहुत शान्त गाँव है। यहाँ हफ़्ते में एक दिन यानी शुक्रवार को आठबड़े बाज़ार लगता है जिसमें सब्ज़ियाँ, खाने-पीने का सामान, और थोड़ा गर्म कपड़े मिलते हैं। और दिनों ख़रीदारी के लिए गाँववालों को आकलुज जाना पड़ता है। यहीं इन लोगों का बड़ा-सा घर है। आई मुक्ता के लिए मन्नत करना चाहती थीं।

''अगली बार तभी आऊँगी जब मेरी मनौती पूरी होगी।''

''हे विट्ठल पांडुरंग। मेरी लेक को शादी लायक़ बना दे।'' अपने सिर पर गमले में तुलसी का पौधा उठाये उसने श्रद्धा से कहा था।

उस समय मुक्ता अठारह वर्ष की थी। गदराये शरीर की, तीखे नैन-नक़्श, दरम्याना क़द, खिलता गोरा रंग, शोख़ रंग की चूड़ियों से भरे हुए हाथ, बीच की माँग, दो चोटियाँ लाल रिबन से बँधी हुईं, बड़े घेर के लहँगे जैसा टखनों तक का परकर और शर्ट जैसा छोटा कुर्ता, माथे पर कुमकुम का टीका। खेत पर बाबा को खाना देने जाती तो गाँव के लड़के आहें भरकर देखते। बबन की आँख चल जाती और वह फ़ौरन आँख पकड़कर रगड़ने लगता, क्योंकि मुक्ता उसे रुककर घूरती।

''शादी करेगी मेरे से?''

''अपने बाप को भेजूँ?''

''चल भाग चलते हैं।'' बबन हर बार एक नया फ़िक़रा कसता।

''क्यों, अपने बाबा को भेजता क्यों नहीं रे? ख़ाली बड़बड़ करता है। मेरे बाबा से डरता है क्या?''

''नहीं, तेरे बाबा से नहीं...''

''तो...?''

''अपनी माँ से...।''

''तो जा न घर अपने। मुझसे क्यों पूछता है कि क्या शादी करेगी मेरे से? हूँह। अपनी माँ से पूछ न!''

बबन की माँ सिर पीट लेती है।

''क्या कमी है उसमें? लँगड़ी है कि अन्धी-कानी है?'' बबन चिढ़कर कहता।

''वह भी चल जाएगी मगर मुक्ता नहीं।''

''आई, तू मुक्ता से जलती है क्या?''

''अब क्या बोलूँ रे तुझे?''

मुक्ता भी अपनी दूसरी बहनों की तरह खेलते-कूदते बड़ी हुई थी। स्कूल जाने का शौक़ तीनों ही बहनों में नहीं था। भाई ने तो हिसाब-किताब तक की पढ़ाई कर ली थी। सूद पर पैसा देता था। बाप किसान थे। एक-एक करके दोनों बहनें जवान हो गयीं। मुक्ता वैसी ही रही। कितने डॉक्टरों को, वैद्यों को दिखलाया। कोई फ़ायदा नहीं हुआ। किसी ने मुम्बई के किसी बड़े जनाना बीमारियों के डॉक्टर का नाम सुझाया मगर शहर जाकर इलाज कैसे करवाएँ। वहाँ कोई अपना भी तो नहीं जिसके पास जाकर कुछ दिनों रहा जाय। बात धरी रही। दवाइयों का फ़ायदा तो नहीं हुआ लेकिन मुक्ता का शरीर ज़रूर फूल गया। वह उम्र से बड़ी लगने लगी। छोटी बहनें सोलह साल की होते ही ब्याह करके विदा कर दी गयीं।

लड़कों की माँओं ने उन्हें सख़्ती से मना कर रखा था कि मुक्ता को नज़र उठाकर न देखें। मगर नज़रें पकड़ न सकीं। उनकी अपनी नज़रें भी उस पर थीं। दौलतमन्द घराने की लड़की जो थी। बहुत मिलेगा। बबन की माँ को भी यही लालच मुक्ता की माँ के पास ले गया मगर शान्ता बाई ने समझाकर भेज दिया।

''बाद में दुख उठाने से अच्छा है शादी ही न करें। लड़की हम पर बोझ नहीं है।''

कैसी चहकती थी मुक्ता बचपन में। सब बहनों से तेज़ थी वह। बाप की लाडली। अब वह एक तरह से ख़ुश था कि बेटी उसके पास रहेगी। बेटे का क्या है? विवाह तक अपना। मगर कभी-कभी उसका दिल भी कचोटता।

"काश, सब कुछ ठीक होता...।"

छोटी बहनों की शादियों के बाद से मुक्ता कुछ बुझी-बुझी-सी रहने लगी थी। घर में भाभी आ चुकी थी। सभी के तीन-चार बच्चे थे। भाभी के साथ किचेन में चख-चख रहने लगी, तो माँ ने कहा—"तू गाय, भैंस देख ले।"

मुक्ता बहुत सफ़ाईपसन्द थी। अपने हाथों से तबेले की सफ़ाई करती। गाय भैंसों को नहलाती, उन्हें चारा देती। दूध दुहती। उसे पानी बहुत अच्छा लगता था। बार-बार हाथ साफ़ करती। अपने बर्तन ख़ुद साफ़ करती। गेहूँ-ज्वार वग़ैरह साफ़ करती मगर चूल्हे के पास नहीं फटकती थी। जल्दी-जल्दी विली (पाँव दराँती) पर सब्ज़ियाँ काट कर रख जाती। कभी-कभी वह अपने बर्तनों के साथ-साथ सारे बर्तन धो डालती लेकिन जब मूड नहीं होता तो कहने पर भी टाल जाती—"नहीं करूँगी।"

मुक्ता की तीन सहेलियाँ अनब्याही थीं। फ़ुर्सत में उनसे गप्पें मारती। मगर शीला, फिर माया, फिर रेखा, मुश्किल से ही सही, मगर ब्याह दी गयीं और कुछ ही दिनों में वे अपनी गृहस्थी में कुछ ऐसी उलझीं कि मिलना-जुलना तक मुश्किल हो गया। मुक्ता ख़ामोश रहने लगी। दादी के पास बैठी रहती। गाय-भैंसों का काम भी छोड़ दिया। खाना लग जाता तो दादी के साथ रसोई में आ जाती और दादी की तरह ही सीधे हाँडियों से बर्तन में खाना लेकर बैठती, न दोबारा लेती। भाभी नाराज़गी से देखती कि खाना बनाने के लिए नहीं आती। लेकिन परोसने भी नहीं देती, ख़ुद लेगी हुँह। दादी सास के डर से वह कुछ बोलती नहीं थी फिर उसे भी इसकी आदत हो गयी थी। खाने के बाद दादी उसे लेकर चली जातीं। माँ मिट्टी के चूल्हे पर पानी गर्म करती, स्नानघर में कपड़े जमा करती और आवाज़ लगाती... "मुक्ता...ऽ...ऽ...।" मुक्ता आती और गर्म पानी की बाल्टी उठाकर धोना शुरू करती।

उम्र के साथ-साथ मुक्ता में एक ख़ास प्रकार की ज़िद आ गयी थी—अकेलेपन की ख़्वाहिश। दादी की मौत के बाद तो वह तन्हाईपसन्द हो गयी थी। बस दरवाज़े पर बैठी, ख़ुद से बातें करती रहती। कोई बात बार-बार बड़बड़ाती और फिर अपने आप से कहती—"चुप बैठ थप्पड़ मारूँ क्या?"

वह दिन में कभी नहीं सोती, बैठी रहती या घर में घूमती रहती। खाना भी वह थोड़ा खाने लगी थी। घर में सब्ज़ी आती तो साफ़ करने ज़रूर बैठ जाती।

बहनें ससुराल जाते वक़्त उसके पाँव छूतीं तो कहती—

"मुझे पूना आना है।"

"चलो न मौसी।" भांजे-भांजियाँ कहतीं।

"नहीं, बाद में।" वह डर जाती।

किसी की शादी में या किसी काज में ज़बरदस्ती ले जाते तो घबराती—"यहाँ क्यों आये?" घर से बाहर निकलते हुए डरती थी। भीड़ में हाथ कसकर पकड़ लेती। वह अपनी किसी पसन्द का इज़हार नहीं करती।

सबेरे नौ बजे होंगे। भाभी अलगनी पर कपड़े सुखाकर तह करके लायी। और माँ ने मुक्ता को आवाज़ दी कि वह आकर नहाने का गर्म पानी ले जाए।

"मेरे कपड़े मुड़ा दिये, मैं नहीं नहाऊँगी। कपड़े मुड़ा दिये...मेरे कपड़े..।"

मुक्ता ने हमेशा की तरह हमाम में गर्म पानी रखा, कपड़े देखे और चिल्लाने लगी।

"माँ दौड़ी आयीं।" "कपड़े मुड़ा दिये...मेरे कपड़े..."

"आहिस्ता बोल वाहिनी को बुरा लगेगा। बेचारी सारा दिन खटती है।"

"मेरे कपड़े...।"

"चुप कर बेटा...चुपकर...वाहिनी को..."

"कपड़े मुड़ा दिये...मेरे कपड़े...।"

शायद वाहिनी ने सुन लिया था। उसके बाद मुक्ता निश्चित समय पर हाथ के धुले कपड़े झटककर डालती और सूखते ही अच्छी तरह तह करके रख देती।

एक-एक करके न जाने कितने साल गुज़र गये। आज भाई होनराव की बड़ी बेटी के लिए रिश्ता आनेवाला था। माँ-बहू की मदद करने में पीछे नहीं रहती। शायद बेटी की भरपाई करती थीं। मुक्ता की दादी के मरने के बाद वे किसी भी काम में क्यों न हों, बीच में मुक्ता के पास ज़रूर बैठ आतीं। आज माँ ने मुक्ता को समझा- बुझाकर अन्दर उसके कमरे में भेज दिया था। नाश्ता लगाने में मदद की। कुछ देर लड़केवालों के साथ बैठकर पोती को उनके पास बिठाया और बेटी के कमरे में आ गयीं। मुक्ता आईने में अपना चेहरा बड़े ग़ौर से देख रही थी। माँग की जगह पर एक छोटा-सा सफ़ेद घुँघराले वालों का गुच्छा बिन्दिया की तरह झूल रहा था। माँ चुपचाप पलट आयी। कमरे के दरवाज़े के बाहर आकर गहरी-गहरी साँसें लेने लगी। पैर काँपने लगे। लगा गिर पड़ेंगी। ज़मीन पर बैठ गयीं।

"सासू माँ...ऽ...ऽ...ऽ।" बहू ढूँढ़ती हुई आयी।

"क्या हुआ...अहो...सुनो। देखो तो क्या हुआ आई को।" इधर से होनराव उधर से मुक्ता माँ के पास दौड़े आये। माँ ने मुक्ता को ऊपर से नीचे तक देखा। वह वैसी ही सीधी-सादी साड़ी ने लिपटी थी। आम औरतों के पहननेवाली, शोख़ गुलाबी रंग की फूलोंवाली। न बदन पर ज़ेवर था न घूँघट। फिर वह सच था कि ख़याल। उनको कँपकँपी पकड़ रही थी।

"जा खाना खाकर आ।" इस हालत में भी माँ को सिरहाने बैठी टकटकी

लगाए अपने को देख रही मुक्ता की चिन्ता थी, लेकिन उसने इनकार में सिर हिला दिया।

"डॉक्टर पाँच बजे आएगा, शहर गया है।" होनराव दौड़कर पता कर आया—"एक घंटा है।"

"सासू बाई, ख़ुद को सँभालिए।" बहू ने उनके पैरों की मालिश करते हुए कहा।

"तूने खाया सून बाई?" उन्होंने बहू से पूछा।

"हाँ सासू माँ।" बहू ने मुक्ता की तरफ़ देखते हुए कहा।

"इसका मन ठीक नहीं, ठीक लगेगा तो ले लेगी। हो सके तो बेटी के हाथ से दूध पिलवा दो।"

मुक्ता ने इन्कार में सिर हिलाया, तो बोली—"ठीक है नहीं लाएगी..तू घबरा मत...मैं तेरे मरने के बाद ही मरूँगी।" बिस्तर पर पड़ी तेज़ बुख़ार में वे बड़बड़ा रही थीं। उनकी हालत देखकर सभी रो रहे थे।

माँ ठीक हो गयीं मगर उनके पैर अकड़ गये। खड़ी नहीं हो पाती थीं। घर भर में घिसटती फिरतीं, किन्तु बहू की मदद करने में बैठे-बैठे जो कर सकती थीं, करतीं। पैरों की मजबूरी कम ही आड़े आ पाती। बहू बहुत कहती—"बेटी मदद कर देगी।" "नहीं, पढ़ने दो मेरी पोती को। उसकी शादी के दिन दूर नहीं।" वे बहुत प्यार से कहतीं और बहू मुस्कुरा देती। माँ बूढ़ी हो गयी थीं। बाबा भी लकड़ी टेकते थे। खेत पर कम जाते। मज़दूर-किसान घर आकर आँगन में बैठते, हिसाब देते। गप्पें लड़ाते।

माँ कितनी बार बीमार हुई। इसकी गिनती क्या? हर बार उठ बैठतीं। हर बार कहतीं—"मुक्ता को छोड़कर नहीं मर सकती।"

कुछ दिनों से मुक्ता ने सभी हाँड़ियों से खाना लेना छोड़ रखा था। बस चावल का एक चम्मच और दाल प्लेट में लेकर बैठ जाती थी। खाना खाकर अपना बर्तन धोकर कोने में रख देती। सिर्फ़ दोपहर में खाने लगी थी। रात में माँ घिसटती हुई आती और दूध पिला जातीं।

मुक्ता अब दो दिनों में एक बार खाना खाने लगी थी। उसकी बाक़ी दिनचर्या बरक़रार थी। सुबह के कामों से निपटकर अपनी पसन्दीदा दहलीज़ पर जा बैठती।

आज बबन ने मुक्ता को पच्चीस साल बाद देखा था, "वैसी ही, बिल्कुल वैसी ही सुन्दर और मासूम।" लाल फूलों की साड़ी, सोने की चूड़ियाँ, गले में चेन, कान में मोती के फूल।

"पहचान?...मैं बबन।...पढ़ाई के लिए अमरीका गया था न! वहीं बस गया था। पच्चीस साल बाद आया हूँ।...तुम तो बिल्कुल वैसी ही हो।" उसने अपनी

ख़ुशी की हँसी दबायी।

मुक्ता ने उसे नज़र भर देखा। आँखें मुस्करायी, फिर शान्त और अनजान हो गयीं। वह अपनी साड़ी के पल्लू में छुपाकर अपनी उँगलियाँ गिनने लगी। बबन वहीं रुककर उसे एकटक देख रहा था। वह सिर खुजाने लगी।

''पत्नी भी आयी है, कल लाऊँगा मिलाने।''

''चल हट।'' मुक्ता ने पास पड़ा ईंट का टुकड़ा उठाकर फेंका। बबन के माथे से ख़ून बहने लगा।

''साल्ली।...आय एम सॉरी, आय एम सॉरी।''

''माफ़ कर बेटा ये बावली हुई है। तू बुरा मत मानना।'' मुक्ता की माँ घिसटती हुई आयीं।

''अन्दर आ जा पट्टी करती हूँ। माथे से ख़ून बह रहा है।''

''काकी आपके पैरों को क्या हुआ?'' उन्हें घिसटते देखकर वह अपनी तकलीफ़ भूल गया था। मगर फिर अचानक माथे की चोट से बहता ख़ून और शर्मिन्दगी का ख़याल आया और ''कोई बात नहीं, कोई बात नहीं'' कहता हुआ जवाब सुने बिना ही बबन वहाँ से चला गया।

शाम गहरा गयी थी। मुक्ता की माँ सिरहाने बैठी उसे पंखा हिला रही थीं। सुबह से वह न कुछ बोली, न हिली-डुली। कई दिनों से उसका खाना बन्द था। बेटे को देखकर बोली, ''होनराव देख तो, दीदी ठीक तो है?''

''आई। दीदी तो ठंडी हो गयी।'' होनराव नाड़ी देखकर बोला।

''जा बाबा को बता दे।'' उन्होंने इतनी शान्ति और बिना किसी तनाव के होनराव से कहा तो वह तड़पकर माँ के गले लग गया।

मुक्ता को मरे आज तेरह दिन हुए थे। पूरा गाँव खाना खाकर गया था। माँ बुख़ार से तप रही थीं फिर भी हाथ में झाड़ू लिये सफ़ाई कर रही थीं। बहू हाथ से झाड़ू लेने लगी, तो प्यार से डाँटा, ''क्या सुख उठाया तूने भी। यम बुलाते थे मगर तुझपर बोझ नहीं डालना था न, इसलिए मैं नहीं गयी।'' उन्होंने हँसकर बहू को गले लगा लिया।

अगली सुबह गाँववालों को फिर उसी घर में जमा होना पड़ा, मुक्ता की माँ नहीं रही थीं।

बबन पंढरपुर की यात्रा के लिए लकड़ी की दिंडी (पालकी) में विट्ठल की मूर्ति को सजा रहा था।

''तू तो उसे पसन्द करता था लेकिन मुक्ता तो तेरे से प्यार करती थी।''

''कैसे मालूम?'' बबन ने सोचा आज ममी को क्या हो गया है।

''वो बोली थी मेरे को, एक बार...अपने खेत में आयी थी पूछने को कि...''

"कि?" बबनराव की बेचैनी माँ से छुपी नहीं रही।

"कि मेरा क्या दोष...?"

"फिर?"

"मैं बोली पूरे रिश्तेदारों को मालूम है, तुझे माहवारी नहीं आती। कितनी जड़ी-बूटियाँ हज़म कर गयी।"

"अब इसमें मेरा क्या दोष!"

"फिर!" वह पलटकर जाने लगी थी तो मैंने उसे रोका और बोली,

"सुन बेटी। किसी को मालूम नहीं होता, या तू दूसरे गाँव की होती तो और बात थी। अब लोग पूछेंगे न कि, तेरे बेटे में क्या दोष था जो आँख देखी मक्खी निगल ली।"

मुम्बई से पंढरपुर जानेवाली टोलियाँ लेज़िम बजाती, नर्म-सख़्त धूप में हमेशा की तरह आज भी सिर पर फेटा बाँधे, लकड़ी की दिंडी (पालकी) में विट्ठल की मूर्ति को लिये पन्द्रह दिनों की जात्रा में शामिल होने के लिए, आगे बढ़ती चली जा रही थीं। पुणे, बारामती, इन्दापुर रोड के रास्ते में यह टोली सोलापुर रोड छोड़कर पुणे ज़िले के आख़िरी गाँव बावड़ा के लिए बढ़ी है। हर साल बबन की माँ अपने भाई-बहनों के साथ आषाढ़ और कार्तिक के महीनों में विट्ठल-रुक्माई (कृष्ण-रुक्मिणी) के दर्शन करने पैदल जाती हैं। इस बार फर्क सिर्फ इतना था कि बावड़ा में अमरीका रिटर्न्ड-बबनराव अपनी आई और पत्नी की ज़िद पर उन्हें लिये, टोली के साथ शामिल हो जाने को खड़ा था। कुछ लोग सिर पर पीने के पानी की कलसियाँ और तुलसी का पौधा बड़ी श्रद्धा से उठाये हुए थे।

"अगली बार तभी आऊँगी जब मेरी मनौती पूरी होगी।" बबन की आई, अपनी बहू के लिए मन्नत करना चाहती थीं, "हे विट्ठल पांडुरंग। मेरी सुन की गोद भर दे।" अपने सिर पर गमले में तुलसी का पौधा उठाए उसने श्रद्धा से कहा था—और वे 'हरि विट्ठल, हरि विट्ठल' का जाप करने लग गयीं।

मधुबन में राधिका

—ग़ज़ाल ज़ैग़म

उनको मर्दों से घोर नफ़रत थी, बल्कि उनकी चर्चा से भी उन्हें कराहियत (घृणा) महसूस होती थी, लेकिन आश्चर्य की बात यह थी कि उनके तमाम दोस्त-अहबाब मर्द थे। वे औरतों को बेवकूफ़ और अन-इंटलेक्चुअल (गँवार) समझती थीं इसलिए औरतों से दोस्ती रखना वे अपना अपमान समझती थीं।

मेरी उनसे पहली मुलाक़ात एक साहित्यिक सेमिनार में हुई थी। वे शोला-बयान (तेज़तर्रार) वक़्ता थीं। परी चेहरा थीं। उम्दा अफ़साना-निगार थीं। बस उनका कथन था कि मर्द ज़ात बदज़ात होती है, उस पर ऐतबार नहीं करना चाहिए। बेवफ़ाई उनकी फ़ितरत में है।

वे मर्दों से बेपनाह नफ़रत करती थीं। यह बात उनकी कहानियों में बिल्कुल स्पष्ट भी थी। उनके तमाम मर्द किरदार (पात्र) निहायत ऐय्यार और मक्क़ार होते। लेकिन उनकी दोस्ती दिन-ब-दिन मर्दों से ही बढ़ती जाती। मज़े की बात यह भी थी कि उनके सारे मर्द दोस्त कम उम्र होते। वे लगभग अपनी उम्र के 42 बयालीस बहार देख चुकी थीं। लेकिन दोस्ती वे 30 तीस वर्ष से ज़्यादा उम्र के मर्दों से नहीं करती थीं।

दफ़्तर में उनके बारे में तरह-तरह की बातें सुन चुकी थी मैं। वे हमारे ही दफ़्तर के ब्यूरो ऑफ़िस में थीं।

एक-दो बार मीटिंग के सिलसिले में मुलाक़ात भी हुई। उन्होंने मुझे लिफ्ट नहीं दी, लेकिन मेरे ही कलीग साजिद से उनकी ख़ूब पटरी खाती थी। साजिद का कहना था—''मुकम्मल (सम्पूर्ण) औरत क्या होती है ये नजमा बाजी को जान कर देखो।''

मुझे भी शौक़ चर्राया कि मैं भी मुकम्मल औरत को देखूँ, समझूँ, जानूँ। एक के बाद अनेक फ़ोन किये उनको। कोई जबाब नहीं। अक्सर ख़ुद ही फ़ोन उठातीं और कह देतीं कि वे घर पर नहीं हैं।

मैंने साजिद से कहा—"भई बड़ी बददिमाग़ हैं।"

"तभी तो सारा शहर बल्कि सारा मुल्क घूम रहा है उनके पीछे-पीछे, तुम क्या जानो अफ़सानानिगारों के नख़रे...। ख़ैर, मैं उनको बुला लूँगा, तुम भी आ जाना।"

मुझे बहुत बुरा लगा। फिर भी मैं साजिद के घर बैठक में गयी।

वहाँ वे बड़ा रिक्कत आमेज (दुखभरी) कहानी या आप बीती सुना रही थीं। श्रोता उनके तिलिस्म (जादू) में डूबे हुए थे। कई मर्दों ने भी रूमाल निकाल लिये थे।

मैं उठकर साजिद की बीवी की मदद के लिए किचन में चली गयी। साइमा ने शिकायतों का दफ़्तर खोल दिया—

"जाने इस औरत में क्या है, काला जादू कर देती है। अब इनको होश थोड़ी है। बच्चों का भी ख़याल नहीं...देखो सारे के सारे कैसे मन्त्र मुग्ध हो रहे हैं...बस अदाएँ हैं...।"

उसने ठंडी आह भरकर खौलता पानी चाय की केतली में डालना शुरू किया। चाय लेकर जब मैं पहुँची तो बड़े तकल्लुफ़ से उन्होंने प्याली उठायी और अपने गहरे सुर्ख़ रंग में रंगे गुंचेनुमा दहाने (कलीनुमा मुँह) को एक ख़ास जुम्बिश देकर मुस्कुरायीं—"जियो...।"

दिल ख़ुश हो गया, चलो बोलीं तो...साजिद मुस्कुराया। तले हुए बादाम की तश्तरी मैंने आगे बढ़ायी—

"शुक्रिया, मैं वेट कांसस हूँ।"

हालाँकि वे अच्छी-ख़ासी तन्दुरुस्त भरे-भरे जिस्म की मालकिन थीं।

साजिद ने देशी घी टपकते चने के हलवे की तश्तरी उनकी तरफ़ बढ़ायी। उन्होंने बड़ी अदा से मुस्कराकर उसे देखा और अपनी प्लेट में दो टुकडे रख लिये।

अँधेरा हो चुका था। उनको घर छोड़ने के लिए कई लोग बेताब थे। बड़ी मुश्किल से वे राज़ी हुईं लेकिन आरज़ूमन्द आँखें, ख़्वाहिशात लिये दिल, दुआओं को उठे हुए हाथ सब बेसमर (बिना फल) के रह गये। यह मौक़ा भी साजिद को दिया गया। बाकी लोग मायूस लौट गये।

एक रात अचानक साजिद की बीवी का फ़ोन आया, वह फ़ोन पर ही रोने लगी—"क्या हुआ कुछ बताओ तो?"

"आप कल हमारे घर आइए, साजिद से कहिए मुझे आजाद कर दे। यह सब अब और बर्दाश्त मैं नहीं कर सकती।"

अगले दिन मैं उनके घर की अदालत में मौजूद थी। साजिद निहायत घबराए

हुए थे। बीवी को बार-बार रोकते थे, लेकिन बीवी ने भी कमान कस रखी थी। वह अपने तरकश के तमाम तीर ख़ाली कर चुकी थी।

साजिद की गोद में दोनों नन्हें-मुन्नों को डालकर साइमा ने कहा—"अब मैं यह घर छोड़कर जा रही हूँ। इन दोनों को सँभालो, नहीं तो क़यामत के दिन हश्र के दौरान में तुम्हारा दामन थामूँगी, हज़रत अब्बास का अलम तुम पे टूटेगा अगर तुमने मेरे बच्चों का जी दुखाया।"

साजिद ने निहायत बेचारगी से मुझे देखा।

"साइमा, ये क्या पागलपन है?" मैंने बड़ी मुहब्बत से साइमा का हाथ थाम लिया।

"ये इनकी मुकम्मल औरत हमारा घर उजाड़ कर रहेगी...न जाने कितनों के घर बर्बाद कर चुकी है। अपना घर बसा नहीं पायी...तो दूसरों के...।"

साइमा हिचकियाँ लेकर रोने लगी। दोनों बच्चे भी माँ को रोता देख चिंघाड़े मारने लगे। कमरे में हश्र बरपा था। साजिद सहमे-सहमे समझा रहे थे लेकिन उनकी आवाज़ बहुत कमज़ोर, बड़ी फुसफुसी-सी थी। मैं घबरा कर घर चली आयी। साजिद से मुलाक़ात काफ़ी अर्से तक न हो सकी। दफ़्तर के लोगों ने बताया कि साइमा मायके चली गयी है। साजिद अपनी आधी तनख़्वाह उसे भेजेंगे यह तय पाया गया है। मुझे बेहद अफ़सोस हुआ। नज़मा बाजी पर ग़ुस्सा भी आया।

अल्फ्रेड पार्क के फ्लावर शो में रंग-बिरंगी ख़ुशनुमा तितलियाँ रक्स कर (नाच) रही थीं। रंगीन फूलों के बीच महकती, चहकती, चहचहाती नज़मा बाजी यानी साजिद की मुकम्मल औरत निहायत ख़ुलूस (आत्मीयता) और मुहब्बत से मिलीं। उनके साथ एक नया चेहरा था, उन्होंने परिचय भी कराया—"ये विश्व विख्यात पेंटर जनाब नसीर अहमद क़ाज़मी हैं। कोलकाता से तशरीफ़ लाये हैं। इनका ख़ास विषय बंगाल की औरतें हैं। इनकी आयल पेंटिंग की नुमाइश आर्ट गैलरी में चल रही है। तुम ज़रूर आना।"

नजमा बाजी में एक चुम्बकीय आर्कषण है। उनके सामने इनकार करना सम्भव न था। मैं ना नहीं कह पायी।

आर्ट गैलरी में दाख़िल होते ही मेरी आँखें खुली की खुली रह गयीं। लगा कैन्वस से निकलकर जमालयाती इस्तेआर (सौन्दर्य का रूपक) टहल रहा है। नयन- ग़ज़ाला (हिरन की तरह आँखें) याकुति होंठ (लाल) चमकता चेहरा...मुझसे रहा नहीं गया, पूछ ही बैठी—

"ये अजन्ता की मूरत कौन है नज़मा बाजी?"

"यह सुगन्धी है, क़ाज़मी की फ़ैन। मैंने ही दोनों को मिलवाया है।" वे सुनहरी हँसी हँसती रहीं...

अजन्ता की मूरत क़ाज़मी साहब के इतने क़रीब खड़ी थी कि क़ाज़मी उसकी हिद्दत (गर्मी) से पिघले जा रहे थे।

नजमा बाजी के होंठों पर लगी गहरे रंग की लिपस्टिक का शेड और गहरा और पुरअसरार (रहस्यमय) सा हो गया। आज मुझ पर इस मुकम्मल औरत का एक और अध्याय खुल चुका था।

उनका नया अफ़साना पढ़ते ही साजिद ख़ुशी से उछल पड़ता—''क्या आग है इस औरत में...वाह, क्या लिखती है, लगता है ज्वालामुखी का लावा बह रहा है, पूरी दुनिया जल रही है। जलती सिगरेट इस औरत के गोल-गोल होंठों पर इतनी ख़ूबसूरत, इतनी दिलकश लगती है जैसे मासूम बच्चे की शरारत...''

क्लासिक की ख़ास ख़ुशबू उनके इर्द-गिर्द फैली रहती। नज़मा बाजी को बग़ैर लिपस्टिक लगाए देखा नहीं...। सिगरेट ख़त्म करने के बाद वो फ़ौरन अपना बड़ा-सा पर्स खोलतीं। किसी गहरे रंग की लिपस्टिक निकालतीं और छोटे-से गोल आईने में देख-देख कर बड़े स्टाइल से होंठ रँगतीं। फिर धीरे से मुस्करातीं...फिर ज़ोर से...फिर ज़ोरदार कहकहा फिज़ा में बिखर जाता...ज़िन्दगी बहार बन जाती।

लिपस्टिक लगाए बग़ैर उन्हें लगता था कि ज़िन्दगी बेरंग हो गयी है। उनका कहना था कि लिपस्टिक लगाए बिना कांफिडेंस ही नहीं आता। न ही वो अच्छा अफ़साना लिख पाती हैं।

लिपस्टिक और सिगरेट बुनियादी ज़रूरतें हैं। अंगूर की बेटी से भी उनको कोई ख़ास परहेज़ नहीं था। साजिद का भी कहना था कि—''लाल परी के बग़ैर कोई अच्छा लिख ही नहीं सकता।'' मुझसे कहता—''सिगरेट तो कम-से-कम पिया करो।''

हालाँकि नजमा बाजी जुम्मे की नमाज़ बाक़ायदगी से पढ़तीं। तमाम आमाल करतीं लेकिन हफ़्ते में सिर्फ़ एक दिन। उस दिन न उनका फ़ोन आता। न वह किसी से मुलाक़ात करतीं।

बशीर बद्र का शेर मेरे ज़ेहन में गूँजता रहा—

''अक्सर शराब पीकर पढ़ती थी वो दुआएँ
हम एक ऐसी लड़की के साथ रह रहे थे''

साजिद बताता कि यों तो नज़मा बाजी हँसमुख हैं लेकिन कभी-कभी वो गहरे डिप्रेशन में चली जाती हैं। हफ़्तों बेसुध पड़ी रहती हैं। सब मनाते-मनाते थक जाते हैं, किसी छोटी-सी बात पर अचानक ख़ुश हो जाती हैं और कभी बेहद नाराज़। एक दिन दफ़्तर में साजिद ने इंटरकॉम से मुझे बताया—

''नजमा बाजी तुमको कई बार फ़ोन कर चुकी हैं...तुम कहाँ हो? उनसे

फ़ौरन बात कर लो।''

''ख़ैरियत?''

''मुझे नहीं पता।'' उसने कनेक्शन ऑफ कर दिया।

फ़ोन बजने लगा—

''मैं नजमा बोल रही हूँ।''

''जी फ़रमाइए।''

''कहाँ हो तुम? मैं कितने फ़ोन पर चुकी हूँ तुमको।'' वे बेताब थीं।

''जी साजिद ने अभी-अभी बताया।''

''अच्छा सुनो, तुम्हें और तुम्हारे दूल्हा को आज रात हमारे साथ खाना खाना है।''

''क्या कोई नया अफ़साना लिखा है?'' मैंने जानना चाहा। वैसे वे कई बार रात के दो-दो बजे तक पूरे-पूरे लम्बे अफ़साने भी फ़ोन पर सुना चुकी थीं। साजिद मुझे बता चुके थे और इन्हीं सब हरकतों से साइमा से सम्बन्ध और बिगड़े।

''नहीं भई, दिल चाह रहा है तुमको देखने का बस...।''

''देखिए...ये शायद टूर पर जा रहे हैं आज रात।''

''नहीं भई, कोई बहाना नहीं चलेगा। मेरी तुम्हारे दूल्हा से बात हो चुकी है।''

मैं हैरान रह गयी...लो ये भी गये...

''सुन रही हो न...मैं मूँग गोश्त पका रही हूँ, तुम्हारे दूल्हा को पसन्द है ना?''

मैं घर आयी तो ये नयी टाई बाँधते-बाँधते गुनगुना रहे थे। जब ये बहुत अच्छे मूड में होते हैं, तभी गुनगुनाते हैं।

''आपकी नजमा बाजी का फ़ोन था। क्या आवाज़ है यार...शोला-सा लपक जाय है आवाज़ तो देखो...।''

''आपने उनको बताया कि आपको मूँग-गोश्त...''

''हाँ तो क्या करता, वो इस क़दर बज़िद थीं मेरी पसन्द जानने को...।'' ये गुनगुनाते रहे।

मैं इनका मूड चौपट नहीं करना चाहती थी लेकिन ख़तरे की घंटी मुझे दूर से सुनाई दे रही थी।

''साइमा अभी तक लौटी नहीं...पता है?''

''कौन साइमा?'' इन्होंने लापरवाही से पूछा।

''अरे वाह...साजिद की बीवी साइमा। कितनी बार यहाँ साजिद के साथ आ चुकी है। आप ख़ुद उसे छोड़ने गये हैं।'' मैं बुरा मान गयी।

इन्होंने बड़ी नर्मी से मेरे बाल सहलाए—"इतना बुरा मानने की क्या बात है? इनसान ही हूँ—भूल हो गयी। जब साजिद को साइमा की याद नहीं आ रही तो मुझे क्यों आएगी ऊँ?"

"कल कहिएगा तुम कौन हो?"

"यह तो हो ही नहीं सकता क्योंकि मैं तुमको अपने से कभी अलग नहीं कर सकता।" ये मेरे और क़रीब आ गये।

नजमा बाजी ने मूँग-गोश्त बहुत लज़ीज़ पकाया था। उन्होंने इतनी खातिरें कीं कि हम हैरान रह गये। ये तो मुरीद हो गये। वो खाना पकाने में भी मश्शाक़ (निपुण) थीं।

अब अक्सर हम लोग नजमा बाजी के यहाँ जाने लगे। उनके ड्राइंग रूम, बाथरूम और बरामदों तक में उनकी जवानी की बेहद हसीन क़दआदम तस्वीरें चाँदी के बड़े-बड़े फ्रेमों में लगी हुई थीं जिनको देखकर निगाहें हैरान हो जातीं। पूरे घर में हर तरफ़ वो ही वो छायी रहतीं। उनके बच्चे एक कोने में बैठकर अपनी मम्मी की तारीफ़ों के पुल बाँधते।

"हमारी मम्मी तो मिस यूनिवर्स हैं। हमारे स्कूल में सब यही कहते हैं।"

नजमा बाजी भी हम लोगों के घर आतीं लेकिन हमेशा एक नये शायर या लेखक के साथ।

इनको अदब (साहित्य) में कोई ख़ास दिलचस्पी नहीं थी लेकिन नजमा बाजी के जादू में असीर थे। कुछ कह नहीं सकते थे।

एक शाम दफ़्तर से लौटे तो फ़रमाया—"फ़ोन आया था नजमा बाजी का...कुछ परेशान थीं, बुलाया है।"

"अच्छा।" मैं किचन में प्याज काटती रही—कितनी तहें हैं इस प्याज में भी, सोचती रही... ज़िन्दगी की तरह।

"चलना नहीं है?"

"ज़रूरी है क्या?"

"कमाल है, यूँ तो हर वक़्त वज़ीफ़े की तरह उनका नाम जपती रहती हो।"

वैसे वज़ीफ़ा यह ख़ुद पढ़ रहे थे आजकल।

"मैं तैयार होता हूँ, तुम भी तैयार हो जाओ। पता नहीं क्या बात है।"

हम लोग उनके घर पहुँचे तो नजमा बाजी आँगन में टहल रही थीं।

"तुम लोग गाड़ी से आये हो?"

"जी।"

"चलो फिर चलते हैं।" वो हम लोगों के साथ सिविल लाइंस आ गयीं।

‘‘एलचीको (रेस्तराँ) में बैठोगे?’’

‘‘जी।’’

काफी मँगा ली गयी।

‘‘एक परेशानी है।’’ उन्होंने मेरे मन में सरगोशी की।

‘‘जी बताइए।’’

‘‘मेरे तलाक़नामे पर दस्तख़त चाहिए—तुम दोनों के।’’

मेरा दिल धक् से रह गया।

‘‘आपके शौहर से आपका तलाक़ हो गया?’’ यूँ तो वे अपने शौहर से कई सालों से अलग रह रही थीं।

‘‘नहीं ये एक मजबूरी थी...बाद में बताऊँगी।’’

तलाक़नामे पे हम दोनों ने दस्तख़त कर दिये। शौहर का नाम लिखा था असलम ख़ान जबकि जहाँ तक मुझे याद है इन्होंने अपने शौहर का नाम और बच्चों ने अपने बाप का नाम करीम अख़्तर बताया था। ये मुझसे पूछते रहे। मेरे कानों में साँय-साँय होता रहा...

फ़ोन फिर आया—

‘‘तुम्हारे शौहर ने कुछ अदरवाइज़ तो नहीं लिया?’’

‘‘नहीं।’’

‘‘दरअसल ये मर्द होते बड़े...’’

‘‘कमज़र्फ़ हैं।’’ मैं बोल पड़ी।

‘‘यह निकाह मुझे मजबूरी में करना पड़ा। मैं चाहती नहीं थी लेकिन असलम हर रात घर आ जाते। उम्र में मुझसे छह-सात साल छोटे हैं। अम्मी ने ज़िद बाँध ली क्या करती मैं...लेकिन आजकल मेरी छोटी बहन रबाब में काफ़ी दिलचस्पी ले रहे हैं। यह बात मुझे गवारा नहीं है...समझ रही हो न?’’ उनकी आवाज़ में गहरी मायूसी थी।

उन्होंने पूछा, ‘‘तुम बोर हो गयी होगी मेरी बातों से।’’

‘‘नहीं तो।’’

‘‘फिर ख़ामोश क्यों हो।’’

‘‘क्या कहूँ कुछ समझ में नहीं आ रहा। ख़ुदा आपको अपनी अमान में रखे।’’ ‘‘हाँ, मैं एक अदबी सेमिनार में गोवा जानेवाली हूँ...शायद वहाँ दिल बहल जाए।’’

‘‘जी अच्छा।’’

‘‘तुम चलोगी क्या?’’

‘‘इनसे पूछकर बताऊँगी।’’

"तुम्हारी यही आदत मुझे बेहद बुरी लगती है। अपने फ़ैसले ख़ुद किया करो...ये शौहर को क्यों सिर पर चढ़ाये रखती हो?"

"जी बताना तो पड़ेगा ही न?"

"हद है भई।"

अगले दिन फ़ोन पर साजिद थे।

"ग़ज़ब हो गया।"

"क्या?" मैंने लापरवाही से कहा—"साइमा आ गयी क्या?"

"लाहौल बिलाक़ुव्वत...।"

"फिर क्या हुआ?"

"नजमा बाजी ने ख़ुदकशी...।" वह सिसकने लगा।

"अरे...इन्ना लिल्लाहि इलैहि राज़ऊन" (शान्ति की दुआ)

"ख़ामोश हो जाओ...।" वह चीख़ा।

"क्यों?" मैं सहम गयी।

"अभी ज़िन्दा हैं।"

"अल्ला का शुक्र है।"

हम लोग रात भर मेडिकल कॉलेज में खड़े रहे। सुबह डॉक्टर ने मिलने की इजाज़त दी। उनके दोनों शौहर वर्तमान और बच्चों के बाप नाज़बरदारियों में लगे थे। साजिद अन्दर-बाहर दौड़ रहे थे। कुछ नामी-गिरामी शायर व अदीब भी बेचैन टहल रहे थे। मेरे शौहर भी एक बड़ा-सा सुर्ख़ फूलों का बुके बनवाकर लाए थे नजमा बाजी को सुर्ख़ रंग बेहद पसन्द था।

वे अस्पताल के सफ़ेद बुराक बिस्तर पर लेटी गहरे रंग की लिपस्टिक लगाए मुस्करा रही थीं। उनके चारों तरफ़ 'गेट वेल सून' के कार्ड्स, फूल और फूलों के अम्बार लगे थे। क्लासिक सिगरेट की ख़ुशबू फैल रही थी। वे हँस रही थीं। उनकी आँखें कह रही थीं कि तमाम मर्द...

यंबरज़ल

—तरन्नुम रियाज़

इस अन्ज़ाम की शंका सबको थी मगर इसकी प्रत्याशा किसी को नहीं थी। माँ इस पर विश्वास करने को तैयार नहीं थी। बाप इसे स्वीकार नहीं कर पा रहा था। यावर ऐसा सोच भी नहीं सकता था और अनीक़ा...

"निक्की बाजी, यह अलज़ेब्रा मुझे ज़रूर फेल करेगा।" यूसुफ़ ने फिरन के अन्दर से आग भरी कांगड़ी बाहर निकालकर सब्ज़ गुल-बूटोंवाले सुर्ख़ कालीन के बिल्कुल बीच में रख दी।

"हमसे तो यह न होगा, न हम पास होंगे।" वह लम्बी-लम्बी उँगलियों से आड़ी माँग के दोनों ओर कंघी करने लगा और गर्दन उचकाकर दीवार में लगे बड़े से आईने में अपना चेहरा देखने की कोशिश करते हुए गुनगुनाने लगा।

"चोप ऽऽ चोप ऽऽ" निक्की की ख़ास कोशिश के बाद भारी बनाई हुई आवाज़ गूँजती।

"चुपचाप बैठे रहो। कांगड़ी उठाकर किनारे नहीं रख सकते तुम यूसुफ़, किसी की ठोकर लग गयी तो?"

"निक्की बाजी, यूसुफ़ भाई तो ख़ामख़ाह कांगड़ी गोद में उठाए फिरते हैं, अब ऐसी सर्दी तो है नहीं। अब्बू ने इस कमरे में इसीलिए बुख़ारी नहीं लगायी कि हम सब चुस्त रहेंगे और पढ़ने में व्यस्त रहेंगे—ख़ूब सारे कपड़े पहनकर कहाँ लगती है सर्दी—कांगड़ी फिरन के अन्दर ठूँसकर जम्हाइयाँ लेते रहते हैं, ख़ाक पढ़ेंगे?"

यावर ने किताब पर झुका सिर उठाकर निक्की के चेहरे पर अपनी तरफ़ से बड़ी अहम बात कहकर प्रतिक्रिया जाँचने की कोशिश की और एक नज़र आईने में यूसुफ़ के अक्स को देखकर नथुने सिकोड़े। फिर भृकुटि ऊपर को खींची और दाँत निपोरकर बिना आवाज़ हँसा और किताब पर उसी शीघ्रता से झुका जैसे बहुत ज़रूरी पाठ अधूरा छोड़ना पड़ा हो।

"आपसे किसने राय माँगी थी?" निक्की ने आवाज़ दबाकर कहा।

"आप अपना काम कीजिए।" वह बोली।

"इधर लाओ किताब यूसुफ़। अभी तो समझाया था यह सवाल तुमको।" निक्की ने लम्बा-सा रजिस्टर और किताब अपनी ओर सरकायी तो यूसुफ़ फ़र्श पर कुहनियों के बल लेट गया और रजिस्टर पर नज़रें केन्द्रित कर दीं।

"ऊपर उठो यूसुफ़। सोने की तैयारी मत करो ना। कल मेरा भी पेपर है प्लीज़।" निक्की फ़ौरन दुबली-पतली-सी महीन आवाज़ वाली लड़की बन गयी।

"ओह सॉरी निक्की बाजी, एक बार और कोशिश करता हूँ।"

यूसुफ़ ने रजिस्टर और किताब अपनी ओर सरकायी और कुछ लम्हे निक्की की तरफ़ देखता रहा। गुलाबी ज़िल्दवाला किताबी चेहरा। लम्बी-सी आँखों पर छोटा-सा बिना फ्रेम का चश्मा।

गाल पर कान के पीछे आनेवाले बालों की एक पतली-सी लट और छोटी-सी सुनहरी बाली। दूसरी बाली उस कोण से नज़र नहीं आती थी। शेष बाल सिर के पीछे की तरफ़ मोटे से हेयर बैंड में फँसे थे। दूध जैसी सफ़ेद गर्दन पर दो-एक नीलापन लिये हुए नसें और गर्दन के साथ लगा कढ़ाई के कॉलर वाला फिरन का बन्द ज़िप। कलाई तक आती हुई आस्तीन में से झाँकते नाज़ुक हाथ में क़लम। सामने कई किताबें और कॉपियाँ बिखरी हुईं।

"क्या सोच रहे हो अब तुम?" निक्की ने उसे कुछ पल देखकर पूछा।

"नहीं कुछ नहीं बाजी।" वह जल्दी से बोला और किताब पर झुक गया।

निक्की ने दीवार से टेक लगा दी और तलवे फ़र्श पर रखकर मुड़े हुए घुटनों पर किताब फैला दी। तीनों सिर किताबों पर झुक गये।

निक्की यावर की बड़ी मौसी तबस्सुम बेगम की इकलौती सन्तान थी। यावर की माँ तनवीर बेगम की लाड़ली भानजी, जो कुछ दिन अपनी मौसी के यहाँ रहने आयी थी बल्कि उसकी मौजूदगी में उसका मौसेरा भाई यावर पढ़ने के मामले में ज़रा गम्भीर हो जाया करता था। वह छठी कक्षा का छात्र था। निक्की ग्यारहवीं कक्षा की छात्र थी। कुछ महीनों से तनवीर बेगम अपने जेठ के बेटे यूसुफ़ को भी अपने यहाँ ले आयी थीं। वह शरारती था और तनवीर चाची से अपने मामा-पिता की तुलना में ज़्यादा मानूस था।

"निक्की बाजी आप ख़ुद तो पढ़ नहीं रहीं।" यूसुफ़ ने सिर ज़रा ऊँचा करके निक्की की नोट-बुक देखने की कोशिश की।

"शायरी कर रही होंगी निक्की बाजी।" यावर ने सिर उठाए बग़ैर कहा।

"तुम लोग मेरे उस्ताद हो या मैं तुम्हारी। चुपचाप अपना काम करो वरना

एक-एक थप्पड़...''

''आज तो आप यूसुफ़ भाई के एक थप्पड़ जड़...''

''चुप बे, एक थप्पड़ के बच्चे। निक्की बाजी केवल धमकाती हैं। मारेंगी थोड़े ही।''

''अब किसी ने बात की ना, तो सारी धमकियाँ सच हो जाएँगी, समझे तुम लोग। इतना अच्छा शेर हुआ है। मगर तुम लोग सोचने की मोहलत दो तब ना।''

''तो सुना दीजिए ना निक्की बाजी, प्लीज़। वरना यूसुफ़ भाई बड़े मौसा से कह देंगे।''

यावर अपना छोटा-सा गोरा हाथ होंठों पर रखकर हँसा। निक्की ने उसकी ओर नथुने फुलाकर और आँखें सिकोड़कर देखा और फिर दाँत भींचे। अनामिका नाक पर रखी और आवाज़ भारी करके खँखारी, ''चुप!'' उसने सिर झटककर कहा और तीनों खिलखिला कर हँस पड़े। निक्की ने ताज़ा-तरीन शेर सुनाया और यावर ने हाथ लहरा-लहरा कर दाद दी—

छोड़ जाने से पहले, तसव्वुर तेरा
है मुझे भी बताना कहाँ छोड़ना।

''वाह निक्की बाजी। यह उसी ग़ज़ल का शेर हैं ना, जो आपने कल सुनायी थी।''

''हाँ, उसी का। और 'सुनायी' नहीं 'पढ़ी' कहा जाता है।'' निक्की ने यावर को समझाया। यूसुफ़ ने निक्की की आँखों में देखा।

''हाँ!''

इससे पहले, पड़े यह जहाँ छोड़ना
वक़्त की रेत पर कुछ निशाँ छोड़ना।

और तरन्नुम से शेर पढ़ा।

निक्की ने तिरछी निगाह से यूसुफ़ को देखा और यावर का गाल थपथपा कर कहा, ''अल्लाह! इतनी संज़ीदगी से दाद दी।'' यूसुफ़ ने चेहरे पर वैमनस्य की झलक लाने की कोशिश की।

यावर और यूसुफ़ चचेरे भाई थे इसलिए सूरतों में एकरूपता मुमकिन थी, मगर इन दोनों के चेहरे काफ़ी हद तक एक से थे। स्याह घुँघराले बाल, सुर्ख़-सफ़ेद रंगत, यथोचित दाँत, नीली पुलतियाँ। दो चीज़ें, अलबत्ता अलग थीं कि युसुफ़ का क़द यावर से कोई दो फ़ुट ज़्यादा था बल्कि वह तो निक्की से भी

फुट-भर लम्बा था और दूसरे उसकी मूँछें उग आयीं थीं और कहीं-कहीं दाढ़ी भी।

उस दिन शहर के सबसे बड़े चौक में बम फटा था। कुछ फ़ौजी जवान घायल हुए थे। कुछ इमारतें जली थीं। हर रोज़ इसी तरह का कुछ-न-कुछ हुआ करता था। सुकून की लय पर बहते वक़्त में कुछ ऐसा बिखराव उठा कि आठों पहर उथल-पुथली हो गये।

यूसुफ़ निक्की को घर छोड़ने जा रहा था। उसके घर को मुड़नेवाले मोड़ पर धुआँ उठता दिखाई दिया। लोग बेतहाशा इधर-उधर भाग रहे थे। चौड़ी-सी सड़क के दूसरी ओर बस्ती थी और इस ओर क़ब्रिस्तान। दूर से बख़्तरबन्द गाड़ियों की आवाज़ें आ रही थीं। लोग तेज़ी से सड़क से ग़ायब हो रहे थे, गोलियों की आवाज़ उनका पीछा कर रही थी।

भागते हुए लोगों में से मालूम नहीं एक कैसे गिर गया। उसके पीछे आती हुई फ़ौजी गाड़ियों से फ़ायरिंग हो रही थी। यूसुफ़ ने एक लम्हे के किसी हिस्से में देखा कि गिरे हुए आदमी के बिल्कुल क़रीब कोंदा-सा लपका था और गोली चलने की आवाज़ आयी थी। सड़क पर गिरा आदमी कोई फुट भर उछला और दोबारा सड़क पर आ गिरा। यूसुफ़ सड़क के किनारे की ओर भागा। उसने मज़बूती से निक्की का हाथ थाम रखा था।

यह सब निक्की ने भी देखा था।

सड़क का किनारा ख़त्म होते ही ढलान शुरू हो जाती थी। वह दोनों चन्द क़दम और नीचे की ओर भागे और मुँडेर के साथ लग-से गये। निक्की ने होंठों पर हाथ रखा था। हिचकियाँ उसके सीने में घुट रही थीं। वह चीख़ना चाहती थी। यूसुफ़ ने उसके कन्धे पर हाथ रखकर उसे अपने साथ ज़मीन पर बिठा दिया।

कितनी देर तक दोनों हाँफते रहे। निक्की ने आँखें बन्द कर लीं और सिर पीछे की ओर टिका दिया। धीरे-धीरे उसकी साँस नियमित हो गयी। यूसुफ़ ने देखा कि सामने लम्बे-चौड़े क़ब्रिस्तान के अहाते में कुछ क़ब्रें हैं और अनगिनत नर्गिस के फूल खिले हैं।

"निक्की बाजी, आपकी रंगत बिल्कुल यंबरज़ल के फूलों जैसी है। अगर आपका नाम यंबरज़ल होता तो बहुत अच्छा लगता। जिसे यह शब्द समझ में न आता वह आपको नर्गिस बुला सकता था। है ना!" यूसुफ़ ने सामने देखते हुए कानाफूसी की। निक्की ने तुरन्त आँखें खोल दीं और बायीं ओर गर्दन घुमाकर उसे हैरत और उदासी से देखा।

"तुम्हें मौत के सन्नाटे में ज़िन्दगी की बातें कैसे सूझती हैं यूसुफ़?" वह लाचार-सी होकर बोली।

"कितने क़रीब तो हैं दोनों। ज़िन्दगी और मौत। देखा नहीं आपने?" उसने आहिस्ता से कहा।

मुँडेर के उस तरफ़ सड़क पर कोई आहट हुई तो यूसुफ़ ने सिर ज़रा-सा ऊपर उचकाकर देखा। सड़क पर गिरा आदमी उठ गया था और लँगड़ाता हुआ दूसरी तरफ़ जा रहा था। उसने एक हाथ से दूसरा कन्धा थाम रखा था।

"वह देखिए, वह देखिए निक्की बाजी। मैंने सच कहा है ना?" यूसुफ़ बोला तो निक्की ने झाँककर देखा।...

"अल्लाह तेरा शुक्र है। तो फिर वह...यह...वह गोली?" वह अपने गले के क़रीब हाथ रखकर बोली।

"उसके बाज़ू में लगी होगी, कन्धे में," वह बोला।

दोनों मुँडेर से लगे बैठे रहे।

"निक्की बाजी। ऐसा नहीं लगता जैसे मौत का सुकून से गहरा रिश्ता हो, जैसे मौत ही सुकून का दूसरा नाम हो। ज़िन्दगी, मौत और सुकून—सबका अर्थ एक ही हो गया हो।"

"इस समय ऐसा नहीं लग रहा।" उसने निक्की की ओर गर्दन मोड़कर कहा।

"हाँ शायद।" निक्की ने कुछ रुककर कहा और सामने देखती रही।

"निक्की बाजी।" उसने कहीं दूर से पुकारा हालाँकि दोनों साथ बैठे थे।

"हूँ ऽ ऽ।" वह बिना होंठ खोले बोली।

"अगर कोई इस समय हम पर बन्दूक़ तान दे तो?"

"तो क्या?" उसने गर्दन घुमाकर यूसुफ के चेहरे को देखा।

"तो हमें जान बचाने के लिए भागना चाहिए क्या?" यूसुफ़ ने पुरसुकून लहजे में कहा।

"नहीं।" कुछ देर बाद निक्की ने उसी लहजे में जवाब दिया और कुछ और पल उसके चेहरे को देखती रही। फिर एक लम्बी साँस भरकर सिर पीछे टिका दिया।

जब नतीजा आया तो निक्की बहुत अच्छे नम्बर लायी। यावर के भी अच्छे नम्बर थे। यूसुफ़ बस पास हो गया।

"अच्छी तरह तो कर लेते थे तुम सारे सवाल, फिर हिसाब में कम नम्बर क्यों आये? इसीलिए डिविज़न अच्छी नहीं आयी। अब तुम्हारी पसन्द के विषय नहीं मिलेंगे। अब पढ़ना समझे।" निक्की ने उसका कान धीरे-से पकड़ा और छोड़ दिया। पढ़ने का कमरा दोबारा आबाद हो गया था।

"मैथ्स के परचे के दौरान अपकी बहुत याद आयी निक्की बाजी।" वह

अन्तिम परचा था। आप एक दिन पहले घर चली गयी थीं तो मैं...मैं...'' उसने सिर झुका लिया उलटे हाथ पर टप से एक आँसू गिरा।

तीन-चार साल से लगातार चलता आ रहा तनाव इस साल भी ज़ोरों पर था।

धरती के हर हिस्से की तरह इस घाटी ने भी अपने हिस्से के उतार-चढ़ाव झेले थे।

''इस बार सब मेहनत करेंगे। ख़ुद मेरी बारहवीं की परीक्षा है और अब वह भी साइंस। ममा सुनती ही नहीं मेरी बात। मुझे भी मेहनत करनी है बहुत।'' निक्की ने नाक सिकोड़कर गर्दन टेढ़ी करके कहा।

''आप डॉक्टर बनेंगी निक्की बाजी?'' यूसुफ़ धीमी आवाज़ में बोला।

''और क्या सभी पीछे पड़े हैं मेरे। मैं तो आर्ट्स पढ़ना चाहती हूँ। चाहती थी...''

''और मैं क्या करूँगा निक्की बाजी?'' युसूफ की आवाज़ में उदासी थी। उसने पेन का पिछला हिस्सा दाँतों में दबा रखा था। झुके सिर और उठी हुए नज़रों से निक्की के चेहरे को देख रहा था।

''तुम कुछ अच्छे मार्क्स लाते तो तुम्हारा एडमिशन कामॅर्स में तो हो ही जाता। अब भी अगर तुम मेहनत करो और अगले साल बारहवीं में अच्छे नम्बर ले आओ तो कॉलेज में कॉमर्स ले सकते हो, फिर एम.बी.ए. करके तुम्हारा कैरियर...''

''मैं वैसे भी अब्बू का सारा कारोबार सँभालने वाला हूँ।'' वह बेख़्याली में बोला।

''मगर पढ़-लिखकर सँभालोगे तो पढ़े-लिखे कहलाओगे सबकी नज़रों में...तुम मेहनत करना ना...!'' निक्की उसके चेहरे की तरफ़ देखती रही, फिर क़लम उसके मुँह से खींचकर उसके हाथ में दे दिया।

''वरना फिर जाने निक्की बाजी कहाँ हों और आप कहाँ हों।'' यावर ने परेशान से लहज़े में दोनों को बारी-बारी देखकर कहा। दोनों उसे ख़ामोश देखते रह गये। वह दोबारा अपनी नोटबुक पर झुक गया तो उन दोनों ने एक-दूसरे की ओर देखा। कुछ मिनट यों ही गुज़र गये फिर निक्की सिर झुकाकर अपनी किताब देखने लगी।

''मैं मेहनत करूँगा निक्की बाजी।''

''यूसुफ़ भाई बोल तो ऐसे रहे हैं जैसे कह रहे हों मैं मेहनत कैसे करूँ निक्की बाजी। मेरे पास अच्छे कामों के लिए वक़्त ही कहाँ है।''

''बाहर शोर मचाती हुई हवा चलने लगी। बरामदे की ओर खुलनेवाले

भूरे रंग के दरवाज़े पर पड़े सफ़ेद और भूरी बेलों वाला पर्दा फूलकर कुप्पा हो गया।

''क्यों नहीं करेंगे मेहनत?'' वह खोए हुए लहजे में बोली।

''और क्या? जाने हर वक़्त क्या सोचते रहते हैं। जानती हैं निक्की बाजी, पिछले साल परीक्षा के दिनों में बिना पढ़े पास हुए हैं यह। आप तो सोने चली जाती थीं। यह मेरे साथ यहीं पढ़ते थे ना! पढ़ते क्या थे बस यों ही एक दिन आधी रात तक आपका साइड पोज़ बनाने की नाकाम कोशिश करते रहे। नहीं बना पाये तो काग़ज़ फाड़कर थोड़ा-सा रोये। उसके बाद किताब हाथ में ली। उसे ध्यान से देखना शुरू ही किया था कि सो गये हा हा—ही ही ही...'' इस बीच निक्की चुपचाप नोटबुक के पन्ने उलटती रही। उसने अचानक बालकनी की ओर देखा।

''आज फिर बर्फ़ गिरेगी यावर। यह दोनों तकिए दरवाज़े के साथ लगा दो। उफ़ कितनी ज़ोरों की हवा चल रही है।''

''पर्दा फूलता है तो अलादीन का जिन्न लगता है ना, यूसुफ़ भाई।''

उस रात डल झील में स्थित दो ट्रिपों में से एक ट्रिप के बीच खड़े चार चिनारों के दरमियान देवदार की लकड़ी के सुन्दर रेस्तराँ में किसी ने आग लगा दी। सड़क के उस पार सरकारी मिडिल स्कूल की इमारत भी जल रही थी।

''कर्फ़्यू लगा रहा तो कहीं हमारी परीक्षा टल ही न जाय।'' यूसुफ़ ने किताब को देखते हुए कहा।

''यूसुफ़ भाई, आपकी आवाज़ से कोई अन्दाज़ा नहीं लगा सकता कि आपको चिन्ता हो रही है या आप उम्मीद कर रहे हैं।'' यावर ने बिना सिर ऊपर किये कहा। यूसुफ़ हल्के से मुस्कुरा दिया था और निक्की कुछ ऊँची आवाज़ में हँसी तो उसकी यूसुफ़ की ओर की कान की बाली झिलमिल करती हिलने लगी, फिर उसने सिर झुका लिया।

''ऐसे तो वक़्त ज़ाया होगा।'' निक्की ने कहा और कुछ चिन्तित-सी नज़र आने लगी।

''कुछ दिन और पढ़ लेंगे ना!'' यूसुफ़ ने धीरे-से कहा।

बाहर एक ज़ोर का धमाका हुआ और टीन की छत के नीचे पूर्व की ओर खुलनेवाली खिड़की के दो शीशे टूटकर गिरे। नीचे कमरे में तीनों छात्रों ने एक ही साथ ऊपर सीलिंग की ओर देखा। लकड़ी के एक जैसे आकार के छोटे-छोटे टुकड़ों से जोड़कर बनाए गये अनगिनत दायरों वाली अष्टकोण ख़त्म बन्द सीलिंग पर भूरे रंग की वारनिश हल्की-सी चमक रही थी।

''छत पर शीशा टूटा है कोई।'' यावर सीलिंग की ओर देखता रहा।

''किसी ने खिड़की खुली रख छोड़ी होगी।'' उसने यूसुफ़ की ओर देखा।

''बता दूँ क्या यूसुफ़ भाई निक्की बाजी को...'' यावर ने कहा तो यूसुफ़ के चेहरे का रंग पल भर को बदला। फिर वापस अपने चेहरे पर नॉर्मल झलक लाते हुए उसने खिड़की के शीशे से बाहर नज़र जमा दी जहाँ सफ़ेदे के पेड़ों की चोटियाँ नज़र आ रही थीं जिन्होंने हरियाली झटककर बर्फ़ ओढ़ ली थी।

''पेड़ ऐसे नहीं नज़र आ रहे जैसे मुर्दे कफ़न ओढ़कर खड़े हो गये हों?'' यूसुफ़ ने ठहाका लगाया।

''बात क्यों टाल रहे हैं यूसुफ़ भाई, छत की पिछली खिड़की के पास कुर्सी अब भी पड़ी है। जिस पर बैठकर जनाब चाँद को देख-देखकर सिगरेट..''

यावर ने निक्की की ओर देखा।

''सिगरेट...'' निक्की काँप-सी गयी। यूसुफ़ ने अपराधियों की तरह सिर झुका लिया और हाथ में पेन लिये किताब पर इधर-उधर स्केच बनाता रहा। किनारों के पास अभी काफ़ी जगह बची हुई थी जहाँ वह कुछ और चीज़ें बना सकता था।

''प्रॉब्लम क्या है तुम्हारी यूसुफ़?'' निक्की ने माथे पर बल डालकर कहा। उसके लहजे में ग़ुस्से से ज़्यादा हैरत और विवशता झलक रही थी।

''अगर आप मुझसे छोटी होतीं निक्की बाजी तो क्या डाँटती मुझे? यह भी तो एक प्रॉब्लम है। मैं अगर आप से बड़ा होता तो मेरा भविष्य पहले से तय हो जाता और...और...'' यूसुफ़ की बात अधूरी रह गयी। नये आये नौकर ने ज़ोर-ज़ोर से किवाड़ खटखटाया। ''बीवी जी खाने के लिए बुलाता।'' वह बड़ी ख़ुशी से टूटी-फूटी उर्दू में बोला।

''तो क्या होता फ़्यूचर का पता चल जाने से?'' निक्की ने पूछा।

''असल में निक्की बाजी इनको लग रहा है कि आप आगे-आगे भाग-सी रही हैं और यह पीछे-पीछे भागते हुए गिर-गिरकर उठ रहे हैं। आप अव्वल आ रही हैं और यह मुश्किल से पास हो पाते हैं। ख़ुदा-ना-ख़ास्ता कहीं फेल हो गये तो...तो फिर...''

''तो फिर और छोटा हो जाऊँगा आपसे उम्र में। मेरा मन ही नहीं लगता पढ़ने में।''

''अब ज़्यादा फ़लसफ़ा मत झाड़ो। पिछले साल दसवीं तक तो फ़र्स्ट आते थे। असल में मुझे ही पढ़ाना नहीं आता। मैं अब तुम लोगों को आज के बाद...'' यावर ने झट से किताब बन्द की, ''नहीं, नहीं निक्की बाजी यूसुफ़ भाई की ग़लती की सज़ा मुझे क्यों? मैं तो निहायत शरीफ़ आदमी हूँ। मेहनती बच्चा हूँ। अच्छा बच्चा।''

"बिल्कुल, बिल्कुल, इसमें कोई शक की गुंजाइश ही नहीं।" यूसुफ़ ने उसका पहलू गुदगुदाया तो अँगड़ाई के लिए उठे हुए हाथ गिराकर वह ज़ोर से हँसा।

उस दिन सूरज की किरनें चमकीले आसमान से होती हुई बाग़ीचे में गिर रही थीं। टीन की, ढलवा साख़्त की छत से बर्फ़ पिघल-पिघलकर बूँदें बन टपकती रही। हवा कुछ तेज़ चलने लगती तो यह बूँदें ज़मीन पर गिरने से पहले जम-जम जातीं और केवल कोई महीन-सा क़तरा गिरता। शेष पानी की शुंडाकार नलियों की शक्ल में लटकती रह जातीं।

ऊँची दीवार के बाहर छोटे दरमियानी रास्ते पर बच्चे साइकिल चला रहे थे। आज कर्फ़्यू नहीं था। निक्की धूप में बैठी अख़बार देख रही थी। उसकी माँ तबस्सुम बेगम भी आयी हुई थीं और तनवीर मौसी के साथ बैठी साग चुन रही थीं। गेट पर गाड़ी रुकने की आवाज़ आयी।

"ड्राइवर आ गया। बाज़ार हो आयें ज़रा। अभी तीन घंटे कर्फ़्यू नहीं लगेगा।" तनवीर बेगम गेट की ओर पलटकर बोलीं। लेकिन ड्राइवर नहीं यूसुफ़ हाथ में चाबी लिए अन्दर दाख़िल हुआ।

"इतनी अच्छी तो चलाता हूँ चाची, फिर मैंने कॉलोनी के अन्दर ही तो ड्राइव की थी।" वह विनम्रता से बोला।

"अल्लाह अपनी हिफ़ाज़त में रखे तुम्हें..." वह दोबारा साग चुनने लगीं।

"फिर मैं 18 से कम लगता हूँ क्या?" उसने निक्की के क़रीब से अख़बार उठाते हुए तनवीर बेगम के पास बैठते हुए कहा।

"नहीं, माशाअल्लाह वह बात नहीं बेटा। मगर फिर भी तुम्हें..." तनवीर बेगम ने उसके सिर पर हाथ फेरा।

"जो बात ग़लत है, वह ग़लत है। ठीक कहती हैं तनवीर।" निक्की की माँ ने साग के बड़े-से पत्ते से हरे रंग का छोटा-सा कीड़ा उठाकर बाग़ीचे की सूखी घास वाली भीगी ज़मीन पर फेंका। एक मैना उड़ती हुई आयी और कीड़े को चुगकर दूसरी ओर उड़ गयी।

"उई ममा!" निक्की ने झुरझुरी-सी लेकर माँ का चेहरा देखा।

"मतलब?" तबस्सुम बेगम की त्योरी चढ़ गयी।

"डरती हो कीड़ों से?" तबस्सुम बेगम ने हैरत, नफ़रत और चिन्ता को निहायत कमाल से अपने लहजे में शामिल कर लिया था। उनके नथुने फूल गये थे।

"कल मेंढक को कैसे डिसेक्ट करोगी तुम बोलो?" उन्होंने सिर पकड़ लिया।

"मेरी उम्मीदों पर पानी फेर दोगी। मेरा अधूरा सपना पूरा नहीं करेगी यह लड़की। यह डरपोक लड़की। मुझे पहले ही शंका थी इसकी तरफ़ से।" उन्होंने तनवीर बेगम की ओर देखकर आवाज़ में दुख भरकर कहा और जल्दी-जल्दी पलकें झपकानी शुरू कीं जैसे आँसू पी रही हों। फिर सिर को ज़्यादा झुकाकर साग चुनने लगीं। सब उन्हें ख़ामोश देखते रहे।

"नहीं ममा, जो आप कहेंगी मैं वही करूँगी।" निक्की रुआँसी होकर बोली।

यूसुफ़ ने समाचार पत्र का पन्ना पलटा।

अगले बरस जिस दिन बर्फ़ानी तूफ़ान ने बहुत से पेड़ों और कई मकानों को अपनी लपेट में ले लिया था उस दिन तक और भी बहुत से परिवर्तन हो चुके थे।

परीक्षाओं के नतीजे आ चुके थे। यावर अच्छे नम्बरों से पास होकर नयी कक्षा में आधा बरस गुज़ार चुका था। यूसुफ़ फेल हो गया था और उसके घरवाले उससे नाराज़ थे। निक्की अपनी माँ की देख-रेख में एंट्रेस की तैयारियों में व्यस्त थी।

पढ़ने के कमरे में यूसुफ़ और यावर रह गये थे। "निक्की बाजी को यहाँ बैठकर कितना अच्छा लगता होगा।" यावर निक्की की जगह तकिए से टेक लगाकर बैठा खिड़की से बाहर देखने लगा।

"तुम अपनी जगह बैठो ना। बड़ों की जगह पर नहीं बैठते। अगर इस वक़्त निक्की बाजी आ गयीं तो क्या सोचेंगी कि मेरी जगह बैठ गया है, यावर शायद नहीं चाहता कि मैं कभी आकर फिर इस जगह बैठूँ।" यूसुफ़ ने अपनी विशेष जगह पर बैठते हुए धीरे-से कहा तो यावर उछलकर अपनी सीट पर पहुँच गया जैसे उसकी निक्की बाजी आ ही गयी हों।

"अरे बाप रे! सॉरी यूसुफ़ भाई।"

यूसुफ़ लम्बे से रजिस्टर पर झुक गया।

निक्की के बायें कान की बाली झिलमिल करने लगी। बालों की लट ने आधा गाल छुपा लिया। निक्की मुँह में क़लम दबाये फूलोंवाले हेयर बैंड में बाल समेट रही है।

रजिस्टर के तीन पन्नों पर मैथ का एक ही प्रश्न हल किया गया है। एक सियाह रोशनाई से निक्की के हाथों दूसरे दो पन्नों पर यही प्रश्न यूसुफ़ ने हल करने की कोशिश की है जिस पर निक्की ने सुर्ख़ क़लम से ठीक किया है। पन्ने के किनारे पर दो आँखें बनी हैं। अभी-अभी यूसुफ़ ने पेंसिल से बनायी हैं। काली-काली पुतलियों वाली दो आँखें।

नीली आँखों में पानी तैर रहा है अगर कहीं पलक झपक गयी तो आँसू चेहरे पर उगी छोटी दाढ़ी में से गर्दन पर बह निकलेगा और कहीं यावर देख ले तो उसका मन उदास हो जाएगा।

छोटी-सी राहदारी में यावर की बातों की आवाज़ गूँजी तो सीढ़ी पर निक्की के तेज़-तेज़ उठते हुए क़दमों की आवाज़ और कपड़ों की सरसराहट सुनाई दी। वह किचन से निकलकर आती हुई ममा से टकराते-टकराते बची।

"सॉरी ममा।"

"अभी चोट लगती, कल आख़िरी पर्चे के दिन तुम..."

"तो रेस्ट कर लेती ममा, मेरी सारी तैयारी हो चुकी है। आज तो कुछ घंटे आराम भी कर सकती हूँ। यह जनाब किधर से रास्ता भूल गये।" वह मुस्कुराती हुई बोलती चली गयी।

"अल्लाह ने मेरी सुन ली ख़ाला..." यावर ने तबस्सुम बेगम का हाथ पकड़ लिया। वह निक्की की ओर देख रही थीं। भृकुटियों के बीच एक लकीर खिंची थी।

तबस्सुम बेगम उसकी ओर पलटीं तो वह निक्की बाजी को देखने लगा।

"अस्सलाम वालेकुम निक्की बाजी। आँखों के गिर्द के गड्ढे बता रहे हैं कि ख़ूब पढ़ाई हो रही है। बल्कि हो चुकी है। अपना यह छोटा-सा भाई भी याद है, कल मेरा मैथ्स का एग्ज़ाम है।" वह चिन्तित नज़र आने लगा।

"केवल एक घंटा चाहिए आपका निक्की बाजी। आप अपनी किताबें ले चलिए। वहीं रिविज़न कर लीजिएगा।" वह तबस्सुम बेगम के चेहरे की ओर देखने लगा।

"ख़ाला आज निक्की बाजी को भेज दें मेरे साथ। क़सम से कुछ नहीं आता मुझे। फ़ेल हो जाऊँगा ख़ाला। रही-सही इज़्ज़त ख़ाक में मिल जाएगी।"

"चुप बदमाश कहीं का। तू तो माशा अल्लाह ख़ुद लड़का है।"

"ख़ाला आप यक़ीन करें यह आठवीं का मैथ्स इतना मुश्किल है कि कुछ समझ में नहीं आता और फिर निक्की बाजी बेचारी जैसे क़ैद बामशक़्क़त काट रही हैं। वह भी थोड़ा घूम आएँगी। अम्मी ने ताक़ीद की थी ख़ाला कि निक्की बाजी को कुछ रोज़ के लिए साथ ले आऊँ। अम्मी ने उन्हें सपने में देखा था। याद करके तड़प रही थीं। आपको मेरे सिर की क़सम ख़ाला।" यावर ने तबस्सुम बेगम का हाथ झट अपने सिर पर रख लिया।

तनवीर बेगम ने निक्की को गले लगाया तो वह उनकी बाँहों में जैसे ग़ायब-सी हो गयीं।

"मेरी बच्ची मेरी जान यह क्या मुसीबत है। यह एंट्रेंस, उफ़ नन्ही-सी

ज़ान।''

निक्की उनके सीने से लगी रही। तनवीर मौसी के पीछे कोई छह क़दम की दूरी पर अधखुले दरवाज़े की दहलीज़ में खड़े यूसुफ़ के चेहरे पर अस्पष्ट-सी मुस्कुराहट थी।

मौसी के कन्धे के ऊपर से होकर निक्की की निगाहें जब उससे मिलीं तो वह कमरे के अन्दर चला गया।

उस रात चाँद की फीकी रोशनी में टीन की छतवाला मकान हल्की-हल्की चमक बिखेरता पुरसुकून सो रहा था। केवल पढ़ने का कमरा रोशन था। यावर पढ़ते-पढ़ते गणित की कॉपी पर गाल रखकर सो गया। ''केवल दस मिनट तक आराम कर सकते हो तुम।'' निक्की ने उसका सिर सहलाते हुए कहा। उसने धीरे-से आँखें थोड़ी-सी खोलीं और फिर मूँद लीं।

''दो आख़िरी सवाल और तुम्हारी छुट्टी, तो तैयारी मुकम्म्ल है...'' वह बोली। यावर नींद के झोंकों के बीच एक पल को हल्के से मुस्कुराया और दूसरे पल कमरे में उसके छोटे-छोटे खर्राटे गूँजने लगे।

वह दोनों चुपचाप उसे देखते रहे। उनके चेहरों पर भी पुरसुकून-सी मुस्कुराहट फैली हुई थी।

''अब क्या करोगे यूसुफ़?'' निक्की का चेहरा उदास हो गया।

''अब क्या होगा निक्की बाजी, अब क्या हो सकता है...अब आप...''

दूर कहीं मशीनगन ने लगातार कई गोलियाँ बरसायीं। बाग़ीचे में लगे सफ़ेदे के पेड़ों में कौवे यहाँ वहाँ उड़कर काँव-काँव करने लगे। कुछ देर बाद दोबारा मौन छा गया। ''मैं और पीछे रह गया निक्की बाजी। हम साथ नहीं चल सकेंगे ना निक्की बाजी।''

यूसुफ़ की आवाज़ की पीड़ा स्पष्ट हो गयी थी। निक्की ने सिर बहुत ज़्यादा झुका लिया था। वह सोये हुए यावर के बालों में उँगलियाँ फिराती रही। आँसू उसकी आँखों से बह-बहकर उसके गले के क़रीब दुपट्टे में जज़्ब होते गये। ''आप कुछ न बोलेंगी निक्की बाजी, मैं जानता हूँ।'' उसकी थकी हुई आवाज़ में शिकायत ही शिकायत थी।

''मगर मैं भी नहीं रहूँगा निक्की बाजी।'' उसकी आवाज़ एकाएक तेज़ हो गयी। ''मर जाऊँगा। ख़त्म कर डालूँगा खुद को, ख़त्म हो जाऊँगा।'' आवाज़ फिर मद्धिम-सी हो गयी थी। निक्की ने सिर उठाकर उसके चेहरे की ओर देखा। परेशान-से चेहरे पर वीरान-सी आँखें, छोटी-छोटी मूँछें और दाढ़ी अब कुछ घनी हो गयी थी। इतनी कि सुर्ख़ोसफ़ेद चेहरे पर एक स्याह हाशिया बनाकर उसे कुछ और खुश शकल बना रही थी।

आँसू बह निकले थे।

''चला जाऊँगा दूर आपसे इतनी दूर कि...कि...'' उसने दबी-सी हिचकी ली। निक्की ने अनायास अपने गले पर हाथ रख दिया जैसे उसका दम घुटने लगा हो।

''नहीं।'' वह स्वर में कम्पन पर क़ाबू पाने की कोशिश करती रही।

''निक्की बाजी मैं मिलिटेंट बन जाऊँगा। दुनिया छोड़ दूँगा।''

''नहीं। पागल हो गये हो क्या? यह सब क्या कह रहे हो?'' निक्की तड़पकर बोली।

''तुम तनवीर ख़ाला से अगर बात करो तो वह हम दोनों से कितना प्यार करती हैं।'' निक्की ने दुपट्टे से अपनी आँखें पोंछी।

''ममा को समझा सकती हैं, हैं न?''

''हाँ शायद...शायद...'' बुझी आँखों में आशा के दीप रोशन हुए।

जिस दिन निक्की की माँ निक्की की कामयाबी की खुशियाँ मना रही थीं उस दिन निक्की पत्थर की तरह ख़ामोश हो गयी थी।

उसी दिन यूसुफ़ ने तनवीर ख़ाला से बात की थी और तनवीर ख़ाला कुछ लम्हों तक कुछ न बोली थीं। यूसुफ़ के चेहरे को देखती रह गयी थीं कि कहीं वह मज़ाक़ तो नहीं कर रहा। मगर उसके चेहरे पर ऐसी गम्भीरता थी कि तनवीर बेगम खुद को लाचार-सा महसूस करने लगीं। फिर उसके सिर पर हाथ रखकर मुस्कुरायीं।

''वह तो तुम्हारी बड़ी बहन है बेटा। मज़ाक़ करते हो अपनी चाची से? वह भी एक बेजोड़-सी बात के लिए। उसकी माँ मेरी ज़बान से कहीं ऐसा सुन ले तो मुझे ज़िन्दगी भर माफ़ न करे। जानते तो हो उसका मिज़ाज!'' उन्होंने चूल्हे पर चढ़ी नमकवाली चाय से भरे ताँबे के गोल पेंदेवाले पतीले में ज़रा-सा झाँका और चाय का रंग जाँचने के लिए लम्बे दस्तेवाला कफ़गीर पतीले में घुमाने के बाद उसमें चाय भर-भरकर वापस डालती रहीं। जालीवाले दस्ते के अन्दर पड़ी कंकरियाँ ऊपर-नीचे होने से बजने लगीं। कफ़गीर पतीले के किनारों पर टिकाकर तबस्सुम बेगम फ्रिज की ओर दूध लेने के लिए बढ़ीं। इस बीच उन्होंने यूसुफ़ की ओर नज़र नहीं उठायी।

''जानती हूँ मेरा बेटा मुझे ऐसे इम्तिहान में कभी नहीं डालेगा।'' उन्होंने दूध के साथ चाय को प्यालियों में डालने के लिए बालाई की कटोरी भी निकाली और यूसुफ़ की तरफ़ निगाह डाली। वह दीवार से लगा उन्हें ही देख रहा था।

''बैठो मैं चाय ला रही हूँ।'' उन्होंने मुस्कुराकर कहा और मुलाज़िम को दस्तरख़ान बिछाने के लिए आवाज़ लगायी जो घर के पिछवाड़े बाड़ी में पत्ता गोभी

के लम्बे पत्ते तोड़-तोड़कर रात के सालन के लिए बेंत की टोकरी में जमा कर रहा था।

तनवीर बेगम जब मुलाज़िम को आवाज़ लगाकर खिड़की से पलटीं तो देखा यूसुफ़ जा चुका था।

कहते हैं वह रात क़यामत की रात थी।
शहर के अन्दर हर घर में छापे पड़े थे॥

ख़ताकार धमाके करके ग़ायब हो गये थे और बेगुनाहों को ग़लत मुख़बिरी के कारण धड़ा-धड़ पकड़कर किसी अज्ञात मंज़िल की ओर ले जाया जा रहा था।

हॉस्टल से छुट्टियों में घर लौटे दो भाइयों को उनके माता-पिता के सामने आतंकी होने के आरोप में गोलियाँ मार दी गयी थीं। ग़ुस्से, ग़लतफ़हमी या किसी अनजाने कारण से रह-रहकर इनसानी चीखें कानों में पड़ती थीं। उस रात शहर में शायद ही कोई सोया था क्योंकि मौत के आने के डर के साथ-साथ इज़्ज़त जाने का डर भी था।

तनवीर बेगम के वहाँ से निकलकर यूसुफ़ उसी सड़क पर चल रहा था जहाँ चौराहे का एक रास्ता झील की ओर जाता था और एक पहाड़ी की ओर, एक शहर के अन्दर वाले इलाक़े की तरफ़ और एक निक्की के घर की ओर।

उस सड़क से गुज़रते हुए उसकी रफ़्तार अनायास धीमी होने लगी।

अनायास निगाहें दायीं ढलान की ओर उठ गयीं। बिना गूँजे एक आवाज़ कानों तक आ गयी।

''तुम्हें मौत के साये में ज़िन्दगी की बातें कैसे सूझती हैं यूसुफ़।''

''आज से ज़िन्दगी की बात नहीं करूँगा निक्की बाजी।''

काश...काश उस दिन कोई बन्दूक़ तान देता हम पर। कितनी पुरसुकून, कितनी हयातबख़्श (जीवनदायिनी) मौत होती। मैं यों ज़िन्दगी से भाग न रहा होता। मुझे भागना चाहिए यहाँ से। मगर जान बचाने के लिए नहीं, जान देने के लिए। यह ज़िन्दगी ख़त्म करने के लिए...निक्की बाजी...बहुत दूर..

उसकी आँखों में आँसू भर आये—ढलान के उस ओर किनारे पर उगी घास सूखकर बेरंग हो गयी थी। वह भारी क़दम उठाता हुआ लम्बी सड़क पर चला जा रहा था।

रास्ते में दूकानें थीं जो बन्द हो रही थीं।

अभी तो अँधेरा भी नहीं हुआ, तो फिर दूकानें क्यों बन्द हैं? लेकिन उसे दूकानों से क्या मतलब। उसने कुछ और क़दम आगे बढ़ाये ही थे कि सायरन

की तेज़ आवाज़ कानों से टकरायी। उसने दायें-बायें देखा। बस यों ही बेख़याली में शायद। सड़क वीरान थी। सायरन के बाद लाउडस्पीकर पर कोई एलान हुआ। आवाज़ दूर से आ रही थी। वह चलता रहा। यहाँ तक कि सड़क एक मोड़ पर मुड़ गयी। कुछ फ़ासले से बख़्तरबन्द गाड़ियाँ आती दिखाई दीं। वह वैसे ही चला जा रहा था।

मैं जा रहा हूँ निक्की बाजी....मैं। अचानक मोड़ पर बायीं ओर बस्ती के अन्दर जाती कच्ची सड़क पर किसी ने उसकी बाज़ू पकड़कर उसे अन्दर गली में खींच लिया। "कहाँ जा रहे हो कर्फ़्यू में, पागल हो क्या?" वह एक दाढ़ीवाला नवयुवक था। उसके साथ लगभग यूसुफ़ की उम्र का एक लड़का था जिसने दोनों हाथों में दो गेंदें-सी थाम रखी थीं। दाढ़ीवाले नवयुवक के पास एक थैला था जिसमें कुछ सामान था। उसने वह थैला उस ज़ीने पर रखा जहाँ उसने यूसुफ़ को खींचकर बिठा दिया था। ज़ीना किसी मकान के पिछवाड़े से सटा था जो एक तंग गली में खुलता था। इससे पहले कि यूसुफ़ कुछ कहने के लिए ज़बान खोलता, उसने देखा कि मोड़ के क़रीब पहुँचने से बहुत पहले उसकी ही उम्र का लड़का गाड़ियों की ओर दौड़ा और दो गाड़ियों को अपनी गेंदों का निशाना बनाकर गली की ओर भागा। दाढ़ीवाले नवयुवक ने कानों पर हाथ रख लिये, गगनभेदी धमाका हुआ।

"बेशक सब कुछ अल्लाह का है और अल्लाह की तरफ़ लौटना है।" नवयुवक बुदबुदाया।

"कक...कक...क्या हुआ?" यूसुफ़ बुरी तरह घबरा गया था। शाहबाज़ शहीद हो गया, वतन पर क़ुर्बान हुआ, दीन पर क़ुर्बान हुआ।

नवयवुक ने बहुत दबदबे के साथ मगर प्रभावहीन आवाज़ में कहा और आकाश की ओर उड़ते हुए स्याह गफ़ धुएँ को देखने लगा।

"आक़ा।" शाहबाज़ उसी पल गली में नमूदार हुआ था।

"तुम...तुम शहीद नहीं हुए।" वह हैरत और दुख से बोला।

"नहीं आक़ा।" शाहबाज़ ने सिर झुका दिया।

"क्यों बदनसीब?" उसने दायाँ हाथ हवा में लहराया।

"बाक़ी की गाड़ियाँ बहुत दूर थीं। मैं किस पर कूदता?" वह धीरे से बोला।

"आह बदबख़्त, क्या इसी दिन के लिए हमने तुम्हें शाहबाज़ का ख़िताब दिया था, जब तक गाड़ियाँ सामने आतीं खुद दौड़कर क़रीब चले जाते। इसीलिए हमने कहा था कि फ़िदा होने के लिए दस्ती बम ऐसे असरदार न होंगे। दूसरे होते तो हम खुद रिमोट से कंट्रोल करते और अब तक तुम जन्नत में होते और उनका काम तमाम हो गया होता।"

"अगर कोई शहीद होता है तो क्या उसके माँ-बाप भी जन्नत में जाते हैं?" यूसुफ़ ने नौजवान को ख़ामोश होते देखकर फ़ौरन सवाल किया।

"हाँ बिल्कुल ऐसा ही होता है..." नौजवान ने अत्यन्त गम्भीरता से कहा।

"मगर मैंने तो ऐसा कहीं नहीं पढ़ा। हाफ़िज़ की माँ जन्नत में जाती है वह भी अगर उसने ख़ुद अपनी औलाद को क़ुरान शरीफ़ का हाफ़िज़ा कराया हो। वरना मैंने किसी हदीस में यह नहीं पढ़ा कि..." यूसुफ़ ने जिज्ञासा से कहा।

"नादान हो तुम, जिहाद के रास्ते में।" वह हाथ आसमान की ओर उठाकर ख़ासी गम्भीर आवाज़ में कहते-कहते रुका।

"यहाँ क्रेक-डाउन होगा भागो जल्दी।" उसकी आवाज़ एकाएक भयभीत हो गयी। शाहबाज़ फिरन के अन्दर पहनी बास्केट की जेबों में भरे बम निकाल-निकाल कर ज़ीने पर रखे थैले में डाल रहा था।

"रहने दो। बाद में निकाल लेना। पकड़े जाएँगे वरना।" नवयुवक जल्दी से उठते हुए बोला।

"रास्ते में कहीं फट गया आक़ा तो?"

"तुम इतने ख़ुशनसीब कहाँ हो।" नौजवान ने उसे नज़र भरकर देखा।

"आक़ा मेरा मतलब था अगर ग़लत जगह कहीं फट गया तो...तो ख़ुदा-ना-ख़ास्ता आपको कहीं आप..." वह हकलाया।

"आप इजाज़त दें तो थैला मैं सँभाल लूँ?" यूसुफ़ ने दृढ़ स्वर में कहा तो दाढ़ीवाला नवयुवक मुस्कुरा दिया।

"मुबारक सद मुबारक..." उसने यूसुफ़ को ध्यान से देखा और गली के अन्दर मुड़ गया।

कहते हैं वह रात क़यामत की रात थी। घाटी के हालात बिगड़ते चले गये। किसने रात में धावा बोला। कोई अपने घर में तो ऐसा नहीं करता। कोई बाहर का होगा। सोलहवीं शताब्दी से ही यह सिलसिला शुरू हो गया था। चन्द्र गुप्त मौर्य और फिर अशोक के महान हिन्दुस्तान को अफ़ग़ानिस्तान और नेपाल की अन्तिम सीमाओं तक फैलानेवाली महान मुग़लिया के शहंशाहों ने भी। जब कवयित्री लोकप्रिय और प्रसिद्ध मलिका कश्मीर के कवि बादशाह यूसुफ़ शाह चिक को अकबरे आज़म ने धोखे से क़ैद कर लिया था। शाह अपने वतन और अपनी मलिका से दूर शहीद हो गये। वतन की मिट्‌टी भी उन्हें नसीब नहीं हुई। जुदाई के गीतों से अपनी बयाज़े स्याह कर डालीं और अन्ततः अपने यूसुफ़ को पुकारते-पुकारते हिबा ख़ातून इस दुनिया से विदा हो गयीं। घाटी में उसके गीत गूँजते रहे : नादलाए मियाने यूसुफ़ वलो (पुकारती हूँ मैं तुझको, मेरे यूसुफ़ आ जा)

फिर अफ़ग़ानिस्तान से अफ़ग़ान आये, फिर पंजाब से सिख, और फिर सात समंदर पार से अंग्रेज़ों ने आकर घाटी को जम्मू के डोगरों को बेच दिया। सबने जी भरकर अत्याचार किये।

निक्की ने यह सब किताबों में पढ़ा था। और कश्मीरी पराधीन ही रहे सदियों। अब कहीं आधी सदी भर पहले प्रजातन्त्र आया तो कुछ शान्ति के बाद फिर यह...क्यों हो रहा है...यह सब क्यों?

जाने क्यों आज उसे बिल्कुल ही नींद नहीं आ रही थी। जाने क्या-क्या सोच रही थी वह। कभी-कभी अचानक घबरा उठती थी। नहीं...अचानक नहीं...जब कहीं किसी धमाके की आवाज़ आती।

रात लम्बी होती जा रही थी। अगर सुबह हो जाती तो वह तनवीर ख़ाला के वहाँ फ़ोन करके ख़ैरियत मालूम करती उनकी, सबकी ख़ैरियत। उसे रह-रहकर जाने कैसी महरूमी का अहसास हो रहा था। एक अजीब से ख़ालीपन का। एक जानलेवा-सी चिन्ता का। कौन-सी चिन्ता थी यह। उसे ठीक से कुछ समझ में नहीं आ रहा था। वह यावर से बात करना चाह रही थी या शायद यूसुफ़ से कोई बात हो पाती अगर...यावर से भी कोई सम्पर्क न हुआ था कल से। शायद यूसुफ़ ने तनवीर ख़ाला से कोई बात की हो। कोई पुरउम्मीद बात होती तो अब तक...

सुबह जब तनवीर बेगम को मालूम हुआ कि यूसुफ़ कल रात अपने घर नहीं गया था तो उसने दो-एक जगह फ़ोन करने के बाद यहाँ फ़ोन किया था कि शायद किसी को मालूम हो। तो निक्की का सिर ज़ोर से चकराया था।

''चला जाऊँगा निक्की बाजी। दूर चला जाऊँगा। इतनी दूर हो जाऊँगा कि आप...'' यूसुफ़ ने दबी-दबी हिचकी ली थी। निक्की बेहोश हो चुकी थी।

कई दिन हो गये थे। यूसुफ़ की कोई ख़बर नहीं थी। उसके वालिद को दिल का दौरा पड़ चुका था। उसकी स्थूलकाय माँ का वज़न आधा हो गया था और उसकी तनवीर चाची अपनी भांजी से नज़र न मिलाती थीं और यूसुफ़ की सलामती की दुआएँ माँगा करतीं।

निक्की पत्थर की मूर्ति-सी कॉलेज जाया करती। जब दिन महीनों में बदले और तीन महीने हो गये तब एक दिन यावर के स्कूल के बाहर यूसुफ़ खड़ा नज़र आया तो वह दौड़कर उससे लिपट गया, ''कहाँ चले गये थे यूसुफ़ भाई।'' वह रो पड़ा ''यूसुफ़ भाई अब तो नहीं जाएँगे ना! सबको दुखी कर दिया आपने। हम सब मर जाएँगे आपके बग़ैर। मत जाइएगा अब कभी भी।'' वह उसके सीने से सिर टिकाए कमर में बाँहें डाले बोलता रहा। और यूसुफ़ जो उससे न जाने क्या-क्या कहने आया था। उसका सिर सहलाता रहा।

"मैं घर से ही आ रहा हूँ। सुबह आया था। सब ख़ैरियत है ना उधर?"

"हाँ, उधर बड़ी ख़ाला के वहाँ ना!" उसने यूसुफ़ की आँखों में मिलती-जुलती, आँसुओं से भरी आँखें उठाकर उसे देखा तो यूसुफ़ ने सकारात्मक ढंग से सिर हिलाया।

"निक्की बाजी बिलकुल अधमुई-सी हो गयी हैं। पीली हो गयी हैं। वह तो किसी से बात ही नहीं करतीं। अब तो..."

मसहरी पर औंधी, अपनी बयाज़ पर झुकी निक्की को ख़बर ही न हुई कि कब यावर आकर उसके पलंग के क़रीब क़ालीन पर बैठ गया।

रास्ता भूल गयीं ख़ुशियाँ।
ढूँढों जाकर किस रास्ते॥

यावर ने एक पन्ने पर नज़र डाली। बेचारी निक्की बाजी।

तेरी दो आँखों की राहत जो गयी।
ज़िन्दगी मेरी मुसीबत हो गयी॥

"निक्की बाजी..। कैसी हैं निक्की बाजी?"

यावर ने चेहरा ऊपर किया।

पल भर को निक्की का दिल जैसे हलक़ में उछल आया था। दो-तीन बरस पहले यूसुफ़ ऐसा ही दिखा करता था। उसने गले के क़रीब हाथ रखकर जैसे घायल परिन्दे से फड़कते दिल को सँभाला, "कैसा है मेरा प्यारा-सा, छोटा-सा दोस्त, मेरा भैया।" उसने ख़ुशदिली का प्रदर्शन करने की कोशिश की और यावर के बालों पर हाथ फेरा।

"बहुत ख़ुश हूँ निक्की बाजी मैं।" ख़ुशी उसकी मासूम आवाज़ से छलक रही थी। निक्की व्याकुल आँखों से उसके चेहरे की प्रतिक्रिया में अपने सवालों के जवाब माँगने लगी तो उसने किताबों के बैग में रखे पेंसिल बॉक्स से एक पर्चा निकालकर उसके हवाले किया।

वे दोनों पहाड़ी के दामन में कई बारादरियों से सज्जित बाग़ के ऊपरी बाग़ीचे के कोने में बैठे थे। सदियों पहले मुग़ल शाहज़ादे दारा शिकोह ने सितारों की चाल जानने के लिए डल झील के किनारे कोहे ज़बरोन पर यह जन्त्र-मन्त्र बनवाया था क्योंकि उसे ज्योतिष शास्त्र में ख़ासी रुचि थी। बाग़ का नाम परी महल रखा गया था।

अनगिनत फूलों से सजे इन बाग़ों से झील का मंज़र अत्यन्त आकर्षक लगता था। झील के किनारे बने मुग़ल बाग़ों की सैर करनेवालों की संख्या शाम आठ

बजे बढ़ जाया करती थी। लेकिन इधर अब ऐसा कभी-कभी होता था।

किनारे पर रंग-बिरंगी छोटी किश्तियों की क़तारें सूनी थीं। यह किश्तियाँ शिकारे कहलाती थीं और घाटी के अच्छे दिनों में पर्यटन का व्यस्त केन्द्र होतीं। बड़े-बड़े गुलबूटों वाली सीटों और ख़ुश रंगा रेशमी पर्दोंवाली इन किश्तियों को किनारे बाँध नाविक जाने कहाँ चले गये थे, हालाँकि बहार शबाब पर थी। दूर बीच झील के एक छोटी-सी बिना छत की नौका जिसकी लकड़ी का सारा रंग पानी ने चूस लिया था दूसरे किनारे को धीमी गति से जा रही थी।

"कहाँ थे तुम?" निक्की ने उसे कुछ लम्हों तक ध्यानपूर्वक देखा। वह एकदम बदला-बदला लग रहा था। उसने दाढ़ी बढ़ा रखी थी। घुटनों से नीचे एक लम्बाई वाले कुर्ते के ऊपरी खुले बटन में से सीने में उगे स्याह बाल झाँक रहे थे। आँखों के गिर्द स्याह गड्ढे थे और घुँघराले बाल पहले की तरह दायीं भृकुटि तक आ रहे थे जिनके पीछे नीली-नीली आँखें जैसे सारे संसार की चिन्ता में डूबी हुई थीं।

"तुम मेरे साथ चलोगी अनीक़ा?" यूसुफ़ की आँखें एकाएक बाग़ी हो गयी थीं। उसकी सम्बोधन शैली पर निक्की चौंकी नहीं थी।

"कहाँ?" छोटे-से फाटक से क़रीब लगे सौंफ के पौधे हवा के झोंकों से लहराये। एक दिलरुबा-सी महक फैल गयी। "यही एक रास्ता है। वरना कोई आपको क्यों मुझे सौंपने लगा? हाँ नहीं कहेंगी निक्की बाजी तो...तो ख़ुदा की क़सम..." वह पल भर में पहले की तरह उदास और मजबूर-सा हो गया। आँसू भर आये।

"नहीं यूसुफ़ नहीं।" उसकी एक आँख से आँसू टपका तो निक्की ने उसे अपनी अनामिका से पोंछ लिया।

"ऐसा मत करो। ऐसा न कहो। यह कैसे मुमकिन होगा, यह क्योंकर होगा?"

"क्यों नहीं होगा बाजी..." उसने निक्की का हाथ पकड़कर अपनी आँखों पर रख दिया।

बिल्ली-सी दुमवाली एक स्याह चिड़िया सामने ज़र्द गुलाबों की क्यारी पर आ बैठी और चोंच आसमान की ओर उठाकर ज़ोर से चहचहायी। यूसुफ़ ने निक्की का हाथ अपनी आँखों से हटाया और नज़र दौड़ाकर चिड़िया की ओर देखा। निक्की ने भी चौंककर उधर देखा था। दोनों मुस्कुरा दिये, "हम ऐसे ही हमेशा साथ नहीं रह सकते निक्की बाजी। मान जाइए ना! मैं आपकी तालीम ज़ाया नहीं होने दूँगा। ख़ुद भी कोई अच्छा काम करूँगा। मेरे दोस्तों ने सब इन्तज़ाम कर रखा है, हम निकाह कर लेंगे। फिर कोई हमारा कुछ नहीं बिगाड़ सकेगा।

वरना बाद में कभी ऐसा मौक़ा नहीं आएगा। अभी हाँ कर दीजिए निक्की बाजी।''

निक्की अपने घुटनों को बाँहों के घेरे में लिए बैठी अपने पाँव देखती रही।

''मैं तुम्हें दुनिया की हर ख़ुशी दूँगा। अपना सब कुछ तुम्हारे क़दमों में रख दूँगा। हमारा छोटा-सा घर होगा। तुम हमेशा मुस्कुराती रहोगी। कोई तुम्हारी माँ की तरह तुम पर बन्दिशें नहीं लगाएगा।'' वह ख़ामोश हो गया और सिर झुकाकर निक्की के पैरों को देखता रहा। परिन्दे चहचहाते रहे। सौंफ की ख़ुशबू हवाओं में घुलती रही। निक्की चुपके-चुपके रोती रही। एक आँसू उसके पैर पर गिरा। यूसुफ़ ने उसे हाथ से पोंछ दिया।

''क्या हुआ निक्की बाजी?'' वह थकी हुई आवाज़ में बोला, ''मैं जानता था। आप मेरा साथ नहीं देंगी।'' उसकी आवाज़ भर्रा गयी थी। वह आवाज़ के कम्पन को क़ाबू में रखकर बोलता हुआ मोटर साईकिल तक आ गया।

सामने झील में सूरज ने गोता लगाया और डूब गया। आसमान का वह किनारा उस समय तक दहकते अंगारे-सा सुर्ख़ रहा जब तक मोटर साईकिल नीचे सड़क के मोड़ तक आयी। यूसुफ़ सामने देख रहा था और निक्की की नज़रों के सामने सड़क ख़त्म होने तक आसमान वैसा ही सुलगता रहा। कभी-कभी मंज़र धुँधला जाता मगर आँसू टपक जाते तो सब साफ़ नज़र आने लगता।

निक्की के घर को मुड़नेवाली गली के मोड़ पर यूसुफ़ ने एक किनारे मोटर साईकिल रोक दी और दोनों पाँव ज़मीन पर टिकाए मोटर साईकिल पर ही बैठा रहा।

''आँखों से ओझल मत होना यूसुफ़।'' निक्की की आवाज़ काँपती रही। हिचकियाँ घुटती रहीं।

''अपने फ़ैसले पर आप तमाम उम्र पछताएँगी निक्की बाजी।'' उसकी आँखों में मौत की-सी उदासीनता थी। उसने मोटर साईकिल स्टार्ट कर दी।

निक्की ने हैंडल पकड़े हुए उसके हाथ पर दोनों हाथ रख दिये। उसकी आँखों को भयभीत-सी नज़रों से देखते हुए उसने अपने हाथों की पकड़ उसके हाथों पर मज़बूत कर दी।

''ऐसा मत करना। ज़िन्दा लाश न बनाना मुझे।''

यूसुफ़ उसे चुपचाप देखता रहा। उसके होंठों पर एक शोकग्रस्त मुस्कुराहट फैल गयी। और मोटर साईकिल आगे बढ़ गयी।

निक्की मोड़ पर पत्थर की मूर्ति-सी खड़ी उसे दूर होता देखती रही।

''पुकारती हूँ मैं तुझको मेरे यूसुफ़ आ जा''

गालों पर दो ताज़ा आँसू ढलक आये। दो आँखें सड़क के मोड़ पर छोड़कर वह घर की ओर मुड़ गयी।

उन दिनों हालात और बिगड़ गये थे। घाटी और उदास हो गयी थी। घरों में आदमी कम हो गये थे। मन उदास रहते थे। घरों से काम के लिए निकलनेवालों के शाम को लौटने का पता नहीं था। घर में रहनेवाले शंकाओं से घिरे रहते। मर-मरकर जीते।

साल भर होने को आया, यूसुफ़ की कोई ख़बर न थी। उस समय तक उसकी माँ का मन कभी उदास हो जाता और कभी आशापूर्ण। यह मन उसे दिन में कई-कई बार मारता और ज़िन्दा करता था। उसके बाप को भी दिल का दौरा पड़ चुका था।

जिस दिन पड़ोस के किसी लड़के को पहचान के एक आदमी ने बताया कि यूसुफ़ ज़िन्दा है मगर दूर सीमा के उस पार। उस दिन उसकी माँ सारा दिन केवल रोती रही थी।

मेरा बेटा ज़िन्दा है मगर मौत की ट्रेनिंग ले रहा है—जाने कितनी बार उसने यह जुमला अपने आप से दोहराया था मगर दिल के मरीज़ शौहर के सामने केवल आहें भरकर रह जाती। "हमसे दूर ही सही, ज़िन्दा तो है, कभी-न-कभी लौट आएगा हमारे पास। आाखि़र हमारा बच्चा है, हमारा ख़ून है।" वह पति को तसल्ली दिया करती।

पतझड़ के आगमन ने चिनारों में आग लगा रखी थी। निक्की के घर के पिछवाड़े बाहरी दीवार के उस पार कुंजड़ों की खेतियाँ थीं जिनमें कई तरह की सब्जियाँ लहलहाया करती थीं, मगर उन दिनों वहाँ केवल कड़म का लम्बी डंडियोंवाला साग उगा हुआ था जिसके बड़े-बड़े पत्ते चिनार के पेड़ से झाँकते हुए अक्तूबर के चाँद की भीगी हुई चाँदनी में निखरे-निखरे से नज़र आ रहे थे।

चाँदनी को अपनी मसहरी के किनारे तक आता देख निक्की उठकर खिड़की तक चली आयी। कुछ लम्हे वहाँ खड़ी रहकर वापस बिस्तर पर लेट गयी। वह आज भी सो नहीं पा रही थी। रात का पिछला पहर था। वह अँधेरे में आँखें खोले छत को टकटकी बाँधे देखती रही। आँसू उसके कानों में जमा होते रहे।

पास की तिपाई पर पड़े फ़ोन की घंटी बजी। लम्बी-दूरी की घंटी थी। निक्की ने लपककर रिसीवर उठाया कि घर में किसी की नींद ख़राब न हो। 'निक्की बाजी..." उसकी महीन-सी हैलो के जवाब में आवाज़ आयी। दिल सीने में ऐसे धड़का जैसे मुर्दा बदन में किसी ने उसी लम्हा रूह फूँक दी हो। उसका हाथ अनायास कंठ पर चला गया।

"यूसुफ़!!" उसकी आवाज़ काँपी, "मुझे जीते जी मारकर तुम...तुम कहाँ छुप गये यूसुफ़? कब आओगे? कहाँ से बोल..." वह हिचकियाँ लेने लगी।

"मैं मर नहीं सका निक्की बाजी। सिर्फ़ ज़ख़्मी होकर नामुराद पड़ा रहा।

मगर ऐसा नहीं होगा अब। इस वक़्त समन्दर पार हूँ।''

''तुम आ जाओ यूसुफ़। मैं भी अधमरी हूँ। साथ मरेंगे दोनों।''

''मेरा वहाँ आना नामुमकिन है। मेरे पास पासपोर्ट कहाँ है वहाँ का। जहाँ के पासपोर्ट से यहाँ आया हूँ, वह भी मुझे कहाँ छोड़ेंगे?''

''क्यों किया तुमने ऐसा यूसुफ़? तुम मुझे किस क़ुसूर की सज़ा दे रहे हो। अपने वालिदैन को क्यों सज़ा दे रहे हो? लौट आओ यूसुफ़।''

''नहीं निक्की बाजी। बर्फ़बारी के वक़्त आने में न पकड़ा गया तो रूपोश (अन्तर्धान, अदृश्य) तो रहना पड़ेगा। सबकी ज़िन्दगी ख़तरे में कैसे डाल दूँ? यह मुमकिन ही नहीं होगा।''

''यह ग़लत रास्ता क्यों चुन लिया तुमने?''

''चुप। यह लफ़्ज़ दोबारा कभी मत दोहराइएगा। यहीं पर ख़तम कर दिया जाऊँगा। शहादत का मौक़ा नहीं मिलेगा मुझे। आप नहीं जानतीं।''

''यह कोई शहादत है यूसुफ़। तुम तो इतने ज़हीन थे। इतने समझदार थे। यह तुम्हें क्या हो गया। तुम...''

''बस कीजिए निक्की बाजी। हमेशा आप मुझे विद्यार्थी की तरह बातें समझाती आ रही हैं। अब मैं...?''

''मेरी मर्ज़ी...मेरी कौन-सी मर्ज़ी रही है...कैसी मर्ज़ी।'' आँखें भर आने से उसकी नाक बन्द-सी हो गयी तो आवाज़ भीग गयी।

''सॉरी निक्की बाजी, दिल नहीं दुखाना चाहता आपका। माफ़ कर दीजिए मुझे। माफ़ कर दीजिए।'' उसकी आवाज़ भी रुँध गयी और फ़ोन बन्द हो गया।

निक्की ने फ़ोन कान से हटाकर गाल से लगा लिया। कितने समय के बाद उसने यूसुफ़ की आवाज़ सुनी थी।

फ़ोन रखकर वह खिड़की के क़रीब आ गयी। चौखट पर हाथ रखकर चाँद को देखती रही और फिर दूर-दूर नज़र आते तारों को। शायद फ़ोन कट गया हो और फिर घंटी बज जाए, इस इन्तज़ार में वह रात भर नहीं सोयी। सुबह तक भी नहीं।

कुछ महीने और गुज़र गये। निक्की उसके फ़ोन का इन्तज़ार करती रही। घर के रास्ते में आनेवाले क़ब्रिस्तान में नर्गिस के पौधे कई बार ज़मीन से ऊँचे हुए, फूले और मुरझाये। फ़ोन नहीं आया। रातों को बिरह के गीत लिख-लिखकर उसने बयाज़ें भर दीं। हर दिन कॉलेज से लौटते समय क़ब्रिस्तान के क़रीब से गुज़रते हुए उसकी रफ़्तार सुस्त हो जाती। नज़रें उसी ओर उठ जातीं।

एक दिन उसने देखा कि क़बिस्तान की दीवार के छोटे-से दरवाज़े की जगह बड़ा-सा फाटक लगाया गया है। 'बेशक सब कुछ अल्लाह का है और उसी

की तरफ़ लौटनेवाला है।' फाटक की हरी महराब पर स्याह रंग की इबारत पर उसकी नज़रें ठहर गयीं। कुछ लम्हे वह इबारत को देखती रही फिर उसके क़दम फाटक के बीच लगे छोटे-से किवाड़ की ओर उठ गये। वह छोटी-सी ढलान उतरकर मुँडेर से जा लगी। सामने दूर तक फैले हुए क़ब्रिस्तान में अनगिनत क़ब्रों का इज़ाफ़ा हो गया था। जगह-जगह नये शिलालेख खड़े थे।

उसका दिल ज़ोर-ज़ोर से धड़क रहा था। वह ज़मीन पर बैठ गयी और उसने आँखें ज़ोर से मींच ली।

"अगर इस समय कोई हम पर बन्दूक़ तान दे तो क्या हमें भागना चाहिए निक्की बाजी।"

बन्द आँखों से निकलकर आँसू निक्की के गालों पर फैल गये।

"नहीं...नहीं यूसुफ़, तुम मुझसे दूर भाग गये। मैं...मैं कहाँ भाग सकती हूँ? मैं कहाँ जा सकती हूँ? मैं कहाँ जाऊँ...मेरे यूसुफ़?"

निक्की चुपके-चुपके सिसकने लगी। ख़ूब रो लेने के बाद जब जी कुछ हल्का हुआ तो उसने आँखें खोल दीं। नर्गिस के फूलों में लगे शिलालेखों पर नाम, जन्म तिथि और मृत्यु तिथि दर्ज थी।

नसीर अहमद मलिक—जन्म 9.10.70

निधन—6.2.92

मुहम्मद राशिद मीर—जन्म 5.6.72

निधन—1.7.93

वह बौखलाई-सी मुँडेर से लगी बैठी दरो-दीवार तक फैले शिलालेखों को पढ़ती रही। उसके चेहरे पर पीड़ा उतर आयी। होंठ दाँतों में भींचे सिसकियाँ लेते हुए उसने मुँह दूसरी ओर मोड़ा तो एक बिल्कुल ताज़ा क़ब्र पर स्याह संगमरमर का शिलालेख नयी-नयी बहार की निखरी हुई ठंडी धूप में चमक रहा था। क़ब्रिस्तान के किनारों पर लगे बेद के पेड़ उस पर बार-बार साया किये देते थे।

यूसुफ़ अहमद ख़ाँ—जन्म 11.3.1973

निधन—2.6.1993

"नहींऽऽऽ" उसका हाथ अनायास उसके होंठों पर चला गया। दूसरा हाथ उसने अपने हलक़ पर रख दिया। दबी-दबी-सी चीख़ उसके सीने में घुटकर रह गयी। हिचकियाँ ले-लेकर रोते हुए उसने आँखें बन्द कर लीं। उसका बदन थर-थर काँप रहा था। गले को उसने ऐसे थाम रखा था जैसे उसकी जान उसी रास्ते से निकल भागनेवाली हो।

"यह नहीं होगा मेरे साथ, मेरे अल्लाह, यह नहीं होगा" उसने तड़पकर आसमान की ओर निगाहें उठायीं और पीछे मुँडेर पर उगी हरी नम घास पर हाथ

टिका दिये। नीला आसमान बेदाग़ नज़र आ रहा था। आँसू उसकी आँखों में बह-बहकर चेहरा भिगोते रहे। दीवान से सटी मस्जिद में बिजली न होने के कारण मोअज़्ज़िन की बिना लाउडस्पीकर की पुरदर्द-सी अज़ान गूँजी।

चिड़ियों ने जब चहक-चहककर आसमान सिर पर उठा लिया तो निक्की ने अपनी सुर्ख़-सुर्ख़ आँखों पर दुपट्टा रखकर थके हुए पपोटों से आँसू जज़्ब कर लिये और खड़े होने से पहले एक नज़र भर बायीं ओर देखा। एक बार फिर उसका हाथ उसके गले के क़रीब चला गया। वहाँ पर न कोई ताज़ा क़ब्र थी न शिलालेख। उसका दिल ज़ोर-ज़ोर से धड़क रहा था और उसे सख़्त प्यास लग रही थी।

फिर महीने सालों में बदलने लगे। उस दिन किसी ने यूसुफ़ की माँ को फ़ोन करके बताया कि आज रात एक बजे यूसुफ़ उनसे वीडियो कॉनफ्रेंसिंग के द्वारा सम्पर्क करेगा।

"हमारा बेटा ज़िन्दा है, सलामत है..." उसकी माँ ने यह ख़ुशख़बरी घर के हर सदस्य को अलग-अलग सुनायी। उस दिन वह सारा वक़्त लोरियाँ गाती रही और रह-रहकर उसकी आँखें भीगती रहीं।

कम्प्यूटर के मॉनीटर पर उसके बेटे की तसवीर उभरी तो वह पहचान ही नहीं पायी। उसने सिर मुँड़वा रखा था। दाढ़ी गिरेबान तक बढ़ी हुई थी। आँखें अधखुली-सी थीं और जब उसने माँ-बाप को सम्बोधित किया तो उसकी आवाज़ थकी-थकी-सी थी।

"आ जाओ चाँद घर आ जाओ।" माँ ने मॉनीटर पर नज़र आ रहे उसके चेहरे पर हाथ फेरा और रो पड़ी।

"तुम्हारी माँ मर जाएगी बेटा।" बाप की आवाज़ काँप रही थी।

"अब्बू, अम्मी बीमार हैं यूसुफ़। तुम्हारे बग़ैर घर बिल्कुल तबाह हो गया है। तुम्हारे बिना किसी का जी नहीं लगता।" बहन सिसकियाँ लेने लगी।

"इस तरह की बातों से मेरा ईमान कमज़ोर करने की कोशिश न करें। आप लोग बस दुआ करें मैं जामे शहादत नोश करूँ। और आप सबके लिए जन्नत के दरवाज़े खोल दूँ।"

उसके स्वर में संकल्प झलक रहा था मगर चेहरे पर दुख के साये थे।

"किसी तरह कुछ दिन के लिए आ जाओ। यह सब ठीक नहीं मेरे लाल। मैं तुम्हें समझा दूँगी। कुछ दिन के लिए तुम्हें सीने से लगाने के लिए मेरा कलेजा फटा जा रहा है।" माँ रोती रही।

"मेरे जनाज़े को कन्धा देने आ ही जाओ मेरे बच्चे।" बाप लाचारी से बोला।

"अब जन्नत में मुलाक़ात होने की दुआ माँगिए अब्बू। अम्मी बुज़दिलोंवाली

बातें मत कीजिए।''

''यह क्या कह रहे हो? किसने भटका दिया तुमको मेरे बेटे? हमारे पास कभी जी भर के बैठते, बात करते हमारे साथ तो हम तुम्हें समझाते।''

''उफ़। अब्बू फिर वही नसीहतें। फिर...आप मेरी बात कभी समझेंगे? अब्बू कभी नहीं। अच्छा कुछ दिन बाद फिर बात करूँगा मैं।'' उसके चेहरे पर पीड़ा उतर आयी थी। मॉनीटर की स्क्रीन फिर कोरी हो गयी।

काश! वह एक झलक देख पाती। यावर से वीडियो कॉनफ्रेंसिंग की बात सुनकर निक्की के दिल में लालसा जागी और सो गयी।

कुछ दिन बाद यह बात भी पुरानी हो गयी और होती चली गयी। यूसुफ़ के वालिद अब ज़्यादा बीमार रहने लगे हैं और कुछ बेहतर होते ही यूसुफ़ की माँ उन्हें हज पर ले जाएँगी।

यूसुफ़ के माँ-बाप हज करने के बाद किसी दूसरे शहर में चले गये और कोई दो महीने बाद लौटे। उन्हें देखकर ऐसा लगता था जैसे बरसों की उम्र जीकर लौटे हों। बहुत बूढ़े और बीमार फिर दूसरे ही दिन दिल का तीसरा दौरा पड़ने से यूसुफ़ के पिताजी का निधन हो गया।

यूसुफ़ की माँ के आँसू नहीं बहे थे। वह अब अकसर अपने कमरे में पड़ी रहतीं। उसका चेहरा बिल्कुल सपाट हो गया था। अब वह फ़ोन की घंटी पर चौंकती नहीं थी।

बहुत पहले जब यूसुफ़ घायल हुआ था तो उसकी नाक से कई दिन ख़ून बहता रहा था। कारण समझ में नहीं आया था। किसी धमाके के दौरान कहीं से कोई चीज़ उसके ऊपर आ गिरी थी तब से ही उसके सिर में तेज़ दर्द रहता था। दर्द-निवारक अनगिनत दवाइयाँ खानी पड़तीं। पहले दर्द लम्बे समय तक होता। धीरे-धीरे दर्द कम होने लगता और अब यह हालत थी कि एक आध-पौन घंटे के अन्तराल से दर्द उठता और छह-आठ घंटे रहता।

हज के दौरान यूसुफ़ ने अपने माँ-बाप से सम्पर्क किया था।

दूसरे शहर में मुलाक़ात तय हुई और बरसों बाद उन्होंने अपने बेटे को देखा जो बेहद कमज़ोर लग रहा था मगर वह माँ-बाप को देखकर मुस्कुराए जा रहा था।

दूसरे दिन समन्दर के ऊपर बहुत से बादल इधर-से-उधर उड़ते फिर रहे थे जैसे बादलों का पहाड़ रास्ता भटक गया हो। द्वीप पर बने बहुमंज़िला इमारत के किसी ऊपरी कमरे की बालकनी में वे तीनों बैठे थे। यूसुफ़ को हफ़्ते भर बाद ठिकाने पर लौट जाना था। माँ-बाप का वीज़ा भी ख़त्म होनेवाला था।

उस दिन यूसुफ़ के वालिद बेहद पुरसुकून लग रहे थे। उनकी नज़रें बेटे

के चेहरे से हटती नहीं थीं। उन्हें विश्वास हो गया था कि बेटा उनकी बात मान लेगा और वह उसे वापस ले आने का कोई न कोई रास्ता निकाल लेंगे क्योंकि उसने माँ-बाप की किसी बात के जवाब में कोई ज़िद नहीं की थी। ख़ामोश सुना रहा था।

यह बात यूसुफ़ की बहन ने यावर को बतायी थी। बहुत दिन बाद जब उसकी माँ के सपाट चेहरे पर कुछ तास्सुरात उभरने लगे थे तब उसकी माँ रोने और बात करने लगी थी।

उस दिन माँ की गोद में सिर रखे बादलों को देखते हुए उसके सिर में दर्द उठा था जो किसी तरह कम होने में न आया और पहले से कहीं ज़्यादा तेज़ होता चला गया। एक्स-रे से पता चला कि उसके दिमाग़ की बाहरी ओर के तरल तत्त्व में बायीं आँख की बिल्कुल सीध में कोई इंच भर लम्बी एक गोली है जो बहुत पहले आँख के अंदरूनी कोने से घुसकर न जाने किस तरह बिना आँख की पुतली में लगे, सिर में बैठ गयी थी। अब सर्जरी के सिवा कोई दूसरा रास्ता नहीं था।

ऑपरेशन करके गोली निकाल दी गयी, मगर यूसुफ़ को होश नहीं आया। कुछ दिन कोमा में रहने के बाद वह मौत की गोद में चला गया।

क़ब्रिस्तान में उसे दफ़नाकर उसके माँ-बाप लौट आये थे।

निक्की के घर के रास्ते में पड़नेवाले क़ब्रिस्तान में किसी नयी मैयत के लिए अब कोई नयी जगह नहीं बची है। उसकी दीवारें जर्जर होकर कई जगह से टूट गयी हैं। यहाँ तक कि बसंत के आगमन पर सड़क पर चलते समय मुँडेर तक जाए बिना नर्गिस के फूल आसानी से नज़र आ जाते हैं।

वहाँ से गुज़रते समय निक्की की रफ़्तार अपने आप धीमी हो जाती है। उसकी नज़रें बेद के पेड़ों से होती हुई क़ब्रिस्तान के सारे अहाते में भटकती रहती हैं। अगरचे यूसुफ़ की तुर्बत (समाधि भवन) उधर नहीं है। फिर भी...

बाप और बेटा

—मुशर्रफ़ आलम ज़ौक़ी

बाहर कुहासा गिर रहा था। काफ़ी शीतलहरी थी। मेज़ पर रखी चाय बर्फ़ बन चुकी थी। बहुत देर बाद बाप के होंठ थरथराये थे—"मेरा एक घर है।" और जवाब में एक शरारती मुस्कुराहट उभरी थी—और मैं एक जिस्म हूँ। अपने आप से सुलह कर लोगे तब भी एक जंग तो तुम्हारे अन्दर चलती ही रहेगी। एक अग्नि परीक्षा तो देनी ही होगी तुम्हें। मन की सतह पर अपने आप से लड़ना कैसा होता है, नहीं जानते, घर...बच्चे, एक उम्र निकल जाती है।...

बाप उस दिन जल्दी ही घर लौट आये थे...शायद नहीं, यह ठीक नहीं...या ऐसा नहीं होना चाहिए। वह बहुत देर तक अँधेरे में अपनी ही परछाइयों से लड़ते रहे। कमरा अँधेरा हो और शान्त तो अच्छा-ख़ासा युद्धस्थल बन जाता है। जितनी मर्ज़ी, ख़ुद से लड़ते रहो। कभी-कभी नितान्त चुप्पी, गहराई, अँधेरा और एकदम से शान्त माहौल भी आपसे गुफ़्तगू करने लगते हैं, ढेरों, सैकड़ों प्रकार की गुफ़्तगू और वो भी पूरी गम्भीरता से, मिसाइलें छूटती हैं। तोपे दगती हैं और कभी-कभी अपना आप तो इतना लहूलुहान हो जाता है कि...तन्हाइयों से डर लगने लगता है..मगर थके, अशान्त मन को कभी-कभी इन्हीं तन्हाइयों पर प्यार आता है। ये तन्हाइयाँ क़िस्से जानती हैं और क़िस्से सुनाती भी हैं।

कमरे में उतरी हुई ये परछाइयाँ देर तक बाप से लड़ती रही थीं—पागल हो...तुम एक पिता हो...एक पति हो...बाप एक गहरे चिन्तन में थे। जिस्म की माँग कुछ और थी, शायद मगर नहीं...शायद ये जिस्मी माँग नहीं थी। जिस्म को तो वर्षों पहले उदास कर दिया था उन्होंने। महत्त्वहीन...नहीं जैसे कोई माँग नहीं हो। कोई गर्मजोशी। बस एक खुरदुरे प्रस्ताव जैसा। जैसे किसी बूढ़े होने के एहसास से ख़ुद को बचाये रखने की एक ज़रूरी कार्रवाई भर। बस ज़िन्दगी ने शायद इस उदासी के आगे का कोई ख़ूबसूरत सपना देखना बन्द कर दिया था।

और एक दिन जैसे, बाप ने ज़िन्दगी की दूर तक फैली गुफा में अपने भविष्य

का अन्त पढ़ लिया था...बस...यही बच्चे...इन्हीं में समाया जीवन और...यही अन्त है...फुलस्टॉप?

वे भीतर तक काँप गये थे।

बाप इसके बाद भी कई दिनों तक काँपते रहे थे। दरअसल बाप को ये रूटीन-लाइफ़ वाला जानवर बनना कुछ ज़्यादा पसन्द नहीं था। मगर शादी के बाद से, जैसे वह सभ्यता और मर्यादा की इस गाँठ से बँधे रह गये थे। बस यहीं तक। फिर बच्चे हुए और भीतर का वो रूमानी आदमी ज़िन्दगी की अनगिनत शाहराहों के बीच कहाँ खो गया। बाप को इस बात का पता नहीं चला।

2

बेटे को बाप के इस बदलाव का एहसास था। हो सकता है, घर के दूसरे लोग भी बाप की चुप्पी को अलग-अलग तरह से पढ़ने की कोशिश कर रहे हों, मगर बाप अन्दर ही अन्दर कौन-सी जंग लड़ रहे थे, ये बेटे से ज़्यादा कोई नहीं जानता था। ये मनोविज्ञान की कोई ऐसी बात नहीं थी जिसे जानने या समझने के लिए उसे काफ़ी मेहनत करनी पड़ी हो। बाप के भीतर चल रहे अन्तर्द्वन्द्व को उसने ज़रा-सी समीक्षा के बाद ही समझ लिया था।

बाप में एक पुरुष लौट रहा है?

शायद बाप जैसी इस उम्र में सब बापों के अन्दर इस तरह सोये हुए पुरुष लौट आते हों, शेष की बात वो नहीं जातना, मगर बाप, उस पुरुष को लेकर उलझ गये हैं। ज़रा गम्भीर हो गये हैं।

तो क्या, बाप कभी बग़ावत भी कर सकते हैं?

बेटे को एहसास तो था कि बाप के अन्दर का पुरुष लौट आया है मगर वह इस बात से अनभिज्ञ था कि बाप घरवालों से उस पुरुष का एहसास कैसे कराएँगे। या बाप को घरवालों से उस पुरुष का एहसास कराना भी चाहिए या नहीं।

हो सकता है कि आप ये पूछें कि बेटे को इस बात का पता कैसे चला कि पिता के अन्दर का पुरुष लौट आया है? लेकिन बेटे का ऐसा सोचना स्वाभाविक ही नहीं बल्कि उसके निरन्तर कई दिनों के मूल्यांकन का परिणाम भी है, यद्यपि ये सही है पिता में आ रहे बदलाव को घरवाले अलग-अलग तरह से ले रहे थे, जैसे—शायद माँ ये सोचती हो कि पिंकी अब बड़ी हो गयी है, इसलिए पिता ज़रा-से संजीदा हो गये हैं।

लेकिन बेटे को ऐसे तर्क या माँ के ऐसा सोचने पर आपत्ति है और इसकी वजह बहुत साफ़ है। बाप का रहन-सहन, माहौल बेटे को पता है, दस पिंकियों का विवाह भी बाप के लिए प्रॉब्लम नहीं है। बाप के पास क्या नहीं है...कार,

बँगला और सफलतम आदमी की पहचान...लेकिन बेटे को पता है, इस पहचान के बीच अचानक किसी तन्हा गोशे से कोई दर्द उतर आया है।

बाप के अन्दर आयी हुई तब्दीलियों का एहसास बेटे को बार-बार होता रहा...जैसे उस दिन...बाप अचानक रूमानी हो उठे थे।

"तुम्हें पता है, बाथरूम में ये कौन गा रहा है?" उन्होंने माँ से पूछा था। एक बेहतर परम्परावादी क़िस्म की माँ के चेहरे पर सिलवटें थीं।

"मैंने पापा को कभी इतना ख़ुश नहीं देखा, क्यों माँ?"

माँ के चेहरे पर बल थे।

"वे ठीक तो हैं न?" माँ का लहजा डरा हुआ था।

"क्यों?"

"उन्हें कभी इस तरह गाते हुए...।

बेटे को हँसी आ गयी—"कमाल करती हो तुम भी माँ...यानी बाप को कैसा होना चाहिए...।" बेटा मुस्कुराते हुए बोला..."बाप में भी तो जज़्बात हो सकते हैं, क्यों माँ?"

बेटे ने परवाह नहीं की, माँ उसके आख़िरी वाक्य पर दुखी हो गयी थी...शायद नहीं, माँ को उसके आख़िरी जुमले से शंका हुई थी, पूरे बीस बरस बाद-बाप के प्रति। कहीं बाप से...

माँ ने फ़ौरन एक फीकी मुस्कुराहट के साथ ख़ुद की तसल्ली का सामना किया था...कोई ज़ोरदार रिश्वत मिली होगी।

माँ को पता था कि किसी सरकारी अफ़सर के पास भी इतना सब कुछ आराम से नहीं मिल जाता, जितना कि उसके बाप ने हासिल किया हुआ था।

बाप उस दिन रूमानी हो उठे थे। फिर बाद को काफ़ी संजीदा नज़र आये जैसे तपती धरती पर बारिश की कुछ बूँदे बरस जाएँ। बेटा दिल-ही दिल में मुस्कराता था। हो न हो ये मेह बरस जाने के बाद का दृश्य था। बाप के जीवन में कोई आ गया है। पहले बाप को अच्छा लगा होगा, इसीलिए बाप थोड़े रूमानी हो उठे होंगे फिर बाप को एहसासों के ऑक्टोपस ने जकड़ लिया होगा।

बेटे को अब बाप की सारी कार्रवाइयों में मज़ा मिल रहा था।

3

बाप को यहाँ तक यानी इस मंज़िल तक पहुँचने में काफ़ी मेहनत करनी पड़ी थी, संघर्ष के काफ़ी ऊबड़-खाबड़ रास्तों से गुज़रना पड़ा था। बाप को पता था कि वो शुरू से ही रूमानी रहा है। भावुक आँखों के आगे दूर तक फैला हुआ एक चमकीला आकाश। बचपन में छोटी-छोटी कविताएँ भी लिखी होंगी। इन कविताओं में तब

उस समय रचने-बसने वाले चेहरे ही रहे होंगे, घर के उदास छप्परों पर तब ख़ामोशी के कौवे बैठे होते थे, बाप को शीघ्र ही इस बात का एहसास हो गया कि ख़ुशबुओं के दरख़्तों को ज़रा-सा प्रैक्टिकल बनाना होगा, बाप होशियार था। उसने पथरीले रास्ते चुने। कविताओं की मार्मिक दुनिया से अलग का रास्ता। दिलों में उठनेवाली रूमानी लहरों को सुलाया। एक अदद अच्छी नौकरी और घरवालों की मर्ज़ी की पत्नी के साथ जीवनद्वीप पर आ गया। पर वो रूमानी लहरें कहाँ गयीं या वो कहीं नहीं थीं या वो उस उम्र में सबके लिए भीतर होती थीं, बाप की तरह और सब भी बाप की तरह उन्हें भीतर छोड़कर भूल जाते थे। रोज़मर्रा की ज़िन्दगी में कभी कोई सैलाब नहीं आता था।

मगर बाप की आँखों में सैलाब आ चुका था और वो भी अचानक और वो भी ऐसे समय जब पिंकी जवान हो चुकी थी और बेटे की आँखों में रूमानी लहरों की हलचल तेज़ हो गयी थी, ठीक बीस साल पहले बाप की तरह...

लेकिन बीस साल बाद का ये समय और था, बापवाला नहीं। बेटे के साथ बाप जैसी उदास छप्पर की दास्तान नहीं थी। बेटे के पास बाप का बँगला था।

एक टाटा सीरा थी। टाटा सीरा में साथ घूमनेवाली यों तो कई लड़कियाँ थीं मगर समुद्र की बहुत सारी लहरों में से एक लहर उसे सब से ज़्यादा पसन्द थी, बेटे को सबसे ज़्यादा गुदगुदाती थी...और बेशक बेटा उसके लिए, उसके नाम पर रूमानी शायरी भी कर सकता था।

समय के साथ, बेटे के सामने दर्शन, तर्क और तसल्लियों के सब दरवाज़े खुले थे। बेटा इंटरनेट, क्लोन और कम्प्यूटर पर घंटों बातें कर सकता था। उसे अपने समय की तरक़्क़ी का अन्दाज़ा था। बहुत तरक़्क़ीयाफ़्ता मुल्क का शहरी न होने के बावजूद, ख़ुद को तरक़्क़ीयाफ़्ता समझने की बहुत सी मिसालें वो गढ़ सकता था।

हाँ, ये और बात है कि कभी-कभी वो फिसल भी जाता था। मिसाल के लिए जैसे उस दिन, उस ठंडी शाम।

कॉफी-शॉप में बेटे की नज़र अचानक उस तरफ़ चली गयी। उस तरफ़ मगर जो वो देख रहा था वो शत-प्रतिशत सच था। उसने दाँतों से उँगलियों को चबाया नहीं, जो कुछ वो देख रहा था वो क़तई तौर पर नज़रों का धोखा नहीं था। उसके टेबल के बायीं तरफ वाली टेबल पर रेंगता हुआ एक मर्दाना हाथ...कॉफी की प्यालियों के बीच थरथराता हुआ एक जनाना हाथ...सख़्त खुरदरी उँगलियाँ धीरे से मुलायम उँगलियों से टकरायीं।

"छिपकली?" बेटे के अन्दर का तरक़्क़ीयाफ़्ता आदमी सामने था।

"क्या?" लड़की उछल पड़ी थी।

"तुमने अभी तो नहीं कहा...छिप...कि नहीं...कुछ नहीं बस चलो यहाँ

से।'' बेटा सीट छोड़कर उठ गया था, लड़की हैरान थी।

''क्यों चलूँ अभी-अभी तो हम आये हैं।''

''मैंने कहा ना यहाँ से चलो।''

''क्यूँ'' लड़की की आँखों में शरारत थी। ''कोई और है क्या?'' उठते-उठते पलटकर लड़की ने उस दिशा में देख लिया था जहाँ...। दोनों बाहर आ गये, बाहर आकर लड़की के स्वर में कठोरता थी।

''कौन था वह?''

''कोई नहीं।''

''फिर बाहर क्यों आ गये?''

''बस...यों ही...''

''यों ही नहीं, सुनो।''

''लड़की अब उसकी आँखों में झाँकती हुई मुस्करा रही थी...''

''कोई तुम्हारी जान-पहचान का था?''

लड़की की आँखों में एक पल को कुर्सी पर बैठे उस व्यक्ति का चेहरा घूम गया।

''सुनो, उसका चेहरा कुछ जाना-पहचाना-सा लगा। तुम नाहक़ शक कर रही हो।''

''सुनो वो तुम तो नहीं थे?'' लड़की हँस दी।

''पागल?'' लड़के का बदन थरथराया।

''अच्छा अब मुझे लगा कि उसका चेहरा जाना-पहचाना क्यों लगा।'' लड़की ज़ोर-ज़ोर से हँस पड़ी, ''और मैंने ये क्यों कहा कि—वो तुम तो नहीं थे?''

फिर लड़के के माथे पर पसीने की चपचपाहट थी।

''क्योंकि वे तुम्हारे-तुम्हारे डैड थे। थे ना, थे ना? अब झूठ मत बोलो मगर एक बात समझ नहीं सकी, तुम भाग क्यों आये।''

लड़की हैरान थी। ''तुम्हारी तरह तुम्हारे पिता को या हमारे पैरेंट्स को ये सब करने का अधिकार क्यों नहीं है? किसने वंचित किया है उन्हें उनके अधिकार से? क्या हमने?''

बेटे को अब धीरे-धीरे होश आने लगा था। आओ कहीं और बैठकर बातें करते हैं।

4

बाप इन दिनों अजीब से हालात से दो-चार था। बाप जानता था कि इन दिनों

जो कुछ भी उसके साथ घटित हो रहा है उसके पीछे एक लड़की है। लड़की जो पिंकी की उम्र की है। यद्यपि बाप जैसा स्टेटस रखनेवालों के लिए इस तरह की बातें कोई ख़बर तक नहीं बनती है। मगर बाप की बात दूसरी थी। बाप उस समाज से था जहाँ एक पत्नी, एक सुखी घरेलू जीवन और शराफ़त का ही सिक्का चलता है। यानी जहाँ होनेवाली हर बात किसी-न-किसी सतह पर ख़ानदानीपन से जुड़ जाती है। जीवन-अध्याय के इस उलझे हुए पुल से गुज़रते हुए बाप को इस बात का एहसास ज़रूर था कि वो लड़की अनायास नहीं आयी थी। कहीं धीरे-धीरे एक वैक्यूम-या ख़ालीपन उसमें अवश्य समा गया था, जिसकी खानापूर्ति के लिए किसी चोर दरवाज़े से लड़की उसके भीतर दाख़िल होकर उसके 'होशो हवास' पर छा गयी थी।

कहीं एक उम्र निकल जाने के बाद भी एक उम्र रह जाती है जो जीवन के तपते रेगिस्तान में किसी अमृत या किसी रूमानी ठंडे पानी के झरने की आरज़ू रखती है। बाप ने सब कुछ तो हासिल कर लिया था। मगर उसे लगता था, सब कुछ पा लेने के बावजूद वह किसी मशीनी मानव या रोबोट से अलग नहीं है, और ये जीवन केवल इतना भर नहीं है। बच्चों को एक जीवन दान कर लेने भर। वो ऐसे बहुत से लोगों की तरह जीवन युद्ध गुज़ारने के विरुद्ध था जिनके पास जीने के नाम पर कोई बड़ा मक़सद नहीं होता है। या जो अपनी इच्छाओं, भावनाओं और जीवन के प्रति सभी तरह रूमान को सुलाकर उदासीन बन जाते हैं। बाप के नज़दीक ऐसे लोगों को बस यही कहा जा सकता था...यानी एक नाकाम आदमी। लेकिन अचानक बाप को लगने लगा था...क्या वो भी एक नाकाम आदमी है?

दरअसल बाप के अन्दर 'तब्दीली' लाने में उस सपने का भी हाथ रहा था...कहना चाहिए वो एक भयानक सपना था और बाप के लिए किसी मानसिक आघात से कम नहीं। क्या ऐसा सपना दूसरों को भी आता है या आ सकता है? संसार से यदि अच्छाई, बुराई, पाप-पुण्य जैसी चीज़ें एकदम खो जाएँ तो? इससे ज़्यादा ज़लील सपना नहीं कहना चाहिए। बाप डर गया था। वो एक आम सपना था, जैसे सपने युवावस्था में आमतौर पर आते रहते हैं? सपने में कोई ऐसी ख़ास बात नहीं थी। बल्कि बहुत ही साधारण-सा सपना जो बहुत से मनोवज्ञानिक जैसे जैवी रेडल्स पीटर होऊज और फ्राइड के मुताबिक़—''अतृप्त इच्छाओं वाले बूढ़े व्यक्ति के लिए ये असाधारण घटना नहीं है, यानी सपने में किसी औरत से बलात्कार। बाप सपने में ऐसे ही एक बलात्कार का मुलज़िम बना था। लड़की भयभीत अवस्था में धीरे-धीरे पीछे हटती गयी थी। बाप पर पागलपन सवार था। चर्र से आवाज़ हुई। भयभीत लड़की की दूधिया जिल्द और काली काया उसकी

नजरों के सामने थे। चेहरे से लेकर, सीने के कटाव, भरे-भरे बदन का कोई भी गोशा ऐसा नहीं था, जो बाप की निगाहों से ओझल था। दूधिया मखमली देह। तपते रेगिस्तान में जैसे ठंडे पानी की एक बूँद...टप...से गिरी...

दार्शनिक सुकरात, अरस्तु से लेकर प्रसिद्ध मनोवैज्ञानिक सिग्मंड फ्राइड तक, सभी की मान्यता रही है कि...सपनों के मूल में कहीं-न-कहीं दमित इच्छाएँ और शारीरिक क्रियाएँ चलती रहती हैं। तो क्या जो कुछ सपने में हुआ...वो...तो क्या बाप की कोई दमित इच्छा थी? दमित इच्छाएँ मूलतः यौन कामना ही होती हैं। बाप को पता था।

यद्यपि सपनों के बारे में बाप का कोई गहन अध्ययन नहीं था, फिर भी अपनी दिलचस्पी के लिहाज़ से बाप ऐसी बातों से परिचित था क्लेयर वायेट, टेलिपैथी, प्रीकाग्नीशन्स, रेट्रो काग्नीशंस से लेकर सपनों में होनेवाली कामवासना आदि पर भी उसकी पर्याप्त जानकारी थी। बाप को लगा बलात्कार करनेवाला व्यक्ति वो नहीं, कोई प्रेतात्मा है (ऐसी प्रेतात्माओं पर परामनोवैज्ञानिक भाषा में इंक्बी और सक्यूबी नाम दिए गये हैं। यह शैतानी प्रेतात्माएँ स्त्री और पुरुष में सोये प्राणियों के साथ अपनी कामवासना तृप्त करती हैं...) तो क्या सचमुच वो बाप नहीं था...वो कोई प्रेतात्मा थी?

लेकिन ये तसल्ली कोई बहुत मज़बूत नहीं थी। इसने मनोविज्ञान और परामनोविज्ञान के सारे चीथड़े बिखेर दिये थे। बाप के लिए ये सब कुछ असहनीय था इसलिए कि सपने में जिस लड़की के साथ बाप ने बलात्कार किया था वह पिंकी थी।

देर तक बाप का बदन किसी ठूँठ पेड़ की भाँति, तेज़ हवा से हिलता रहता था। बाप ने कहीं पढ़ा था—मनुष्य की मानसिक प्रवृत्तियों को नियन्त्रित करनेवाली भावना का नाम है—लिबिडो अर्थात् कामप्रवृत्ति। ये तृप्ति स्त्री-पुरुष के मिलन से ही सम्भव है। अपने मनचाहे साथी के साथ जिन्हें ये तृप्ति प्राप्त हो जाती है वे मानसिक रूप से स्वस्थ्य हो जाते हैं। मनचाही तृप्ति प्राप्त न हो तो मन में दबी चाह दुःस्वप्नों का निर्माण करती है। तो क्या बाप अतृप्त था? बहुत दिनों तक नारी-जननेद्रियों के प्रतीक जैसे ओखली, दवात, कमरा, कुआँ आदि उसके सपनों में उभरते रहे और हद तो यह है कि इन सपनों का अन्त कहाँ हुआ था, वो भी एक ऐसे बलात्कार के साथ...उसने उस पूरे नगन-नारी देह का भोग किया था जो...

बाप गहरे सन्नाटे में था। ऐसे गहरे सन्नाटे में जहाँ इस तरह की समीक्षाएँ भी अनावश्यक मालूम होने लगती हैं कि...वो अभी तक स्वस्थ है। यौवन अभी भी उसमें शेष है....अभी तक उसमें पतझड़ नहीं आया...पत्नी की तरह...वो किसी

ठंडे-सूखे कुएँ में परिणत नहीं हुआ। जाँघों पर हाथ फिराते हुए शरीर में उत्पन्न रक्तचाप की तमाम क्रियाओं पर उसकी दृष्टि रहती है। एक गर्म शरीर शायद उसके युवा बेटे से भी अधिक गर्म।

पत्नी ने बरसों पहले जैसे यहाँ सुख के इस मरकज़ पर एक दीवार उठा दी थी। वो केवल एक महान ढाँचा भर रह गयी थी। परिवार को समर्पित उसके पास सबसे अधिक बातें भी—पिंकी के बारे में। पिंकी के लिए अच्छा-सा वर ढूँढ़ने के सपने के बारे में। शायद पत्नी के पास भविष्य के नाम पर कुछ और भी बूढ़े सपने रहे हों मगर—

उस दिन पिंकी शावर से निकली थी—नहाकर। शायद बाप किसी ऐसे ही बहुत कमज़ोर लम्हे समय से पूर्व अपनी बेटी के विवाह का निर्णय ले लेता है। बाप ने नज़र नीची कर ली थी। पिंकी की देह से मिसाइलें फूट रही थीं। उसने शलवार और ढीले गले का जम्पर पहन रखा था। वह सिर झुकाये टॉवेल से बाल सुखा रही थी। पहली ही दृष्टि में उसने नज़र झुका ली थीं। आह! किसी भी बाप के लिए ऐसे लम्हे कितने चुनौतीपूर्ण और ख़तरनाक होते हैं।

तो क्या उस अनचाहे सपने के लिए यही दृश्य ज़िम्मेदार था या उसके भीतर की दमित इच्छा ने अब उसे किसी क्रूर शासक में बदल दिया था...

ख़ाली दिमाग़ शैतान का घर, बाप स्वयं को अधिक-से-अधिक व्यस्त रखना चाहता है। गुज़रे हुए बहुत सारे ख़ूबसूरत लम्हों या बिछुड़ी हुई उस रूमानी दुनिया में बाप एक बार फिर अपनी वापसी चाहता था। अपनी हदों को पहचानने के बावजूद—शायद इसीलिए लड़की की ओर से मिलनेवाली लगातार 'दावतों' को ठुकराने के बाद उस दिन उसने उसे पहली बार स्वीकृति दी थी, "चलो कहीं बाहर चाय पीने चलते हैं।"

5

बेटा कुछ देर तक ख़ामोश रहा।

लड़की के लिए उत्सुकता का विषय दूसरा था। उसने पूछा—"तुम्हें पहली बार में कैसा लगा अपने बाप को देखकर।" वो थोड़ा मुस्कुरायी थी "इश्क़ फ़रमाते हुए देखकर?"

"बाप हमें देख लेते तो, कैसा लगता उन्हें?"

लड़की को यह उत्तर कुछ ज़्यादा रास नहीं आया। लड़का कुछ और सोच रहा था—"अच्छा मान लो, वो बाप की गर्लफ्रेंड नहीं हो। वो बस बाप के दफ़्तर में काम करनेवाली एक महिला हो...।"

"महिला नहीं—एक कमसिन, जवान और ख़ूबसूरत लड़की जैसी कि मैं

हूँ'' लड़की हँसी, ''मेरी उम्र की... ?''

''मान लो—क्या इस उम्र की लड़कियाँ दफ़्तरों में काम नहीं करतीं?''

''करती क्यों नहीं हैं, बाप जैसे लोग इनके साथ चाय पीने भी आते होंगे। मगर वो—मेरा दावा है। जिस तरह तुम्हारे पापा ने...उसके हाथ पर अपना हाथ रखा था। मेरा विश्वास है, वो तुम्हारे पापा की गर्लफ्रैंड ही होगी।''

''अच्छा, बताओ मुझे कैसा लगना चाहिए?''

''मुझे नहीं पता...''

''अच्छा बताओ यदि वो तुम्हारे पापा होते तो?'' लड़की ने उसकी आँखों में झाँका—''मेरे पापा-मम्मी में डायवोर्स हो चुका है। मैं मम्मी के साथ रहती हूँ। इसलिए कि पापा के जीवन में कोई और आ गया था। हो सकता है वो उसके साथ ऐसे ही घूमते हों जैसे...''

''इस घटना के बाद तुम्हारी मम्मी ने किसी को नहीं चाहा?''

''नहीं, लेकिन ये मम्मी की ग़लती थी।''

''मेरी मम्मी जैसी हर मम्मी को, जो ये सोचती हैं कि जवान होती लड़की की मौजूदगी में किसी को चाहना गुनाह है। कभी-कभी मुझे मम्मी पर ग़ुस्सा आता है सिर्फ़ मेरे लिए एक पूरा जीवन उन्हें किसी देवदासी की तरह गुज़ारने की क्या ज़रूरत थी। मेरे लिए, मेरे साथ रह रहे एक जीवन का अन्त इस तरह हो जाय यह मुझे गवारा नहीं था।''

''मान लो, अगर तुम्हारी मम्मी का किसी से रोमांस शुरू हो जाता तो?''

''मैं तो चाहती थी। एक सुदेश अंकल थे—मम्मी का ख़याल रखते थे मगर मम्मी ने कठोर शब्दों में उन्हें आने से मना कर दिया।''

''क्या तुम्हें यक़ीन है कि मम्मी के अन्दर तुम्हारी तरह एक जवान औरत भी होगी?''

''हाँ, मुझे विश्वास है कि मम्मी सुदेश अंकल को भूली नहीं होंगी और ये कि...उसके भीतर कोई भूख ज़रूर दबी होगी मैं जानती हूँ। मम्मी इस भूख को लिए ही मर जाएँगी।''

बेटे की आँखों में उलझन के भाव थे—तो क्या बाप भी इसी तरह बरसों से अपनी भूख दबाये होंगे?

''तुम्हारी मम्मी कैसी हैं?''

''हमारे लिए—हाँ, पापा के लिए नहीं...अब लगता है, मम्मी इस उम्र में सिर्फ़ हमारे लिए रह गयी हैं। वो पापा के लिए कहीं नहीं हैं।''

लड़की ने कुछ सोचते हुए कहा—''पापा के जीवन में कई आ जाएँ तो भयानक बात नहीं। ऐसे बहुत से पुरुष हमारे समाज में हैं। सचाई यह है कि

बहुत-सी घरवालियाँ भी ये सब जानते हुए चुप लगा जाती हैं। इससे घर भी नहीं टूटता। बाप के जीवन में सिर्फ़, कोई दूसरा आ जाय, तब ख़तरे की बात है। इस दूसरे के आने से घर टूट भी सकता है, जैसा मेरे बाप के साथ हुआ।''

''पता नहीं बाप क्या करेंगे, लड़के को चिन्ता थी लेकिन एक बात कहूँ, ये दुहराव का युग है दोहरेपन का।''

लड़की हँसी—''सीधे कहो तो दोगला बनकर ही जी सकते थे तुम आराम से। जीवन में बैलेंस के लिए इस दुहराव की भूमिका ज़रूरी है, यानी आप एक समय में दो जगह हो सकते हैं। अलग-अलग अपनी जिम्मेवारियों का निर्वाह करते हुए। सीधे-सीधे कहूँ तो यदि आप पत्नी हैं तो आपको भूलना होगा कि घर से बाहर पति क्या करता है और यदि आप पति हैं तो भूल जाइए कि बाक़ी समय आपकी पत्नी क्या करती है। इस बाज़ारवाद में यदि नैतिक मूल्यों के सिद्धान्त की बात करेंगे तो घाटा आपको ही होगा।''

लड़का बोला, ''शायद! इतना कुछ स्वीकार करना सबके लिए आसान नहीं है।''

''तुम्हारे बाप के जीवन में एक लड़की आ चुकी है, ऐसा स्वीकार करते हुए तुम्हें कैसा लगेगा?''

लड़के ने बहुत सोचने के बाद कहा—''अभी इस मेज़ पर बैठकर मैं इसका उत्तर सही तौर पर नहीं दे पाऊँगा।''

6

बाप के लिए यह एक अद्‌भुत समझौता था। यानी उस सपने से इस लड़की तक का सफ़र। लड़की का सान्निध्य पाकर जैसे उसका पूरा शरीर गुनगुना उठा था। नहीं, इससे भी ज़्यादा। बाप का शरीर जैसे अनायास वॉयलिन में बदल गया हो और वाचलन के तार झनझनाकर मस्ती-भरी धुनें पैदा कर रहे हों।

लड़की कम उम्र की थी। बाप ने पूछा—''तुमने अपनी उम्र देखी है?''

''हाँ''—लड़की ढिठाई से मुस्कुरायी।

''और तुमने?''

''हाँ।''

''क्या पाया, तुम्हारी जैसी उम्र को मेरी ही उम्र की ज़रूरत है।''

''और तुम्हारी उम्र को...?'' बाप इस फ़लसफ़े पर हैरान था।

लड़की मन्त्रमुग्ध थी—''नये लड़के अनगढ़ होते हैं। मूर्ति की तराश-ख़राश से वाकिफ़ नहीं होते। इस उम्र को नये तर्जुबाकार मर्द को ही सौंपना चाहिए, जैसे तुम।'' लड़की हँसी थी। घर आकर भी बाप को लड़की की हँसी याद रही।

बाप को याद नहीं रहा लेकिन उस दिन लड़की के मात्र हाथों के स्पर्श और गन्ध ने, घर में तरह-तरह से उसकी उपस्थिति दर्ज करायी थी। जैसे डायनिंग टेबुल पर खाना खाते हुए अनायास ही उनके हाथ तबला बन गये थे। जैसे बाथरूम में वे यों ही गुनगुनाने लगे थे, जैसे...और भी बहुत कुछ हुआ था, मगर शायद अब वो याद करने की स्थिति में नहीं था...क्योंकि अब उस स्पर्श या गन्ध से गुज़रते हुए वो सारी रात अपनी अग्नि- परीक्षा देने पर मजबूर रहा।

पता नहीं, पत्नी को इस बदलाव पर हैरान होना चाहिए था या नहीं? मगर पत्नी डर चुकी थी, ये सोचते हुए कि उसका पति किसी ज़ोरदार मानसिक उलझन में गिरफ़्तार है। वह अपने पिता के घर से लाए हुए संस्कार को निभाने या पत्नी-धर्म निभाने पर मजबूर थी और वह बार-बार पति के आगे-पीछे घूमकर कुछ हास्यप्रद स्थितियाँ पैदा कर रही थी—जैसे किसी छोटे बच्चे पर पागलपन का दौरा पड़ा हो, और माँ अपनी समस्त ममता बच्चे पर उँड़ेल देना चाहती हो। पति के बदलाव पर उसका ज़ेहन कहीं और जाने की स्थिति में नहीं था।

"पिंकी के लिए परेशान हो?"

बाप की मुट्ठियाँ सख़्ती से भिंच गयीं, अभी-अभी तो एक डरावने-सपने की यात्रा से वापस लौटा था।

"मत सोचो ज़्यादा।'

"नहीं, ऐसी कोई बात नहीं।"

"क़र्ज़ चढ़ गया है?"

"नहीं।"

"नौकरी पर कोई...?"

"कोई ख़तरा नहीं है।" बाप का लहजा ज़रा-सा उखड़ा हुआ था।

"लाओ सर में तेल डाल दूँ।"

बाप ने घूरकर देखा। पत्नी के चेहरे पर झुर्रियाँ कुछ ज़्यादा फैल गयी थीं। सिर पर तेल चुपड़ा हुआ था। तेल डालने पर पत्नी के सर के बाल और भी कम लग रहे थे।

"नहीं कोई ज़रूरत नहीं है, इस वक़्त मुझे अकेला छोड़ दो।"

दूसरे दिन भी माँ परेशान रहीं।

बेटे ने माँ को देखकर चुटकी ली—"तुमने कुछ महसूस क़िया?"

"नहीं।"

"तुम महसूस कर भी नहीं सकतीं।"

"क्यों?" माँ के लहजे में हैरानी थी।

"क्या तुम्हारी तुलना में बाप अब भी जवान हैं।"

माँ को भ्रम में छोड़कर बेटा आगे बढ़ गया था।

उसी दिन शाम के समय बेटे ने अपनी प्रेमिका से इस घटना की चर्चा की।

"सबकुछ पूर्वानुमान चल रहा है।"

"कैसा लगा रहा है तुम्हें?"

"कह नहीं सकता, मगर लगता है आकर्षण के लिए हर उम्र एक जैसी है।"

"या हर उम्र का आकर्षण एक समान होता है...।"

"शायद...मगर शायद मैं इतनी दुविधा में नहीं होता, बाप की उम्र में पहुँच कर।"

"हर उम्र एक जैसी होती है, घटनाएँ बदलती रहती हैं। बदलती सिर्फ़ घटनाएँ हैं...।" लड़की बोली—"ख़ैर, उस दिन मैंने तुमसे पूछा था—तुम्हारे बाप के जीवन में एक लड़की आ चुकी है, ये स्वीकार करते हुए तुम्हें कैसा लगेगा?"

"अभी तक कुछ सोच पाने की स्थिति में नहीं हूँ।"

लड़की फिर ढिठाई से हँस दी—"और शायद आगे भी न हो सको। इसलिए कि बाप पर विचार करते हुए तुम सिर्फ़ बाप पर विचार नहीं कर रहे हो बल्कि बाप के साथ अपने, पिंकी, माँ और परिस्थिति पर भी विचार कर रहे हो। इन सबको हटाकर सिर्फ़ बाप के बारे में सोचो।"

"लेकिन ऐसा कैसे सम्भव है?"

लड़की ने पता नहीं किस सोच के तहत कहा—"इसे सम्भव बनाओ, वरना एक बार फिर से दुनिया जुड़ने की बजाय टूट जाएगी।"

7

बाप को कोई फ़ैसला नहीं लेना था बल्कि अन्दर बैठे बोझिल आदमी को ज़रा-सा खुश करना था। किसी का ज़रा-सा साथ। और बदले में बहुत-सी ख़ुशियाँ या बेरंग हुए काग़ज़ पर नक़्क़ाशी करनी थी। एक कामयाब आदमी के अन्दर छिपे नाकाम और डरपोक आदमी को ठंडी और ख़ुशगवार हवा में झोंके की तलाश थी और...ये ऐसी बेईमानी भी नहीं थी। इससे कोई छल-फरेब भी नहीं था। रेगिस्तान की तपती ज़मीन पर जैसे किसी अमृत-बूँद की तलाश। शायद इसी अतृप्त काम-वासना ने उस क्रूर सपने को जन्म दिया था। बाप इस नये संसर्ग को सफलता की कुंजी भी मान सकता था। अपने आगे फैले जीवन के लिए—कि तृप्ति में ही सफलता छिपी है। तृप्ति उसे मानसिक तौर पर अस्वस्थ्य नहीं रहने देती। वो स्वस्थ मन से पिंकी का विवाह करता। पत्नी से दो-चार अच्छी-बुरी बातें, बेटे के साथ थोड़ा हँसी-मज़ाक़ और ज़िन्दगी आराम से गुज़रनेवाली सीढ़ियाँ

पहचान लेती।

मगर बाप की अग्नि-परीक्षा भी वहीं से आरम्भ हुई थी। वो भयानक यातना से गुज़र रहा था। उस मात्र एक स्पर्श या गन्ध से। वो स्वयं अपनी नज़रों में कितनी ही बार नंगा होते-होते बचा था। उसकी उम्र का ब्योरा उसके संस्कार, उसका ख़ानदानीपन। बाप कई रातें नहीं सोया। इसके बाद बाप कई दिनों तक उस लड़की से नहीं मिला।

ज़ाहिर है, अग्नि-परीक्षा में बाप हार गया था। पूर्ण पराजय। बाप का जुर्म साबित हो चुका था। बाप को फिर से घरवालों की नज़रों में पहले जैसा बनना था। बाप को इस 'अमानवीय व्यवहार' से बाहर निकलना था। और बाप धीरे-धीरे बाहर निकलने भी लगा था। और कहना चाहिए...

8

बाप नॉर्मल हो चुका है।

बेटे ने इस कहानी का पटाक्षेप लिखते हुए कहा—

"क्या?" लड़की डरकर चौंक गयी थी।

"हाँ, उसमें सन्तुलन लौट आया। वो बराबर-बराबर हँसता है यानी जितना हँसना चाहिए। वो बराबर-बराबर...यानी उतना ही मुस्कुराता जितना मुस्कुराना चाहिए और कभी-कभी किसी ज़रूरी बात पर उतना ही गम्भीर होता है जितना...

"यानी वह लड़की उसके जीवन से दूर जा चुकी है?"

लड़की की आँखों में घनघोर अँधेरा छा गया था। वो एक लम्हे को काँप गयी थी। शायद एक बूँद आँसू उसकी आँखों में काँपा था।

"क्या हुआ तुम्हें?"

"कुछ नहीं, माँ की याद आ गयी।"

"अचानक-मगर क्यों?"

लड़की ने विषय बदल दिया, "अब सोचती हूँ, मेरी माँ पूर्ण क्यों नहीं हो सकी। मेरी माँ बदनसीब है।"

सत्तर हज़ार

—डॉ. अफ़शाँ मलिक

काफ़िलेवालों ने आख़िर एक विशाल मैदान में पड़ाव किया। ऊँटों की क़ुर्बानी दी और ख़ुश हुए क्योंकि उन्हें बताया गया था कि अल्लाह क़ुर्बानी से ख़ुश होता है।

काफ़िलेवाले जब ऊँट की क़ुर्बानी दे रहे थे उस समय देखनेवालों की भीड़ चारों तरफ़ जमा थी। ऊँट की लम्बी गर्दन को एक बर्छी की नोक से बार-बार छेदा जा रहा था और उस मौक़े पर कहे जानेवाले पवित्र कलमात दोहराये जा रहे थे।

क़ुर्बानी का गोश्त सात हिस्सों में तक़्सीम (बाँटना) कर दिया गया था। और उसे अपने अज़ीज़ों, दोस्तों और हाजतमन्दों (ज़रूरतमन्दों) में बाँटा जा रहा था। फिर हर हिस्से को तीन हिस्सों में बाँट दिया गया था।

अबूअब्दाल को आश्चर्य हुआ कि यह हिस्सा जहाँ काफ़िले वालों ने पड़ाव डाला था ऊँट की नस्ल के जानवरों की क़ुर्बानी के लिए मख़्सूस नहीं है। अब से पहले यहाँ बकरों और उनसे बड़े हलाल जानवरों की क़ुर्बानियाँ दी जाती रही हैं। यह पहला मौक़ा था जब काफ़िलेवालों में से एक शख़्स ने कहीं से ऊँट ख़रीदकर लाने का इन्तज़ाम किया और बकरीद के मुक़र्रर दिन अल्लाह के नाम पर क़ुर्बान कर दिया।

ऊँट की क़ुर्बानी देने वाले शख़्स अली बिन नाज़िर को बताया गया था कि अल्लाह ताला एक क़ुर्बानी का शबाब सत्तर हज़ार गुना बढ़ाकर देता है। अभी तक अली बिन नाज़िर छोटे जानवरों की क़ुर्बानी देता आया था लेकिन जैसे-जैसे उसे यह महसूस हुआ कि उसका फ़िरक़ा (जाति) मुसलसल घिरा है, उसे अन्याय से गुज़रना पड़ रहा है, फिरके (जाति) के नौजवान मुश्किलात में हैं। अशान्ति होने पर उसकी जाति के मर्दों और औरतों को सताया जाता है तब उसे ख़याल आया कि उसे अल्लाह के नाम उस ऊँट की क़ुर्बानी देनी चाहिए जिसे अरब

की सरज़मीन का मख़सूस (विशेष) जानवर होने का सौभाग्य हासिल है और जिसे अरब के मुसलमान अपने रसूल की सुन्नत के तौर पर अब भी क़ुर्बान करना अफ़ज़ल (उत्तम) समझते हैं। सो उसने दूर-दराज के रेगिस्तानी इलाक़े से एक जवान तन्दुरुस्त ऊँट जमा किया और कई दिन उसकी ख़ातिरदारी करता रहा।

क़ुर्बानी से एक दिन पहले अली बिन नाज़िर ने ऊँट को फूलों के गजरों से सजाया, उसके सिर पर लाल रंग की पगड़ी बाँधी, सुनहरे गोटे से तैयार की गयी झूल उसकी पीठ पर फैलायी और उस सजे-धजे जानवर को लेकर अली बिन नाज़िर नवाह में बसे शहर की गश्त पर निकला। जब वह सदर बाज़ार से अपने ऊँट को लेकर गुज़र रहा था तो देखनेवालों की भीड़ उसके पीछे-पीछे चल रही थी। लोग हैरतज़दा थे (आश्चर्यचकित) कि क़ुर्बानी से पहले ऊँट को इतना सजाया क्यों गया है। ऊँट के साथ-साथ चल रही भीड़ में अबूअब्दाल भी शामिल था। उसने देखा कि जानवर को अगले दिन अपने क़ुर्बान हो जाने का एहसास हो गया है। उसने यह भी देखा कि ऊँट की रफ़्तार धीमी है और आँखों से आँसू जारी हैं। दूसरी तरफ नाज़िर ख़ुश था कि वह इस इलाके की अब तक कि रिवायत (परम्परा) से अलग होकर अल्लाह की राह में ऊँट क़ुर्बान करनेवाला है।

सूरज जब पश्चिमी क्षितिज में डूबनेवाला था और आसमान का पश्चिमी दिशा हल्के सुनहरे रंग से रँग गया था। शाम रात में तब्दील हो रही थी तभी अली बिन नाज़िर ऊँट को लेकर वापिस आया और उसकी ज़ंजीर खूँटे से बाँध दी। कुछ काँटेदार जंगली बेरियों की शाख़ें ऊँट के आगे लाकर रख दीं लेकिन क़ुर्बानी के जानवर ने उसे सूँघकर ही मुँह ऊपर उठा लिया। सुबह तक ऊँट के गले में पड़े गजरे मुर्झा चुके थे।

सुबह मुक़र्रर वक़्त पर जब बकरों और कुछ बड़े जानवरों की क़ुर्बानी दी जाने लगी तो अली बिन नाज़िर ने भी धर्म मानकर अपना ऊँट अल्लाह के नाम क़ुर्बान कर दिया।

नौजवानों और अधेड़ उम्र के लोगों ने सफेद रंग की टोपियाँ अपने सरों पर उल्टे प्यालों की तरह रख ली थीं। उन टोपियों में से उनके अँग्रेज़ी तर्ज़ के बाल बाहर लटों की शक्ल में नमूदार थे। दाढ़ियाँ अमूमन साफ़ थीं। कई नौजवान लम्बे कुर्ते और टखनों के ऊपर के पाजामे में थे और कई ने धारीदार नीले तहमद बाँध रखे थे। तभी एक शख़्स ने, जो वाइज़ जैसा दिखाई देता था, चबूतरे पर चढ़कर गोल टोपियोंवाले नौजवानों और पक्की उम्र के लोगों को सम्बोधित करना शुरू किया। वायज की आवाज़ खास बुलन्द थी और ऐसा लग रहा था जैसे वह हज़ारों बार का रटा हुआ सबक़ दोहरा रहा हो। वाइज़ का अन्दाज़ ऐसा था कि जैसे यह सबक़ उसी का हो। सभी लोग अक़ीदत से सर झुकाये

फ़र्श पर बैठे थे। और वाइज़ के शब्द पर ध्यान न देकर दूसरी समस्यायों में उलझे हुए लगते थे।

सुबह दस बजे का सूरज आसमान में काफ़ी ऊँचा चढ़ आया था। धूप चमकीली और साफ़ थी। ऐसा लगता था जैसे प्रकृति अपने लाखों बरस पुराने सूरज की चमक को धुँधलाकर धीरे-धीरे उसका साथ छोड़ती जा रही है। उपस्थिति में जाँबाज़ जवान मौजूद थे। एक-दूसरे के कानों में सरगोशियाँ कर रहे थे और प्रतीक्षा में थे कि वाइज़ अपनी तक़रीर (प्रवचन) जल्दी से जल्दी ख़त्म करे ताकि वे घर पहुँच उस लज़्ज़त का हिस्सेदार हो सकें जो अल्लाह के नाम पर क़ुर्बानी दिए गये जानवरां के गोश्त के विभिन्न पकवानों से उन्हें मिलनेवाली थी।

माइक पर वाइज़ की बुलन्द आवाज़ लगातार गूँज रही थी। धीमी हवा की लहरों पर तैरते हुए शब्द आस-पास के खेमों में पहुँच रहे थे जहाँ औरतें भी अक़ीदत मन्द अन्दाज़ में बैठी हुई उन्हें सुन रही थीं।

"मोमिनो। अल्लाह को क़ुर्बानी पसन्द है। जब एक मोमिन अल्लाह की राह में क़ुर्बानी करता है यानी किसी जानवर को क़ुर्बान करता है तो अल्लाह उसके बदले में क़ुर्बानी करने वालों की नेकियाँ सत्तर हज़ार गुना बढ़ा देता है। आज का दिन बरकत व सआदत का दिन है। तुम अपने अमल से साबित करो कि तुम उन साबिका में से नहीं हो जिन्होंने अहकाम दीन की पाबन्दी नहीं की और जिन्हें क़हर-इलाही ने ज़िल्लत के गढ़े में धकेल दिया। अल्लाह से अपने गुनाहों की माफ़ी माँगो और दीन की रस्सी मज़बूती से पकड़े याद रखो। अल्लाह ही कामयाबियों से नवाज़ता है और अल्लाह ही किसी गिरोह को इन्तहाई ज़िल्लत में डाल देता है।"

वायज़ ने खँखारकर गला साफ़ किया और एक क़ुर्बानी आयत का आधा हिस्सा पढ़ा और फिर उसका अनुवाद करते हुए बुलन्द आवाज़ में दोहराया—" अल्लाह जिसे चाहे इज़्ज़त दे जिसे चाहे ज़िल्लत दे।" वाइज़ ने अपने ख़ुतबे (प्रवचन) में और आगे पढ़ा और फर्माया—"इनसान मजबूर महज़ है। उस क़ादिर मतलिक की मर्ज़ी के बगैर एक ज़र्रा इधर से उधर नहीं हो सकता।"

फिर उसने नौजवानों को सम्बोधित करते हुए कहा—"अल्लाह की राह में अपनी सबसे पसन्दीदा चीज़ की क़ुर्बानी दो। नमाज़ से मुँह न मोड़ो, रोजे रखो और अगर साहबे निसाब हो तो ज़कात निकालना न भूलो।"

प्रवचन ख़त्म होते-होते गोल टोपियोंवाले नौजवान और अधेड़ उम्र के आदमी एक-एक करके वापिस जाने लगे थे। उन्होंने अल्लाह की रस्सी मज़बूती से थाम रखी थी। क़ुर्बानी से लेकर हज और ज़कात तक वे सारे फ़रायज़ (कर्तव्य) को अन्जाम देते रहे थे जिनसे अल्लाह ख़ुश होता है। इस सबके बावजूद काफ़िलेवालों

की महरूमियाँ कम होने की जगह जारी थी।

अली बिन नाज़िर ने अल्लाह की राह में ऊँट की क़ुर्बानी देकर अपनी नारकोटिक्स महकमा में ग़ैर-क़ानूनी तौर पर कमाई हुई दौलत से बस्ती के नज़दीक एक आलीशान मस्जिद बनवाने का फ़ैसला किया। मस्जिद की बुनियाद रख दी गयी। अली बिन नाज़िर ने ऐलान किया कि वह ऐसी विशाल मस्जिद बनवाएगा जिसकी मिसाल आस-पास के इलाक़े में कहीं नहीं होगी। मस्जिद का संगे-बुनियाद रखने के लिए अल्हाज महमूद असग़र कपड़ेवाले को आमन्त्रित किया गया था जिन्होंने पहले काफ़ी दौलत शराब की ठेकेदारी से इकट्ठी की थी। बाद में हज से वापिसी पर कपड़े का कारोबार शुरू किया। असग़रअली ने नशीली दवाओं और ब्याज़ का व्यापार किया और बेशुमार दौलत इकट्ठी की थी उसमें से एक हिस्सा मस्जिद के नाम पर ख़र्च कर अल्लाह को ख़ुश करना चाहा। असग़र अली कपड़े वाले ने मस्जिद की बुनियाद रखते हुए अपनी जाति के लोगों में यह एहसास कराने की कोशिश की कि माज़ी में शराब का कारोबार उनकी ज़िन्दगी का एक ऐसा वाक़िया है जिसके लिए वे अल्लाह से माफ़ी के तालिब हैं। उन्होंने सुन रखा था कि वह (अल्लाह) बहुत ही रहीम (दयावान) और सब पर मेहरबानी करनेवाला है।

धीरे-धीरे मस्जिद की तामीर का काम तरक्की पाता गया। लोग ख़ुश थे कि अली बिन नाज़िर ने इस्लाम की ख़िदमत का एक ऐसा मंसूबा अपने हाथ में ले लिया है जो मरने के बाद की निजात का बायस होगा। अली बिन नाज़िर ने दिल खोलकर मस्जिद की तामीर में पैसा ख़र्च किया। दर्जनों राजमिस्त्री और मज़दूर सुबह से शाम तक मस्जिद को बेहतर से बेहतर बनाने के लिए कड़ी मेहनत करते। अली बिन नाज़िर हर जुमा की शाम मज़दूरों का हिसाब करता। बीते सप्ताह का हिसाब उसकी बेटी आसमा के पास दर्ज रहता। जुमा की शाम को मस्जिद के काम में लगे मज़दूर पैसा लेने के लिए अली बिन नाज़िर की कोठी पर इकट्ठा हो जाते तो आसमा पर्दे के पीछे से हफ़्ता भर का हिसाब की कापी अपने वालिद अली बिन नाज़िर की तरफ़ बढ़ा देती।

अली बिन नाज़िर हिसाब देखकर ग़ुस्से का इज़हार करता। उसका चेहरा तमतमा जाता। मुँह ही मुँह में बुदबुदाता "इतना ज़्यादा? इतने पैसे कैसे हो गये?" फिर ठीकेदार से मुख़ातिब होकर कहता—"अल्लाह के बन्दे यह कारेख़ैर है। मेरे घर का काम नहीं है। अल्लाह की राह में तुम भी तो कुछ क़ुर्बानी दो। मैं अकेला ही क्यों दूँ?" मेरी बेटी ने भी हफ़्ता भर की मज़दूरी जोड़ी है तुमने तो बहुत ज़्यादा जोड़ दी। उसे अल्लाह के नाम पर कम करो और याद रखो कि तुम अली बिन नाज़िर का घर नहीं बना रहे हो। तुम ख़ुदा के घर की तामीर

कर रहे हो।''

ठेकेदार जो थोड़ा मुँहफट था, झुँझलाकर जवाब देता—''हाजी साहब अल्लाह की राह में कंजूसी करोगे तो अल्लाह तुम्हारी नेकियों में कटौती कर देगा। पैसा बढ़ा कर दो ताकि तुम्हारी नेकियाँ घटायी नहीं जाएँ। सीधे हाथ से जल्दी-जल्दी अदायगी कर दो क्योंकि हदीस शरीफ़ में आया है कि मज़दूर का पसीना सूखने से पहले उसका मुआवज़ा अदा कर दिया जाय।''

अली बिन नाज़िर ठीकेदार की नसीहतआमेज़ (उपदेशपरक) बातें सुनकर आग बबूला हो जाता। चीख़कर कहता—''तू मुझे हदीस सुनाने आया है या मस्जिद बनाने। अल्लाह की राह में अगर धन की क़ुर्बानी नहीं दे सकता तो मेहनत की क़ुर्बानी दे।'' और फिर अली बिन नाज़िर अपने बैग से रुपये निकालता और सौ रुपये काटकर ठेकेदार के हवाले कर देता।

ठेकेदार हुज्जत करता मगर उसकी एक न चलती। अली नाज़िर अल्लाह, रसूल का वास्ता देकर उसे अपनी मेहनत का जायज़ मुआवज़ा कम करने के लिए मजबूर कर देता। ठीकेदार मान जाता कि उसने अल्लाह की राह में नेक काम किया है।

मस्जिद बनाने का काम चलता रहा। आसमा हर जुमा को हिसाब की कापी अपने वालिद के सामने रखती रही। वह एम.ए. फर्स्ट ईअर की छात्रा थी। अली बिन नाज़िर का आदेश था कि वह कॉलेज बुर्क़ा ओढ़कर जाय। आसमा घर से बुर्क़ा पहन कर निकलती और घर से थोड़ी दूर निकलने के बाद ही बुर्क़ा उतारकर कन्धों पर झूलते हुए बैग में रख लेती और वापसी में घर जाते हुए उसे याद आता कि वह एक मुसिलम लड़की है और वह अपने बैग से बुर्क़ा निकालकर ओढ़ लेती।

आसमा लम्बे अरसे से ये करती आ रही थी। अब तक वह दोहरी ज़िन्दगी की आदी हो गयी थी। यों भी वह देख रही थी कि सारा घराना ही इस तरह के दोगलेपन को लेकर जी रहा था। आसमा पाबन्दी से नमाज़ अदा करती। सारा परिवार उसके मज़हबी होने पर फ़ख्र करता। घर के दूसरे व्यक्ति भी पाबन्दी से मज़हबी फ़रायज़ (धार्मिक कर्तव्य) अन्जाम देते थे। साल में कम-से-कम दो बार किसी आलिम-ए-दीन को आमन्त्रित किया जाता और उनके आदेश का घर के सभी लोग पालन करते।

अली बिन नाज़िर और उसका पूरा परिवार एक तज़ाद (विरोधाभास) के दरमियान जी रहा था। उनकी अमली ज़िन्दगी उन्हें उन रास्तों पर खींचती थी जो इस्लामी कर्त्तव्यों से मेल नहीं खाते थे और दिमाग़ी और ख़याली तौर पर उन आदर्शों को ज़िन्दा रखना चाहते थे जो उन्हें घुट्टी में पिला दिये गये थे।

अली बिन नाज़िर की ही नहीं बस्ती के सभी लोगों की ज़िन्दगी का अन्दाज़ यही था लेकिन वे समझते थे कि वे ख़ालिस उस रास्ते पर चल रहे हैं जो इस्लाम के आरम्भ में तय कर दिये गये थे।

मस्जिद बनकर तैयार हुई तो अली बिन नाज़िर ने एक बड़े जश्न का आयोजन किया। जश्न का दिन जानबूझकर उसी दिन रखा गया जो क़ुर्बानी का ख़ास दिन था।

अली बिन नाज़िर ने फिर एक तन्दुरुस्त और जवान ऊँट का बन्दोबस्त किया। वह जानता था कि अल्लाह अपनी सब से प्रिय वस्तु की क़ुर्बानी से ख़ुश होता है। अली बिन नाज़िर ने क़ुर्बानी के जानवर को फिर पहले की तरह फूलों के गजरे डालकर सजाया। ऊँट को ज़िबह करने के लिए जैसे ही वधस्थल में लाया गया पशुबलि का विरोधी दूसरा गिरोह हथियारों से लैस होकर क़ुर्बानी की रस्म को जबरन रोकने पर आमादा हो गया।

अली बिन नाज़िर ने व्यवस्थाओं की मदद लेनी चाही लेकिन उसे कोई मदद नहीं मिली। व्यवस्थापकों का कहना था कि बस्ती में क़ुर्बानी की जो परम्परा चली आ रही है, उसी के मुताबिक़ क़ुर्बानी होगी। कोई नयी परम्परा नहीं शुरू होगी।

गोल टोपियोंवाले नौजवान अपनी क़ुर्बानी के हक़ की हिफ़ाज़त के लिए मुक़ाबला करने को तैयार हो गये। ज़बरदस्त तनाव पैदा हो गया। व्यवस्थापकों ने दोनों फ़िरक़ों को अलग-अलग करने के लिए कर्फ़्यू लगा दिया।

हालात सामान्य होने में दो-तीन दिन लग गये। कर्फ़्यू में ढील दी गयी तो अली बिन नाज़िर ने दिन ढले (असर) की नमाज़ के बाद मस्जिद में मौजूद सभी नमाज़ियों से प्रार्थना का आग्रह किया और कहा कि वे ख़ुदा से जाति, इज़्ज़त और धर्म की हिफ़ाज़त के लिए गिड़गिड़ा कर इल्तजा करें। इमाम साहब ने दुआ की रस्म अदा करायी जिसमें नमाज़ियों ने बुलन्द आवाज़ में जाति की रक्षा और उसके अधिकारों की हिफ़ाज़त के लिए अल्लाह से दुआ की। दुआ के बाद जब अली बिन नाज़िर अपने साथियों के साथ मस्जिद से घर वापस आया तो ड्योढ़ी पर बँधा हुआ क़ुर्बानी का ऊँट ग़ायब था।

आसमा बाप के आने की आहट सुनकर सदर दरवाज़ा तक आयी और घबरा कर बोली—"अब्बू गुंडे ऊँट खोलकर ले गये।" अली बिन नाज़िर ने इत्मीनान से आसमा से कहा—"फ़िक्र न कर बेटी, अल्लाह उस ऊँट के बदले में हमें सत्तर हज़ार ऊँट देगा।"

एक झूठी कहानी का सच

—असरार गाँधी

आज सुबह से ही मौसम बड़ा ख़ूबसूरत था।

आसमान पर बादलों के टुकड़े रुई के गालों की तरह तैरते फिर रहे थे। खिड़की से गुज़रकर उसके चेहरे को थपथपाती हुई हवा उसके अन्दर ताज़गी पैदा कर रही थी।

आहिस्ता-आहिस्ता उसकी नींद का ख़ुमार टूट रहा था। उसने दीवार पर टँगी हुई घड़ी पर नज़र डाली तो पता चला कि दिन के दस बज रहे हैं। वह बिस्तर से उठा और फिर इससे पहले कि बाथरूम जाता साइड टेबल पर रखा फ़ोन बज उठा। उसके चेहरे पर हल्की सी झुँझलाहट आयी और चली गयी। उसने रिसीवर उठाया और बड़े नर्म लहजे में बोला।

"हेलो! कौन?"

"मैं हूँ।" दूसरी तरफ़ से आवाज़ आयी।

"ओह। आप हैं? कहिए क्या बात है?"

"क्या ख़ाली हो?"

"ओह नो! आप तो जानती हैं कि मैं अब हफ़्ते में दो दिन सिर्फ़ आराम करता हूँ।"

"क्या यही उसूल मेरे लिए भी होगा?" उधर से सवाल किया गया।

"हाँ। और मुझे यक़ीन है आप इसका बुरा भी नहीं मानेंगी।"

"देखो आज मुझे तुम्हारी बेहद ज़रूरत महसूस हो रही है।"

"आई एम वेरी सॉरी। मैं अब अपने बनाये हुए उसूल किसी के लिए भी नहीं तोड़ता।"

"अब आप जो भी चाहें समझें। मैंने आपको अपनी मजबूरी बता दी।"

"सुनो तुम चाहो तो अपनी क़ीमत बढ़ा भी सकते हो। मैं तुम्हारा आराम ख़रीद सकने की पोज़ीशन में हूँ।"

उसने बात का जवाब देने की बजाय फ़ोन ही काट दिया। फिर बाथरूम जाने की बजाय बिस्तर पर दोबारा लेट गया।

''इडियट!'' वह बड़बड़ाया।

''मुझे रोबो समझ लिया है इन औरतों ने। मैं कोई वज़न लेनेवाली मशीन तो हूँ नहीं कि जब चाहा चढ़े, सिक्का डाला और वज़न लिखा हुआ टिकट हासिल कर लिया।''

फ़ोन की घंटी फिर बजी।

उसने रिसीवर उठाकर कान से लगाया। इससे पहले कि वह हेलो कहता, दूसरी तरफ़ से फिर वही आवाज़ आयी—''सुनो। यह मत भूलो कि तुम मेरे नौकर रह चुके हो और इस शहर में सिर्फ़ तुम ही अकेले नहीं हो। बहुत से दूसरे भी हैं जो तुम से अच्छे हैं।'' उसने बात पूरी करके फ़ोन काट दिया।

''साली बिच! कह रही है तुम मेरे नौकर रह चुके हो। अरे जब था तब था? अब तो वह ख़ुद मेरे आगे सर नहीं उठा सकती।'' वह दाँत पीसता हुआ बड़बड़ाया। उसका मुँह कड़वा हो गया।

अचानक उसके ज़ेहन में वह रात उभर आयी जब वह दिन भर का थका-हारा बिस्तर पर लेटा अपने पीछे बिखरे हुए दिनों को समेटने की कोशिश कर रहा था। उसे अपना गाँव, अपने बचपन के साथी, इन साथियों के साथ मिलकर की गयी शरारतें और दूर-दूर तक फैले हुए हरे-भरे ख़ूबसूरत खेतों का सिलसिला याद आ रहा था।

कितनी यादें। और इन यादों में वह बदक़िस्म दिन भी था जब वह एक मामूली-सी बात पर घरवालों से लड़कर इस बड़े शहर के दौड़ते-भागते गिरते-पड़ते और रेंगते इनसानी रेले का एक हिस्सा बन गया था।

उसके पीछे बिखरे हुए दिनों में वह दुख भी थे जो उसने इस शहर में झेले थे। कितने पापड़ बेलने के बाद उसे सिर्फ़ सेठ दत्ताराम के घर काम-काज के लिए नौकरी ही नहीं मिली थी बल्कि नौकरी के साथ-साथ सेठ जी के बँगले के एक कोने में बनी हुई एक छोटी-सी कोठरी भी रहने को मिल गयी थी।

फिर वह था और घर के बेशुमार काम-काज। वह दिन भर काम करते-करते इतना थक जाता कि रात को बेसुध होकर सो जाता। इतने ज़्यादा काम के बावजूद भी वह ज़िन्दगी से सन्तुष्ट था कि यहाँ काम की ज़्यादती के अलावा उसे कोई ख़ास तकलीफ़ न थी। सबसे बढ़कर तो यह कि उसे बेवजह कभी डाँट न पड़ती थी। वरना रात जब दूसरे घरों के नौकर क़रीबवाले पार्क में इकट्ठा होते तो अपने मालिकों के कमीनेपन की कहानियाँ लिये हुए होते। इन कहानियों को सुनकर वह अपने आप को खुशक़िस्मत समझता। उसे सेठ दत्ताराम पर प्यार

आने लगता। लेकिन यह प्यार उस वक़्त ग़ुस्से में बदल जाता जब अकसर देर रात नशे में धुत सेठ जी किसी पार्टी से लौटते। सेठ जी को बेडरूम में पहुँचाने के लिए सेठानी उसे अपनी मदद के लिए जगा देतीं। ऐसे समय में उसे बेहद ग़ुस्सा आता। लेकिन सेठानी के चेहरे पर फैली हुई मुस्कुराहट उसके ग़ुस्से को काफ़ूर कर देती।

वह अभी यादों की भीड़ में भटक रहा था कि किसी ने उसका दरवाज़ा खटखटाया। उसने सोचा कि कौन हो सकता है? आज तो सेठ जी भी नहीं हैं। किसी काम से अपने सेक्रेट्री के साथ बाहर गये हुए हैं।

दरवाज़ा फिर खटखटाया गया।

''कौन है?'' उसने खटखटानेवाले से पूछा।

''मैं हूँ, दरवाज़ा खोलो।''

उसने सेठानी की आवाज़ पहचान ली। उठकर फ़ौरन ही दरवाज़ा खोल दिया।

सेठानी कमरे में आ गयीं।

फ़ोन की घंटी फिर बजी। वह एकदम चौंक पड़ा और वह रात जो यक बयक उसके ज़ेहन में उभर आयी थी, कहीं परे सरक गयी।

उसने रिसीवर उठा लिया।

''हैलो कौन है?''

''मैं मिस्टर मोहन से बात करना चाहती हूँ।''

''मैं मोहन ही हूँ।''

''देखिए मुझे आपका फ़ोन नम्बर अपनी किसी फ्रेंड से मिला है। क्या आज रात आप फ्री हैं?''

''नहीं। मैं वीक के आख़िर दो दिनों में सिर्फ़ आराम करता हूँ। उम्मीद है कि आप बुरा नहीं मानेंगी।'' उसका लहजा ख़ासा पेशेवराना था।

''कोई बात नहीं। मैं अगले वीक में फिर आपको फ़ोन करूँगी। मैंने आपकी काफ़ी तारीफ़ सुनी है।'' एक हल्की-सी हँसी के साथ फ़ोन काट दिया गया।

उसने रिसीवर रखा और उठकर बाथरूम की तरफ़ चल पड़ा।

बाथरूम से निकला तो ख़ासा फ्रेश दिखाई पड़ रहा था। लेकिन नौकर कहे जानेवाली बात उसे अब भी कचोटे जा रही थी।

एक बार फिर उस पर वह रात हावी हो गयी जो फ़ोन की घंटी बजते ही कहीं सरक गयी थी। उसकी कोठरी में उसके सामने सेठानी खड़ी थीं। वह उन्हें देखकर लम्हे भर के लिए भौंचक्का-सा रह गया था।

''चलो मेरे साथ चलो।'' वह उसकी तरफ़ देखकर बड़े नर्म लहजे में

बोली थीं।

कुछ देर बाद वह सेठानी के कमरे में बैठा उनके पैर दबा रहा था।

वक़्त की रफ़्तार तेज़ हो गयी और उसी के साथ-साथ एक अनोखी दास्तान का पहला अध्याय खुल गया।

वह जब अपनी कोठरी में वापस लौटा तो उसे महसूस हुआ कि जैसे उस पर नशा छाया हुआ हो। उसने सुराही से एक गिलास पानी गले में उँडेला और गटागट एक साँस में पूरा गिलास ख़ाली कर दिया।

उसके होश वापस आने शुरू हो गये थे।

उसने चारपाई पर बैठकर अपनी जेब टटोली। उसे बीड़ी की मौजूदगी के साथ ही नोटों की कुरकुराहट भी महसूस हुई।

फिर वह रात जो अचानक उसके ज़ेहन में उभरी थी, कहीं ग़ायब हो गयी और उसकी जगह दूसरी बहुत-सी रातों ने ले ली। उन रातों ने जो उसने सेठानी के कहने पर दूसरी औरतों के साथ गुज़ारी थीं, उसे हर रात का मेहनताना नोटों की शक्ल में हासिल हुआ था। यों वह एक ऐसे रास्ते पर चल पड़ा था जहाँ प्यासे जिस्म थे, वह था और दौलत थी।

एक दिन उसने दत्ताराम की नौकरी छोड़ दी और किराये के एक फ़्लैट में शिफ़्ट हो गया। दरअसल वक़्त ने उसे नफ़ा व नुक़सान के बहुत से रास्तों से आशना कर दिया था।

फ़ोन की घंटी फिर बजी तो यादों की भीड़ तितर-बितर हो गयी। उसने बुरा-सा मुहँ बनाया लेकिन रिसीवर उठाकर बड़े सभ्य तरीक़े से बोला "मोहन दिस साइड।"

"घर पर ही हो?" दूसरी तरफ़ से आवाज़ आयी।

"ओह जिन्नी तुम। कहो कैसी हो?"

"बस ठीक ही हूँ। बोर हो रही थी, सोचा तुम्हें भी बोर करूँ।"

"क्या घंटे दो घंटे के लिए फ्री हो?"

"घंटे दो घंटे। अरे मैं तो पूरे वीक के लिए फ्री हूँ।" वह हँसती हुई बोली।

"तो फिर ऐसा करो कि यहीं चली आओ। देर तक गप लड़ाएँगे।"

"अच्छा आती हूँ। मेरा इन्तज़ार करो।" दूसरी तरफ़ से फ़ोन काट दिया गया।

उसकी आँखों में जिन्नी का चेहरा घूम गया।

जिन्नी—एक सेक्स वर्कर, अमीर लोगों में काफ़ी मक़बूल, चेहरे पर अब भी मासूमियत की धुँधली-धुँधली सी परछाइयाँ। जिन्नी से उसकी मुलाक़ात किसी महफ़िल में पहली बार हुई थी। फिर वह दीनों बहुत अच्छे दोस्त बन गये थे।

वह जब भी चाहती उसके यहाँ बेखटक चली आती। घंटों रहती। बहुत सी बातें करती। कभी-कभी तजुर्बे भी बताती और कभी उसके सुनती। कभी वह उसके दुखों में शामिल हो जाती, कभी-कभी उलझनों में उसे शामिल कर लेती।

जिन्नी जब भी आती वह बेहद ख़ुश होता। आज भी ऐसा ही हुआ। जिन्नी आयी तो वह खिल उठा।

''अच्छा हुआ जिन्नी जो तुम आ गयीं। आज मेरा मूड बहुत ख़राब है।''

''क्यों क्या हुआ?''

वह उसे सेठानी के फ़ोन के बारे में बताने लगा, ''साली कह रही थी तुम मेरे नौकर रह चुके हो।''

''बस इतनी-सी बात पर तुम्हारा मूड ऑफ़ हो गया। प्यारे, सच्चाइयों से आँखें मिलाना सीखो। सच तो हमेशा सच रहता है। मैं तुम्हारी जगह होती तो 'माई फुट' कहकर अपनी दुनिया में मगन हो जाती।''

''हाँ बात तो तुम ठीक ही कह रही हो।'' वह सोचता हुआ बोला।

चन्द मिनटों के लिए ख़ामोशी छा गयी।

''चाय पियोगी?''

''हाँ ज़रूर पिऊँगी।''

वह उठकर किचन की तरफ़ चल पड़ा। कुछ देर बाद वह किचन से वापस कमरे में आया तो उसके हाथ में चाय के दो कप थे।

''जिन्नी मैंने बरसों से किसी के लिए चाय नहीं बनायी।''

''सिर्फ़ मुझे छोड़कर।'' वह उसके हाथ से चाय का कप लेते हुए बोली।

''हाँ यह सच है।''

''तुम मुझे इतना ही चाहते हो?''

''हाँ जिन्नी, मैं तुम्हें इतना ही चाहता हूँ। कई बार मुझे तुम्हारी कमी का बहुत एहसास होता है। कई बार मुझे तुम्हारे कन्धों की बेहद ज़रुरत महसूस होती है।''

''अगर ऐसा ही है तो फिर मेरे साथ मिलकर घर क्यों नहीं बसा लेते।''

''सॉरी जिन्नी, यही तो नहीं हो सकता।''

''क्यों? क्यों नहीं हो सकता?''

''देखो, मैं अब एक साफ़-सुथरी ज़िन्दगी गुज़ारना चाहता हूँ। मैं इस तरह की ज़िन्दगी से थक चुका हूँ। तुम ख़ुद ही सोचो कि क्या मैं किसी ऐसी लड़की से शादी कर सकता हूँ जिसकी बीती हुई रातें आनेवाले दिन से अलग न की जा सकें।''

''यह तुम कह रहे हो? क्या तुमने कभी आईना नहीं देखा?''

''मैंने कभी इसकी ज़रूरत महसूस नहीं की। मुझमें और तुममें एक बुनियादी फ़र्क़ है।''

''और वह फ़र्क़ औरत होने न होने का है।'' जिन्नी की आवाज़ में काँटो की चुभन थी।

''हाँ तुम ठीक समझी कि यही सच्चाई है।''

जिन्नी कुछ न बोली। सिर्फ़ उसे ग़ौर से देखती रही। अचानक उसे नलनी याद आ गयी। कितनी ललक थी उसे अच्छी ज़िन्दगी जीने की। कितने सपने देखे थे उसने। लेकिन क्या वह इस कीचड़-भरी ज़िन्दगी से अलग हो पायी?

जिन्नी की आँखें धुँधला गयीं और अगले क्षण सामने बैठे हुए मोहन का चेहरा लम्बोतरा होकर ज़मीन पर टपक पड़ा।

दस सरों वाला बिजूका

—परवेज़ शहरयार

यह उस समय की बात है जब प्रेमचन्द की कहानी का होरी पचहत्तर साल का हो चुका था। सारे बाल सफ़ेद हो चुके थे—चूँकि वह एक किसान का बेटा था, इसलिए हाथ-पाँव के पुट्ठे और शरीर के दूसरे अंग अब भी सही-सलामत थे, लेकिन अब वह ऊँचा सुनने लगा था। परिवार के लोगों का मानना था कि बापू अपने मतलब की बात बहुत जल्द सुन लेते हैं, लेकिन जिसमें उनका कोई फ़ायदा न हो वह बात उन्हें सुनाई नहीं पड़ती है। चाहे उनके आगे हम कितना भी अपना गला फाड़ लें।

इसी बीच, होरी का बेटा गोवर्धन पढ़-लिख कर दिल्ली आई.आई.टी. में प्रोफ़ेसर हो गया था। सोना और रूपा भी अपनी-अपनी ससुराल में थीं। उसके बेटे ने होरी को बहुत समझाया कि ज़माना बदल चुका है, अब खेती-बाड़ी छोड़कर वह बड़े शहर में आकर आराम से रहे और जीवन के बाक़ी दिनों का आनन्द उठाए। गोवर्धन होरी को अपने साथ रखने को तैयार था, लेकिन होरी ने उसकी एक न सुनी।

"माटी हमारा जीवन है।" होरी ने कहा था,"इससे जन्मों का नाता है। उसे एकदम से हम कैसे छोड़ दें।"

बच्चे बेबस थे। उन्होंने होरी और धनिया को उनके हाल पर छोड़ दिया। वह अपने-अपने बच्चों के करियर को लेकर फ़िक्रमन्द थे। उनके अपने मसले थे। उन्हें अपने बच्चों की ख़ुशियाँ भी प्यारी थीं।

दरअसल, गाँव और शहर के जीवन-स्तर में बड़ा अन्तर आ चुका था। बैठकों के आदाब में बड़ा बदलाव आ गया था। शहर में गोबर का अपना एक रुतबा था, एक हैसियत थी। उसके दोस्तों का एक अच्छा-ख़ासा समूह था।

कहते हैं कि बेटा अगर अपने दोस्तों में अपने बाप का परिचय कराते हुए शर्माए तो समझ लेना चाहिए कि परिवार तरक़्क़ी के रास्ते पर चल रहा है। होरी

और धनिया कभी अपने बेटे के यहाँ जाते तो उनके दोस्तों के आते ही उन्हें घर के अन्दरवाले कमरों में भेज दिया जाता था, ताकि मेहमान उन देहातियों को देखकर उनका मज़ाक़ न उड़ाएँ।

यह बात होरी को अन्दर से खाए जाती थी और उसे बेइज़्ज़ती-सी महसूस होती थी।

इस बार होरी और धनिया शहर गये तो जल्द ही गाँव वापस लौट आये। इसका एक कारण यह भी था कि फ़सल की कटाई का समय नज़दीक आ गया था। गाँव आते ही उन्हें बड़ी राहत महसूस हुई थी। गाँव में उन्हें हर तरफ़ जाने-पहचाने चेहरे नज़र आते। लोग आकर होरी काका से उनका हालचाल पूछते। यह सब होरी को अच्छा लगता था—''यहाँ कितनी अपनाइयत है, लोगों में गाँव की मिट्टी तक से पाँव वाक़िफ़ हैं।'' होरी ने सोचा, 'अजनबी धरती पर क़दम लड़खड़ाने-से लगते थे।'

गाँव में रहकर वे खुद को बहुत सुखी महसूस करते थे।

वे दोनों बेटा के पास होते तो उन्हें गाँव की याद सताती और जब गाँव वापस आ जाते तो उन्हें अपने पोते-पोतियों की यादें फ़िक्रमन्द कर देती थीं। धनिया अक्सर बीमार रहने लगी। उसे ज़्यादा सोच-फ़िक्र करने की वजह से हाई ब्लड प्रेशर की बीमारी हो गयी थी। डॉक्टरों ने उसे ज़्यादा चिन्ता न करने की सलाह दी हुई थी। धनिया का बस एक ही अरमान रह गया था। वह अपनी पोती की गोद भरी देखना चाहती थी।

वे अपने तीन-तीन बच्चों की शादियों में तो हाथ तंग होने की वजह से कुछ भी न कर पाये थे लेकिन अब उनकी ख़्वाहिश थी कि बड़ी पोती नयनतारा की शादी वह बहत धूम-धाम से करेंगे। बुढ़ापे में दोनों एक-दूसरे की सोच से इस क़द्र वाक़िफ़ हो चुके थे कि एक के ज़ेहन में क्या चल रहा है, दूसरे को खुद-बखुद पता चल जाता था। दोनों में, अब भी वह पुरानी हम-आहंगी बरक़रार थी,बल्कि वक़्त के गुज़रने के साथ-साथ उसमें मजीद पुख़्तगी आ गयी थी।

जब धनिया नयनतारा की धूम-धाम से शादी करने की बात सोच रही थी, तभी होरी बोल उठा, ''गेहूँ की पकी हुई बालियाँ कटाई के लिए तैयार खड़ी हैं।'' गेहूँ की लहलहाती हुई सुनहरी बालियों की तरफ़ हाथ से दिखाते हुए होरी ने अपनी बात जारी रखी, ''लक्ष्मी देवी की कृपा से अब के फ़सल अच्छी आयी है। सोचता हूँ, नयनतारा का मंगेतर आई.एस.आई. ऑफ़िसर है तो उसकी शादी भी उसी शान से होनी चाहिए। पारसाल बटाई पर काश्त दी थी तो खेतिहर मज़दूरों को अध्या के हिसाब से काफ़ी गल्ले देने पड़ गये थे। इस साल मज़दूरों की पाई-पाई मज़दूरी चुका दी है। इसलिए निश्चिन्त हूँ कि पूरे-का-पूरा गेहूँ सीधे

सरकारी गोदाम में पहुँचा कर अच्छी रक़म खड़ी कर लूँगा।''

धनिया ने चैन की लम्बी साँस ली, ''शुक्र है तुम्हें मेरी तरकीब समझ में आ गयी, वर्ना हर साल की तरह इस साल भी वही रोना रोते कि अध्या बँटाई के देने पड़ेंगे।''

...अभी धनिया ने अपना आख़िरी जुम्ला ज़बान से अदा किया ही था कि वे खेत के आख़िरी सिरे पर, जहाँ ज़मीन और आसमान मिल रहे थे, कुछ देखकर ठिठक से गये। हथियारों से लैस नक्सलियों का पूरा क़ाफ़िला नहर के किनारे से गुज़र रहा था। दूर से देखने पर ऐसा महसूस होता था, गोया चींटियों की लम्बी-सी लकीर अपने सिराते मुस्तक़ीम पर रेंग रही है। लेकिन असल में, इस लर्ज़ा बर-अंदाम कर देनेवाले मंज़र ने कुछ देर के लिए उनके औसान ख़ता कर दिये थे। आये दिन नक्सलियों के हल्ला बोल से ज़मींदारों की नींदें हराम हो रही थीं।

उसने सोचा, 'ये मामूली-सी चींटियाँ भी अगर इकट्ठी हो जाएँ तो कितनी शक्तिशाली हो जाती हैं।' अचानक उसे महसूस हुआ जैसे बेशुमार चींटियाँ उसके आसाब पर उसके दिल व दिमाग़ पर रेंगती चली आ रही हैं। इस ख़याल से लम्हा भर को उसका सारा बदन सिहर उठा और उसकी ज़बान गूँगी हो गयी।

लेकिन मुस्तक़्बिल का ख़्वाब इतना ज़बरदस्त था कि उसके मीठे-मीठे रस से वह दोनों एक बार फिर मसरूर हो उठे—

पकी हुई फ़सल दो तीन रोज़ में कटनेवाली थी। खेत मुस्करा रहा था। होरी ने महसूस किया। उसकी मा'नीख़ेज़ मुस्कुराहट के पीछे कोई राज़ छिपा हुआ है, जिससे वह महज़ूज़ हो रहा है। लेकिन दूसरे ही लम्हा उसने ऐसे ख़याल को अपने ज़ेहन से झटक दिया। बिजूका भी भला मुस्करा सकता है? उसने तो उसे अपने घर के फटे-पुराने कपड़ों से बनाकर खुद अपने हाथों से इस खेत में खड़ा किया है। इसमें इतना शऊर कहाँ कि वह मुस्करा भी सके। ज़रूर यह उसका वहम होगा। और उसके दिमाग़ में बीते दिनों की याद ताज़ा हो गयी।

दौरे-ग़ुलामी में जब अंग्रेज़ों का राजपाट था लाल पगड़ी और ख़ाकी वर्दीवाला एक सिपाही भी गाँव से गुज़र जाता तो उसे देखकर लोग-बाग ख़ौफ़ से काँप उठते थे इस क़दर रोब था कभी उनका हम हिन्दुस्तानियों पर—लेकिन अब हम आज़ाद हैं। हमारी अपनी हुकूमत है। प्रशासन भी अपना है, अपनी अदालत है और पुलिस भी हमारी अपनी है। न महाजन गला दबाता है, न लगान की वूसली का ख़ौफ़ है और न ही ज़बरदस्ती। कैसे अच्छे दिन आ गये हैं। जैसे जी चाहे जियो। जैसे जी चाहे खाओ, जी चाहे पिओ!

''सुना है, नक्सलियों ने बड़े ठाकुर के बेटे को अगवा कर लिया है?''

धनिया ने जब अपनी मरी-सी आवाज़ में होरी से दरियाफ़्त किया तो उसके चेहरे से गहरी फ़िक्र ज़ाहिर हो रही थी।

"हाँ! पर इससे हमारे बाप का क्या जाता है।" होरी ने क़दरे-लापरवाही से जवाब दिया, "फिरौती की रक़म न मिलने पर उन्होंने उसे जान से मार देने की धमकी भी दी हुई है।" होरी ने यह बात कुछ इस अन्दाज़ से कही गोया धनिया को फ़िक्र करने की कोई ज़रूरत नहीं है।

लेकिन—धनिया इस जवाब से बिल्कुल भी मुतमईन न थी। इसके बावजूद होरी से मज़ीद सवाल पूछकर उसे परेशान करना नहीं चाहती थी। वह चुपचाप होरी के पीछे-पीछे पगडंडी पर क़दम जमाकर बराबर चलती रही। शहर से आकर सबसे पहले वह अपने खेत पर गये थे। वहाँ से जब सब कुछ ठीक-ठीक पाया तो घर आकर दोनों ने इत्मीनान से साँस ली थी।

होरी लम्बी मुसाफ़रत से थक चुका था। अपने हाथ-मुँह पोंछने के बाद अँगोछा कन्धे पर फेंकते हुए उसने कहा।

"मैं साबित कर दूँगा कि गोवर्धन का ख़याल ग़लत है। बड़े शहर को हिजरत न कर करके मेरा गाँव में रहने और अपने पुरखों की ज़मीन पर काश्त करने का फ़ैसला कितना सही है।"

धनिया गुड़ की कुछ भेलियाँ और एक लोटा कुएँ का ताज़ा-ताज़ा खिंचा हुआ ठंडा पानी रखकर एक तरफ़ बैठ गयी और हुक़्क़े के लिए चिलम तैयार करने लगी।

"ईश्वर की दया से आज हम किसी के मोहताज नहीं हैं।" धनिया ने कहा, "हम पोती की शादी में दिल खोलकर ख़र्च करने की क्षमता रखते हैं।"

"धनिया! तुम बस देखती जाना, हम अपनी पोती का ब्याह किस धूम-धाम से करेंगे।" होरी ने यह बात चिलम का कश लगाते हुए कही, "दुनिया, समाज सब अशअश करते रह जाएँगे।"

उनके यह ज़ज़्बे और यह सोच होरी और धनिया को ऐसे बुढ़ापे में भी अन्दर से ताक़त और ताज़गी बख़्श रहे थे। अचानक दरवाज़े पर दस्तक हुई। धनिया ने जाकर बाहर का दरवाज़ा खोला तो डाकिया खड़ा था। उसने धनिया के हाथों में एक ख़त थमा दिया। वह दोनों ख़त पाकर अचानक हैरान रह गये।

धनिया ने होरी के हाथों में ख़त देते हुए पूछा, "सब ठीक तो है ना?" ख़त में भेजनेवाले का नाम-पता नदारद था।

हाथ में ख़त लिये वे दोनों हैरानी से एक-दूसरे को देखने लगे। थोड़े पस व पेश के बाद लिफ़ाफ़ा चाक किया तो ख़त के मज़मून ने उन्हें एकदम से हिलाकर रख दिया।

''होरी काका—लाल सलाम।

हमारी अदालत ने फ़ैसला किया है कि गेहूँ की फ़सल में से एक चौथाई के हिस्सेदार तुम भी हो। हम तुम्हारी पूरी फ़सल नहीं उठाएँगे। पूर्णमासी की रात तुम्हारे गेहूँ की कटाई हो जाएगी। तुम अपने हिस्से का गेहूँ दालान में रखवाओगे या मंडी भिजवाओगे, इसका तुम्हें पूरा-पूरा अधिकार है।

जल्दबाजी की ज़रूरत नहीं है, यह उसी रात बता देना कि क्या करना है?

और हाँ! ख़बरदार जो किसी भी तरह की होशियारी दिखायी या पुलिस में ख़बर की, नहीं तो अपनी जान से भी हाथ धो बैठोगे।

परिन्दों से हिफ़ाज़त करनेवाला

तुम्हरा अपना

बिजूका।''

होरी ने ख़त का आख़िरी फ़िक़रा पढ़ा तो बिजूका का ज़हरखंद मुस्कराहट में लिपटा हुआ चेहरा एकदम से उसके तसव्वुर में घूम गया। रावण की तरह बिजूका के दस सर निकल आये थे और वह उसकी बेबसी पर ज़ोर-ज़ोर से क़हक़हे लगा रहा था।

होरी ने अँगोछे से अपना माथे का पसीना पोंछा और ज़ेरे-लब बड़बड़ाया।

''अब पता चला। कोलीन उस वक़्त खेत में खड़ा क्यों मुस्कुरा रहा था।''

धनिया कुछ न समझ सकी और वह ख़ाली-ख़ाली-सी होरी का मुँह देखती रह गयी।

नेमप्लेट

—डॉ. तारिक़ छतारी

"क्या नाम था उसका? उफ़ बिल्कुल याद नहीं आ रहा है।" केदारनाथ ने अपने ऊपर से लिहाफ़ हटाकर फेंक दिया और उठकर बैठ गये।

"यह क्या हो गया है मुझे, सारी रात बीत गयी नींद ही नहीं आ रही है। होगा कुछ नाम-वाम, नहीं याद आता तो क्या करूँ, लेकिन नाम तो याद आना ही चाहिए। आख़िर वह मेरी बीवी थी, मेरी धर्मपत्नी।" उन्होंने पेशानी पर हाथ रखा। पचहत्तर साला केदारनाथ के माथे की बेशुमार झुर्रियाँ बूढ़ी हथेली के नीचे दबकर फड़फड़ाने लगीं।

"सरला की माँ..." उनके मुहँ से बेसाख़्ता निकल पड़ा।

"वह तो ठीक है मगर कुछ नाम भी तो था उसका।"

"क्या नाम था? उसके नाम का पहला अक्षर...हाँ कुछ-कुछ याद आ रहा है..." उन्होंने पैर पंलग के नीचे लटका दिये और वह लाइट ऑन करने के लिए दीवार में लगे स्विच की तरफ़ बढ़े।

"उसके नाम का पहला अक्षर...'के' नहीं नहीं। हाँ-हाँ याद आ गया।"

उनका झुर्रियों से भरा पोपला मुँह मुस्कुराने के लिए तैयार हो ही रहा था कि खाँसी का एक ठसका लगा और फिर भूल गये कि वह अक्षर क्या था।

कमरे में चारों तरफ़ रौशनी फैल चुकी थी।

"ढाई बजने को है।" उनकी नज़र टाइम पीस पर पड़ गयी। "टाइम पीस...? हाँ...टा...नहीं पीस..."स" अरे हाँ—

" 'स' ही तो था उसके नाम का पहला अक्षर।"

"स"? नहीं यह तो सरला की माँ...

"फिर सरला की माँ। आख़िर नाम भी तो कुछ था उसका" केदारनाथ ने झुँझलाकर सिरहाने रखी छड़ी को उठाया, गले में कसके मफ़लर लपेटा और बार-बार छड़ी को फ़र्श पर पटकने लगे। फिर दोनों हाथों में छड़ी को जकड़कर इस

तरह से क़रीब लाए जैसे उसके हत्थे से अपना सर फोड़ डालाना चाहते हों।

''ताज्जुब है अपनी बीवी का नाम भूल गया। उसे मरे हुए भी तो चालीस बरस गुज़र गये हैं। तीन साल का अर्सा होता ही कितना है। सिर्फ़ तीन साल ही तो उसके साथ रह पाया था मैं।''

वह ख़ाली-ख़ाली नज़रों से कमरे को घूर रहे हैं। पलंग, मेज़, कुर्सी और अलमारी, किताबें...अलमारी किताबों से भरी पड़ी होगी, अलमारी के पट बन्द हैं। वह पलंग की जानिब बढ़े और फिर अलमारी की तरफ़ मुड़ गये। दरवाज़ा खोला अलमारी ख़ाली थी...न उसमें किताबें थीं और ख़ाने। ''अरे इसमें तो पिछली दीवार भी नहीं है।''

वह लरज़ गये और घबराकर एक पाँव उसके अन्दर रख दिया। फिर दूसरा पाँव, अब वह दरवाज़े के बाहर खड़े थे। सब कुछ ख़ाली था, उनके ज़ेहन की तरह। दरअसल वह भूल गये थे और अलमारी की बजाय बाहर जाने वाला दरवाज़ा खोल बैठे थे। बाहर सड़क पर कोहरा मचा हुआ था। खम्बों के बल्ब मद्धिम दीयों की तरह टिमटिमा रहे थे। सुनसान सड़क पर उन्हें लगा कि यकायक भीड़ उमड़ आयी है। चारों तरफ़ शोर हो रहा है। बाजे के शोर से कान फटे जा रहे हैं। दूर कोहरे से छिपी हुई डोली—सुर्ख़ जोड़ा पहने दुल्हन मुस्कुरा रही है।

सड़क पर एक पत्थर का टुकड़ा पड़ा था, उन्हें ठोकर लगी और लड़खड़ाकर खम्बे से जा टकराये। बहुत ज़ोर से धक्का दिया था मोहल्ले भर की लड़कियों ने, और फिर दरवाज़ा बन्द।

''क्या नाम है तुम्हारा?'' नाम मालूम होते हुए भी उसका नाम पूछा था, उन्होंने वह शरमा गयी थी और घुटनों में मुँह छिपा लिया था। उन्होंने फिर पूछा तो उसने आहिस्ता से अपना नाम बताया था।

''क्या बताया था उसने? उफ़ बिल्कुल याद नहीं है।'' और वह छड़ी को ज़मीन पर टेकते हुए तेज़-तेज़ क़दमों से चल पड़े। उन्हें कहाँ जाना है? पता नहीं। फिर भी वह चलते रहे और अब अपने घर से बहुत दूर निकल आये थे।

यह इलाक़ा कौन-सा है? कैलाश नगर? हाँ शायद वही है। आगे दायें तरफ़ उनके दोस्त शर्मा जी की कोठी है। बाहर गेट पर नेमप्लेट लगी है। 'सत्यप्रकाश शर्मा' वह उनके दफ़्तर के साथी थे। गुज़रे हुए कई बरस हो गये।

अचानक केदारनाथ ठिठके और रुक गये। ''अरे यही तो है शर्मा जी की कोठी, हाँ बिल्कुल यही है। वहाँ लगी है उनके नाम की प्लेट।'' केदारनाथ को कोहरे की धुँधली फ़िज़ा में एक तख़्ती नज़र आयी।

''शर्मा...उन्होंने पढ़ा। ''रामप्रकाश शर्मा''

''राम प्रकाश...?'' नहीं उनका नाम तो सत्यप्रकाश था। उन्होंने फिर ग़ौर

से देखा, ''रामप्रकाश शर्मा (एडवोकेट)।'' साफ़-साफ़ लिखा था। उन्हें याद आया कि एक रोज़ शर्मा जी ने कहा था, ''मेरा बेटा रामप्रकाश एडवोकेट हो गया है।''

''अच्छा तो अपने बाप के नाम की प्लेट उखाड़कर...'' खट से कोई चीज़ गिरी। उन्हें लगा कि उनके ज़ेहन से कोई चीज़ निकलकर क़दमों में आन गिरी है। वह सहम गये और मुजरिम की तरह गर्दन झुका ली। यह किसी के नाम की प्लेट थी। मगर एक हर्फ़ भी साफ़ नहीं। सब कुछ मिट चुका है। उनके जिस्म में सनसनाहट- सी होने लगी। लगा टाँगें जो अभी-अभी काँप रही थीं, प्यासे हिरन की तरह कुलाँचें मारने को बेताब हो उठीं।

वह भाग रहे हैं। नहीं आहिस्ता-आहिस्ता चल रहे हैं। या रेंग रहे हैं या फिर खड़े-खड़े ही...यह तो मालूम नहीं मगर अब वह अपने घर से कई मील दूर सरला के घर के बहुत क़रीब आन पहुँचे हैं।

सरला से उसकी माँ का नाम पूछ ही लेंगे।

सरला को अपनी माँ का नाम याद होगा? क्यों नहीं...कोई माँ का नाम भी भूलता है क्या!

''पार्वती देवी...'' उनकी माँ का नाम पार्वती देवी था। उन्हें पचहत्तर साल की उम्र में भी अपनी माँ का नाम याद है।

''पार्वती देवी की जय...'' बचपन में वह अपने बाबा के साथ बैठे पूजा कर रहे थे। ''बाबा...अम्मा का नाम भी तो पार्वती देवी है।'' ''हाँ बेटे यही पार्वती देवी हैं जिनके नाम पर तुम्हारी अम्मा का नाम रखा गया है।'' और उस रोज़ से वह आज तक रोज़ाना पार्वती देवी की पूजा करते हैं और जय बोलते हैं। माँ तो भगवान का रूप होती है, फिर भला सरला कैसे अपनी माँ का नाम भूली होगी। केदारनाथ का दिल अन्दर से इतना ख़ुश हो रहा था कि हाथ पाँव फूलने लगे। रफ़्तार में धीमापन आ गया मगर वह अपने बूढ़े जिस्म को ढकेलते हुए आगे बढ़ते चले जा रहे थे।

''बाबूजी आज इतने सवेरे आप इधर... ?'' सरला ने किसी सोच में डूबे केदारनाथ को चाय की प्याली देते हुए पूछा। बूढ़े आसमान की गोद से नये सूरज का गोला झाँक रहा है। केदारनाथ के पंजों की उँगलियाँ सर्द होकर सुन्न पड़ चुकी हैं, जैसे उनमें गोश्त है ही नहीं और वह अन्दर से बिल्कुल ख़ाली, बिल्कुल खोखली हो चुकी हैं, परिन्दे उनके सर पर मँडराते-मँडराते सरला के मकान के ऊपर जा बैठे हैं और वह सरला के मकान में बाहर खड़े-खड़े थक चुके हैं। ''मैं यहाँ खड़ा हूँ। आते-जाते लोग देखकर क्या सोचेंगे। अब तो दिन चढ़े काफ़ी देर हो गयी है। सरला सोकर उठ गयी होगी। अन्दर चलना चाहिए। लेकिन

क्या वाक़ई सरला ने अब तक अपनी माँ का नाम याद रखा होगा? शर्मा जी के बेटे ने अपने बाप के नाम की प्लेट उखाड़ कर...'' खट से कोई चीज़ गिरी, उन्हें लगा कि उनके ज़ेहन से कोई चीज़ निकल कर क़दमों में आन गिरी है। धुँधलें-धुँधले हुरुफ़ उभरने लगे और उनकी आँखों में अँधेरा छा गया। अँधेरी रात...कोहरे से भरी हुई सर्द रात...बेशुमार कुत्तों के भौंकने की आवाज़ें, कई आवारा कुत्ते उनके पीछे लग गये हैं। वह कुत्तों से बचने के लिए मिल्टन पार्क में घुस जाते हैं। मिल्टन पार्क? अब तो इसका नाम गाँधी पार्क हो गया है। गाँधी पार्क हो या मिल्टन पार्क, है तो यह वही पार्क जहाँ वह शादी के दो दिन बाद उसे लेकर आये थे। पार्क की बारादरी टूटकर खंडहर बन गयी है। टूटी हुई बारादरी के पत्थरों के नीचे से होती हुई उनकी नज़रें चालीस बरस पुरानी बारादरी में घुस जाती हैं। ''आओ यहाँ बैठो...कितनी ख़ूबसूरत हैं यह मेहराबें।'' वह दोनों संगमरमर के सुतून से कमर टिकाकर बैठ जाते हैं और फिर वह दुनिया से बेख़बर बहुत देर तक उसके पास बैठे रहे। महीनों...बरसों...कि अचानक उनकी बेटी सरला ने उन्हें चौंका दिया।''

''बाबूजी आप चुप क्यों हैं? क्या सोच रहे हैं?''

''कुछ नहीं बेटी। मैं सोच रहा था आज इतने सवेरे...अस्ल में, मैंने सोचा जोगेन्दर के दफ़्तर जाने से पहले ही पहुँच जाऊँ तो अच्छा है।''

''बाबू जी आज तो इतवार है।''

''ओह, हाँ आज तो इतवार है। क्या करूँ बेटी रिटायर होने के बाद दिन-तारीख़ याद ही नहीं रहते।''

वह दिल ही दिल में सोचने लगे—दिन-तारीख़ क्या। अब तो बहुत कुछ याद नहीं रहा।

इतने में जोगेन्द्र भी आँखें मलते हुए आये और केदारनाथ को प्रणाम करके सोफ़े पर बैठ गये। ''बाबूजी इतने सवेरे? सब ठीक है ना?''

मेरे जल्दी आने पर यह लोग ज़ोर क्यों दे रहे हैं? ज़रूर मेरे अचानक आने से यह सब डिस्टर्ब हुए होंगे। मुझे चले जाना चाहिए...

केदारनाथ को ख़ामोश बैठा देखकर सरला बोल पड़ी, ''अरे बाबू जी तो भूल ही गये थे कि आज इतवार है इसीलिए तो इतनी जल्दी...''

आज इतवार है और मैं इस तरह बग़ैर बताये यहाँ चला आया हूँ। हो सकता है इन दोनों का कोई प्रोग्राम हो। अब मेरी वजह से...। हफ़्ते में छुट्टी का एक ही दिन तो मिलता है इन लोगों को। मगर मैं भी तो रोज़-रोज़ नहीं आता, घर से चल पड़ा था, बस चलता रहा और चलते-चलते जब सरला के घर के क़रीब आ गया तो सोचा, मिलता चलूँ, क्या यह लोग आज मेरे लिए अपने प्रोग्राम नहीं

छोड़ सकते?

केदारनाथ की आँखों में आँसू छलक आये।

कम्बख़्त बुढ़ापे में आँसू भी कितनी जल्दी निकल आते हैं। वह आँसुओं को छुपाने की कोशिश कर रहे थे कि सरला ने उनकी आँखों में झाँककर देखा। यह इस तरह क्या देख रही है? कहीं सब कुछ समझ तो नहीं गयी।

क्या समझेगी? यह कि मैं अपनी बीवी का नाम भूल गया हूँ और रात भर जागता रहा हूँ या यह कि मैं रो रहा हूँ?

"बेटी आज मुझे जोगेन्दर से कुछ काम था..." वह सरला से बोले।

"बाबू जी मुझसे? जोगेन्दर ने हैरतज़दह होकर पूछा।

"हाँ यों ही, कोई ख़ास बात नहीं थी.." फिर वह लॉन की तरफ़ झाँकने लगे। "आज बहुत सर्दी है, तुम्हारे लॉन में तो सवेरे ही धूप आ जाती है।"

सरला ने उनकी तरफ़ देखते हुए कहा, "हाँ बाबू जी, अभी तो धूप में तेज़ी भी नहीं आयी और ओस भी बहुत है, पूरा लान गीला है।" वह कह रही थी कि जोगेन्दर बीच में बोल पड़े, "बाबूजी अभी कुछ काम के सिलसिले में आप कह रहे थे..."

क्या यह लोग चाहते हैं कि मैं जल्दी से काम बताकर चलता बनूँ ताकि उनके प्रोग्राम डिस्टर्ब न हों? केदारनाथ खाँसने लगे और काफ़ी देर तक खाँसते रहे। वह खाँस रहे थे और सोचते जा रहे थे कि अब क्या कहूँ कि बग़ैर सोचे-समझे ही बोल पड़े, "बेटे तुम्हें नाम याद रहते हैं?"

"कैसे नाम बाबू जी? वैसे मैं हमेशा नाम याद रखने में कमज़ोर रहा हूँ। इसीलिए हिस्ट्री के पर्चे में मेरे नम्बर कम आते थे।"

अब क्या पूछूँ? क्या सरला से यही सवाल करूँ? मगर यह तो बड़ी बेतुकी बात होगी। अगर सरला ख़ुद ही बोल पड़े कि बाबू जी मुझे नाम याद रहते हैं, तो जल्दी से पूछ लूँ कि बताओ तुम्हारी माँ का क्या नाम था।

केदारनाथ ने हसरत-भरी नज़रों से सरला की तरफ़ देखा लेकिन वह ख़ामोश बैठी रही और फिर उठकर किचिन की तरफ़ चल दी—

सूरज चढ़े काफ़ी देर हो चुकी थी। धूप में तेज़ी आती जा रही थी। लॉन की हरी घास पर जमे शबनम के क़तरे अपना वजूद खो चुके थे। केदारनाथ ने अपने जिस्म पर चढ़े गर्म कपड़ों को इस तरह टटोला जैसे वह ढूँढ़ रहे हों कि कपड़ों के अन्दर जिस्म है भी या नहीं।

दोपहर का खाना तैयार था। लेकिन अभी तक उन्हें सरला से उसकी माँ का नाम पूछने का मौक़ा नहीं मिल पाया था। सरला सुबह से खाना तैयार करने में लगी हुई थी। केदारनाथ बाहर धूप में जाकर बैठते तो कभी अन्दर आकर बरामदे

में टहलने लगते। कभी जोगेन्द्र से इधर-उधर की बातें होतीं और कभी सरला आती तो इस मौक़े की तलाश में रहते कि ज़रा जोगेन्द्र उठकर जाएँ तो वह अकेले में सरला से उसकी माँ का नाम पूछ लें।

अब दोपहर के खाने का वक़्त हो चुका है। खाने पर बात से बात निकलेगी, तब तो पूछ ही लूँगा। उन्होंने सोचा और मुतमइन (सन्तुष्ट) हो गये।

खाने की मेज़ सज चुकी है। सरला ने कई तरह की सब्ज़ियाँ बनायी हैं। खाना बहुत लज़ीज़ है। आज बहुत दिनों बाद अपनी बेटी के हाथ का खाना मिला है। नौकर के हाथ का खाना खाते-खाते उनका दिल भर गया था। सरला की माँ के हाथ का ज़ायक़ा तो अब उन्हें याद भी नहीं। उसका नाम भी तो याद नहीं—उनका जी चाहा कि जल्दी से पूछ लें—

बेटी तुम्हारी माँ का क्या नाम था।

अरे यह क्या। अगर इस तरह वह कोई सवाल करेंगे तो यह दोनों क्या सोचेंगे! दोनों कहकहा मारकर हँस पड़ेंगे। केदारनाथ ख़ुद पर क़ाबू पाने की कोशिश करने लगे कि कहीं भूलकर यह सवाल उनके मुँह से न निकल पड़े—किस से पूछूँ।? कम्बख़्त ख़ुद ही मेरे ज़ेहन में आ जाय तो पूछना ही क्यों पड़े?

उन्होंने भवें सिकोड़ीं, पेशानी पर बेशुमार बल पड़ गये। फिर आँखें बन्द कर लीं और अपने ज़ेहन से जूझने लगे। आज सरला का बेटा नज़र नहीं आ रहा है, शायद उसे अपनी नानी का नाम याद हो—बातों-बातों में उससे तो पूछ ही लूँगा—''सरला आज तुम्हारा बेटा...?''

''हाँ पिताजी मैं तो बताना ही भूल गयी। बी.ए. पास करने के बाद उसने कम्पटीशन की तैयारी शुरू कर दी थी। कल से उसके इम्तहान हैं। दो दिन पहले ही दिल्ली चला गया है।''

''ओ...अच्छा...तो घर पर नहीं है।'' केदारनाथ एक ठंडी साँस लेकर फिर खाने में मसरूफ़ हो गये। खाना ख़त्म हो गया और केदारनाथ को अपनी बीवी का नाम याद नहीं आया। खाने के बाद चाय और फिर देखते ही देखते शाम हो गयी। केदारनाथ बग़ैर नाम पूछे ही वहाँ से उठ खड़े हुए। घर लौटने के लिए बस पकड़ी। अब उनके जिस्म की सारी रगें ढ़ीली पड़ चुकी थीं। हर एक शख़्स को देखकर उन्हें लगता कि उसे ज़रूर मेरी बीवी का नाम मालूम होगा। वह हर एक से पूछना चाहते हैं मगर कोई शख़्स न तो उनकी तरफ़ मुतवज्जेह होता (ध्यान देता) और न ही कुछ पूछने के लिए उनके होंठ खुलते। सफ़र जारी रहा और फिर अचानक एक झटके के साथ बस रुकी। उन्होंने खिड़की से बाहर झाँका और उतरने के लिए सीट से उठकर खड़े हो गये।

कमरे में चारों तरफ़ अँधेरा है। वह बग़ैर रौशनी किये बिस्तर पर ढेर हो

गये। अँधेरा गहरा होता जा रहा था। केदारनाथ को महसूस हुआ कि दीवारें उनकी तरफ़ खिसकती चली आ रही हैं। उन्होंने आँखों पर ज़ोर देकर दीवारों की तरफ़ देखा तो उनकी आँखों में जलन होने लगी। पूरे कमरे में धुआँ भर गया था। उठकर लाइट जला दी जाय। उन्होंने सोचा। मगर रौशनी में तो उन्हें नींद ही नहीं आती। अँधेरे में भी कब आती है। अब उनकी आँखें शोलों की तरह दहकने लगी थीं। जिस्म से भी आग निकलने लगी। आग की लपटें बहुत तेज़ हो गयीं। सरला की माँ की चिता जल रही थी, रौशनी बहुत तेज़ थी और उन्हें नींद नहीं आ रही थी। तो फिर आँखें नींद से बोझिल क्यों होती जा रही हैं—जगह-जगह से जिस्म गल गया है। वह जिधर करवट लेते हैं उधर ही से शदीद दर्द की लहर उठती है। उनके हाथ-पैर बिल्कुल ठंडे होते जा रहे थे कि अचानक ज़ेहन से कोई चीज़ निकलकर पलंग के नीचे फ़र्श पर जा पड़ी। केदारनाथ उठकर बैठ गये। लाइट जलाई और अलमारी खोलकर तमाम किताबें फ़र्श पर बिखेर दीं। एक एक करके मेज़ की दराज के तमाम काग़ज़ात निकाल डाले और पुराने बक्से से कुछ फ़ाइलें निकाल फिर दीवाने की तरह उन्हें उलट-पलट कर देखने लगे—किसी काग़ज़ को पढ़ते, किसी को फाड़कर फेंक देते और किसी को तह करके रख लेते। —कम्बख़्त उसकी कोई चिट्ठी भी तो नहीं मिल रही है। अब केदारनाथ ने झुँझलाकर किताबों, काग़ज़ों और फ़ाइलों को नोचकर फेंकना शुरू कर दिया। दोनों हाथ बिल्कुल शल को चुके हैं। साँस रुकने लगी है। उन्होंने घबराकर गले में बँधे मफ़लर का बल खोलना चाहा कि पता नहीं कैसे गिरफ़्त और तंग हो गयी।

फिर उन्होंने एक झटके के साथ मफ़लर खींच लिया और बुरी तरह हाँफने लगे। ढूँढ़ने से कोई फ़ायदा नहीं—याद करना भी बेकार है, अब कुछ याद नहीं आएगा। और वह याद करने लगे कि उनकी बीवी का क्या नाम था।

शान्ती... ?

नहीं...

सरोजनी...

नहीं...नहीं...

श्रेष्ठा.... ?

उफ़ यह भी नहीं—

हज़ारों नाम उनके ज़ेहन में तेज़ी से आने लगे। फिर वह भूल गये कि वह क्या याद कर रहे थे।

आज कौन-सा दिन है ?

इतवार—

नहीं इतवार तो कल था।

कल?

इतवार तो उस दिन था जब वह सरला के घर गये थे और सरला के घर गये हुए अब सदियाँ गुज़र चुकी हैं। उनकी आँखों से ज़र्द रोशनाई टपककर पूरे कमरे में फैल गयी है। किताबें, काग़ज़ात और फ़ाइलें—कुछ धुँधले-धुँधले हुरुफ़ नज़र आये।

शर्मा। हाँ मेरे दफ़्तर के साथी शर्मा।

पूरा नाम क्या था उनका?

यह भी भूल गया?

और उनके बेटे का?

नहीं, अब मुझे कुछ भी याद नहीं।

पार्क—

कौन-सा पार्क?

हाँ वही पार्क जहाँ वह खड़ी मुस्कुरा रही है।

लेकिन अब तो उस पार्क का नाम भी बदल गया है।

क्या है उसका नया नाम?

नया ही क्या अब तो पुराना भी याद नहीं। मैं सब कुछ भूलता जा रहा हूँ।"

मेरी बेटी—

उफ़ उसका नाम भी याद नहीं आ रहा है।

उसके शौहर का नाम?

हे भगवान मुझे क्या होता जा रहा है। अब तो कुछ भी याद नहीं।

क्या सिर्फ़ बीवी के नाम के लिए वह इतने परेशान हैं।

नहीं, कोई और चीज़ भी है जिसे वह भूल गये हैं।

क्या चीज़ है वह?

वह नेम प्लेट जो बार-बार उनके ज़ेहन से निकलकर गिर पड़ती है। क्या लिखा है उसमें? कुछ दिखाई नहीं देता। सब कुछ मिट चुका है—

दीवारें, छत, दरवाज़े और फ़र्श...कुछ भी नहीं है। दूर तक फैला हुआ एक बहुत बड़ा मैदान है। ज़मीन में जगह-जगह दरारें पड़ चुकी हैं। सूरज का गोला फैल कर इतना बड़ा हो गया है कि पूरा आसमान उसके पीछे छिप जाता है। रौशनी इतनी तेज़ है कि कुछ दिखाई नहीं देता कि अचानक दूर कोई बहुत छोटी-सी चीज़ नज़र आयी।

क्या है वह?

कोई इनसान है जो अपने चारों तरफ़ मुड़-मुड़ कर देख रहा है। उसके क़रीब कोई भी नहीं है, वह तन्हा है, बिल्कुल तन्हा।

अरे वह तो मेरी तरफ़ बढ़ रहा है, और अब मेरी आँखों के इतना क़रीब आ गया कि उसके पीछे सारा मैदान, आसमान और सूरज का फैला हुआ गोला भी छिप गया है।

कौन है यह शख़्स?

मैं?

और उनकी आँखों के सामने ख़ुद उनकी अपनी ज़ात अँधेरा बन के छाने लगी।

मगर मैं कौन हूँ? क्या नाम है मेरा?

ऐं...अब तो मैं अपना नाम भी भूल गया। वह माथे पर हाथ रखकर ज़ोर से चीख़े और बग़ैर रीढ़ की हड्डीवाले आदमी की तरह दोहरे होते-होते अपने आप में सिमटने लगे। उन्हें लगा कि वह कई गज़ ज़मीन के अन्दर धँस गये हैं। उनका दम घुट रहा है। सर बुरी तरह चकराने लगा और आँखों में नीले-पीले बादल उमड़ आये। हाथ-पाँव सुन्न पड़ चुके हैं और गला रुँध गया है, जैसे कोई बहुत मोटी-सी चीज़ उसमें अटक गयी हो। काँपता हुआ हाथ उन्होंने गर्दन पर रख लिया और खँखारना चाहा मगर उन्हें लगा कि खँखारते ही हिचकी आ जाएगी और वह मर जाएँगे।

नहीं... वह बहुत ज़ोर से चीख़े। उनके हाथ की गिरफ़्त गले पर ख़ुद-ब-ख़ुद मज़बूत हो गयी थी। धुँधले हरुफ़ (अक्षर) उभरने लगे।

"के...के..." उफ़ लगता है दिमाग़ के परख़च्चे उड़ जाएँगे और ज़बान कटकर दूर जा गिरेगी। उन्होंने ग़ौर से देखा, हर्फ़ कुछ-कुछ साफ़ दिखाई देने लगे थे।

"केदा वह बुदबुदाए..."

और फिर उन्होंने पढ़ लिया। "केदारनाथ" वह ख़ुशी से चीख़ पड़े और गले पर हाथ की गिरफ़्त ढ़ीली पड़ गयी। दिल बहुत ज़ोर से धड़का, पूरे बदन में गुदगुदी- सी होने लगी और वह लड़खड़ाते हुए पलंग पर जा पड़े।

केदारनाथ, केदारनाथ—वह ज़ोर-ज़ोर से कहने लगे जैसे अब उन्हें सब कुछ याद आ गया हो।

अपनी बेटी का, दोस्त का, उस पार्क का और अपनी बीवी का नाम—केदारनाथ। महसूस हुआ कि सारी दुनिया का नाम केदारनाथ है।

फिर आहिस्ता से उठे, लाइट बुझायी और केदारनाथ, केदारनाथ कहते हुए लिहाफ़ में घुस गये।

सुबह हुई तो उन्होंने ख़ुद को बहुत मुतमइन महसूस किया। रात बहुत गहरी और सुकून की नींद आयी थी।

पाँच उँगलियाँ

—ख़ुर्शीद हयात

मेरी बेटियाँ बग़ल में लेटी हैं। ख़ूबसूरत-सी, प्यारी, नर्म हथेलियाँ, छोटी-बड़ी उँगलियाँ। बेटियाँ घरों में चिड़ियों की तरह चहकती हैं। उनकी दिलकश आवाज़ें गाँव की नदियों की तरह बहती हैं। उन्हें देखकर दिल से दुआएँ निकलती हैं कि रहमान, उन हाथों को डॉक्टर के हाथ बनाना जो मुफ़्त में ग़रीबों का इलाज करें, नेकियाँ कमाएँ। सिर्फ़ घर की चार-दीवारियों तक सीमित नहीं रहें।

कितने बड़े-बड़े कामों को अन्जाम देती हैं ये उँगलियाँ, सब मिल जाएँ तो शक्ति, नहीं तो भीख माँगनेवाले का कटोरा। ये उँगलियाँ जब अलग-अलग खानों में बिखर जाती हैं तो जिसका जो दिल चाहता है हथेली पर रख देता है।

हिकारत... अपमान... बदनामी...

उँगलियाँ आख़िर क्यों अकड़ जाती हैं, मुड़ती नहीं, घूमती नहीं, फैलती नहीं शायद इसलिए कि सबकी अलग-अलग दिशाएँ हैं। सभी अपनी मौजूदगी का एहसास दिलाना चाहती हैं, उन्हें शायद इन्तज़ार है कि कभी तो यह सब आपस में मिलकर मुड़ेंगी, हथेली के दामन में सिमट जाएँगी, शायद कभी।

बरसों पहले
सूर्योदय के समय
तुमने मेरी हथेली में ना जाने क्या देखा था
कि आज एक सूर्यग्रहण लगा
तो तुमने एक बीज को मेरी हथेली पर बो दिया

तब से मेरी हथेली गर्म हवाओं से भी सख़्त तो कभी बारिश की बूँदों से नम होती रही। अब जबकि 'काल्पनिक पेड़' बड़ा हो गया है। मेरी हथेली की पाँच उँगलियाँ जड़ों को कुरेदने में लगी हैं। तुम ही बताओ मेरी माँ, ये कैसा बीज तुमने मेरी हथेली पर बोया था?

मैं सोच रही हूँ कि कभी मैं भी उन दोनों जैसी थी। माँ की गोद में सर

रखकर लोरियाँ सुनकर सो जाया करती थी। सहेलियों के साथ ग़ुलाम अब्बास की गुड़िया से खेला करती थी। जवान कब हुई पता ही नहीं चला। फिर नूर बख़्श से मेरी शादी हुई। माँ बनी और मेरी गोद दोनों बेटियों की पाठशाला। अब ये दोनों सयानी हो रही हैं, और मुझे दोनों के चेहरों में कभी नूर बख़्श का तो कभी अपना अक्स दिखाई देता है।

हम दोनों तो अपनी बेटियों के लिए कुम्हार जैसे हैं। जब नूर बख़्श दफ़्तर में होते हैं और दोनों बेटियाँ स्कूल से आने के बाद थोड़ा आराम कर रही होती हैं, ऐसे क्षणों में मैं अक्सर ख़यालों में गुम हो जाती हूँ।

फलाँ ख़ूबसूरत है, फलाँ बदसूरत।

दोनों के पास आँखें हैं, नाक हैं, होंठ हैं, दाँत हैं।

आँखों के साथ एक ज़ुबान भी दी गयी है। दो होंठ भी दिये गये हैं। दोनों बोलते हैं। अपने दिल की बात दूसरों तक पहुँचाते हैं। दोनों की आँखों देखती हैं, दोनों के दाँत चबाते हैं। दोनों की नाक सूँघती हैं। ख़ूबसूरत की परिभाषा उसने बनायी।

किसी की नाक लम्बी है तो किसी की छोटी लेकिन एक ख़ूबसूरत और दूसरी बदसूरत कैसे हो गयी? दरअसल ये स्तर तो अपने अन्दर ही कहीं छिपे हैं। जो इनसान को इनसान नहीं बदसूरत और ख़ूबसूरत बनाते हैं। एक इनसान जो किसी को बुरा लगता है तो वही दूसरे को भला लगता है। एक को किसी चेहरे से नफ़रत है तो दूसरे को उसी चेहरे से मुहब्बत। अगर ऐसा न हो तो एक के पास चाहनेवालों की भीड़ इकट्ठा हो जाय और कोई बिल्कुल अकेला रह जाय।

अगर कोई आँखों से वंचित है तो वह कैसे करेगा किसी की ख़ूबसूरती का सामना, सामनेवाले की भावनाओं से। उसकी प्यार भरी आवाज़ से। उसके स्नेह भरे स्पर्श से। एक अच्छा इनसान ही सुन्दर है, क्योंकि उसकी अच्छाइयाँ उसका किरदार और भी बहुत कुछ उसके चेहरे पर एक शब्द रख देते हैं 'नूर' और उसका चेहरा नूर से भर जाता है, प्रसिद्ध हो जाता है 'वह'।

नूर बख़्श ने अपनी ज़िन्दगी में कई उतर-चढ़ाव देखे। उबड़-खाबड़ पगडंडियाँ देखीं। घर के आँगन में अलग-अलग खड़ी होती 'दीवारें' देखीं मौसम की तरह लोगों के बदलते मिज़ाज को देखा। घर के बाहर फुलवारी में हरे-भरे पेड़ों को सूखते देखा। हलाल और हराम की तमीज़ के बग़ैर लोगों को दौलत समेटते देखा। दूसरों का हक़ मारकर अपनी दौलत बढ़ाने की तदवीरें करते देखा। इनसानियत, शराफ़त, हमदर्दी और मुहब्बत की भावनाओं को मिटते हुए देखा—कहाँ क्या नहीं देखा नूर बख़्श ने। शगुफ़्ता ज़ुबान का जोगी जब से घर छोड़ कर गया, दीवारें बिलबिला रहीं हैं, सिसक रही हैं। हर चीज़ टूट रही है। दिल टूट रहे हैं। दिमाग़ बदज़न होकर बिखर रहे हैं। रिश्तों की दौड़ टूट रही है। परिवार अलग-अलग

हिस्सों में बिखरता जा रहा था।

हथेली की पाँच उँगलियों की तरह। नयी ज़मीन, नया मकान, ख़ूबसूरत दरवाज़े, ड्राइंगरूम में सजे हुए बनावटी फूल। आदमी कितना ख़ूबसूरत हो गया है, बाहर से। मगर उसके अन्दर की सुन्दरता जो ज़िन्दा रहने की शर्त हुआ करती थी कभी, वह तो कहीं खोती जा रही है।

इस क़दर तेज़ रफ़्तार से ज़िन्दगी में बदलाव—

गरीब अमीर बन रहे हैं।

अमीर रईस बन रहे हैं।

मिडिल क्लास, नये दौलतमन्द, अपनी दौलत, हड़पी हुई दौलत के सहारे अपनी मध्यमवर्गीय स्तर की ज़िन्दगी को त्यागकर फ्लैटों और क्लबों की ज़िन्दगी से दिन-ब-दिन क़रीब से क़रीबतर होते जा रहे हैं। ज़िन्दगी जीने के तरीक़ों में बदलाव आता जा रहा है और हमारी संस्कृति, हमारी परम्पराओं को सिमटकर, घुटकर रह जाने का डर सता रहा है।

इतना बड़ा परितर्वन, इतनी सहजताएँ...?

ज़िन्दगी का चेहरा देखकर टूट-सा गया था नूर बख़्श। उसकी ज़िन्दगी जैसे अधूरी-सी रह गयी हो—अधूरा आदमी—अधूरी ज़िन्दगी। वह तो है किसी और राह का मुसाफ़िर, मगर भागा जा रहा है, हाँफते-काँपते किसी दूसरी ओर—उस ओर जहाँ घाटियाँ भी आएँगी।

बहुत शान्त और चुप-चुप-सा रहने लगा है नूर! मगर उसके कानों में एक शोर-सा हर वक़्त सुनाई देता है।

"अम्मी! मगर भाइयों ने काग़ज़ात पर दस्तख़त नहीं किये तो मैं पुश्तैनी घर बेच दूँगा।" मुल्ला बख़्श चीख़े। जमीला बेगम जो हमेशा ऐसी लाचार नहीं थीं, काफ़ी दंबग औरत हुआ करती थीं उन्होंने ख़राब सेहत के बावजूद पाँच बेटों को जन्म दिया। वरना इस ज़माने में तो औरतों को बच्चे गिरवाने का मौक़ा चाहिए। लोग पहुँच जाते हैं फतूनी लेने, या ख़ुद तसल्ली दे लेते हैं कि अरे ये तो ज़िन्दगी बचाने के लिए किया जा रहा है। जैसे मौत और हयात की किताब खोल दी गयी है नयी नस्ल के सामने। सिगरेट पिओगे कैंसर हो जाएगा, पान खाओगे मुहँ का कैंसर हो जाएगा, ज़्यादा मीठा खाओगे डायबिटीज़ हो जाएगा। पानी पीने से ज़्यादा ज़िन्दा रहेंगे। योग करेंगे सेहतमन्द रहेंगे। गोश्त खाओगे उम्र कम हो जाएगी। सब्ज़ी खाएँगे ज़्यादा ज़िन्दा रहेंगे। दूध पिओगे सेहतमन्द रहोगे।

अरे कमबख़्तों, कौन-सा दूध? जिसमें यूरिया और फामोलीन का इस्तेमाल काफ़ी मात्रा में होने लगा है। शरीर का तन्त्र बर्बाद हो रहा है। यूरिक एसिड बढ़ने से गुर्दे ख़राब हो रहे हैं।

कौन-सी सब्ज़ी—वह जिसमें मैगनेशियम आक्साइड और लेड की मात्रा इतनी ज़्यादा कि आँतों और गुर्दों में कैंसर का ख़तरा बढ़ जाता है। वह सब्ज़ी जिसमें इंजेक्शन लगाकर साइज बड़ा किया जा रहा है।

आक्सीटोसन

शराब

तेज़ाब

हारमोन्स

यूरिया...

हारमोंस, सब्ज़ियों, फूलों और लड़के-लड़कियों के लिए भी। दृश्य कितना बदल गया है। आदमी आदमी नहीं रहा और धरती भी अपनी पहचान खो बैठी है। हम उसे भूल गये जिसने चारा उगाया और उसे लहलहाता हुआ और हरा-भरा कर दिया।

अरे दीवानों। पहले के लोग जो सौ की उम्र भी पार कर जाते थे, क्या वे तुम्हारा मीनू देखकर खाया करते थे। जितना दिन जिसे ज़िन्दा रहना है वह तो रहेगा ही। आज इनसानों का कैसा गिरोह हमारे सामने आ रहा है। अन्जाम के एतबार से दो गिरोह में बँट चुके हैं इनसान—

अपमान

रुसवाई

खौलता हुआ पानी

खौलते हुए झरने

दहकती हुई आग—दूसरी तरफ नफ़ीस कालीन बिछी हुई। सजे हुए गाव तकिए, तरोताज़ा चेहरे।

चारों तरफ़ प्राकृतिक दृश्यों की भरमार है मगर हमारी आँखें बन्द हैं। जमीला बेगम अपने बेटों को, अपनी बहुओं को या फिर पहचानवालों को उसी तरह डाँटा करती थीं। हालाँकि उन्हें दो बच्चों के बाद ही पेट में ट्यूमर हो गया था लेकिन उनके शौहर अहमद बख़्श बड़े धार्मिक थे। अमली तौर पर—ट्यूमर कटवा-कटवा कर तीन और बच्चे पैदा हुए। पाँचवें बच्चे की पैदाइश के समय बच्चा पैदा करने का कारखाना ही यानी बच्चादानी निकाल फेंकी गयी। शायद अच्छा ही हुआ क्योंकि आराम अगर क़िस्मत में हो तो एक से भी मिल जाता है नहीं तो पाँच क्या दस बेटे भी सुख नहीं दे पाते।

प्रतीक्षा

पैदाइश से पहले रजक का इन्तज़ार। एक बार उन्होंने मुझसे कहा था कि जब

छोटा-बेटा साजिद पेट में आया तो मैं काफ़ी दुखी हो गयी थी। बिल्कुल थोपा हुआ बच्चा था वह। मैं बेहोश हो-हो जाती थी। मेरी सेहत बिल्कुल ख़राब हो गयी थी। चार बार पेट का ऑपरेशन हो चुका था। एक नफ़रत-सी थी, डर-सा था दिल में, जब वह पैदा हुआ तो बिल्कुल नहीं रोया। डॉक्टर उसे उल्टा लटकाकर थप्पड़ मार रही थी। जब मैंने उसे देखा तो मोहब्बत का सोता फूट पड़ा था। मेरे कमज़ोर हाथ दुआओं के लिए उठ गये थे। मैं दुआएँ माँगने लगी। मेरी दुआ क़ुबूल हुई। आज पाँच बेटों में मुझे सबसे ज़्यादा प्यारा साजिद लगता है। शायद इसलिए भी कि वह सबसे छोटा है।

मैंने नूर बख़्श को काग़ज़ात भेजे थे। स्पीड पोस्ट से, मगर अभी तक उसने दस्तख़त करके नहीं भेजा। ऐसे ज़्यादा दिन नहीं चलेगा। पुश्तैनी मकान और ज़मीन मैं बेच दूँगी तब पड़े रहेंगे चारों भाई सड़क पर। हमने कोई अम्मी को पालने का ठेका ले रखा है। ले जाए जिसको शौक़ हो। ''बीमार माँ की ख़िदमत का मुझे ऐसा शौक़ नहीं है।'' बड़ी बहू शबाना ने चिल्लाते हुए कहा।

जमीला बेगम ख़ामोश रह गयीं। क्यों...कैसे...

जमीला बेगम जो एक बात भी अपने ऊपर से होकर जाने नहीं देती थीं। ज़मीन की तरफ़ नज़रें झुकाए बिल्कुल ख़ामोश थीं। मगर उनकी ख़ामोश ज़ुबान में भी एक आवाज़ थी जो मुझे सुनाई पड़ रही थी।

दुनिया की चाहत, माल व दौलत की चाहत

हर किसी का एक समय होता है। कभी सास का था, अभी बहू का है। यह तो सुना ही होगा कि 'सौ सुनार की और एक लुहार की।' सास ने शुरुआती दिनों में एक बार बहू की ग़लत आदत को ग़लत कहा था तो बहू भी उन बीस बरसों पुरानी बात को सूद के साथ वापस कर रही थी। वैसे भी ग़लत को ग़लत कहने के बाद झेलने के लिए तैयार रहना पड़ेगा। दूसरी तरफ ससुर अहमद बख़्श तो इस दुनिया में अब रहे नहीं। हज करके वापस लौटे और अल्लाह को प्यारे हो गये। बड़े अच्छे और नेक इनसान थे। बस थोड़ा बहुत नज़र का पर्दा करती थी शबाना उनके सामने। वे भी सिर्फ़ इसलिए कि कंकड़ बाग़ की दो बीघा ज़मीन अपने शौहर मुल्ला बख़्श के या फिर अपने नाम करवाना था।

ससुर अहमद बख़्श शबाना के चचा लगते थे। अहमद बख़्श को अपने परिवार से बेपनाह मुहब्बत थी। एक मज़बूत कड़ी थी अपने परिवार और रिश्तेदारों के बीच। किसी की बेटी जवान हो रही हो तो शादी के लिए रिश्ता ढूँढ़ने में जुट जाते थे। कितने रिश्तेदारों के घरों में शहनाइयाँ बजीं, कितने घरों के बुझ चुके चूल्हों में आग लगी। ख़ामोशी से कितने बेबस और बे-सहारा की ख़बरगिरी

करते थे वे। मगर उनके दोस्त, रिश्तेदार उनके उन कामों को बेवकूफ़ी कहते थे कि इन कामों में वक़्त और पैसा दोनों बर्बाद हो रहे हैं। अहमद बख़्श ने शबाना की बदमिज़ाजी के बावजूद उसकी शादी अपने बड़े बेटे मुल्ला बख़्श से कर दी। शायद इसलिए भी कि मरते वक़्त उनके भाई ने शबाना का रिश्ता ढूँढ़ने को कहा था। हालाँकि जमीला बेगम को ये रिश्ता शुरू से ही ना-पसन्द था। लेकिन उनकी एक न चली और शबाना घर में बहू बन कर आ गयी। वैसे तो मुल्ला बख़्श को भी ये रिश्ता पसन्द नहीं था क्योंकि मुल्ला का टाँका तो कहीं और भिड़ा था। लेकिन मुल्ला बख़्श की भी एक न चली। बाबा अहमद बख़्श का रोब ही घर में कुछ ऐसा था। लेकिन जैसा कि अक्सर होता है कि ज्यादातर मियाँ बीवी एक दूसरे को अपना लेते हैं। हालात से समझौता कर लेते हैं और फिर यह भी देखने में आता है वक़्त गुज़रने के बाद दोनों में ख़यालात भी एक जैसे हो जाते हैं। शायद अलग-अलग चेहरे भी एक जैसे दिखाई देने लगते हैं। मुल्ला बख़्श और शबाना भी एक राह के मुसाफ़िर हो गये थे। दोनों हर वक़्त इस धुन में रहते कि ज़्यादा माल कैसे हासिल किया जाय। कोई अज़ीज़ मेरा नहीं कि दोनों की चिन्ता सताने लगती कि किसी तरह उसकी मिरास पर क़ब्ज़ा किया जाए चाहे अपना हक़ हो या न हो। दूसरों का हक़ मारकर अपनी दौलत बढ़ाने की तदबीरें ढूँढ़ते रहते।

मुल्ला बख़्श तो शुरू ही से अलग तरह की शख़्सियत का मालिक था। उसको समझना मुश्किल था। उसका अपना एक अलग संसार था। मियाँ बीवी दोनों एक-दूसरे से बहुत ख़ुश थे। ख़ुश भी क्यों न रहें। दौलत की कोई कमी नहीं थी। असल फसाद की जड़ तो दौलत की कमी से ही बनती है। मुल्ला बख़्श और शबाना एक थे और घर के सारे लोग पराये। वह रिश्ते जो अटूट होते हैं वे टूटते जा रहे थे।

जमीला बेगम के दूसरे बेटे हैं मुराद बख़्श। उनकी भी अच्छी नौकरी है। मगर वे भी अलग राह चल पड़े है। लावारिश की तरह बिखरे हुए बाल, बढ़ी हुई दाढ़ी। मुराद बख़्श बड़े ही तन्दुरस्त हट्टे-कट्टे छह फीट के पुलिस अफ़सर हैं। काम उनका है चोर बदमाशों को पकड़ने का। उनसे मुक़ाबला करना। मगर जब बाल कटाने या सँवारने की बात होती तो उनकी हिम्मत, दिलेरी जवाब दे जाती और एक ख़ौफ़ उनके चेहरे पर स्पष्ट होने लगता। ऐसा नहीं कि उन्हें कैंची से डर लगता था। वे आईने के सामने भी अपनी शक्ल से ख़ौफ़ खाते थे। अगर गली से आईने के सामने ख़ुद का चेहरा दिखाई दे जाता तो चीख़कर दूर खड़े हो जाते। आज भी एक अनजाना ख़ौफ़ उनका पीछा कर रहा है और वह भाग रहे हैं। उनके अपने उससे ख़ुश नहीं हैं। लेकिन वह अपनी ज़िन्दगी से मुतमइन

हैं। बीवी अपने माँ-बाप के घर बैठी है और ख़ुद कमाने की धुन में लगे हैं।

तीसरे नूर बख़्श बचपन से लेकर आज तक माँ-बाप से डरनेवाले, ख़िदमत करनेवाले। घर का सारा काम उन्हीं के ज़िम्मे रहता था। राशन से लेकर माँ की दवाई तक का। नूर बख़्श की बीवी माँ-बाप की इकलौती बेटी है और बहुत लाड़-प्यार से पली है। ससुराल नहीं जाना चाहती। वहाँ के मच्छर, बोटिंग का गन्दा पानी और मोहल्ले में बदगोई करनेवाली औरतों की महफ़िल उन्हें पसन्द नहीं। हालाँकि वह सास-ससुर से बराबर ज़िद करती है कि अब्बा-अम्मी आप दोनों नूरबख़्श के बँगले में आकर रहिए। देखिएगा हमारे घर का माहौल आपको कितना रास आएगा। मैं आपकी ख़ूब ख़िदमत करूँगी। मैं अपने आपको यहाँ एडजस्ट नहीं कर पाती। दूसरी तरफ़ नूरबख़्श भी अकेले में होटल का खाना खाकर बीमार पड़ जाते हैं।

लेकिन जमीला जी को तो अपने घर से बेपनाह मुहब्बत थी। मुहब्बत हो भी क्यों न? बहुत मेहनत से इस आशियाने को बनाया जो था। ऐसे सारे सपने बुने थे उन्होंने। काश कि उनका सपना हक़ीक़त बन जाता। वैसे तो जिस जगह पर उनका मकान है वहाँ पर न तो बिजली-पानी का आराम है और न ही माहौल अच्छा। कोई किसी को आगे बढ़ता हुआ देखना नहीं चाहता। फिर भी मालूम नहीं क्यों जमीला बेगम अपने घर से बाहर नहीं निकलतीं। अपने हिस्से की ख़ुशियाँ अपने बेटों के आँगन में क्यों नहीं तलाशतीं। उस मुहल्ले में क्यों रह रही हैं?

चौथे बेटे माजिद मियाँ हैं। उनका तो सारा गुनाह क़ुसूर माफ़ है। रब ने उन्हें दिमाग़ से कमज़ोर बनाया है। मेंटली रिटार्डडेड हैं वह। जमीला बेगम को उसी की ज़्यादा चिन्ता सताती रहती है कि उनके बाद माजिद का क्या होगा। कहाँ, कब, किसके पास रहेगा। सभी बेटों को नसीहत करती रहती हैं कि उसको प्यार से रखना।

पाँचवें जो हैं जनाब साजिद मियाँ। रब ने उन्हें ख़ूब दौलत से नवाज़ा है। अच्छे डॉक्टर हैं। शोहरत है और इज़्ज़त भी। अपनी पसन्द से शादी की है। बहुत ख़ुश हैं और मुतमईन हो गये हैं अपनी चारदीवारी में। अपने समाज में, अपने आँगन में।

ख़ुश तो जमीला बेगम भी अहमद बख़्श के साथ थीं। दोनों ने ज़िन्दगी के कड़वे मीठे पल एक साथ जो गुज़ारे थे।

तुम पाँचो आपस में प्रेम-भाव क़ायम रखना। एक-दूसरे के सुख-दुख में साथ देना। माजिद का ख़याल रखना। अहमद बख़्श बेहोशी में बड़बड़ा रहे थे। कभी आवाज़ लड़खड़ाती थी तो कभी साफ़ सुनाई पड़ रही थी। जमीला रो-

रो कर बेहाल हो रही थीं। अहमद बख़्श उन्हें समझा रहे थे। इतनी तकलीफ़ के बाद मैं नहीं घबरा रहा हूँ, तुम क्यों रोती हो? तुम्हारे पाँच बेटे हैं। पाँच उँगलियों की तरह तुम्हारा ख़याल रखने के लिए। मेरा रब तुम्हारे साथ है।

नेक इनसान थे अहमद बख़्श। अपनी नेकियाँ, अच्छाइयाँ बटोरकर ले गये। चले गये छोड़ कर जमीला को, सिसकती, दम तोड़ती अच्छी क़द्रो-इनसानियत को। अलग-अलग खानों में बिखरती पाँच उँगलियों की इत्मीनान पानेवाली रूह चली गयी अपने रब की ओर। जमीला बेगम तो जैसे टूट-सी गयी थीं। उन्हें न तो अपनी दवाओं का होश था और न अपनी सेहत का। बाहर मैदान में क़ब्रिस्तान से वापस आने के बाद, चाय बिस्कुट के साथ ही, सफ़ेद, पीली, नीली सफ़ेद पगड़ियों वालों के बीच असल-ग़लत पर बहस छिड़ चुकी थी। गोल टोपी और गाँधी टोपीवाले भी उलझ रहे थे। सही और ग़लत का स्तर, हुज्जत व दलीलें हैं।

''अम्मा! अम्मा! पाख़ाना है न? ये रास्ते पर गिरा पड़ा है। किसी के पैर में लग जाएगा तो।'' पोती समीरा ने अपनी माँ शबाना से कहा।

''माफ़ करना बेटी, शायद मैं सँभल नहीं पायी। टॉयलेट में घुसते-घुसते हो गया। पेट ख़राब है ना। एंटीबॉयटिक की वजह से। हार्ट की दवा, बी.पी. की दवा और न जाने कौन-कौन-सी दवा।''

''चलिए इसे साफ़ कीजिए। गन्दगी फैलाकर ख़ामोशी से बिस्तर पर लेट गयीं। ज़रा-सा नहीं सोचा कि किसी के पैर में लग जाता तो?'' शबाना मुसल्ला पर बैठे-बैठे चिल्लायी।

जमीला बेगम हाँफते-काँपते उठीं और एक पुराने फटे कपड़े से गन्दगी को साफ़ कर दिया।

''माजिद बेटे। ज़रा ठंडा पानी तो पिला दो। जेठ की गर्मी है। सूरज का बदन भी जल रहा है और इधर मेरी तो जैसे जान निकली जा रही है प्यास से।''

''फ़्रिज़ ख़राब है इसलिए मैंने लॉक कर दिया है। पानी ठंडा नहीं है। नल का पीजिए और रही बात मिट्टी के घड़े की तो उसे मैं कब का तोड़ चुकी हूँ।'' शबाना गला फाड़कर चीख़ी।

''अम्मा, क़यामत की गर्मी है। कैसे बरदाश्त कीजिएगा। प्यासी मत रहिए, मेरी अम्मा। नल का गर्म पानी ही हलक के अन्दर उतार लीजिए।'' माजिद जो कमअक़्ल था, मेंटली रिटार्डेड था, बोल रहा था।

जमीला बेगम ने थोड़ी देर कुछ सोचा, फिर बोलीं—''नहीं बेटे, मैं जाड़े के मौसम में भी अपने घर में फ़्रिज़ का ठंडा पानी पीती आयी हूँ। इस जेठ की गर्मी में तो ये हलक से नीचे नहीं उतरेगा।''

''अम्मा, भाई जान के यहाँ क्यों पड़ी हैं। चलिए ना अपने घर। वहाँ के

मच्छर आदमी से अच्छे हैं।''

''नहीं बेटा, जब तक इद्दत पूरी नहीं होती। मैं नहीं जाऊँगी। सिर्फ़ एक माह तो बाक़ी रह गया है। फिर चलेंगे और अपने माजिद बेटे के साथ रहेंगे।'' जमीला बेगम ने माजिद को समझाया।

अभी चन्द माह पहले घर में नयी दुल्हन साजिद की आयी थी। जमीला बेगम ने सोचा उसे बुला लेते हैं थोड़ा ग़म तो हल्का होगा। उन्होंने साजिद से कहा—''बेटे, अगले माह मैं अपने घर जा रही हूँ। मेरी इद्दत ख़त्म हो रही है। ज़रा बहू तब्बसुम को भेज देना। अकेला घर मुझे काटने को दौड़ेगा।''

''अरे अम्मा, कैसी बातें करती हैं आप, वो अकेली वहाँ कैसे रहेगी। उसके माँ-बाप क्या सोचेंगे कि मेरी इकलौती बेटी को साजिद ने अम्मा के पास अकेला छोड़ दिया है। अम्मा, अभी वह नासमझ है। उसे मायके में ही रहने दीजिए। उसके माँ-बाप उसके बग़ैर नहीं रह सकते।'' डॉक्टर साजिद बख़्श अपनी धुन में बोले जा रहे थे। तभी मुराद बख़्श की बेगम कहने लगीं, ''अम्मा, मुराद बख़्श ने भी अभी तक पैसे नहीं भेजे हैं। मुझे आप के पोते की स्कूल की फीस जमा करनी है। मुझे कुछ रुपये चाहिए।''

''अरे बहू, अभी तो मैं ख़ुद मुल्ला बख़्श और शबाना पर बोझ हूँ। अहमद बख़्श रहते तो कोई और बात थी।''

''अहमद बख़्श, उफ़।''

आज जमीला बेगम ख़ुद को अकेला महसूस कर रही थीं। उन्हें महसूस हो रहा था कि पूरा समाज बीमार हो चुका है। अपना धर्म अपनी फ़िलॉसफ़ी को सब भूलते जा रहे हैं। आत्मीयता ग़ायब होती जा रही है। कशमश का सिलसिला जारी है। सारे लोग अपनी-अपनी मान्यताओं के साथ जी रहे हैं। साठ बरसों बाद वे कितनी अकेली हो गयी हैं। किसी का घर अपने नाम करवाना है तो किसी की ज़मीन। किसी को सोने की बाली लेनी है तो किसी को झुमका...।

परम्परा हर दौर में करवट बदलती है। नये रूप, नये ओज से चमकती है। मगर ये कैसी चमक है कि हमारा इतिहास, हमारी तहज़ीब, विरासत सबको नयी गरिमा और नया अर्थ देने की ज़रूरत पड़ रही है।

बिखरे हुए शब्दों को पिरोने कौन आएगा।

कोई तो है जो घात लगाये है, सारी तहज़ीब व तरक़्क़ी की कमर तोड़ दी जाएगी। फ़ैसले का वक़्त जब आ जाएगा तब समुन्दर की लहरें अपनी लपेट में ले लेंगी। ज़लज़लों (भूकम्प) से नेस्तनाबूद कर दिया जाएगा। हवाओं के तूफ़ान उखाड़ फेंकेगे।

क्या तुमने नहीं देखा कि बड़े-बड़े स्तम्भोंवालों के साथ क्या हुआ?

जमीला बेगम कितनी अकेली हैं आज–तन्हाई में भी एक सुकून का एहसास था उनके अन्दर। आख़िर दुख का बोझ कब तक उठातीं। एक दिन मौत के बुख़ार ने जमीला बेगम को आ घेरा।

बुख़ार से छटपटाती जमीला बेगम को डॉक्टर के पास ले जाने की बजाय मुल्ला बख़्श और शबाना ने एक मशविरा दिया कि इस साल गर्मी बहुत पड़ रही है और अम्मा को लुही (लूह) लग गयी है। चलो कूलर ले आते हैं। दोनों ने एक बार भी जमीला बेगम के माथे पर हाथ नहीं रखा। स्कूटर स्टार्ट किया और चल पड़े बाज़ार की तरफ़।

इधर माजिद, पानी में पट्टियाँ भिगो–भिगो कर माथे पर रखता रहा। अम्मा के तपते बुख़ार को उतारने के लिए कोशिश करता रहा।

जमीला बेगम ने तीन बार हिचकी लीं और आराम की नींद सो गयीं। शबाना और मुल्ला बख़्श कूलर लेकर लौट आये थे। अपने कमरे की खिड़की में लगाकर शबाना ने खाना बच्चों के सामने परोस दिया। फिर अपनी सास के पास गयीं।

''अम्मा, अम्मा, उठिए।''

कोई जवाब नहीं मिला।

शबाना ने सोचा शायद अम्मा एक्टिंग कर रही हैं इसलिए एक झटके से उनको अपनी तरफ़ घुमाया तो देखा साँस थम चुकी थी। आँखें बन्द थीं। क़िस्सा ख़त्म हो चुका था।

कूलर आज भी चल रहा है। फ्रिज़ अब कभी ख़राब नहीं होता। सारे लोग ख़ुश हैं, बहुत ख़ुश। मगर माजिद बेचारा गूँगा हो गया है। कुछ बोलता ही नहीं। चुप–चुप–सा रहने लगा है वह। उसकी आँखों में शब्दों का, क़िस्सों का, दास्तानों का सिलसिला दूर तक दिखाई दे रहा था। वे क़िस्से, वे कहानियाँ, वे किरदार, जो हमें दिखाई दे रहे थे बहुत कुछ उससे आगे भी था। व्यक्ति की गुमशुदगी का नौहा कौन सुनाए?

वह समाज जिसे माजिद ने अपने आँगन में देखा था, ख़त्म हो चुका था। परिवार छोटे हो गये थे या फिर अपनी ज़ात में सिमट गये थे। बीते हुए एक–एक पल को याद करके माजिद की आँखें फटी रह जाती हैं। एक गहरी चोट उसके भीतर थी। वह चोट जो जीने का हुनर सिखाती है।

गर्मी में ऊमस और तेज़ धूप से बुरा हाल है और सभी लोग गर्मी और लू को लेकर एहतियात बरत रहे हैं। इधर शबाना के कमरे में कूलर की हवाओं में लोग कूल–कूल हो रहे हैं। माजिद को कूलर की ठंडी हवाओं से किसी की सिसकियाँ सुनाई दे रही हैं...।

ढाक बन

—सिद्दीक़ आलम

झरना हैम्बरम की आँखों में सीलन बहुत आसानी से उतरती थी। इतनी आसानी से कि सुबह नींद से जागकर दोनों पपोटों को अलग करने के लिए उसे उँगलियों का अच्छा-ख़ासा ज़ोर लगाना पड़ता। आज तो उसकी दाहिनी आँख आधी खुल पायी थी और इसी हालत में वह इधर-उधर घूम रही थी, सबुह से काम-काज कर रही थी। सुअर की नाद साफ़ कर रही थी। उसे किसी तरह पूरी आँख खोलना होगा ताकि आसानी से उसे बन्द कर सके। उसने कितनी बार प्रयास किया लेकिन पपोटों के किनारे फिर भी जुड़े रहे। आख़िर में थककर उसने बीड़ी सुलगा ली जिसे वह ख़ुद बनाती थी और भक-भक धुआँ निकालते हुए अपने कमज़ोर दाँतों से तिनके खींच-खींचकर बाँस की टोकरी बनाने लगी। उसके बेटे रायसन हैम्बरम को शहर ने माँग लिया था और अब वह रेल की पटरी के किनारे-किनारे अपने हथौड़े और दूसरे औज़ार लेकर घूमता था। उसके शौहर मँगरू ने महुवे का ठर्रा पी-पी कर अपना पेट इतना बड़ा कर लिया था कि उसे शहर के सरकारी अस्पताल में अन्दर से चीरकर ठीक कराना पड़ा मगर फिर वह ज़्यादा दिन तक ज़िन्दा नहीं रह पाया। उसने इतना गुस्सा अपने अन्दर भर लिया था कि समय से पहले ही बूढ़ा हो गया था। एक दिन उसने अपनी रखैल आरती सरदार को इतना मारा कि वह अधमरी हो गयी। उस दिन उस गाँववालों ने फ़ैसला किया कि मँगरू शराबी हो गया है। वह मरनेवाला है और वह किसी भी दिन बुरी आत्माओं के चंगुल में होगा जो उसे उड़ाकर ढाक के जंगल में ले जाएँगी, जहाँ वह हमेशा-हमेशा के लिए पेड़ों के खोखलों में भटकता रहेगा और राहगीरों पर अजीब-अजीब चेहरे बनाता रहेगा।

एक दिन मँगरू का भूत आएगा। झरना हैम्बरम ख़ुद से कह रही थी और वह हर काम आसान कर देगा। वह सुअरों के तबेले में रहना शुरू कर देगा। और सुअरों की गर्मी बढ़ जाएगी। वह मुर्गियों के डिब्बे में रहना शुरू कर देगा

और उनके लिए हरे पत्ते पेड़ों और झाड़ियों के निचले हिस्सों में उगाएगा। सलाई कुंड के बड़े पत्थर से फूटते झरने में पानी ही पानी होगा। मैंने मँगरू के लिए सजना के खोखल साफ़ करवाये हैं ताकि अपने आराम के लिए उसे ढाक के जंगल की तरफ़ लौटना न पड़े बल्कि उन्हीं में से किसी में वह आराम से लेटा रहे। ठीक उसी तरह जिस तरह जब वह ज़िन्दा था लेटा रहता था।

वे लोग काना पहाड़ के बाशिन्दे थे। उसे काना पहाड़ इसलिए कहते थे कि जब सूरज उसकी चोटी को छूकर डूबता तो कानी आँख की शक्ल अख़्तियार कर लेता। काना पहाड़ के बारे में बहुत सारी बातें प्रसिद्ध थीं। मसलन, उस पर बसे हुए छोटे-छोटे कबाइली गाँव अब अपने पुराने रहन-सहन से हटते जा रहे हैं। उनमें से कुछ पर ईसाई मिशनरी हावी हो गये हैं और कुछ ने हिन्दू देवताओं को अपना लिया है। मगर जो अफ़वाह सबसे ज़्यादा गर्म थी और जिसने लोगों को असमंजस में डाल रखा था वह यह थी कि अब काना पहाड़ से आत्माएँ दूसरी जगहों पर जा रही हैं। वह यहाँ के लोगों से अप्रसन्न हैं और एक दिन आएगा जब पहाड़ पे गर्मी से आग उबलेगी और पेड़-पौधे घर और जीव-जन्तु इस तरह जलेंगे जिस तरह जंगल में आग फैलने से कीड़े मकोड़े जलते हैं।

शायद यही वजह थी कि मँगरू के अन्दर इस क़दर ग़ुस्सा भरा हुआ था और शायद यही वजह थी कि वह हमेशा अपने तीर और भाले तेज़ किया करता। मगर उसने कभी तीर नहीं चलाई, भाला नहीं उठाया। वजह-बेवजह महुआ पीते पिलाते रहना, ढलान में सप्ताह में हाट में मुर्ग़े लड़ाना और हब्बा-डब्बा खेलना जहाँ से वह बहुत सारे सिक्के जीतकर लाता और कभी-कभार हारकर भी। मगर झरना हैम्बरम जाने कैसी जादूगरनी थी, दो वक़्त का उबला हुआ अनाज और गोश्त उसके बर्तन में ऐन वक़्त पर रखा होता जिनकी तरफ़ मँगरू आँख उठाकर भी न देखता, मगर खा जाता जैसे यह सब कुछ उसे अच्छा नहीं लग रहा हो, जैसे उसके अन्दर की आत्मा उसे फटकार रही हो। और जब उस अन्दरूनी मलामत से वह हार जाता तो आरती के पास चला जाता। आरती जो जाने-अनजाने कितनों की साँझी रखैल थी और जिसे महुए से शराब निकालने की कला आती थी और जिसका शौहर उसे हर किसी के पास बेचने के लिए बेचैन रहता।

''बहुत करारी बहू है, बस एक बाटली ठर्रा सरकार और दस रुपये।'' वह अक्सर पहाड़ी रास्ते से गुज़रनेवाले सैलानियों की गाड़ियों के सामने दोनों हाथ फैला कर खड़ा हो जाता। उसकी बग़ल में आरती सर झुकाये खड़ी रहती, अपनी हँसी छुपाने की कोशिश करती रहती। अपनी साड़ी के पल्लू को मुँह में ठूँसती जाती।

''ये शहरी लोग।'' वह दिल ही दिल में सोचती।

और जब झरना हैम्बरम अकेली रह गयी तो कितनों ने ही उसे गौने की पेशकश की। वह टोकरियाँ अच्छी बुनती थी। उसके जानवर बीमारी से नहीं मरते थे और जंगल के उन कोनों से वह बख़ूबी परिचित थी जहाँ बदलते मौसमों के चलते सूखी लकड़ियों की बहुतायत होती। उसके बालों में चाँदी के तारे जागने लगे थे। और उस जैसी अनुभवी औरत का सहारा काहिल आदिवासियों की हमेशा से ज़रूरत रही थी।

सिर्फ़ झरना हैम्बरम को उनकी ज़रूरत नहीं थी। वह हमेशा की तरह आज भी मँगरू के साथ अपनी ज़िन्दगी गुज़ार रही थी। सिर्फ मँगरू कहीं और था और वह कहीं और। जंगल में कीकर, शहतूत और बिच्छुमती की झाड़ियों में जहाँ साँप अपनी केंचुल छोड़ जाते वह मँगरू के पैरों के निशान ढूँढ़ती मगर फिर उसे याद आता कि आत्माओं के पैर नहीं होते। नहीं पैर तो होते हैं मगर उन्हें ज़मीन पर रखने की ज़रूरत नहीं होती। कभी-कभी झरना हैम्बरम ख़ुद भी प्रेतात्मा की शक्ल अख़्तियार कर लेती और उसे लगता वह कीकर की झाड़ियों पर आसानी से चल सकती है। उसके अन्दर इसे आजमाने की हिम्मत तो नहीं थी लेकिन वह आत्माओं का मज़ाक़ भी उड़ाना नहीं चाहती थी।

जिस दिन रायसन अपने से दुगुनी उम्र की औरत के साथ आया, जिससे उसने विवाह कर लिया था तो बहुत ग़ुस्से में दिखाई दिया। उस दिन पहली बार झरना हैम्बरम को मँगरू की बहुत ज़रूरत महसूस हुई। उसे पहली बार लगा कि वह अकेली हो गयी है। ''यह सब कुछ अब ज़्यादा दिन नहीं चलने का माँ।'' रायसन ने घर के अन्दर क़दम रखने से पहले ही ऐलान कर दिया था। ''अब ज़्यादा समय नहीं है जब बोआरी माँ बनेगी। हमें अगले दिनों के बारे में भी सोचना चाहिए।''

''अगले दिन?'' झरना हैम्बरम ने मासूमियत से पूछा।

''मेरे रेलवे क्वार्टर में दो कमरे हैं।'' रायसन ने सिगरेट सुलगाते हुए कहा। वह खाँस भी रहा था—''और बोआरी जब माँ बनेगी तो हमें किसी-न-किसी की ज़रूरत तो होगी ही। रहा एक कमरा तो उसे हम किराये पर दे सकते हैं।''

दो हफ़्ते तक रायसन और बोआरी झरना हैम्बरम के साथ रहे। बोआरी और झरना हैम्बरम किसी हद तक हम-उम्र भी कही जा सकती थीं। इसलिए दोनों घुलमिल भी गयीं। बोआरी के कूल्हे पीछे की ओर निकले हुए थे और उसके सामने के तीन दाँत नक़ली थे जिन्हें रात के वक़्त खोलकर उसे पानी के प्याले में डुबाकर रखना पड़ता था। वह बार-बार अपने दोनों कान झाड़ती और नक़ली दाँतों से हँसती।

''मेरा बाप शुरू में मेरे ब्याह से ख़ुश नहीं था। वह मेरे लिए और भी ऊँचे

सपने देखता था मगर मेरी सौतेली माँ ने मेरा साथ दिया। हमने हनुमान चौक के मन्दिर में शादी कर ली। मेरी तीन बहनें हैं और सबकी सब मेरी ही तरह सुन्दर हैं। हमें वरों का क्या अकाल।''

झरना हेम्बर ज़्यादातर उसकी बातों का सिरा ठीक से पकड़ नहीं पाती फिर भी पता तो था कि उसके बेटे की बहू अपने दिल का बोझ उसके सामने हल्का कर रही है। रायसन तो झोपड़ी से थोड़ी दूर बाँस के झुंड के सामने बिछी चारपाई पर लेटा-लेटा सिगरेट फूँकता रहता और अपनी उँगलियाँ चटखाता रहता। यह वही जगह थी जहाँ दस साल पहले तक चीता और जंगली सुअर आया करते थे।

''अरे, यह सब कितनी बकवास है।'' वह बीच-बीच में चिल्ला उठता, ''इस काना पहाड़ में ढंग से जीने का कुछ तो साधन होना चाहिए।''

बोआरी ज़रूरत से ज़्यादा खाती थी और उसे लोटा लेकर हर वक़्त झाड़ियों के पीछे गढ़िया की तरफ़ जाना पड़ता।

''मुझे तो लगता है माँ, मुझे जल्द से जल्द उसे पीटना शुरू कर देना चाहिए।'' रायसन माँ को आँख मारकर कहता—''उस जैसी औरत के लिए इससे बेहतर और कुछ नहीं हो सकता। मगर उसका बाप साला इंजन का ख़लासी था जो स्टीम इंजन से रिटायर तो हो गया है मगर अंगारों-सी आँखें रखता है। सिर्फ़ बोआरी उससे नहीं डरती और उसकी यही बात तो मुझे भाती है।''

गाँव में जितनी भी झोंपड़ी थी सब एक-दूसरे से अलग-अलग ऊँचाइयों पर खड़ी थीं। एक-दो जगह बाड़े के अन्दर मकई और सूरजमुखी के पौधे थे। झरना हैम्बरम के कुत्ते थम्बा ने बोआरी को शुरू से नापसन्द कर दिया था। वह बिना झिझक दूर खड़ा उस पर भौंकता रहता। सुअर नाँद में छींकते रहते। झरना हैम्बरम टोकरी बुनती रहती और रायसन चारपाई पर सिगरेट की टेढ़ी राख को धीरे-धीरे हवा में विलीन होते देखता रहता।

वाक़ई यह सब कोरी बकवास है, वह दिल ही दिल में सोचता कि उस कुत्ते को मेहमानों की क़द्र करनी चाहिए। मेरी ग़ैरहाज़िरी में इस घर का तो कबाड़ा ही हो गया है गोया। बुढ़ऊ के मरने के बाद कुछ भी तो नहीं सुधरा है यहाँ।

और दो हफ़्ते बाद रायसन अपनी बीवी बोआरी और माँ झरना को लेकर गाँव से चला गया। और बस में तीन घंटे और रिक्शा में पन्द्रह मिनट के सफ़र के बाद तीनों रेलवे के एक पुराने क्वार्टर के दरवाज़े पर पहुँच गये जिसकी पुराने तर्ज़ की मेहराबी छत पर झाड़ियाँ और पीपल के पौधे उगे हुए थे। यहाँ आँखों के सामने रेलवे की पटरियाँ चमक रही थीं और झरना हैम्बरम को साँस लेने में परेशानी हो रही थी। कोयला जलाने का इतना तेज़ धुआँ जाने कहाँ से फैल रहा

था और यहाँ पेड़-पौधों पर एक अजीब-सी वीरानी फैली हुई थी। ज़मीन तवे की तरह सपाट और स्याह थी, जिधर-जिधर भी नज़रें उठाओ सिर्फ़ कौए ही कौए थे और इनसान ही इनसान जो कौओं की तरह ही गलीज़ थे और कालिख में लिपटे हुए ठीक उन्हीं की तरह नज़र आ रहे थे। पहले दिन से ही झरना हैम्बरम को घर का पूरा काम-काज सँभालना पड़ा और चूँकि किरायेदार अभी मिला नहीं था, रायसन ने कमरे पर ताला लगा दिया था। इसलिए झरना हैम्बरम को अपना बिस्तर रसोई घर के दरवाज़े के पास आधे घिरे बरामदे में लगाना पड़ा जहाँ से पटरियों के ऊपर फैले कालिख लगे तार और तारों- भरा आसमान दिखाई देता था।

अन्दर कमरे से बोआरी ओर रायसन के खिलखिलाहट, चूमने और एक-दूसरे को प्यार-भरी गन्दी गालियों से नवाज़ने की आवाज़ें आती रहतीं। आधी रात से पहले दोनों बारी-बारी से झरना हैम्बरम के सोते शरीर को लाँघकर स्नानघर के अन्दर जाते मगर झरना ज़्यादातर जागती ही रहती और वह ऐसे वक़्त सो जाती जब बोआरी को उसकी ज़रूरत होती।

"जब से क्वार्टर में आयी है, बुढ़िया को तो मज़ा ही मिल गया है।" बोआरी कोसती—"ढंग से दो वक़्त का खाना बनाना तो आता नहीं है, पसरकर ऐसे सोती है जैसे सारा जग जीत आयी हो।"

अब तो रायसन ने नल से पानी लाना भी बन्द कर दिया था। नल पर पानी के लिए बहुत हंगामा होता। अक्सर झरना ख़ाली बाल्टी लिये लौटती और बोआरी का ग़ुस्सा झेलती 'ग़ैर को तो आदमी गाली भी दे ले, पर अपने पर कैसे थूके?" बोआरी अपने शौहर को सुनाती—"अजी मैं तो कहती हूँ, आप तो इधर ध्यान देते ही नहीं, बस अकेले मुझे ही झेलना पड़ता है। बुढ़िया तो ख़ाली बाल्टी लिये आ जाती है और मुझे नल पर जाकर गाली गलौज़ करनी पड़ती है।"

रायसन कहता—"मेरा ख़याल है बुढ़िया जानबूझ कर ऐसा नहीं करती, जल्दी ही सीख जाएगी। अरे अब इसमें चिल्लाने की ज़रूरत भी क्या है? तुम बोआरी बस जल्द से जल्द एक बच्चा दे दो, यह घर भर जाएगा—क्यों न आज हम एक नया तरीक़ा अपनाएँ?"

और पिछले दो वर्षों से दोनों इसी कोशिश में व्यस्त रहे। झरना हैम्बरम के आने के बाद अब तो दिन में भी वे एक-आध कोशिश कर लेते। फ़ुर्सत के वक़्त झरना क्वार्टर के दरवाज़े के बाहर उकड़ूँ बैठी ज़मीन पर किसी तिनके से लकीरें खींचती रहती, ट्रेनों को गुज़रते देखती रहती। उसे धुआँ उगलते हुए स्टीम इंजन ज़्यादा अच्छे लगते जिनके ड्राइवर सर पर गन्दे रूमाल बाँधे रहते और उस अजीबो-ग़रीब बुढ़िया की ओर ताकते रहते जिसे इस शहर की भाषा भी नहीं

आती थी। पटरियों पर भागते कुत्तों को देखकर उसे अपना थम्बा याद आ जाता। सुअरों को तो उसने पड़ोसियों को अमानत के तौर पर सौंप दिया था मगर थम्बा को कौन सँभालता। कितनी दूर तक वह पहाड़ी रास्ते पर भागता आया था और बस के पीछे-पीछे उसने दौड़ भी लगाई थी। झरना की आँखों में आँसू आ जाते और वह दबी-दबी आवाज़ में कोई पहाड़ी गीत गाने लगती जिसे वहाँ कोई नहीं समझ पाता, यहाँ तक कि अन्दर से बोआरी की पुकार सुनाई देती—

"बुढ़िया, बाहर क्या ख़सम फाँस रही है कि अब तक आँखें सटी हुई हैं? कितना दर्द है मेरे बदन में मगर कोई मुझे अपनी बेटी की नज़र से देखे तब न?"

रात को रायसन अक्सर देर से शराब पीकर लौटता और चौके के दरवाज़े पर पड़े हुए जिस्म से उसे चिढ़ हो जाती, "जी चाहता है, एक लात जमाऊँ इसे यह भी सोने का कोई वक़्त है, माँ? और खाना कौन खिलाएगा? यह सब तेरी वजह है कि बोआरी के पेट में बच्चा नहीं ठहर पा रहा है।"

"और क्या?" बोआरी अन्दर से ताक़ीद करती—"ज़रा समझाओ इसे, कभी तो मालिश का तेल गर्म करके मेरे बदन पर लगाया हो। मेरी तो कमर का दर्द बढ़ता जा रहा है।"

"अरे, घबराने की बात नहीं। पहले कुछ खा लेने दो, बड़ी भूख लगी है फिर मैं तेरी कमर का दर्द ठीक कर देता हूँ। मेरे पास एक ख़ास नुसखा है।" रायसन आँख मार कर कहता—"और ज़रा देख, क्या लाया हूँ तेरे लिए। बहुत ही बढ़िया ख़स्ता मालपुए हैं। पसन्द हैं न तुझे, पर इतना भी न खा लेना कि फिर से लोटा लेकर दौड़ना पड़े।

"अरे, मेरे पेट में तो कुछ पचता ही नहीं।"

"इसकी ज़रूरत ही क्या है, घर के अन्दर संडास जो है।"

कभी-कभी बोआरी बाप के घर चली जाती। उस वक़्त घर में सन्नाटा रहता और दोनों माँ-बेटे की पुरानी मुहब्बत लौट आती।

"अरे माँ, बोआरी से कहूँगा अब कि बाज़ार से तुम्हारे लिए ताँत की साड़ी ले आये।" और यह सड़ी-गली चप्पल मुझसे तो बरदाश्त नहीं होती। जाने तुम कैसे इन्हें पहने फिरती हो?"

"अरे माँ, ज़रा ठीक से खाया करो, तुम तो सूखती जा रही हो। यही हाल रहा तो तुम्हारे बाक़ी के दाँत भी झड़ जाएँगे।"

"अम्मा, अब की बोआरी से कहूँगा तुम्हें रेलवे टॉकीज में सिनेमा दिखाकर लाये।"

मगर बोआरी दिन-ब-दिन शक्की होती जा रही थी। उसने टोना-टोटका

भी करके देख लिया था। साधु-सन्त और पीर-फ़कीरों के मज़ारों के दर्शन भी कर लिये थे। टंगा भूतवाले बरगद पर सिन्दूर की पूजा भी की थी और अनुभवी छिनाल बुढ़ियों से सुनकर रायसन के साथ हर वह तरीक़ा आजमा लिया था जो बच्चा पेट में रखने के लिए ज़रूरी होता। मगर थी वह बाँझ की बाँझ और आख़िर में उसकी बिजली झरना हैम्बरम पर ही टूटती—

''यह सब इसकी वजह से है। इसने अपने मर्द को खाया और अब मेरे पेट से बच्चे चुरा रही है।''

''चुप रह रंडी।'' रायसन चिल्लाता—''मेरी प्यारी रंडी।''

''मैं कहती हूँ ज़रूरी इसमें कुछ बात है। मैंने अक्सर कुछ साये आँगन में चलते देखे हैं। कभी तुम ग़ौर से बुढ़िया को नहीं देखते। कल सुबह जब मैंने उसे देखा तो वह मरी पड़ी थी। मगर जब हिलाया तो उसने अपनी सीलन-भरी आँखें खोल दीं और अपने सफ़ेद दाँतों से भूतनी की तरह हँस दी।''

''मैं कहती हूँ यह रात में चलती है और अपने गीतों के ज़रिये प्रेतात्माओं को बुलाया करती है।''

मगर रायसन ज़्यादा दिन तक माँ का पक्ष न ले सका। अब तो बोआरी ने खुलेआम झरना को गाली देना शुरू कर दिया था, ''हर रात इस चुड़ैल को मुझे लाँघना पड़ता है और हर सुबह इसकी लाश देखनी पड़ती है। हर दोपहर जब मैं सोती हूँ, जाने यह कहाँ जाती है? लोगों ने उसे मुड़े हुए पैरों से चलते देखा है।''

और जब बात हद से गुज़र गयी तो एक दिन रायसन जी भर शराब पीकर घर आया और माँ को झोंटे पकड़कर घसीटता हुआ बाहर ले जाकर रेल की पटरी पर डाल दिया। झरना उठी और लँगड़ाती-लँगड़ाती तारों की मद्धिम रोशनी में उस ओर चल पड़ी जिधर उसकी समझ से उसके पहाड़ थे।

घर पहुँचने में उसे तीन दिन लगे थे। जब पहाड़ ने हैम्बरम को देखा तो उसने अपनी झाड़ियों और पेड़ोंवाली बाँहें फैली दीं और सूरज काना पहाड़ पर गोया हमेशा के लिए ठहर गया और रंगीन सरों वाले गिरगिट सूखे पत्तों पर भागते-भागते रुक गये और अपने सर मोड़-मोड़ कर झरना हैम्बरम को ताकने लगे। और जब झरना हेम्बरम गाँव से कुछ दूर, जहाँ तक बस के कंडेक्टर ने तरस खाकर उसे लिफ़्ट दी थी, एक चट्टान पर बैठी अपने बालों से तिनके नोच-नोच कर निकाल रही थी तो उसे कुत्ते के भौंकने की आवाज़ सुनाई दी—

थम्बा सूरज को सर पर उठाये खड़ा था—''घर लौटकर आ गयी मालकिन?'' जैसे कुत्ते ने पूछा।

''हाँ रे!'' झरना हैम्बरम ने कुत्ते के सर को थामकर सीने से लगाते हुए

कहा—''मेरा बच्चा बड़ा दुखी है थम्बा, मुझे जल्द से जल्द इंसाफ़ माँगने ढाक के जंगल जाना होगा।''

ढाक का जंगल। कुता रास्ते भर भौंकता रहा। कभी ढाक के जंगल में सिर्फ़ ढाक के पेड़ रहे होंगे मगर हाल के बरसों में दूसरी क़िस्म के पेड़ भी जगह-जगह उग आये थे। उन्हीं में से चीतीयान के एक पेड़ पर मँगरू ने क़ब्ज़ा जमा रखा था। वह उसकी धोंधड़ में हाथ पर सर रखे लेटा रहता और अपनी मुड़ी हुई टाँग हिलाया करता। यहाँ-वहाँ बहुनिया के पेड़ों में गुलाबी फूल खिले हुए थे और अमलतास के फल लम्बे और गन्दे अन्दाज़ में झूलते रहते और ढाक के बौने पेड़ों में धूल और हवा सरगोशियाँ करती रहती जिनमें निम्न वर्ग की रूहें बिलबिलाया करतीं।

''ख़ामोश रहो बेमतलब के पल्लू।'' मँगरू की आवाज़ से रूहें दहल जातीं और वे दूसरे पर गिरते पड़ते पेड़ों और झाड़ियों में पनाह लेने लगतीं—''यह भी कोई ज़िन्दा इनसानों की जगह है कि दाँत निपोर रहे हो? एक दूसरे की टाँग खींचने के अलावा तुम आत्माओं को और कुछ आता भी है?''

''बग़ावत।'' रूहें दोबारा चिल्लातीं।

और उन नारों को सुनकर मँगरू का पेट हँसी से फूलने लगता। वह चीतीयान के पेड़ से ज़मीन पर छलाँग मारता और ढाक के पेड़ों की आड़ से निकली हुई रूहों के कुल्हों पर लात लगाया करता—''तुम इसी लायक़ हो।'' वह कहता—''और शायद यह लात थोड़ी बहुत अक़्ल तुम्हारे पेट में डाल दे।''

मगर झरना हैम्बरम जब ढाक के जंगल में घुसी तो आत्माओं की आपस में सुलह हो चुकी थी और ऐसा लग रहा था जैसे ढाक बन में सिरे से रूहों का वजूद ही नहीं था। मँगरू ने चीतीयान की कमज़ोर शाख़ से सर मोड़कर झरना हैम्बरम को देखा और मुस्कुराया—

''आ गयी मेरी महुआ की तरंग। ज़रा देखो मरने के बाद भी इसे मेरी ज़रूरत है, जैसे ज़िन्दगी भर का दुख लेकर भी जी नहीं भरा। आह, हमारी औरतों को और कितना बोझ चाहिए।''

थम्बा का सीना काँप रहा था। वह सर को ज़मीन पर गाड़कर गुर्रा रहा था। उसकी दुम टाँगों के बीच छुपती जा रही थी। उसे प्रेतात्माएँ कभी पसन्द नहीं थीं। उसे उनकी आदत भी न थी।

''वह दुखी है। बहुत दुखी है।'' झरना घुटनों के बल गिरकर रो रही थी, मिट्टी चेहरे पर मल रही थी।

''अच्छा।'' मँगरू खिलखिला कर हँस पड़ा—''तब तो मैं भी दुखी हूँ।''

''आह मँगरू, एक साल तक मैंने उनका दुख देखा। आह, हमारे बच्चे

दुखी हैं।''

मँगरू कूदकर चीतीयान के पेड़ से नीचे उतरा और झरना के सामने तनकर खड़ा हो गया। उसके सर के बाल तनकर खड़े हो गये। बहुत सारी आत्माओं ने पत्तों और झाड़ियों के पीछे से सर बाहर निकालकर देखा। वे अपनी लम्बी ज़ुबानों से दाँत चूस रही थीं और मँगरू की मुसीबत से खुश थीं।

''औरत। मेरे क़रीब मत आना, वरना मैं तेरा टेंटुआ दबा दूँगा। मैं पहाड़ पर गिद्धों को उतरने की आज्ञा नहीं दे सकता जैसा कि तुम चाहती हो।''

''चाहे वह अपना बच्चा हो?'' झरना हैम्बरम ने बढ़कर मँगरू का कुर्ता पकड़ना चाहा।

''दूर हट।'' मँगरू कूदकर पीछे हट गया और अपनी एड़ियों पर ऊँचा होता चला गया जिसे देखकर निचली आत्माओं के दिल काँपने लगे—''मुझसे यह सब देखा नहीं जाता। इतनी कमज़ोरी के साथ ज़िन्दा रहना क्या मानी रखता है। औरत अपने नाख़ून तेज रख और ज़ुबान की नोक पर अँगारे। साँपों में मुझे कोबरा सब से ज़्यादा पसन्द है।''

''उन्हें बच्चा दे दो मँगरू। उनकी ज़िन्दगी आसान हो जाएगी।''

''हरगिज़ नहीं।'' मँगरू दाँत पीस रहा था—''तू पहाड़ से नीचे गयी और उन्होंने तेरे बाल सफ़ेद कर डाले।''

''मँगरू।''

''तुझे ज़िन्दा रहने के लिए किसी की ज़रूरत तो नहीं थी झरना? तू रीछ की तरह ताक़तवर थी। तू तो अकेली पहाड़ की रखवाली कर सकती थी। फिर भी जब तू कमज़ोर पड़ ही चुकी है तो मैं तुझे लड़ने के लिए एक हथियार देता हूँ।'' वह जंगल की तरफ़ भागा और एक देवदार के तने पर चढ़ता हुआ नज़र आया। उसने अपनी आँखें काँटेदार झाड़ियों पर टाँग दीं और कान पत्तों पर लटका दिया। उसके दाँत पत्थरों पर गिरते चले गये और उसके बाल अलग-अलग रेंगने लगे।

झरना हैम्बरम ने अपने सामने एक छोटे से नगाड़े को पड़े पाया। मँगरू उसके सामने खड़ा हाँफ रहा था। नगाड़े के चमड़े की ख़ाल पर अपनी सूखी चिड़ियोंवाला हाथ फेर रहा था।

''इस नगाड़े के लिए हम आत्माओं ने कितनी मेहनत की थी। इसे मिट्टी के नक़ाब पहनकर नाचनेवालों से छीना था जब उनका जत्था नीचे शहर की ओर जा रहा था और नशे में था। जब भी तेरा दुख तुझे चाटे तो तू अपनी सारी चोट इसको देना। यह तेरा दुख बाँट लेगा। तेरा काम आसान हो जाएगा। इसे बजाने के लिए एक मुड़ी हुई लकड़ी बना लेना और उसे तेल पिलाना जिसकी हम

आत्माओं को क़तई ज़रूरत नहीं होती। मँगरू चीतीयान के पेड़ की तरफ़ उड़ता दिखाई दिया। रूहों ने अपने सर झाड़ियों और पत्तों के अन्दर कर लिये। मँगरू ने सर के नीचे हाथ रख कर अपनी एक टाँग हमेशा की तरह मोड़ ली और सीटी बजाने लगा।

''चल भाग थम्बा।'' उसने कहा

नगाड़े की आवाज़ ज़्यादातर रात की तन्हाई में सुनाई देती। इस नगाड़े की चोट से झरना हैम्बरम ने गाँव के लोगों को हैरान कर दिया था। कहाँ से मिला उसे यह, यह बुढ़िया अजीबो-ग़रीब कारनामे दिखाती है। एक साल बाद भी उसके तमाम सुअर जिन्दा रहे थे। और थम्बा ने तीन जंगलियों को काट खाया था जो गोश्त के लिए उसका अपहरण करना चाह रहे थे। मगर यह नगाड़ा एक अजीब वाक़िया था। उसे समझना मुश्किल था मगर बुढ़िया हर रात जिस दिलजमई से उसे बजाती वह उससे भी ज़्यादा अजीब था। बूढ़ा मंगल बास्के एक दिन लँगड़ाता हुआ झरना के दरवाज़े पर पहुँचा। उसने बीड़ी क़बूल की और खाँसता रहा। झरना ने नगाड़ा निकालकर उसके आगे रख दिया। ऐसा करना ज़रूरी था। बूढ़ा बास्के सारे गाँव और उसके जीव-जन्तुओं की तरफ़ से आया था।

''इसका चमड़ा मज़बूत है और लकड़ी का तो जवाब नहीं जिस पर यह तना हुआ है।'' मंगल बास्के ने बीड़ी पीते हुए कहा—''कोई वजह तो होगी कि तुम इसे इस तरह रातों को बजाती हो?''

''मेरे रायसन को इसकी ज़रूरत है।''

''शायद।'' मंगल बास्के उठ खड़ा हुआ—''हमें इससे क्या लेना। हर किसी को अपने ढंग से दुख झेलने का हक़ है।''

लगता है बेटे की मार खाकर दिमाग़ फिर गया है, उसने गाँववालों को बताया। उसे उसके हाल पर छोड़ा जा सकता है।

और गाँववालों ने झरना हैम्बरम को माफ़ कर दिया। मगर झरना की हर रात उम्मीदों भरी थी। वह मन लगाकर आधे घंटे तक नगाड़ा पीटती और थम्बा का सीना काँपता रहता। और वाक़ई करामात हो गयी। नगाड़े ने चमत्कार कर दिखाया।

जाड़े की एक कुहरीली सुबह रायसन दरवाज़े पर खड़ा था। झरना उससे लिपटना चाहती थी। मगर रायसन चुपचाप चारपाई पर बैठ गया और बीड़ी फूँकता रहा। उसने वक़्त पर खाना खाया और बाँस के झुंड के पीछे जाकर ज़मीन पर लेटकर धूप खाने लगा। अगले पूरे हफ़्ते तक उसने बहुत कम बातें कीं। वह गाँव में आवारा की तरह घूमता फिरा। उसने किसी से बात तक न की।

''बोआरी कैसी है?'' आख़िर में झरना ने पूछ ही लिया।

"अच्छी है।" रायसन ने कहा। उसके गालों पर हल्की-हल्की घुँघराली दाढ़ी उग चली थी। उसकी आँखों के गिर्द स्याह दायरे पड़ गये थे। लग रहा था अन्दर ही अन्दर उसे कुछ खुरच रहा है। उसने नगाड़े को आश्चर्य और उपहास से देखा। "तो अब इसकी भी ज़रूरत पड़ने लगी है? क्या बकवास है।" मगर बेटे के आने के बाद झरना को नगाड़े की ज़रूरत नहीं थी। इसीलिए उसने उसे बाँस की एक पुरानी चटाई में लपेटकर रख दिया। अब वह पहले जैसी झरना हैम्बरम बन गयी थी। वह दिल ही दिल में मँगरू की शुक्रगुज़ार थी।

"शायद अब मैं वापिस न जाऊँ। इन शहरों में कोई ज़िन्दगी नहीं है, माँ।" एक दिन रायसन ने कहा।

"बोआरी को कब ला रहे हो?"

रायसन ने कोई जवाब नहीं दिया मगर एक हफ़्ते के अन्दर यह जवाब झरना को दूसरी तरह से मिल गया जब शहर से पुलिस का एक दस्ता आकर रायसन को हिरासत में लेकर चला गया। रायसन पर बोआरी के ख़ून का इल्ज़ाम था जिसकी लाश को उसने रेल की पटरी पर डाल दिया था ताकि उसे एक हादसा क़रार दे सके। मगर वह उस वक़्त इतना पिये हुए था कि उसे आस-पास का होश नहीं था और कई लोगों ने उसे बोआरी के शरीर को पटरी पर डालते देखा था।

उसके जाने के बाद झरना लुटी-लुटी-सी झोंपड़ी के दरवाज़े पर बैठी रही। बाँस के झुंड के ऊपर फैले हुए नीले आसमान में परिन्दों को चक्कर लगाते देखती रही। उस रात गाँववालों ने फिर से नगाड़े की आवाज़ सुनी और यह आवाज़ रुक-रुक कर रात भर सुनाई देती रही। महीनों बीत गये झरना के बदन पर गोश्त नाम-मात्र को बाक़ी रह गया और उसके चेहरे की हड्डियाँ बाहर निकल आयीं। हर वक़्त उसकी आँखें बेचैन रहतीं। उसके आधे सुअर बीमारी से मर गये और जिस दिन वह थम्बा और फटे हुए नगाड़े के साथ ढाक के जंगल की तरफ़ गयी उस दिन आसमान पर घने काले बादल छाये हुए थे और हल्की-हल्की बारिश हो रही थी। ढाक का जंगल सुनसान पड़ा था। उसने नगाड़े को मँगरू के चीतीयान के पेड़ से लटकाया और मँगरू को जंगल में ढूँढ़ती रही। ढाक का जंगल ख़ामोश था।

उसकी आवाज़ पहाड़ के ऊपर से दूसरे पहाड़ तक जाकर लौट आयी जैसे तेज़ हवा उसे कन्धों पर ढोकर ले गयी हो और वापिस ले आयी हो।

"मँगरू, यह नगाड़ा तो अब कुछ भी नहीं करता।"

ढाक का जंगल अब पूरी तरह ख़ामोश भी नहीं था। ढाक के बड़े-बड़े पत्तों पर बारिश की मोटी-मोटी बूँदे टप-टप गिर रही थीं। उसे लगा जैसे पत्तों के पीछे कुछ सरसरा रहा हो, मगर कुछ भी दिखाई नहीं दिया और फिर देखते-

देखते हवा तेज़ हो गयी, आसमान बिजली की गड़गड़ाहट से गूँज उठा।

और तेज बारिश और हवा में पेड़ ज़मीन पर गिरते गये। झरना और थम्बा ने ढाक के एक पेड़ के तने से लिपटकर सर को दोनों बाँहों के अन्दर कर लिया। उनकी पीठ और कुल्हे पर बारिश कोड़े बरसाने लगी। ओले गिरने लगे।

"वापस न चलें मालकिन?" थम्बा बीच-बीच में झरना से जैसे सरगोशी कर रहा था। मगर लौटना सम्भव न था जब तक तूफ़ान ख़त्म न हो जाता। और जब तूफ़ान ख़त्म हुआ तो सारा जंगल गीला, उदास और ख़ामोश था। अपने सारे पानी बरसाकर बादल मदमस्त हाथी की तरह वापस जा रहे थे। झरना और थम्बा ने सर उठाकर देखा। ढाक के जंगल में अब सिर्फ़ ढाक के पेड़ रह गये थे। अमलतास बहूनिया और चीतयान के सारे पेड़ जिन पर आत्माएँ रहती थीं और वह भी जिस पर मँगरू रहता था, नगाड़े के साथ जाने कहाँ चले गये थे।

ठेस

—आशा प्रभात

सोमा लौट आयी है। यह ख़बर आग की तरह आनन-फानन में पूरे मुहल्ले में फैल गयी। जिसने भी सुना, चन्द पल तो कुछ समझ ही नहीं पाया कि क्या हो गया। महीना भर पहले ही जिस लड़की की शादी इतनी धूमधाम से हुई थी, अचानक क्या हो गया जो लौट आयी। सुननेवाला एक बार झुँझलाकर ज़रूर पूछता—''मायके आयी है, इसमें लौट आनेवाली क्या बात है?'' कहनेवाला कहता—'लायी नहीं गयी है, लौट आयी है।'' चर्चा भिन्न-भिन्न तरह की होनी लाज़िमी भी थी। ज़्यादा गर्म बर्तन पर पानी की छन की आवाज़ भी उतनी ही तेज़ होती है। शादी की चकाचौंध लोगों की आँखों से अभी पूरी तरह लुप्त भी न होने पायी थी कि यह छन की आवाज़। चर्चाएँ तो होनी ही थीं।

सोमा मुहल्ले की सबसे ज़्यादा पढ़ी-लिखी लड़की थी। राँची में रहकर इंगलिश मीडियम से मैट्रिक के बाद बी.एस-सी. ऑनर्स प्रथम श्रेणी में पास किया था उसने। छुट्टियों में जब भी वह घर आती, हम लड़कियों के लिए आश्चर्य और ईर्ष्या का विषय होता उसका व्यक्तित्व। हम सब अपने-अपने भाग्य को कोसते। बड़े शहर में रहकर पढ़ने की ख़्वाहिश हमारे दिलों में कराहती रहती लेकिन उसके पिता जितनी हैसियत हमारे अभिभावकों की नहीं थी। सो हमारे अरमान सिसक-सिसक कर दम तोड़ते रहे और वह ऊँची शिक्षा हासिल करती रही। व्यक्तित्व के मामले में भी वह हम सहेलियों से बीस ही थी। गोरी, छरहरी, तीखे नाक-नक़्श, पतले गुलाबी होंठ, बड़ी-बड़ी जानदार आँखें और सलीक़े के पहनावे में वह किसी शहज़ादी की तरह लगती।

जिस दिन उसकी शादी तय हुई पास ही के गाँव में, कई एकड़ ज़मीन के मालिक के यहाँ, लोगों ने सोमा के भाग्य को ख़ूब सराहा। जैसा पैसेवाला ऊँचा घराना, वैसा ही वर भी नौकरीवाला। बिल्कुल सोने में सुहागेवाली बात। राज करेगी सोमा। दिल्ली में रहेगी। देश की राजधानी में।

ग्रेजुएशन के बाद जिस दिन वह घर लौटी थी, उसी शाम हमारी उससे मुलाक़ात हुई थी अचानक।

''आगे के लिए क्या सोचा है तुमने?'' मैंने पूछा था।

''अभी कुछ दिन आराम करूँगी। बहुत दिन रह लिया अपनों से दूर।''

''उसके बाद?''

''पत्रकारिता कैसी रहेगी?'' उसने मुझसे ही राय माँगी।

''बहुत ही अच्छा।''

''मेरी मंशा वही है।''

''अग्रिम बधाई स्वीकार करो।'' मैंने कहा था तो वह हँस पड़ी थी।

''पहले कर तो लेने दो, फिर मुबारकबाद देना।''

पर वक़्त ने उसे मोहलत ही नहीं दी थी। घर बैठे आनेवाला यह रिश्ता इतना आकर्षक था कि उसके पिता ने सौ-सौ बार अपने भाग्य को सराहा था और लाख-लाखा बार सोमा के भाग्य के लिए ईश्वर को धन्यवाद दिया था। आज के इस दहेज़ लोलुप समाज में इतना उम्दा रिश्ता मिलना वह भी घर चलकर आनेवाला। ऐसा भाग्यशाली इनसान इस मुहल्ले में और कौन था।

पर सोमा लौट आयी थी। यह सौ प्रतिशत सच था। लोगों की हैरानी थमने का नाम ही नहीं ले रही थी। कारण की तलाश में हर आदमी का दिमाग़ जासूस, आँखें एक्सरे मशीन और कान बारीक़ यन्त्र बन गये थे। ज़रा-सी हवा भी सरसराती सबके कान खड़े हो जाते लेकिन वजह की तह तक कौन कहे, उसका प्रथम सिरा भी किसी की पकड़ में नहीं आ रहा था और वक़्त था कि अपनी चाल में सरपट भागा जा रहा था अरबी घोड़े की तरह।

जून की गर्म लहकती दोपहरी थी। ड्राइंरूम में बैठी टी.वी. पर नज़रें जमाए मैं सीरियल देख रही थी। तभी दरवाज़ों पर खट-खट हुई। नज़रें घुमा कर देखा। सोमा खड़ी थी। मैं हैरान रह गयी। सुदामा के घर कृष्ण का आगमन? मैं फ़ौरन उठ खड़ी हुई। उसे लाकर सोफ़े पर बैठाया। वह बैठ गयी। बिल्कुल ख़ामोश। मैंने ग़ौर से उसे देखा। उसके चेहरे पर उदासी पसरी हुई थी और आँखों में अनाम-सी बेचैनी ठाँठे मार रही थी।

''तुम हाथ देखती हो न?'' उसने पूछा। बग़ैर किसी भूमिका के। लगा वह मज़ाक़ कर रही है। जहाँ तक मैं उसे जानती थी वह पामिस्ट्री या एस्ट्रोलॉजी पर ज़रा भी विश्वास नहीं करती थी बल्कि हमेशा कर्म पर ज़ोर देती थी जिसका परिणाम था उसका हमेशा प्रथम श्रेणी में पास होना।

''थोड़ा-बहुत।''

''मेरा हाथ देखो तो।'' मेरी तरफ़ हथेली बढ़ाते हुए उसने कहा तो चन्द

क्षण मैं अवाक्-सी रह गयी। तो यह मज़ाक़ नहीं कर रही बल्कि गम्भीर है पाम दिखाने के लिए।

"इस वक़्त? अभी तो सूक्ष्म रेखाएँ विलुप्त हो जाती हैं।"

"तो फिर किस वक़्त?"

"सुबह ठीक रहेगा।"

"कितने बजे तक?"

"नौ, दस बजे तक।"

"ओह!" उसके मुँह से निकला। महसूस हुआ जैसे वह निराश हो गयी है।

"जन्मपत्री है तुम्हारी?"

"हाँ है। कुछ दिन पहले ही कम्प्यूटर से निकलवायी है मैंने।" वह बोली और बैग में से जन्मपत्री निकालकर मेरी तरफ़ बढ़ा दी।

"ठीक है, कल तक मैं इसे देख लूँगी। जन्मपत्री के बाद हाथ देखना ज़्यादा उपयुक्त रहता है। कुंडली ग़लत भी हो जाय पर हाथ की रेखाएँ कभी झूठ नहीं होतीं। वैसे बतला सकती हो, परेशानी क्या है?" मैंने सहजता से पूछा। "मुद्दे का ज़रा-भी आभास हो जाय तो फिर हल ढूँढ़ना आसान हो जाता है। वरना किस-किस बिन्दु पर तवज्जो दी जाय...समझ में नहीं आता।" मेरे सवाल पर वह पलभर ख़ामोश रही। बल्कि इस सवाल पर जब से वह आयी थी—ख़ामोश ही थी। लेकिन यहाँ उसे बोलना ही था। डॉक्टर या ज्योतिषी से कुछ भी छुपाना नुक़सानदेह साबित होता है। पर फ़ौरन बताने में संकोच भी। कोई महान व्यक्ति ही अपनी कमज़ोरियों का इज़हार किसी ग़ैर के सामने बेबाक़ी से कर सकता है। यह मेरा मानना था।

"देखना, क्या मेरी जन्मपत्री में डिवोर्स का योग है।" अचानक उसने कहा। उसके स्वर में सहजता थी और इस प्रश्न पर मैं हैरान रह गयी। अचकचाकर मैंने उसकी तरफ़ देखा। क्या वह मज़ाक़ तो नहीं कर रही या इस शब्द का मानी उसे नहीं मालूम। कोई सेंसलेस इनसान या फिर कोई वकील ही इस शब्द को इतनी आसानी से इस्तेमाल कर सकता था।

"क्या कहा तुमने?"

"वही जो तुमने सुना है।"

"एक बात पूछूँ, बतलाओगी?"

"पूछो।" उसने कहा। उसकी आवाज़ में उदासी और नमी का अहसास हुआ।

"क्या ख़राबी है लड़के में।"

"वह ख़ामोश रही।"

"क्या वह पागल है, शराबी है या..."

''इसमें से कुछ भी नहीं है।''

''तो फिर?'' मैंने खीझकर पूछा। कुछ देर वह ख़ामोश बैठी पहलू बदलती रही। फिर प्रश्न के जवाब में प्रतिप्रश्न किया—

''क्या अपना जीवन जीने का अधिकार नहीं होना चाहिए इनसान को?'' और वह उठ खड़ी हुई—''मैं कल सुबह आऊँगी। तुम कुंडली देखकर रखना। हर हाल में मुझे डिवोर्स चाहिए और हाँ, नौकरी का योग भी देख रखना।'' कहकर वह फ़ौरन बाहर चली गयी, जब तक मैं कुछ और कहती, पूछती।

मात्र एक महीने में तलाक़? तीन महीने तक तो नवदम्पती को दुनिया की तरफ़ ताकने की भी फ़ुर्सत नहीं मिलती। आख़िर ऐसी कौन-सी स्थिति उत्पन्न हुई कि उसे तलाक़ लेने का फ़ैसला लेना पड़ा। ज़रूर कोई गम्भीर मसला होगा वरना सोमा ऐसी उद्दंड लड़की जो आम स्थितियों से घबरा जाय। या इतनी बेवकूफ़ भी नहीं कि शादी का मतलब उसे मालूम न हो। यह तो दो शरीर एक आत्मावाला रिश्ता है। जहाँ एक को अगर चोट लगती है तो दर्द दूसरे को होता है। पर ऐसे नाज़ुक रिश्ते को दूरियों के साथ नहीं जिया जा सकता।

मैंने सरसरी निगाह कुंडली पर डाली। लग्न में मंगल, शनि और गुरु। चौंक पड़ी मैं। शनि, मंगल विच्छेदकारक ग्रह कहे जाते हैं और सप्तदृष्टि यानी पूर्णदृष्टि से दाम्पत्य यानी सप्तक स्थान को देख रहे हैं। यह स्थिति जो उत्पन्न हुई है शायद उसका कुछ ज़िम्मेवार वे भी हैं पर साथ में गुरु भी तो मौजूद हैं। सबसे शुभ और विवेकी ग्रह। अगर ज्योतिष शास्त्र की मानें तो लग्न का गुरु एक लाख दोषों का निवारक होता है। तो यहाँ बैठा वह क्या ख़ामोश रहेगा? तलाक़ की बनती इस स्थिति को क्या वह टाल नहीं सकता? शेष कुंडली अच्छी थी। दशम स्थान में बैठा लग्नेश सूर्य सर्विस का प्रबल योग बना रहा था। कुंडली उठाकर मैंने रैक में रख दी। बाद में बारीक़ी से देखूँगी। मामला बेहद पेचीदा था। पर मर्ज़ जितना गम्भीर हो अन्वेषण में उतना ही आनन्द आता है। यह एक महीने में डिवोर्सवाली बात रह-रहकर मेरे ज़ेहन में कचोके लगा रही थी। मेरा दिमाग़ दो खानों में बँट गया था। एक कह रहा था—यह कोई पाश्चात्य समाज नहीं जहाँ तलाक़ शब्द का इस्तेमाल साग-भाजी की तरह किया जाता है। हमारा सामाजिक, पारिवारिक ढाँचा कुछ इस तरह का है कि परिवार के एक सदस्य के सही आचरण से जल ऊँचा उठता है वहीं ग़लत आचरण से समूल ढह भी जाता है। यह समाज किसी एक के गुनाह को एक का गुनाह भी नहीं मानता, बल्कि सारे परिवार को गुनाहगार समझ उसे प्रताड़ित व दंडित करता है।

दस बजे ही वह मेरे ड्राइंगरूम में मौजूद थी। साथ में आंटी जी यानी उसकी माँ भी थीं। उन्हें देखकर मुझे दिली तसल्ली हुई कि उनके सामने सोमा को बेहतर

ढंग से समझाने का मौक़ा मिलेगा और हक़ीक़त की गहराई में जाने का भी। मैं चाय-पानी लाने के लिए उठी। उसने बैठा दिया और छूटते ही पूछा—

"कुंडली देख ली?"

"हाँ।"

"नौकरी का योग है या नहीं?"

"बिल्कुल है।" मैंने कहा। उसके चेहरे पर छाई उदासी की धुन्ध कुछ फ़ीकी हुई। चन्द लम्हा ठहरकर उसने फिर पूछा...निःसंकोच—

"और तलाक़ का?" उसके इस बेझिझक वाक्य पर मैंने ग़ौर से आंटी जी की तरफ़ देखा। उनका चेहरा बिल्कुल सपाट था। लेकिन आँखें भर आयी थीं जिसे वे पलकों में क़ैद करने का असफल प्रयास कर रही थीं।

"थोड़ा-बहुत उसका योग भी नज़र आ रहा है। लेकिन सामंजस्य का भी योग है। कुछ दिन और साथ रहकर देखो। शायद तुम्हारा ख़याल और इरादा बदल जाय।"

"ऐसा सम्भव नहीं है।" वह फ़ौरन बोली। उसकी आवाज़ में फ़ैसले की दृढ़ता स्पष्ट थी। सुनकर आंटी जी की आँखों में उबल आये आँसू बेसाख़्ता धार में बह चले। बड़ी बेचारी-सी लग रही थीं वे। इतनी रोबदार और इतनी लाचार...मन दुखी हो उठा मेरा।

"ईरा, मैं बाथरूम जा रही हूँ।" सोमा ने कहा और चली गयी। मुझे मौक़ा मिल गया आंटी जी से उसके बारे में कुछ जानने-समझने का। मैंने उनकी दुखती रग पर उँगली रखी।

"सोमा का रवैया ऐसा क्यों हो रहा है आंटी, जी? पहले तो ऐसी नहीं थी। क्या प्रॉब्लम है इसे?"

"मैं क्या जानूँ मेरी बच्ची। यह कुछ बतलाती कहाँ है। जब से आयी है ज़्यादातर ख़ामोश ही रहती है लेकिन तलाक़वाली बात पर अड़ी हुई है। तुम्हें गुमान भी न होगा कि इसके इस फ़ैसले से कितना बड़ा तूफ़ान बरपा होगा परिवार में। समाज में मुँह दिखाने के लायक़ भी न रह जाएँगे हमलोग। मेरी छोटी बच्चियों का भविष्य क्या होगा? उनकी शादी होनी भी मुश्किल हो जाएगी। उन्हें भी ताने मिलेंगे कि यह भी बड़ी बहन की तरह न होगी, इसकी क्या गारंटी है? इसके पापा तो आत्महत्या ही कर लेंगे। उसके बाद मेरा या मेरे मासूम बच्चों का क्या होगा?

"यह लड़की तो शादी और तलाक़ को खेल समझ रही है। गृहस्थ जीवन में सैकड़ों मुश्किलें आती हैं, उससे घबराकर कोई यह क़दम तो नहीं उठाता। धीरे-धीरे फिर सब ठीक हो जाता है। सब्र रखने की ज़रूरत होती है।" कहकर वे सिसक पड़ीं। मैं क्या कहती। विषय ओझल था और मंसूबा सामने।

मेरा मन जाने कैसा-कैसा हो उठा था। अभिभावक होना वाक़ई कितना त्रासद होता है। उसके एक तरफ़ समाज का पाट होता है तो दूसरी तरफ़ औलाद के ख़याल का और दोनों पाटों के बीच पिसता रहता है वह होंठों को बन्द किये। पर सोमा का प्रश्न—अपनी ज़िन्दगी अपनी तरह से जीने का अधिकार नहीं होना चाहिए इनसान को? झकझोर रहा था मुझे। लगा पाश्चात्य के कुछ क़ायदे-क़ानून बहुत बेहतर हैं यहाँ से। वहाँ बच्चे अगर बालिग हो जाते हैं तो अपनी ज़िन्दगी अपनी तरह से जीने के लिए आज़ाद होते हैं। अपने सही या ग़लत रवैये के लिए ख़ुद ज़िम्मेवार होते हैं। उनके गुनाहों की सज़ा उनके माँ-बाप या परिवार को नहीं मिलती। समाज कोई ताना नहीं देता उन्हें। न ही अभिभावकों को आत्महत्या करने की नौबत आती है। बच्चे समाज की इकाई बनकर जीते हैं। हमारे समाज में एक सदस्य के ग़लत क़दम का ख़ामियाज़ा पूरा परिवार भुगतता है। लेकिन फ़िलहाल कुछ भी होना सम्भव नहीं था। किसी भी विचार, परम्परा या क़ायदे का प्रभाव आहिस्ता-आहिस्ता ही ख़त्म होता है। यही क्या कम था कि दबी ज़ुबान में ही सही, औरतें अपनी मंशा, पसन्द या नापसन्द ज़ाहिर कर रही थीं। लेकिन यह सोमा, फ़ौरन किसी नतीजे की प्रतीक्षा में बेचैन थी। जाने क्यों...? मालूम नहीं इसका भविष्य क्या होगा? इसकी इस ज़िद, बग़ावत का अंजाम क्या होगा और यह भी नहीं कह सकती कि सिर्फ़ अपने स्वार्थ के लिए पूरे परिवार को ज़िल्लत की आग में झोंकना कैसा जीना होगा।

सोमा बाथरूम से लौट आयी थी। आंटी जी ने फ़ौरन आँचल के कोर से आँसुओं को पोंछ लिया।

"सोमा, एक बात पूछूँ, बिल्कुल निजी है?"

"पूछो।" वह बिल्कुल सहज थी।

"बुरा मत मानना, आख़िर ऐसी कौन-सी स्थिति आन पड़ी तुम दोनों के बीच जो तलाक़ लेने तक की नौबत आ गयी?" चूँकि आंटी जी और सोमा दोनों को मेरे जवाब का इन्तज़ार था इसलिए हिम्मत कर मुझे यह सवाल पूछना पड़ा। मेरे इस सवाल पर वह बेचैन हो उठी जैसे कोई ख़ौफ़नाक मंज़र उसकी आँखों के सामने उभर आया हो जो उसके दिलो-दिमाग़ में हलचल मचा रहा हो। उसके चेहरे पर कई तरह के भाव आ-जा रहे थे लेकिन उसके होंठ बन्द रहे। मैंने फिर पूछा। गर्म लोहे पर एक प्रहार जैसा—"क्या तुम्हारा पति शराबी है?" अभी भी उसके होंठ भिंचे ही रहे।

"क्या नपुसंक है?" मैंने फिर ज़ोर का प्रहार किया। वह सिसक पड़ी। सिसकती रही। जैसे दिल का दर्द आँसुओं में निकाल रही हो। मेरा मन भी भर आया। आंटी जी तो सिसक ही पड़ीं। चन्द पल बाद उसने आँसुओं को पोंछा

और भर्रायी आवाज़ में बोली—

"वह अगर नपुंसक भी होता तो मैं निभा लेती। वह तो ख़ब्ती है बिल्कुल पागल...। मुझे तकलीफ़ देकर उसे मज़ा आता है। मेरे स्वाभिमान को रौंदने में उसे आनन्द मिलता है। वह हर वो काम करता है जिससे मुझे दुःख पहुँचे।" कहकर वह ज़ार-ज़ार रोने लगी और मैं आवाक् रह गयी सुनकर। आंटी जी के चेहरे पर आश्चर्य उभर आया। सच्चाई जलते रेगिस्तान की तरह महसूस हुई। दोनों की आँखें आश्चर्य से फैल गयी थीं जैसे कोई अनहोनी सुन ली हो। मैंने उसे चुप कराया...तसल्ली दी, और झिझकते हुए पूछा—"आख़िर तुम्हारे साथ उसका ऐसा रवैया क्यों है?" शायद आंटी जी के दिमाग़ में भी यह प्रश्न कौंधा था।

"शादी से पहले से उसका एक औरत के साथ सम्बन्ध है। एक क्या कई औरतों से सम्बन्ध हैं। वह एक औरत के साथ बँधकर रहनेवाला मर्द नहीं है। वह वहशी है, वहशी, जानवर...। उसका स्वभाव और औरतों से सम्बन्धों के बारे में उसके माँ-बाप को पहले से ही पता था। जानते-समझते हुए उन लोगों ने मुझे उस आग में झोंका..."

"लेकिन क्यों?"

"लोगों ने उन्हें राय दी थी कि शादी के बाद घर-गृहस्थी से बँधकर वह सुधर जाएगा लेकिन वह बिल्कुल सैडिस्ट है, पर उत्पीड़क, सेक्स के लिए किसी भी हद तक जानेवाला। मेरे सामने ही ग़ैर औरतों को मेरे बेडरूम में ले आता था और अश्लील हरकतें करने लगता था। और मुझे वहाँ खड़ा रहने को कहता। कितनी दफ़ा वहाँ से भागना चाहती...लेकिन कहाँ...घसीटता हुआ लाकर फिर वहाँ खड़ा कर देता था। एतराज़ करने पर जानवर की तरह मारता था लात घूँसे से। उस स्थिति को और बर्दाश्त करने और नफ़रत के साथ जीने की ताक़त नहीं है अब मुझमें। दम घुट रहा था मेरा वहाँ। उस दृश्य और भोगी गयी उस यातना को बयान करने के लिए शब्द नहीं हैं मेरे पास।" अटकते हुए सोमा ने कहा और उठकर तेज़ क़दमों से बाहर चली गयी। आंटी जी भी उठीं और उसके पीछे चली गयीं। मुझे भौंचक और परेशानहाल छोड़कर।

कुछ दिनों बाद उसकी बहन नीलू से मालूम हुआ, सोमा दिल्ली में पत्रकारिता का कोर्स कर रही है।

"पति के पास रहकर?" छूटते ही मैंने नीलू से कहा।

"नहीं हॉस्टल में रहकर।" सुनकर मुझे ताज्जुब नहीं हुआ। हैरानी तो तब होती जब पता चलता उसने पति से समझौता कर लिया है। अपने स्वाभिमान की क़ीमत पर। तसल्ली-सी हुई दिल को...चलो कहीं कोई ऐसी आग तो है जो बुझी नहीं है...उसे शोला बनना है...।

जाले में फँसी मकड़ी

—डॉ. शाहिद जमील

खुली छत पर दुपट्टे के अन्दर हाथ फैलाए रिफ़अत उस वक़्त तक बेआवाज़ दुआएँ माँगती रही जब तक उनतीस का चाँद आसमान की पेशानी में चिपका रहा। धुँधलके में तन्हा उदास खड़ी रिफ़अत के दुपट्टे का एक सिरा झंडी की तरह लहरा रहा था। जुल्फ़ें धीरे-धीरे मुक्त होकर मचलने लगी थीं। सिर के हलके झटके खाकर भी दायीं आँख के सामने आ धमकनेवाली गुस्ताख़ लटों को कान के पीछे दबाकर दुपट्टा दुरुस्त करते हुए उसने ग़ौर से उस मुक़ाम को देखा, जहाँ कुछ देर पहले बारीक़-दिलकश चाँद था। उसने सोचा,

"बेऔलाद इनसान की ज़िन्दगी भी बेचाँद आसमान की तरह सूनी और उदास होती है..."

रिफ़अत का दायाँ हाथ बेख़याली में पेट पर चला गया। उसकी ममता जाग उठी। नयन-कटोरे आँसू से भर गये तो झिलमिल आँखों में उसे एक दृश्य नज़र आया। उसके जिगर का टुकड़ा (औलाद) आग़ोश में आने के लिए मचल रहा है और वह उसे सब्र दिला रहा है। भावनात्मक उथलपुथल पर क़ाबू पाने के लिए उसने आसमान की तरफ़ देखा। अब धुँधले तारे नज़र आने लगे थे और टिमटिमाते तारों में भी नूर बढ़ने लगा था।

वक़्त के क़दम समुद्री लहर की तरह चलते ही रहते हैं। दिन, महीना और साल कछुआ-चाल चलकर लम्बी दूरियाँ तय कर लेते। आँगन में उतरी धूप कब दीवार पर चढ़ती और कैसे उतर जाती है, एहसास नहीं होता। रिफ़अत ने ठंडी साँस भरकर सोचा, "शादीशुदा ज़िन्दगी के दो साल भी दबे पाँव निकल गये...।"

शादी से पूर्व की एक रात रिफ़अत की आँखों में उतर आयी। उस रात इशा (रात्रि) की नमाज़ उसने देर से पढ़ी थी। मच्छरदानी लगाने के पहले अब्बा बिस्तर पर आ बैठे थे। सशंकित नज़रों से उन्हें देखते हुए उसने पूछा था,

"आज फिर भैया से झगड़ा हुआ क्या?"

उन्होंने फ़ौरन जवाब नहीं दिया था। कुछ देर ख़ामोश रहकर बोले, ''ईद के चाँद की, ग्यारह तारीख़ तय कर दिया है...वे लोग सीवान ज़िला के हसनपुरा गाँव के रहनेवाले हैं। मास्टर बरकतुल्लाह मरहूम दो बेटियों की शादी कर चुके थे। उनकी मौत के बाद अज़ीमुल्लाह की शादी ख़ालाज़ाद (मौसेरी) बहन से हुई है। हलीमुल्लाह आई.ए. पास है। वह आरा मशीन लगानेवाला है। कुदरतुल्लाह ने मैट्रिक का इम्तिहान दिया है। जुड़वाँ बेटियाँ नीम बालिग़ हैं। बड़ी बेटी के दो बच्चे ननिहाल में रहकर अँग्रेज़ी स्कूल में पढ़ते हैं।''

इतना कहकर वह बिस्तर से उठे और दो क़दम चलकर खड़े हो गये, जैसे उन्हें कोई ख़ास बात याद आ गयी हो। उदास स्वर में बोले, ''आसिम मियाँ पर मुझे अब भरोसा नहीं रह गया। इसीलिए अपनी ज़िन्दगी में इस फ़र्ज़ में सुबुकदोश (निवृत्त) होना चाहता हूँ...''

बेटी की मर्ज़ी जाने बिना वे कमरे से निकल गये थे। उन्हें जाते हुए देखकर रिफ़अत ने सोचा था,

''अब्बा उसके कमरे में नहीं, बल्कि चर्च में आये थे और अपराध की स्वीकारोक्ति के बाद दबे पाँव लौट रहे हैं। उम्र की तीसरी दहाई में क़दम रख चुकी, मामूली शक्ल-सूरत की लड़की के लिए बिना दहेज़ के पैग़ाम को एक बाप ठुकरा नहीं सकता, वह भी ऐसी हालत में जब छोटी बेटी की शादी हो चुकी हो और सिर पर माँ का साया न हो...''

रिफ़अत ने ख़यालों का तार तोड़ दिया। बचपन में भी उसे जब कभी अपने ही तार में झूलती मकड़ी नज़र आती, वह फ़ौरन उँगली से उसका तार तोड़ दिया करती थी। संघर्षरत मकड़ी को वह बड़े ग़ौर से देखा करती। मकड़ी का मंज़िल पा लेना उसे अच्छा लगता। ध्यान भटकाने के लिए उसने रौशन तारों को गिनना शुरू किया लेकिन उसकी गिनती गड़बड़ा गयी। हमेशा की तरह दो-चार नये तारे प्रकट हो जाते।

रिफ़अत को तारा गिनने का शौक़ बचपन से है। वह अक्सर पड़ोसन सुषमा के साथ तारा गिना करती थी। मन-पंछी उड़ान भरकर बीती एक शाम के कलश पर जा बैठता है। दृष्टि सीमा को व्यापकता मिलती और घटना सजीव हो उठती है—उस दिन मामू जान ढेर सारे बीजू आम लेकर आये थे। मनपसन्द आमों को बाल्टी में रखकर अम्मी की नज़रें बचाते हुए उसने सुराही का ठंडा पानी बाल्टी में उड़ेलकर उसमें ताज़ा पानी भर दिया था। तीन बार छिड़काव के बाद ही छत पाँव रखने लायक़ हुई थी।

स्वभाव से चुलबुली और शरारती सुषमा के आने का अन्दाज़ हमेशा निराला होता। कभी वह बिल्ली की तरह दबे पाँव आती और रफ़्फ़ू के जूड़े को झटका

देकर खोल देती और कभी चुपके से पीठ के पीछे खड़ी होकर उसकी गर्दन पर फूँक मारकर जिस्म में सिरहन पैदा कर देती। एक बार अचानक दुपट्टा खींच लेने पर रफ़्फ़ू दोनों हथेलियों से सीना छुपाकर बैठ गयी थी, तब क़हक़हे लगाकर सुषमा ने दुपट्टे का घुँघट बनाते हुए कहा था,

"रफ़्फ़ू! ज़िन्दगी का एहसास तो महसूस करने से ही होता है ना..."

फिर सुषमा ने उसकी आँखों को हथेलियों से बन्द करके उँगलियों का दबाव बढ़ाते हुए उससे पूछा था,

"रंग-बिरंगी कुमकुमों (प्रदीप्त बल्बों) का संसार नज़र आया?"

"आया।" तकलीफ़ बर्दाश्त करते हुए रफ़्फ़ू ने फ़ौरन कहा था।

"अब तू जैसा महसूस करेगी वैसा ही नज़र आएगा। महसूस किये बिना, न दुःख होता है और न सुख मिलता है...आँखों में सपने और दिल में अरमान हों तो जीने की इच्छा बढ़ जाती है...तू भी खुलकर जीना सीख ले रफ़्फ़ू।" उसने कहा था।

उस शाम सुषमा ने आँख बचाकर जूही और बेले का एक बड़ा-सा माला रफ़्फ़ू की गर्दन में डालकर उसे डरा दिया था। उसकी बदहवासी पर क़हक़हे लगाते हुए उसने कहा था,

"औरत और चिड़िया दोनों एक समान होती हैं...छेड़ो, छुओ तो बदहवास हो जातीं।"

फिर उसने एक आम उठाकर ऐलान किया था, "आज तो मैं सिर्फ़ आम खाऊँगी...इन बूढ़े तारों से मेरा कोई सम्बन्ध नहीं।"

"नहीं सुषमा...हम आम भी खाएँगे और तारों को भी गिनेंगे।" रफ़्फ़ू ने इल्तिजा की थी।

आम खाते हुए तारा-शुमारी शुरू हुई लेकिन सुषमा की शरारतों से शिकस्त खाकर नाराज़ रफ़्फ़ू मुंडेर से लगकर खड़ी हो गयी, तब उसने चोटी की नोक से कान में गुदगुदी लगाकर पूछा था, "माई डियर रफ़्फ़ू।...तारों को क्यों गिनना चाहती हो? अच्छा बताओ तो...तुम्हारी क़िस्मत का तारा कौन-सा है?" उसने उँगली से दिखाते हुए कहा था, "देख। वह भी हो सकता है...और वह मरियल-सा टिमटिमाता हुआ भी...या फिर वह, जो हमें नज़र ही नहीं आ रहा है। भगवान जाने इस समय वह कौन-सी चाल चल रहा होगा?...सच कहूँ रफ़्फ़ू। अगर हम उन्हें पहचान भी लें तो कोई फ़ायदा नहीं...सभी अपने मन-मर्ज़ी की चाल चलते रहेंगे...।"

"चालों के भेद नहीं जानती सुषमा। लेकिन ख़ुदा जाने क्यों ऐसा लगता है इनसान से तारों का रिश्ता ज़रूर है और उनकी चालें असर डालती हैं...वरना..."

इतना कहकर उसने आधा चूसे हुए आम को शून्य में उछाल दिया था। ''बहूरानी...बहूरानी...अब नीचे उतर आओ...देखो तो ज़रा कौन-कौन मिलने आयी हैं।''

रिफ़अत तारों की सभा से लौट आयी। ख़ामोश क़दमों से सीढ़ियाँ उतरने लगी। शाकरा बेगम पेशकार साहब की बीवी से कह रही थीं।

''तीस रोज़े का इनआम ईद। चाँद रात को खुदा झूठ न बुलवाए लड्डन की अम्मा! बड़ी बहू तो बहन की बेटी है, उसके गुणों का बखान क्या करना...अलबत्ता छोटी बहू की जितनी भी तारीफ़ करूँ समझो कम है। कहने को बहू कहती हूँ लेकिन बेटी से कम नहीं समझती...''

''बुरा न मानो तो एक बात कहूँ...दोनों बहुओं की क़िस्मत से तुम्हारे दिन बहुरे हैं...मास्टर साहेब की क़िस्मत में ये ऐशो आराम नहीं लिखा था वरना उनकी मौत से पहले भी दिन फिर सकते थे... ख़ुदा मरहूम को जन्नत नसीब करे।''

पेशकार साहब की बीवी ने बात काटकर कहा।

क़दमों की आहट सुनकर शाकरा बेगम चुप हो गयीं। आँगन में स्थायी रूप से बिछी चौकी पर बैठी पड़ोसिनों को रिफ़अत ने सलाम किया, उनसे दुआएँ लीं और बच्चों को मुहब्बत भरी नज़रों से देखते हुए, ''बस, अभी आयी'' कहकर चली गयी। शाकरा बेगम दबी ज़ुबान में फिर शुरू हुईं, ''पूरा घर सँभाल रखा है...अपनी तनख़ाह मेरी हथेली पर रख देती है और ऑफिस जाते वक़्त किराया के बीस रुपये मुझसे माँगकर लेती है।''

ट्रे सजाये जाने की आवाज़ सुनकर शाकरा बेगम ख़ामोश हो गयीं।

पेशकार साहब की बीवी ने चाय में बिस्कुट डुबोकर बड़ी महारत से मुहँ में डाला। बिस्कुट में मौजूद काजू के टुकड़ों को चबाकर चाय की घूँट भरी। उम्दा लीफ का ज़ायक़ा लेते हुए सोचा, ''ख़ुदा की शान निराली। इन आँखों ने वे दिन भी देखे हैं, जब इस पक्के दो-तल्ले मकान की जगह दो छोटे-छोटे कमरों का एक बोसीदा मख़दूश (पुराना-ख़तरनाक) खपरैल घर था। मास्टराइन दिन-रात आमदनी के नये-नये जुगाड़ तलाश करने में लगी रहतीं। सबसे पहले मुर्ग़ियाँ पाली गयीं। देखते-ही- देखते घर-आँगन मुर्ग़ियों और चूज़ों से भर गया। मुर्ग़े-अंडे बेचे जाते। फिर कबूतर और बकरियाँ पाली गयीं। घर में ऐसी बदबू फैली रहती कि बच्चे नाक पर हाथ रखकर ही कुछ लाने जाते। घास-पात खाकर पले-बढ़े ख़स्सी हर साल बकरीद में अच्छी कीमत अदा कर जाते। इसी रक़म से क़र्ज़ की वापसी होती, बच्चों के बदन पर नया कपड़ा चढ़ जाता और उन्हें ईद की ख़ुशी मिल जाती। सच पूछो तो मिडिल स्कूल के मास्टर की औक़ात ही क्या है? ऊपर की कमाई नहीं। बेचारे ने कोशिश की थी लेकिन मरते दम तक ट्यूशन

पढ़ाने का मौक़ा नहीं मिला। मोली (मौलवी) साहेब ही बच्चों को अरबी के साथ मुफ़्त में उर्दू पढ़ा दिया करते हैं...''

पान की गिलौरी उनकी हथेली में छुलाते हुए शाकरा बेगम ने कहा, ''कहाँ खो गयीं?''

वह झेंप गयीं। पान पकड़कर उठ खड़ी हुईं और एलान किया, ''जिन्हें बैठना हो, शौक़ से बैठें...सारा काम पड़ा होगा। हम चले। आज रात शायद ही सोना नसीब हो...कहाँ मर गयी शब्बू...एक नम्बर की घुमक्कड़ है छोकरी...''

पान मुँह में रखकर पेशकार साहब की बीवी नौकरानी को तलाश करने लगीं।

उनके उठते ही तमाम औरतें उठ गयीं। सोये बच्चों को गोद लिया गया और पाँव चलनेवालों को खड़ा कराके दो-चार क़दम चला-फिराकर उनकी नींद उड़ा दी गयी। एक बच्चे की मशीनगन को उठाकर रिफ़अत ने लपककर उसकी माँ के हाथ में पकड़ा दिया। बच्चे हाथों में बिस्कुट पकड़े सो गये थे।

भाभी के कमरे में ईद की आख़िरी तैयारियाँ चल रही थीं। क़मरुननिसा सोफ़े पर आलती-पालती मारे गोद में सैनी (परात) रखकर मेवे कुतर रही थी। मेहरुननिसा पलंग पर बैठी भाभी के गोटे लगे दुपट्टे में सलमा-सितारा टाँक रही थी। दूसरे सिरे पर भाभी बैठी थीं। ज़मीन पर बिछी चटाई पर बैठा हलीमुल्लाह भाभी को मेंहदी लगा रहा था। हाथ थमाकर भाभी कुछ ज़्यादा ही झुकी हुई थीं। थोड़ी-थोड़ी देर पर क़मरुननिसा उठकर भाभी के मुहँ में कुतरे हुए मेवे डाल दिया करती थी। कुदरतुल्लाह भांजे के साथ ईद-मिलन समिति की बैठक में गया हुआ था।

हलीमुल्लाह अब आख़िरी टच दे रहा था। ग़ौर से देखने पर नज़र आयी ख़ामियों को उसने दुरुस्त कर दिया। सन्तुष्ट होकर उसने कुर्सी के हत्थों पर पाँव रखवाकर भाभी की गोद में मसनद रख दिया। मसनद पर हाथ रखकर भाभी एक ख़ास अदा से बोलीं, ''अल्लाह! कहीं अब कोई गुदगुदी न लगाए...''

हाथ धोने जाते हुए हलीमुल्लाह को शरारत सूझ गयी। किचन में एक तिलचट्टा मारकर उसकी मूँछ पकड़े वह कमरे में दाख़िल हुआ। भाभी चीख़ पड़ीं और उनका दुपट्टा सरक गया। उन्होंने दोनों बाज़ूओं से सीना छुपाते हुए कहा,

''या अल्लाह। अब मैं क्या करूँ?'

तिलचट्टा फेंककर हलीमुल्लाह ढलके दुपट्टे को दुरुस्त करके सेफ़्टीपिन लगा रहा था। नीम तारीकी में सीढ़ियाँ चढ़ते हुए रिफ़अत ने खड़ी होकर सब कुछ देख लिया। नासूर रिसने लगा। आँखें बन्द करके वह सिर को दायें-बायें

गति देने लगी। जलपक्षी की तरह अतीत उतरने लगा और घटनाएँ हरसिंगार के फूल की तरह झड़ने लगीं। तब उसने घबराकर आँखें खोल दीं। अब कमर के पीछे दूसरा मसनद लगा था। उसने ठंडी आह भरकर सोचा, ''क्या यह वही इनसान है जिसने सुहाग रात में उसके मेंहदीलगे हाथों को परे हटाते हुए कहा था, मेंहदी की महक से मेरा सिर चकराता है...?''

उसने मेंहदी रहित हथेलियों को ग़ौर से देखा। नीम तारीकी में हथेलियों की मोटी लकीरें किताब पर शरारती बच्चे द्वारा खिंची लकीरों-सी नज़र आयीं।

''घुल-मिल जाना औरत की फ़ितरत (स्वभाव) है। जज़्बाती (भावुक) औरतें पानी की तरह अपना वजूद खो देती हैं। पानी, दूध में मिलकर दूध और शराब में मिलकर शराब ही कहलाता है...''

उसे सुषमा की कही बातें याद आ गयीं।

रिफ़अत तेज़ क़दमों से सीढ़ियाँ चढ़कर पलंग पर मरीज़ की तरह लेट गयी। आँखें बन्द करते ही दो साल का वैवाहिक जीवन सजीव हो गया। हर वह पल जिसने दुःख दिया था, अपमानित किया था, आँखों को आँसू के सौग़ात बख़्शे थे और जिगर जलाया था, क़ातिल की तरह मुस्करा रहा था। बेबसी में तकिये को सीने से लगाकर उसने सोचा, ''अम्मा ज़िन्दा होतीं तो वह उनके सीने से लगकर ख़ूब रोती। माँ से मायका होता है। अम्मर तस्बीह (जाप-माला) का धागा थीं। धागा टूटते ही मोती बिखर गये। अलमारी के कारख़ाने पर आसिम भैया क़ाबिज़ हो गये। भाभी की नाज़ेबा (कुटिल) हरकतों और भैया की चुप्पी से दुखी अब्बा जमात (धर्म-मंडली) में वक़्त गुज़ारने लगे। सुना है, अब तो वे ज़्यादातर चिल्ले (धार्मिक यात्रा) ही में रहने लगे हैं। प्यारी अफ़्फ़ू (छोटी बहन इफ़अत) अपने घर में ख़ुश है या नहीं, ख़ुदा को मालूम। सुषमा को अचानक बनारस क्यों ले जाया गया? वहाँ वह है भी या नहीं? अगर है तो किस हाल में है? कहीं वह तारा की तरह टूटकर गुम न हो गयी हो...मुलाक़ात हुई तो पूछूँगी कि तुम्हारे गालों और गर्दन पर मोर के पंख से गुदगुदी लगानेवाला कोई है? फ़लसफ़ियाना (दार्शनिक) बातें अब किसे सुनाती हो? तुम्हारी शरारतों का शिकार कौन-कौन है...''

भाभी के ठहाकों से ख़यालों का सिलसिला टूट गया। दम साधकर उसने गुमान का घोड़ा दौड़ाया, ''कमरे से बहनें जा चुकी होंगी। अम्मी सन्दूक़ से चीनी मिट्टी के बर्तन, ताँबे की देगची, पीतल की सेनी (परात), स्टील का चम्चा, मुरादाबादी इतरदान और गुलदान, शीशे के ग्लास, फ़ाइवर के ट्रे और अल्मुनियम का उगलदान निकाल रही होंगी। तिलचट्टे बेपनाह होकर इधर-उधर भाग रहे होंगे, दोनों बहनें अपनी-अपनी तैयारियों में मगन होंगी। कमरे में वही दोनों होंगे।

उन्होंने ज़रूर कोई गन्दा चुटकुला सुनाया होगा और हो सकता है...'' वह इससे आगे सोचने से घबराने लगी। बेचैन मन को दिल ने उकसाया। सीढ़ी पर खड़ी होकर जायज़ा लेने की नीयत से वह बिस्तर से उठी। लेकिन इस ख़याल से फिर लेट गयी कि ''भ्रम तोड़कर किर्चियों पर नंगे पाँव चलने से अपना ही तलुवा लहूलुहान होगा...''

अब म्युज़िक सिस्टम से तेज़ अँग्रेज़ी धुन निकलने लगी थी। उसने करवट बदलकर सोचा, ''इसमें भी राज़ है...''

दरगाही फ़क़ीरों की तरह ख़याल और शंकाएँ पीछे-पीछे चलने लगीं, ''औरत का अपना घर नहीं होता, मायका और ससुराल होता है। उसकी ज़ाती ज़िन्दगी भी नहीं होती। वह फ़क़त शरीके ख़ानदान, शरीके हयात (जीवन-संगिनी) और शरीके कार (कार्यों की साथी) होती है। रोज़ी कमाकर और नाम पैदा करके भी वह हवालों से पहचानी जाती है। दरअसल उसकी हैसियत इज़ाफ़ी (अतिरिक्त) और अलहाक़ी (जुड़नेवाली) है। पतंग में लगी पूँछ की तरह वह दान की वस्तु है। उसका हाथ पकड़ाया जाता है, वह किसी का हाथ पकड़ नहीं सकती। फेरों की गाँठ में बँधी औरत जीवन भर पीछे-पीछे चलती है। सीता जी को प्रेम-त्याग के एवज़ अग्नि परीक्षा देनी पड़ी। लोक-लाज से मर्दों का वास्ता नहीं। मर्यादाओं का पालन औरतों को ही करना है..ख़ुदाया! यह कैसा इन्साफ़ है...मियादपूरी नहीं हुई गंदुमख़ोरी (प्रथम पुरुष आदम और प्रथम स्त्री हव्वा द्वारा स्वर्ग में गेहूँ खाने) की सज़ा की?...''

ख़यालों की धमाचौकड़ी से उसका सिर आबले की तरह दुखने लगा। उसने उठकर दो घूँट पानी पिया और तकिया सिर के ऊपर रखकर सोने की कोशिश शुरू कर दी।

''क्या हाल बना रखा है बेटी?''

''अम्मा! मेरी अम्मा। आप ज़िन्दा हैं?''

''रिफ़अत'' दौड़कर उनसे लिपट गयी। दुपट्टे से अम्मा के बहते आँसुओं को पोंछते हुए वह भी सिसकने लगी।

''तेरी मुसीबतों का सिलसिला ख़त्म नहीं हुआ...'' उसे सीने से लगाकर सिसकते हुए उन्होंने कहा।

''इसे रख लो, शादी में कुछ भी नहीं दे सकी थी...'' शहाना (शादी का) जोड़ा देते हुए बोलीं,

''तू शुरू से ही बेज़ुबान है। ग़मों को आँसू बनाती और दूसरों को सुख बाँटती रही है....यहाँ भी तेरे साथ ज़ुल्म हो रहा है...तेरा हक़ मारा जा रहा है। कब तक आँसुओं से तकिया तर करती रहेगी...यह फ़ैसले की घड़ी है...बहुत

सह लिया, अब और नहीं...बेटी! तेरे साथ ख़ुदा है...''

दरवाज़ा खोलकर वे मुड़ीं,

''अपने अब्बा की सुध-बुध ले लिया करना...''

इतना कहकर अम्मा तेज़ क़दमों से निकल गयीं।

''नहीं...मुझे छोड़कर मत जाओ...''

रिफ़अत की हृदयविदारक चीख़ सुनकर माँ-बेटियाँ कमरे में पहुँचकर उसे भयभीत नज़रों से देखने लगीं। वह पलंग पर बैठी घुटनों को बाज़ुओं से लपेटकर उसपर सिर रखे सिसकियाँ ले रही थी। शाकरा बेगम आगे बढ़ीं। सिर को ऊपर उठाकर आँचल से आँसू पोंछते हुए बोलीं,

''शाम के वक़्त छत पर बुरे साये का भी गुज़र होता रहता है...परहेज़ करना चाहिए बहू...''

सिर के संकेत से बेटियों को जाने का इशारा करके बोलीं, ''कोई ख़ास बात नहीं... ख़ाब में डर गयी है...कमरा भी तो अँधेरा कर रखा था...''

थोड़ी देर बाद उठते हुए बोलीं, ''मोली (मौलवी) साहेब से पानी पढ़वाकर मँगवाती हूँ...''

रिफ़अत ने उनका हाथ पकड़कर कहा, ''कुछ देर और ठहर जाइए...।''

शाकरा बेगम ने पहली बार उसे भयभीत नज़रों से देखा और कसमसाकर बैठ गयीं।

''अम्मी! अब मुझे रिहाई चाहिए...'' रिफ़अत ने सपाट लहजे से मुद्दआ (उद्देश्य) पेश कर दिया।

शाकरा बेगम चुप रहीं। उसने उकताकर कहा, ''शायद आपको मालूम नहीं। भाभी के साथ इनके नाजायज़ रिश्ते हैं...किसी ने कहा नहीं...मैंने कई बार अपनी आँखों से देखा है... ख़ुदा-रसूल का ख़ौफ़ भी दिलाया, सब बेसूद। अब पानी सिर से ऊपर हो गया।...''

''ये रिश्ता शादी के पहले से है...''

''क्या कह रही हैं आप?...''

''सच कह रही हूँ। सोचा था पढ़ी-लिखी कमाऊ बीवी ख़ुद ही लगाम लगा लेगी...मगर इस में हलीमुल्लाह का क़ुसूर कम है...''

''माँ की ममता ढाल बन रही है अम्मी...ताली दोनों हाथों से बजती है।''

''बहू। तू सचमुच नेक औरत है, आज ज़ुबान खोला है। खोट तुझमें नहीं। मेरा ही सिक्का खोटा है।''

''लेकिन अब्बा तो बड़े नेक इनसान थे।''

''हाँ, बेशक। जब तक ज़िन्दा रहे, चादर बेदाग़ रही...''

"यानी उनकी मौत के बाद..."

"बेवगी (वैधव्य) से बेहतर मौत है। बेवा इस क़दर बेसहारा, बेज़ुबान और बेवक़त (तिरस्कृत) हो जाती है, इसका इल्म नहीं था..."

"अनदेखी और चुप्पी से ही शह (बढ़ावा) मिला होगा, या फिर..." शाकरा बेगम ने बात काटकर कहना शुरू किया,

"नंगी अपना कौन-सा सतर (अंग) छुपाए?...तुझसे क्या छुपा रह गया है। सच कहती हूँ बेटी। ग़ुर्बत से बड़ी कोई लानत नहीं। हम बहुत बुरे दिनों से गुज़रे हैं। तुम्हारे ससुर दवा-इलाज के बिना ख़ून थूक-थूकर मरे हैं। एक युग के बाद, उन्हीं की मौत पर पुरसा (सान्त्वना/ढाढ़स) देने साबरा आपा आयी थीं। आते ही घर का सारा ख़र्च उठा लिया। चालीसवें के बाद जब आपा जाने को तैयार हुईं तो नसरीन ने साफ़ इनकार करते हुए कहा, "मैं नहीं जाऊँगी... ख़ाला भी रो-रोकर जान दे देंगी।"

"नस्सू बेटा। तुझे छोड़कर जाने में हमें कोई उज़्र (आपत्ति) नहीं लेकिन इस घर में जवान लड़के भी हैं। लोगबाग के मुँह बेलगाम होते हैं..." आपा ने अपनी मजबूरी ज़ाहिर की तो मश्शाता (विवाह तय करानेवाली महिला) ख़ुर्शीदा ने फ़ौरन कहा, "बहन! निकाही (विवाहित) बेटी तो छोड़कर जा सकती हो ना...सगी बहनों के बीच रिश्ते में जाँच-परख कैसी और क्या लेना, क्या देना...सारा धन-दौलत तो एकलौते नसरीन बेगम ही का है...लगा लो रिश्ते में एक गाँठ और...बन जाओ समधन..."

नसरीन उठकर कमरे में चली गयी।

"बड़ी हयादार बच्ची है। शादी की बात सुनकर सुर्ख़ हो गयी...चेहरा नाना मरहूम की तरह नूरानी और, रंग, नाक-नक़्शा हूबहू ख़ाला (मौसी) का पाया है...लाखों में एक है बिटिया...कहीं मेरी ही नज़र न लग जाय...माशाअल्लाह!" उसे जाते हुए देखकर ख़ुर्शीदा ने कहा।

फिर आपा से मुख़ातिब हुई,

"बहन इसे कहते हैं चिराग़ तले अँधेरा...आख़िर..."

"मैं तो बेटीवाली हूँ...शाकरा राज़ी हो जाएँ तो मुझे ख़ुशी होगी।" आपा उसकी बात काटती हुई बोलीं।

"अच्छा बेटे से तो पूछ लूँ पहले..." यह कहकर मैंने उस वक़्त जान छुड़ाई थी।

अज़ीमुल्लाह से पूछा तो लगा, वह तैयार ही बैठा है। ग़मगीन लहजे में बोला, "अब्बा के मरने के बाद ही हमारे दिन फिरनेवाले हैं वरना ख़ाला इतनी रहमदिल न थीं...लगता है ख़ुदा को यही मन्ज़ूर है...अम्मा। अब तुम्हें भी आराम

की सख़्त ज़रूरत है...दिन-रात मुर्गी-बकरी में लगी रहती हो...हमसे देखा नहीं जाता...''

''बेटी! मुस्तक़िल दु:ख झेलते रहने से आदमी की अकिल मारी जाती है। मैंने भी सोचा घर का नक़्शा बदल जाएगा। अभी दो लड़कियाँ सिर पर बैठी हैं। लड़के बेरोज़गार हैं। बस, अल्लाह का नाम लेकर 'हाँ' कह दिया।''

''आपा ने वापसी का सफ़र मुल्तवी (स्थगित) किया। नौशे भाई (जीजा जी) को आदमी भेजकर बुलवाया गया। सादगी से निकाह हुआ। नौशे भाई ने अपनी निगरानी में तीन माह में इस मकान को तैयार करवा दिया। तरह-तरह के झमेलों से मुझे भी निजात मिल गयी। गल्ला-पानी घर में रहने लगा। ख़ान-पान और रहन-सहन सब में बड़ा फ़र्क़ आ गया।

''शादी के बाद वाले रमज़ान के महीने में आपा के गाँव की एक फ़क़ीरन फितरा-ज़कात (दान-भीक) माँगती हुई आयी। उसने भेद खोला, 'बीवी दो-ढाई माह का हमल गिराकर आयी थीं। ऐन (उचित) बख़्त (वक़्त) पर मास्टर साहेब की मौत उनके काम आ गयी। मुझे सब मालूम है। ख़ुर्शीदा को एक हज़ार रुपये और एक धोवा पुरानी बनारसी साड़ी दी गयी है बहन। चाहो तो उसे बुलावकर मेरे सामने पूछ लो। उसकी मजाल कि मेरे रूबरू मुकर जाय...'

''ख़ुदा गवाह है, पाँव के नीचे से ज़मीन सरकर गयी थी। हालात का रुख़ बदलना अब मेरे बस में नहीं था। भला निगली मक्खी का कोई ऐलान करता है? उस औरत को पाँच-पाँच सौ के दो नोट और नये-पुराने कपड़े देकर तीन बार बुलन्द आवाज़ में औलाद की क़सम दिलायी कि इस बात को हमेशा के लिए सीने में दफ़न कर लेगी।

''साल भी पूरा नहीं हुआ था कि मियाँ-बीवी के लड़ाई-झगड़े और तू-तू मैं-मैं से घर का सुकून जाता रहा। बात-बात पर 'निकम्मा' का ताना दिया जाने लगा। बेटी, मर्द की अना (अहं) खरगोश के कान की तरह हस्सास (संवेदनशील) होती है। एक दिन अज़ीमुल्लाह की अना (अहं) बेदार हो गयी और उसने रोज़ी कमाने के लिए कलकत्ता जाने की तैयारी शुरू कर दी, तब उसने कहा, 'ख़ाली हाथ कलकत्ते जाकर हाथ मलते घर लौटोगे। मर्द बनते हो तो अरब जाओ। घर बैठे ही सारा इन्तज़ाम करा दूँगी...'

''बेटी। ग़ज़ब की औरत है। सचमुच उसने मियाँ को अरब भेजने का सारा इन्तज़ाम करवा के हवाई जहाज़ पर चढ़ाकर ही दम लिया। मैंने सोचा चलो, अच्छा ही हुआ। आमदनी बढ़ेगी और घर का सुकून भी लौट आएगा। लेकिन यह महज़ मेरी ख़ुशग़ुमानी (अनुकूल सोच) थी। अज़ीमुल्लाह को गये अभी हफ़्ता-पन्द्रह दिन भी नहीं गुज़रे थे कि मुँह अँधेरे हलीमुल्लाह को चोर की तरह बहू के कमरे

से निकलते देख लिया। पहले तो इशारों से काम लिया फिर दबी ज़ुबान से बेटे को टोकने लगी। लेकिन धीरे-धीरे दोनों की दीदा-दिलेरी बढ़ने लगी। कमरे में बेधड़क जाने से बेटियाँ कतराने लगीं। मैं भी बेचैन रहने लगी कि बात कहीं आँगन की दीवार न फाँद जाए। इसी बेबसी के आलम में हलीमुल्लाह की शादी ही मसले का हल नज़र आया...लेकिन बेटी, तू भी तो अल्लाह मियाँ की गाय निकली...''

शाकरा बेगम इतना कहकर पंलग से उतर गयीं। दो क़दम चलकर रिफ़अत के क़रीब पहुँचीं और उसके सिर पर हाथ रखकर कहा,

''अल्लाह बड़ा कारसाज़ (काम बनानेवाला) है...बस कुछ दिन और सब्र कर लो..समझ लो तुझे तेरा शौहर मिलने ही वाला है...''

''वह कैसे?'' रिफ़अत ने फ़ौरन पूछा।

''फ़ोन पर वह मियाँ को वीजा भेजने का हुक्म दे रही थी। पासपोर्ट के लिए थाना से भी सिपाही आकर इस बार सात सौ रुपये ले गया है...और...अब वह कमरा बन्द करके सोने लगी है।'' शीशे पर मुहँ से भाप निकालकर शाकरा बेगम आँचल से ऐनक साफ़ करने लगीं। उनकी लम्बी ख़ामोशी से घबराकर रिफ़अत ने बेताबी से पूछा, ''आप इसी बुनियाद पर कह रही हैं?''

''नहीं...एक वजह और है...''

''वह क्या??''

उनका हाथ पकड़कर रिफ़अत ने बेक़रारी से पूछा, ''एक रात जब वह रफा हाजत (निवृत्ति) के लिए निकली थी, कुदरतुल्लाह को बिल्ली की तरह पंजों के बल चलकर उस बदकार के कमरे में घुसते हुए देख लिया था...और अब वह...'' इतना कहकर वह तेज़ क़दमों से बाहर निकल गयीं।

रिफ़अत बुत की तरह पलंग पर बैठी रही। उसकी आँखें ख़ुश्क हो चुकी थीं।

अचानक उसे गहरे घुटन का एहसास हुआ। जिस्म से उलझे दुपट्टे को नोचकर उसने तकिये पर रखा और बिस्तर से उतर गयी। मन्द क़दमों से खिड़की तक गयी और सलाखों को पकड़कर उसने एक बार फिर आसमान को देखा। आकाश गंगा साफ़ दिखाई दे रहा था। सप्तर्षि (सात तारों) को आँखों से गिनकर उसने सोचा, ''भोर का तारा पौ फटने से पहले नज़र आता है...''

एक लाश आप की मुन्तज़िर है
(गुज़रात घटना पर आधारित)

—नबी अहमद

(1)

पाठको,

यह कहानी और कहानियों से भिन्न है, और वास्तविकता यह है कि इस कहानी को लिखने की आवश्यकता ही नहीं पड़ी और पाठको, विश्वास कीजिए वास्तव में मैंने यह कहानी लिखी ही नहीं। एक सुबह नींद से आँख खुली तो तीन चीज़ें जागने की प्रक्रिया के तौर पर मेरे सामने थीं :

प्रथम—एक रक्तमय सुबह, आसमान सुर्ख़-सुर्ख़ धब्बों की कहानियाँ पेश कर रहा था।

दो—ख़ून में लिपटा हुआ समाचार-पत्र जो गोधरा और गुज़रात की यात्रा करता हुआ मेरे हाथ में था।

तीन—यह कहानी, जो लिखी हुई मेरे हाथ में झूल रही थी।

पाठको, इस कहानी की जन्म तिथि वही है, जो गोधरा की निर्मम घटना की है। गुज़रात के ज़ख़्मों की है तो ये कहानी आप ही आप उन्हीं दिनों लिख दी गयी जब गुज़रात जल रहा था और गुज़रात के शोले आसमान से बातें करते हुए अपनी गर्मी से यहाँ दिल्ली के 42 डिग्री टेम्परेचर को 100 डिग्री पर पहुँचाने का प्रयास कर रहे थे यानी सोचते-सोचते आप 'भस्म' हो जाएँ, 'स्वाहा' हो जाएँ या फिर पंचतत्त्व में विलीन हो जाएँ।

तो अतिप्रिय पाठको, ऐसे ही 100 डिग्री टेम्परेचर में झुलसते हुए इस कहानी ने अपने बादबान खोल दिये।

(2)

देश-विभाजन के समय जब इनसान हैवान बन गया था और धार्मिक जुनून का

दरिया बनकर बह निकला था तो इसी गुज़रात के राष्ट्रपिता 'बापू' ने शान्ति एवं मैत्री का सन्देश दिया था।

यह प्रान्त स्वतन्त्रता के बाद से हिन्दुस्तानियत का गहवारा था। यहाँ बसनेवालों ने दिल खोलकर प्यार बाँटा और प्यार पाया है। प्रत्येक सम्प्रदाय ने एक-दूसरे के धर्म का सम्मान किया है और सभी पर्व कृष्ण जन्माष्टमी, दीपावली, दशहरा, ईद, होली और क्रिसमस आदि मिलकर मनाया। इस धरती पर कोई हिन्दू, मुस्लिम, सिक्ख और ईसाई नहीं बल्कि इनसान बसते थे, जिनका धर्म इन्सानियत था। परन्तु यहाँ कुछ महीनों से राजनीतिक ग़ोताख़ोरों ने राजनीति के महासागर से निजी उद्देश्य के मोती चुनने के लिए डुबकियाँ लगानी आरम्भ कर दीं, कोई मोती हाथ न लगा तो उन्होंने पत्थर चुन लिये। इस प्रकार राजनीतिक ग़ोताख़ोरों का दिल भी पत्थर जैसा हो गया और चुने हुए पत्थरों को प्रान्त के विभिन्न भागों में फैला दिया। यही पत्थर साम्प्रदायिकता के जुनून बन गये फिर—पूरा प्रान्त साम्प्रदायिकता की आग में जलने लगा और हज़ारों लोग मौत के घाट उतार दिए गये। लाशों का ढेर लग गया। उन लाशों में एक लाश ऐसी भी थी जिसके चेहरे पर मुस्कुराहट थी। अजीब बात यह थी कि लाश का मध्य भाग कुचला जा चुका था। ये शिनाख़्त करना सम्भव नहीं था कि लाश हिन्दू की है या मुसलमान की—

'—हिन्दू की है।' एक डॉक्टर धीरे से बोला...देखते नहीं, चेहरे पर कैसी शान्ति है, ओम् शान्ति ओम्।

'नहीं मुसलमान की है।' दूसरा हाउस सर्जन बोला, "वास्तव में यह अपने दुर्भाग्य पर मुस्कुरा रहा है सर। बापू के देश में जन्म लेने के दुर्भाग्य के नाम पर। देखते ही देखते वह लाश वार्तालाप का केन्द्र बन गयी थी। लेकिन वह लाश कहाँ,कैसे बरामद हुई, चलिए हम आपको उसके विवरण में ले चलते हैं।"

(3)

तो ये बापू के सपनों का शहर था। और कुछ दिनों से लगातार इस शहर में तेज़ाब की बारिश हो रही थी। यानी नये चेहरे कुछ दिनों से इस शहर में देखे जा रहे थे। वह चेहरे डरावने एवं दंगाई लगते थे। अजनबी चेहरे सीताराम, नेपालीसिंह और बब्बर मियाँ के थे।

प्रान्त के विभिन्न भागों में दंगा के बावजूद, कई शहरों में शान्ति थी। लेकिन इस शहर में जब से सीताराम, नेपाली और बब्बर मियाँ जैसे अजनबी चेहरे नज़र आये थे तब से चेमीगोइयाँ होने लगी थीं।

शहर में शान्ति के बावजूद अचानक एक रात किसी हिन्दू पर जानलेवा हमला हुआ—

दूसरे दिन सीताराम ने शहर के हिन्दुओं को इकट्ठा किया और देर तक भाषण दिया, और इस भाषण ने हिन्दुओं की भावनाओं में शब्दों के शोले भर दिये। इस तरह हिन्दू पूरी तरह सीताराम बन गये।

नेपाली दोनों सम्प्रदाय की भावनाओं को ज़ख़्मी करके नफ़रत और फूट पैदा कर रहा था। तीसरी रात एक मुसलमान बच्चा ज़ख़्मी हालत में बेहोश पाया गया, लोगों में लड़ाइयाँ होने लगीं, बब्बर मियाँ मुसलमानों को भड़काने लगा। उसने मुसलमानों को इकट्ठा करके कुछ ऐसा ज़हर फ़िज़ा में अपने मुँह से उगला कि बब्बर मियाँ के जनसमूह मुसलमान बन गये। और बच्चा ज़ख़्मी हालत में मिलने से, बब्बर मियाँ ने इतनी हवा दी कि वो एक तूफ़ान बन गया, फ़सादी तूफ़ान। धीरे-धीरे ये तूफ़ान भयानक होता गया और शहर के नौजवान मुसलमान के दिलों में बब्बर मियाँ ने हिन्दुओं के खिलाफ़ ज़हर भर दिया।

धीरे-धीरे बाहर की फ़िज़ा को भी ज़हरीला बनाया गया। जिस शहर में इनसान बसते थे वो शहर साम्प्रदायिकता और धर्मों में क़ैद हो गया था और जो इनसान सम्प्रदाय और धर्म में बँट गये वो बुरी तरह तंग-नज़र हो गये।

शहर में दोनों सम्प्रदाय के कितने ही सज्जन और तजुर्बाकार बुज़ुर्ग थे। दोनों सम्प्रदाय के बुज़ुर्गों ने मिलकर सलाह-मश्वरा किया और वो इस निष्कर्ष पर पहुँचे कि उनके शहर में षड्यन्त्र हो रहा है और उसे कार्यान्वित करनेवाले अजनबी चेहरे हैं।

शहर में दोनों सम्प्रदाय के बुज़ुर्गों ने अपने-अपने ढंग से लोगों को समझाना चाहा, परन्तु अजनबी चेहरेवालों के षड्यन्त्र के आगे सब बेकार हो गया—इस प्रकार सीताराम, नेपाली सिंह और बब्बर मियाँ की साज़िशों ने शहर में तनाव पैदा कर दिया।

शहर, जहाँ कभी लोगों में भाईचारा था, प्यार और मुहब्बत थी। अब ये बारूद के ढेर पर है। देखते-देखते साम्प्रदायिकता का जुनून सर चढ़कर बोलने लगा।

गली-कूचों में औरतें दूसरे सम्प्रदाय की औरतों से नहीं मिलती थीं। वो अपनी सम्प्रदायवालियों से मिलती थीं। यानी हर काम में अपने सम्प्रदाय को श्रेष्ठता दी जाती और इस प्रकार बुरी धारणाएँ बढ़ने लगीं।

पहले तो केवल चेमीगोइयाँ थीं। सर चढ़ती बोलियाँ थीं। फिर चेमीगोइयाँ और बोलियाँ बात बन गयीं। फिर यही बात बारूद बन गयी, फिर यही बारूद एक दिन शोले बन गये।

इन शोलो ने दोनों सम्प्रदायों को अपनी लपेट में ले लिया।

वसीम और राजेश की दूकान आमने-सामने थी। दोनों दोस्त थे। सीताराम

और बब्बर मियाँ की वजह से अब उन दोनों में ज़रा भी नहीं बनती थी। दोनों एक-दूसरे के दुश्मन बन गये थे। वसीम का साथ दे रहा था बब्बर मियाँ और राजेश का साथ सीताराम दे रहा था।

नेपाली एक नम्बर का मक्कार और फ़रेबी था जो अँग्रेज़ों—जैसी फूट डालो की नीति से लोगों के दिलों में नफ़रत ही नफ़रत पैदा कर रहा था।

शहर की फ़िज़ा बिगड़ जाए इसके लिए सीताराम, नेपाली और बब्बर मियाँ जैसे समाज के दुश्मन प्रयत्नशील थे। अन्ततः वो लोग अपने उद्देश्य में सफल हो ही गये।

सीताराम मुसलमान के ख़िलाफ़ हिन्दुओं के दिलों में पूरी नफ़रत पैदा करने में सफल हो गया कि उस हिन्दू पर जानलेवा हमला मुसलमानों ने किया है। हमें ख़ामोश ही रहना चाहिए। इस प्रकार सीताराम ने भ्रमयुक्त बातों से दिलों में ढेर-सारी नफ़रत पैदा कर दी। कुछ नौजवानों ने भ्रमित होकर सीताराम को अपना मार्गदर्शक मान लिया और फिर तय हुआ कि हिन्दुओं का जुलूस निकाला जाय।

बब्बर मियाँ भी हिन्दुओं के ख़िलाफ़ मुसलमानों के दिलों में पूरी तरह नफ़रत पैदा करने में सफल हो चुके थे कि उस बच्चे को हिन्दुओं ने ज़ख़्मी किया है। हमें ख़ामोश नहीं रहना चाहिए। ईंट का जवाब पत्थर से देना चाहिए। हिन्दुओं को सबक़ सिखाना होगा। अन्ततः बब्बर मियाँ ने भी मुसलमानों को जुलूस निकालने पर राज़ी कर लिया।

हिन्दू समूह का नेतृत्व सीतराम कर रह था और मुस्लिम समूह का नेतृत्व बब्बर मियाँ—

हिन्दू समूह का जुलूस शहर के पश्चिमी भाग से निकाला जा रहा था और मुस्लिम समूह का जुलूस शहर के दक्षिणी भाग से निकाला गया। दोनों जुलूस की मुठभेड़ का समय क़रीब था। जुलूस में शहर के नौजवानों के अतिरिक्त और भी कई अजनबी चेहरे शामिल थे। अब जुलूस शहर के एक चौराहे पर आमने-सामने था—अचानक सीताराम ने 'हर हर महादेव' और 'दुर्गामाता की जय' का 'नारा' लगाया। जुलूस में सम्मिलित अजनबी चेहरेवाले और हिन्दुओं ने भी फ़िज़ा में यही नारा बुलन्द किया। पूरी फ़िज़ा में नारे गूँज रहे थे।

जवाब में बब्बर मियाँ ने 'नारा-ए-तक्बीर' की आवाज़ फ़िज़ा में बुलन्द की। इस जुलूस में सम्मिलित अजनबी चेहरेवाले और मुसमलानों ने भी यही नारे फ़िज़ा में बुलन्द किये। पूरी फ़िज़ा नारों से गूँज रही थी—देखते-देखते जुलूस पर कंकड़ियों की, फिर पत्थरों की बारिश होने लगी। फिर पत्थर बम में बदल गये। बमों की गड़गड़ाहट से पूरी फ़िज़ा लरज़ने लगी। फिर गोलियों की आवाज़ें

भी फ़िज़ा में गूँजने लगीं। फिर शहर के अन्दर और बाहरी भागों में जगह-जगह धुएँ उठने लगे और यही धुआँ शोलों में बदल गया—हर तफ़ कोलाहल और महाप्रलय के दृश्य थे—जब तक पुलिस स्थिति पर क़ाबू पाती तब तक पूरा शहर फ़सादी शोलों से बरबाद हो चुका था। सड़कों पर ख़ून की नदियाँ बह रही थीं। हज़ारों बेक़ुसूर लोग इस फ़साद में मारे गये थे। कितनी माँओं ने अपना लख़्ते-जिगर खो दिया था। कितनी ही औरतों का जीवन अन्धकारमय हो चुका था।

पुलिस स्थिति पर नियन्त्रण का हर प्रयास कर रही थी। चारों ओर दहशत का माहौल था।

कर्फ़्यू में नर्मी बरती जा रही थी। अब लोगों को अपने परिवार की फ़िक्र थी। सब अपने-अपने लोगों की तलाश में लगे थे।

अब कोई अजनबी चेहरा नज़र नहीं आ रहा था। सीतराम, नेपाली और न ही बब्बर मियाँ—

शहर के कई लोगों ने उन तीनों को तलाश किया और वो नहीं मिले। तब दोनों सम्प्रदाय के बुज़ुर्गों ने कहा—मैं पहले ही कहता था उन लोगों के जाल में नहीं फँसो। परन्तु तुम लोगों ने एक न सुनी और हज़ारों बेक़ुसूर मारे गये। वो अपने उद्देश्य में सफल हुए। वो अजनबी कोई भी हो सकते हैं जैसे राजनीतिक मोहरे—बुज़ुर्गों की बातों का असर लोगों पर हुआ। अब लोगों के दिलों की दहशत कम हो रही थी। वो अपने-अपने परिवारवालों की खोज में निकल पड़े थे—

हस्पताल में अजब चीख़ और पुकार थी। किसी के बाज़ू कटे हुए थे। किसी के पैर कटे थे। ऐसा ही दृश्य शहर में कई कैम्पों में थे। हस्पताल में जगह न रहने के कारण कैम्प लगाये गये थे—

हस्पतालों में भीड़ थी। हर तरफ़ कोलाहल और महाप्रलय के दृश्य थे—बुज़ुर्गों की बातों का असर जादू-सा हुआ—तनाव का बल ढीला पड़ने लगा और लम्हे का सुकून जब किरची-किरची होकर बिखर गया तो जुनून और नफ़रत थम गयी। हिन्दू, मुस्लिम सम्प्रदाय से सम्बन्धित लोग अब इनसान बन चुके हैं—ज़ख़्मियों को ख़ून की ज़रूरत थी—उन्हें ख़ून देने के लिए कितनी ही आवाज़ें और कितने ही हाथ बुलन्द हो गये—ये आवाज़ें और ये हाथ फिरक़ापरस्तों के नहीं इनसानों के थे...

भीड़ को चीरता हुआ एक नौजवान ग़ुलामनबी सामने आ गया था—और उसके पीछे-पीछे कई नौजवान लड़के और लड़कियाँ जो हर सम्प्रदाय से जुड़े थे, वो इनसान की शक्ल में आ गये।

सभी एक साथ कह उठे, ये ज़ख़्मी सब इनसान हैं, हमारे भाई-बहन हैं। मेरे जिस्म से ख़ून ले लो डॉक्टर—मेरे भाई-बहनों की ज़िन्दगियाँ बचा लो

डॉक्टर—मेरे भाई बहनों की ज़िन्दगियाँ बचा लो।

इस तरह की आवाज़ें उभरती ही चली जा रही थीं। ये आवाज़ें थीं—ग़ुलाम नबी, पीटर, देशमुख, रूपा, बख़्शी, आबिदा, चरणजीत और कितने ही लोगों की।

डॉक्टर ने उन्हें ब्लड ग्रुप टेस्ट के लिए भेज दिया।

कुछ ही क्षणों में ब्लड ग्रुप टेस्ट हो गया है। अब जिसका ख़ून, जिस ज़ख़्मी से मेल खा रहा था, उसे ख़ून दिया जा रहा था।

इन रगों में बहनेवाले ख़ून का रंग सिर्फ़ सुर्ख़ था। यह ख़ून किसी सम्प्रदाय का नहीं, इनसान का था।

अपने परिवार की खोज में लोग हस्पताल आये थे। जिनके रिश्तेदार हस्पताल में मिल गये वो वहीं रुक गये और उनकी सेवा में लग गये। बहुत सारे लोग अब भी लापता। उनके सम्बन्धी हस्तपाल और कैम्पों में खोजते हुए मुर्दा घर पहुँच गये भीड़ इकट्ठी हो गयी थी। लोगों को पंक्ति में अन्दर जाने की इजाज़त दी गयी। जिन लोगों को अपना कोई नज़र आया उसने शिनाख़्त की। पुलिस ने लाश शिनाख़्त करनेवाले के हवाले कर दी।

अब सैंकड़ों लाशें ऐसी पड़ी हैं, जिसका कोई वारिस नहीं, लावारिस लाशों में औरत की लाश एक भी नहीं है।

विरासत में मिली मुस्कुराहट

—फ़ज़ल इमाम मल्लिक

मिर्ज़ा साहब को यूँ लग रहा था कि वक़्त की अदालत में वे खड़े अपने ख़िलाफ़ लगाये आरोपों की सफ़ाई दे रहे हैं और अदालत बार-बार उनसे सबूत माँग रही है—जज की आवाज़ बार-बार गूँजती है और वे अदालत में अपने ख़िलाफ़ लगाए गये आरोपों को ग़लत साबित नहीं कर पा रहे हैं।

बन्द कमरे में अकेले पड़े मिर्ज़ा साहब की आँखें मानो टी.वी. स्क्रीन से चिपक-सी गयी हैं। भारत-पाकिस्तान विश्व कप हॉकी चैंपियनशिप के फाइनल में एक बार फिर आमने-सामने हैं। एक-एक लम्हा मानो क़यामत का लम्हा है। कहीं कुछ थम-सा गया है। पता नहीं आज क्या होगा? मैच का नतीजा क्या निकलेगा? मुक़ाबला कौन जीतेगा? आज के मैच के नतीजे का उन्हें शिद्दत से इन्तज़ार है। मैच देखते हुए उन्हें यों महसूस हो रहा है कि वक़्त ने आज उन्हें आख़िरी मौक़ा दिया है। उनके कानों में जज की आवाज़ बार-बार गूँजती है—आप पर आरोप है कि आप हिन्दुस्तान में रहते हुए भी मन से हिन्दुस्तानी नहीं बन पाए। ख़ासकर भारत-पाकिस्तान मैचों में आपने बार-बार पाकिस्तान का समर्थन किया। आप हिन्दुस्तानी नहीं है। आप पाकिस्तानी हैं।'' मिर्ज़ा साहब चीख़-चीख़ कर उनसे कहते रहे कि यह सब ग़लत है। वे सच्चे हिन्दुस्तानी हैं। बाप-दादा-परदादा की दुहाई देते रहे लेकिन अदालत उनसे सबूत माँगती रही और वे सबूत नहीं जुटा पाए। मिर्ज़ा साहब की नज़र स्क्रीन पर जमी है। खेल की रफ़्तार के साथ-साथ मिर्ज़ासाहब के दिल की धड़कन भी तेज़ होती गयी। कई ख़याल सर उठाने लगते और फिर अन्दर ही दम तोड़ जाते। बस एक सवाल उनके अन्दर तैर रहा था कि आज का मैच कौन जीतेगा। एक जंग शायद वे अपने अन्दर भी लड़ रहे थे। कुछ भी हो सकता है। मिर्ज़ा साहब की साँसें तेज़-तेज़ चलने लगतीं। प्यास की अधिकता से गला सूखने लगता। फ्रिज़ का ठंडा पानी भी उनकी प्यास नहीं बुझा पा रहा था। एक बेचैनी एक चिन्ता लिये वे एकटक टी.वी. पर नज़रें

जमाये बैठे थे।

मिर्ज़ा हामिद अली-वल्द मिर्ज़ा साजिद अली-वल्द मिर्ज़ा ख़ालिद अली वल्द मिर्ज़ा आबिद अली...एक सिलसिला न जाने कब से चला आ रहा था। यह तो ठीक-ठीक मिर्ज़ा साहब को भी पता नहीं लेकिन बुज़ुर्गों से जो कुछ सुना था उसकी कल्पना उनके एहसासों को पंख लगा देती। परदादा आबिद अली इलाक़े के नामी-गिरामी ज़मींदारों में गिने जाते थे। एक भरा-पूरा आसमान और खुली खुली धरती उन्हें मिली थी। यही वजह थी कि वह उन लोगों में से नहीं थे जो अपने मुसाहिबों या रैयत से कोड़ों या गालियों की भाषा में बात करते थे। सारा इलाक़ा उनकी भलमनसाहत का क़ायल था। मौसम का मिज़ाज कभी उन्हें गुमराह नहीं कर पाया और वह हर मौसम में अपने इलाक़े के लोगों के लिए एक छायादार पेड़ की तरह खड़े रहे। यह उस ज़माने की बात है जब देश ग़ुलामी की ज़ंजीर में जकड़ा था। एक दिन अंग्रेजों के कारिन्दे आये और इलाक़े के लोगों पर ज़ोर-ज़बरदस्ती करने लगे....बहू-बेटियों की इज़्ज़त उतारने पर उतारू हो गये। मिर्ज़ा आबिद अली को इसकी ख़बर लगी और वे अपने इलाक़े के लोगों की सुरक्षा के लिए तनकर खड़े हो गये। इलाक़े के लोगों ने अँग्रेजों के कारिन्दे को खदेड़ बाहर किया। अँग्रेजों ने उनके उठे हुए सर को हुकूमत के ख़िलाफ़ बग़ावत माना और फिर...मिर्ज़ा आबिद अली तो अँग्रेजों के ख़िलाफ़ बहुत कुछ नहीं कर पाये, दादा मिर्ज़ा ख़ालिद अली ने बाप के लहू को माथे लगाया और अँग्रेज़ों के ख़िलाफ़ आज़ादी की लड़ाई में कूद पड़े। अँग्रेज़ों की गोलियों का निशाना बने दादा का चेहरा उनकी आँखों में बार-बार घूमता रहता...कितने अँग्रेज़ों को मौत के घाट उतारा उन्होंने, इसकी गिनती उनके पास नहीं थी। एक दिन फ़ौजी, सामानों से भरी ट्रेन को उड़ाने की तैयारी में लगे थे कि अँग्रेज़ सिपाहियों की बन्दूकें गरज उठीं। दादाजान वहीं मारे गये। लोगों का कहना है कि मरते वक़्त उनके होंठों पर एक सुकून भरी मुस्कुराहट थी वैसी ही मुस्कुराहट जो अँग्रेज़ों की गोलियों का शिकार बने मिर्ज़ा आबिद अली के होठों पर थी।

मिर्ज़ा आबिद अली व दूसरे शहीदों की क़ुर्बानी अकारथ नहीं गयी। कुछ दिनों बाद ही, एक निखरी सुबह भारत के दरवाज़े पर दस्तक दे रही थी। लेकिन यह आज़ादी एक कभी न मिटनेवाला दर्द भी दे गयी। देश दो टुकड़ों में बँट गया और वह उजली निखरी सुबह लहूलुहान हो उठी। परिवार के दूसरे लोग हिजरत कर पाकिस्तान चले गये लेकिन उनके पिता मिर्ज़ा साजिद अली भारत की मिट्टी से अपने को अलग करने को तैयार नहीं हुए। आज़ादी के बाद पिता को पुलिस में नौकरी मिल गयी और वे परिवार के दूसरे सदस्यों की जुदाई के दंश को झेलकर भी मुस्कुराते रहे। उन्हें इस बात का सुख था कि उन्होंने वतन

के साथ वफ़ादारी निभायी। घर में माँ, बहन, बड़े भाई मिर्ज़ा हादी और वे। वसंत बहार, पतझड़, सर्दी-गर्मी, बारिश के मौसम गुज़रते रहे। सभी ख़ुश थे अपनी दुनिया में। अपने लोगों के साथ। बड़े भाई ने इस बीच आर्मी ज्वाइन कर ली। तभी पिता नहीं रहे। फ़र्ज़ की ख़ातिर उन्होंने अपनी जान गँवा दी। डाकुओं के साथ एक मुठमेड़ में मारे गये। सीने के आर-पार कई गोलियाँ हो गयी थीं। लेकिन मौत के दरवाज़े पर दस्तक देते हुए उनके होंठों पर एक सुकून भरी मुस्कुराहट नाच रही थी ठीक वैसी ही जैसी दादाजी के होंठों पर थी और जिसे उन्होंने अपने पिता से विरासत में पायी थी।

पिता की मौत के बाद मिर्ज़ा अली की ज़िन्दगी में नया मोड़ आया। घरवालों ने बहुत चाहा कि अपने पिता की जगह पर वह पुलिस में भर्ती हो जाएँ लेकिन वे तो शुरू से ही आज़ाद तबीयत के आदमी थे। नौकरी में उन्हें कभी दिलचस्पी नहीं रही। गाँव की फुटबाल टीम के वे कप्तान थे। उनके जैसा फुटबाल खिलाड़ी इलाक़े में कोई दूसरा नहीं था। जब से गाँव की टीम की कप्तानी उन्होंने सँभाली थी गाँव की टीम कभी नहीं हारी थी। पर इस बीच एक और घटना घटी। बड़े भाई हादी अली सरहद पर वतन की रक्षा करते हुए शहीद हो गये। जब उनकी लाश गाँव लाई गयी तो लोगों ने उनके होंठों पर भी एक सुकूनभरी मुस्कुराहट देखी।

पिता और भाई की मौत ने मानो सब कुछ कहीं स्थिर-सा कर दिया था। और हामिद अली ने वक़्त की नज़ाकत को भाँपते हुए पहले शहर में छोटा-मोटा व्यवसाय शुरू किया और फिर वहीं के होकर रह गये। वक़्त पंख लगाकर उड़ता रहा। शहर की तेज़ रफ़्तार ज़िन्दगी और उम्र के चढ़ते सूरज ने मैदान के अन्दर के हामिद अली को मैदान के बाहर ला खड़ा किया। खेलने की दिलचस्पी खेल देखने पर आकर ठहर गयी। शहर में होनेवाले बड़े-छोटे मैचों में वे ज़रूर मौजूद रहते। मैच के दिनों में सब कुछ भूलकर वे रेडियों या टी वी से चिपक-से जाते। खेलों का जुनून उन पर अब भी सर चढ़कर बोल रहा था और इस जुनून को न तो शहर की ज़िन्दगी कम कर पायी थी और न उम्र की तय होती मंज़िलें रोक पायी थीं। ज़िन्दगी के कई पड़ाव तय हुए और इस बीच हिन्दुस्तान-पाकिस्तान के बीच सरहदों पर दो बार जंग हुई। इस जंग ने उन ज़ख़्मों को हरा ही किया जो आज़ादी के वक़्त ज़मीन के बँटवारे ने लगाये थे। हामिद साहब के भीतर यह कसक कुछ ज़्यादा ही थी क्योंकि इस बड़े हादसे ने भारत में रह रहे मुसलमानों को कठघरे में ला खड़ा किया था। कुछ लोगों के पाकिस्तान बनाने की ग़लती की सज़ा इस मुल्क में रह रहे मुसलमानों को झेलनी पड़ रही थी और वे या उन जैसे दूसरे लोग इसे एक बोझ की तरह अपने वजूद पर महसूस करते चले आ रहे थे। उन्हें पता था कि लोग

उन्हें शक की निगाह से देखते हैं...पीठ पीछे पाकिस्तानी या गद्दार जैसे संबोधन से भी पुकारते हैं। परायों की बात जानें दें उनके दोस्त-यार, जान-पहचान वाले भी उनकी खिल्ली उड़ाने से कहाँ चूकते हैं। कमला भइया की ही बात लें। बरसों से पड़ोस में साथ-साथ रहनेवाले कमला भइया, जिनके साथ उन्होंने ईद की सेवइयाँ भी खायी हैं और होली के रंगों में रँगे भी हैं, वे भी उन पर व्यंग्य करने का कोई मौक़ा नहीं छोड़ते। बल्कि वह तो औरों से कुछ ज़्यादा ही बोलते और वे सिर्फ़ तिलमिला कर रह जाते। दोनों देशों के बीच खेलों का सिलसिला शुरू होने के बाद तो माथे पर चिपका पाकिस्तानी लफ़्ज़ और भी उभर आया। बात-बात पर उन्हें लोगों के ज़हर-भरे शब्दों को सुनना पड़ता था। आँखों में अक्सर वह तस्वीर रक्स करने लगती जब भरे-पूरे गाँव में हर आदमी के होंठों पर एक निश्च्छल हँसी होती थी। जहाँ ईद और होली का त्योहार साथ-साथ मनाया जाता था और इसी के साथ नाच उठता था उनकी आँखों में राजीव, संजीव, श्यामल और न जाने कितने दोस्तों का चेहरा..., मंगला चाची, श्याम चाचा और सुनीता दीदी का चेहरा। मंगला चाची ने उन्हें कभी अपने बच्चे से कम प्यार नहीं दिया। हर होली में संजीव और राजीव के साथ-साथ उनके लिए भी नया कपड़ा ज़रूर सिलवातीं। अपने हाथों से उन्हें पहनातीं और बलाएँ लेकर लम्बी उम्र की दुआएँ देतीं। फिर सुनीता दीदी...बिना उनके वह चन्दन की कलाई पर राखी नहीं बाँधतीं...उनके आने के बाद ही दोनों की कलाई पर राखी बाँधकर ढेरों आशीष न्योछावर कर देतीं...और श्याम चाचा मानों उन्हें ईद का इन्तज़ार रहता पिता से पहले ईदी देने का। फ़िक्र में चाँद रात को वे सारी रात जागते रहते। कितनी जल्दी बदल गया मौसम...कहाँ गुम हो गये वे सारे लम्हे...कहाँ चले गये वे लोग...कहाँ से आ टपका हिन्दू-मुसलमान जैसा शब्द...कौन भर गया यह ज़हर। समय पंख लगाकर इतनी तेज़ी से उड़ा कि वे सिर्फ़ लम्हों को देखते रह गये। यह सब कुछ सोचते-सोचते उनकी आँखों में पानी उतर आया। वह घंटों वक़्त के इस दोगलेपन पर सोचते रह जाते। कमला भइया की बातें भीतर ही भीतर उन्हें सालती रहतीं। वह उनके बच्चे और मुहल्ले के लोग उनका मज़ाक़ उड़ाते। धर्म के नाम पर एक पल में उनके वजूद को अपनी मिट्टी—इस देश की मिट्टी से निकालकर फेंक देते...तब वे चीख़-चीख़ कर उन्हें बताना चाहते उनकी नस-नस में देश की ख़ूशबू रची-बसी है। वे अक्सर सोचते कि अगर इमरान ख़ान या जावेद मियाँदाद की बड़ाई कर दी या फिर समीउल्लाह, शहनाज़ और इसलाहुद्दीन के स्टिक वर्क पर वाह-वाह कर बैठे तो कहाँ से ग़लत हो गये। रिचड्‌र्स, गापर, बाथम वार्डर और लिली की चर्चा करते हुए भी तो वे नहीं अघाते। मोहिन्दर अमरनाथ, अज़हरुद्दीन और सचिन तेन्दुलकर के खेल के वे प्रशंसक थे। तो कपिल देव और विश्वनाथ के वह क़सीदे पढ़ते थे। अशोक कुमार थोइबा सिंह, ज़फ़र ईक़बाल और

मुहम्मद शाहिद के स्टिक वर्क और तकनीक पर उनसे बड़ा प्रशंसक कौन हो सकता है, तो फिर उन्हें सन्देह की नज़र से क्यों देखा जाता है? हिन्दुस्तान और पाकिस्तान के बीच खेले जाने वाले मैच दो देशों के बीच न होकर दो मज़हबों में क्यों तब्दील हो जाते हैं? आख़िर पाकिस्तान के साथ खेलते हुए ही ऐसा क्यों होता है?...इंग्लैंड, वेस्टइंडीज...आस्ट्रेलिया के साथ तो धर्म नहीं जुड़ता? एक-दूसरे की जीत-हार को लोग क्यों हिन्दू या मुसलमान की जीत-हार में बदल देते हैं? यह कौन-सी मजबूरी है?

यह सब सोचते-सोचते उन्हें अपने भाई की याद आ जाती जो पाकिस्तान के साथ हुई जंग में अपने देश की सुरक्षा करते हुए मारे गये थे। अपने पिता की याद आती जो इस देश में फ़र्ज़ और क़ानून की हिफ़ाज़त करते शहीद हुए। अपने दादा की याद आती जो आज़ादी की लड़ाई में वतन पर हँसते-हँसते कुर्बान हो गये। अपने पर. दादा की याद आती जो अंग्रेज़ों के ज़ुल्म के ख़िलाफ़ तन कर खड़े हो गये थे। भाई...बाप...दादा...परदादा की मुस्कुराहट याद आती और वे बेचैन हो उठते। यह मुस्कुराहट भी शायद धर्म की मंडी में नीलाम हो गयी। बाप-दाद्रा की क़ुर्बानी भी उनके वजूद की हिफ़ाज़त नहीं कर पा रही थी। इसकी कल्पना ख़ुद उन्होंने भी नहीं की थी।

गाँव की फुटबाल टीम के कप्तान मिर्ज़ा हामिद-यानी एक मुसलमान, लेकिन इसका एहसास उन्हें कभी नहीं हुआ था। उन्होंने अपनी टीम के लिए जब भी खेला, पूरी ईमानदारी के साथ खेला। जगेसर, बदरू, क़ुद्दूस, राजकुमार, यमुना, प्रहलाद, सग़ीर का चेहरा याद आता। कहाँ था कोई फ़र्क़ हम में। मैदान पर उतरते तो दूसरी टीमों के छक्के छुड़ा देते। उनकी स्मृति में आज़ाद टूर्नामेंट का फ़ाइनल मैच घूम गया था। फाइनल एक्सारी गाँव से होना था। कई नामी-गिरामी खिलाड़ियों से सजी-सँवरी एक्सारी की टीम के चर्चे सुनकर पूरा गाँव चिन्तित था। सब के मन में कई तरह के सवाल थे। गाँव की इज़्ज़त का सवाल हार से ज़्यादा था। मैच शुरू होने से पहले उन्होंने तमाम खिलाड़ियों से एक ही बात कही कि हमें टीम की तरह खेलना है। यह मैच हमें जीतना है...और उसके बाद खेल की रणनीति तय हुई। मैदान पर पूरी टीम एक संकल्प के साथ उतरी थी।

मैच की शुरुआत तेज़ हुई और जब तक कुछ समझते एक्सारी ने गोल दाग दिया था, लेकिन टीम ने हौसला नहीं खोया। पिछड़ने के बाद उनकी टीम ने बराबरी की और जब खेल की आख़िरी सीटी बजी तो स्कोर उनकी टीम के पक्ष में 4-1 दिखा रहा था। खेल ख़त्म होते ही भीड़ मानो पागल हो उठी थी, टीम के सारे खिलाड़ी ताजिए की तरह लोगों के कन्धे पर सवार थे। गाँव में मानों कोई त्योहार आ गया था। क़ुद्दूस, बदरू-सग़ीर-यमुना, राजकुमार-सबके

सब हीरो बन गये थे। कहाँ थी हिन्दू मुसलमान की भावना?

स्मृतियों में सँजोये इन क्षणों को याद करते हुए हामिद साहब को अब यह महसूस होता है कि वह जीत तो एक तरह से मुसलमानों के ख़िलाफ़ ही उन्होंने दर्ज की थी। एक्सारी की टीम में एक भी खिलाड़ी हिन्दू नहीं था और उसके ख़िलाफ़ गोल भी क़ुद्दूस और बदरू ने ही किये थे। वे दोनों तो मुसलमान ही थे। तब ऐसी बात नहीं भी तो अब क्यों? हामिद साहब यह सब सोचते और परेशान होते। यह मुल्क...यह देश किसी की जागीर तो नहीं। कौन इतना ज़हर भर गया हमारे भीतर जो हमें अपने आपसे काट रहा है। कैसा पागलपन है यह...कैसा जुनून है। बहुत ग़ुस्सा आता उन्हें अपने पूर्वजों पर जिन्होंने पाकिस्तान की बुनियाद डाली थी। क्या ज़रूरत थी इसकी। वे अक्सर सोचते कि मुल्क अगर एक होता तो जावेद मियाँदाद, सलीम, मल्लिक, इमरान ख़ान और अब्दुल कादिर हमारे पास होते और हम विश्व में अजेय होते लेकिन...और इस लेकिन के सन्नाटे के सिवा कुछ नज़र नहीं आता। हामिद साहब की आँखें यह सब सोचते-सोचते अक्सर भर आतीं। कभी-कभी वे अन्दर ही अन्दर खीझ उठते और फ़ैसला कर लेते कि अब खेल देखना, उस पर बात करना वे छोड़ देंगे। फिर कभी सोचते कि अगर उन्हें अधिकार मिल जाय तो सबसे पहले वे दोनों देशों के बीच खेलों पर प्रतिबन्ध लगा दें। आख़िर ऐसे खेल से क्या फ़ायदा जो लोगों के दिलों में दरार पैदा कर दे। ऐसा उनका सोचना वाजिब भी था क्योंकि कमला भइया ने तो एक तरह से उन्हें पाकिस्तानी घोषित कर ही दिया था। हामिद साहब ने उनकी इस धारणा को तोड़ने की कोशिश भी की थी लेकिन कमला भइया की धारणा उनके प्रति उसी तरह बनी रही। हामिद साहब ने उन्हें दलीलें दी, समझाया- सियासत के घिनौनेपन की तस्वीर दिखायी लेकिन कमला भइया पर कोई असर नहीं हुआ। ऐसे समय में ही उन्हें लगता कि लोगों ने अपने आपको एक ऐसे खोल में बन्द कर रखा है जहाँ रोशनी की एक नन्हीं-सी किरण भी दाख़िल नहीं होती...कभी-कभी उन्हें सियासत के बदलते रंग को देखकर हँसी भी आती। एक तरफ़ लोग हिन्दुस्तान-पाकिस्तान के नाम पर लड़ते तो दूसरी तरफ़ सियासी रहनुमा अपनी सियासत की दूकान चमकाते। इस्लामाबाद और दिल्ली एक दूसरे के लिए तोहफ़ा भेजते और इसके बीच ही सियासत के कई रंग दिखाई पड़ते। आरोप-प्रत्यारोपों का दौर चलता...धमकियाँ दी जातीं...बयानबाजी होती और फिर सब कुछ पहले जैसा हो जाता।

उस अँधेरे खोल से हामिद साहब ने कई बार निकलने की कोशिश की थी। लेकिन उन्होंने जब-जब ऐसा किया तब-तब उन्हें महसूस हुआ कि अँधेरा और भी गहरा हो गया है। यह सब सोचते हुए उनकी स्मृति में वह घटना कौंध

जाती है—शारजाह में पाकिस्तान ने भारत पर जावेद मियाँ दाद के छक्के से जीत हासिल की थी। दूसरे दिन रतन आया और उसके साथ वे भी ख़रीदारी के लिए बाजार निकले थे। जिस दूकान से सामान ख़रीदना था वहाँ लोग मैच पर बहस कर रहे थे। रतन काफ़ी देर तक सब कुछ सुनता रहा लेकिन चर्चा बन्द नहीं हुई तो उसने झल्लाकर कह डाला था—"क्यों फ़ज़ूल की चर्चा कर रहे हैं, पाकिस्तान हमसे अच्छा खेला...और जो अच्छा खेलता है वह जीतता ही है।" रतन के इस वाक्य पर कपिल और इमरान की चर्चा कर रहे लोगों ने पल भर के लिए रतन का नाम पूछा था और रतन का नाम सुनकर वह बोल पड़ा था—"अब समझा आपने क्यों इतना खुलकर पाकिस्तान का पक्ष लिया, वरना हमें तो कई-कई बार सोचना पड़ता है।" बदले हुए माहौल में आदमी पूरी तरह बदलकर हिन्दू-मुसलमान जैसे लफ़्ज़ों में सिमट गया था और कमला भइया जैसे लोग अब आदमी को परिभाषित करने लगे थे। वक़्त के उतार-चढ़ाव को हामिद साहब ने अपनी आँखों से देखा है बदलते मौसम-बदलते चेहरे बदलते लोग...

टी.वी. स्क्रीन पर जमी निगाहें, माथे पर शिकन, सर पर नाचता सीलिंग फैन...बन्द अकेला कमरा...मैदान में जूझते खिलाड़ी...हामिद साहब को यों महसूस हो रहा है जैसे वे ख़ुद भी खेल रहे हों। मैच अपने चरम पर है। उत्तेजना और तनाव उनके चेहरे पर साफ़ दिखाई दे रहा है। दोनों टीमें एक-एक गोल से बराबर है। मैच ख़त्म होने में बस कुछ ही देर बाक़ी है। तभी भारत के लेफ़्ट आउट को गेंद मिली। स्टिक वर्क और बाल कंट्रोल का ख़ूबसूरत नमूना दिखाते हुए उसने चार खिलाड़ियों को छकाया और स्ट्राइकिंग सर्किल के भीतर पहुँचकर आगे बढ़े गोलकीपर के ऊपर से गेंद गोल पोस्ट के तख़्ते को खड़खड़ा गयी। और फिर एक शोर...लहराता तिरंगा...छूटते पटाखे...उल्लास से भरे भारतीय दर्शक। भारत ने बढ़त ले ली। बस कुछ ही सेकेंड बचे हैं मैच ख़त्म होने में...चालीस...उनतालीस...अड़तीस...सैंतीस...तीन...दो...एक और इसी के साथ हूटर बज उठा। खेल ख़त्म हो गया। भारत विश्व चैंपियन बन गया। एक अविश्वास की हालत में हामिद साहब न जाने कितनी देर तक बैठे रहे। तभी कालबेल बज उठी। बाहर दरवाज़े पर कुछ शोर-सा उठा। हामिद साहब सब कुछ सुनकर भी अंजान से बने बैठे रहे। थोड़ी देर बाद ही कमरे के बन्द दरवाज़े पर दस्तक दी जाने लगी। काफ़ी देर के बाद वे अपनी जगह से उठे। तनकर खड़े हुए। दरवाज़ा खोला। सामने सलमा खड़ी हैं, उनकी पत्नी। पीछे दोनों बेटियाँ नायला और अमीना...उनकी आँखों में झिलमिलाते आँसू और होंठों पर खेलती मुस्कुराहट। कमला भइया और मुहल्ले के दूसरे लोग आये हैं...मैंने उन्हें ड्राइंग रूम में बैठा दिया है और—इतना कहते-कहते उनकी पत्नी की आवाज़ थरथरा उठी। हामिद

साहब ने पत्नी और बच्चों के सर पर हाथ फेरा और बाहर चल दिये।

ड्राइंग रूम में दाखिल होते ही कमला भइया ने उन्हें बाँहों में भर लिया... हामिद...हामिद—तुम्हारे बेटे ने देश की लाज रख ली—क्या ख़ूबसूरत गोल किया है उसने। दूसरे लोग भी उन्हें मुबारकबाद देने लगे। उनके बेटे ने गोल कर भारत का मान रखा है। अपने बेटे के चेहरे पर उन्हें सग़ीर राजकुमार—क़ुद्दूस का चेहरा नज़र आने लगा। उन्होंने सभी को ग़ौर से देखा। ये तो वही लोग हैं, उन्हें पाकिस्तानी कहने वाले। कमला भइया से लेकर सारे लोग।

और अचानक हामिद साहब फूट-फूट कर रो पड़े। बरसों से बँधा बाँध मानो टूट गया। उनकी आँखें समन्दर बन गयीं।...भइया! उसने देश की लाज रखी हो या नहीं रखी हो, उसने मेरी लाज ज़रूर रख ली। उसने मेरा वजूद मुझे लौटा दिया...उनकी आँखें बरस रही थीं लेकिन होंठों पर विरासत में मिली मुस्कुराहट खेल रही थी..।

उदास लम्हों की ख़ुदकलामी

—शाइस्ता फ़ाख़री

रात के नौ बजनेवाले थे। वुमेन वर्किंग हॉस्टल के गेट पर बैठा गार्ड जम्हाइयाँ लेते हुए वक़्त गुज़ार रहा था। नौ बजते ही गेट पर ताला लगाने के साथ ही उसकी ड्यूटी ख़त्म हो जाएगी और वह यहाँ से रुख़सत होकर अपने घर चला जाएगा। उसने घड़ी देखी। नौ बजने में सिर्फ़ तीन मिनट बाक़ी थे। गेट का भारी ताला उसकी गोद में रखा हुआ था। चाभियाँ बन्द मुट्ठी में कसी हुईं थीं। जुलाई का महीना था। किसी भी लम्हे बारिश हो सकती थी। बादल की वजह से रात ज़्यादा अँधियारी लग रही थी। निगाहें फिर घड़ी की तरफ़ गयीं। तीस सेकेंड और बढ़ गये थे। अब सिर्फ़ ढाई मिनट बचे थे और उसे मालूम था कि ठीक नौ बजे वार्डन अपने कमरे की खिड़की से बाहर झाँकती हैं, जहाँ से ये गेट सीधा नज़र आता है। वार्डन की कड़क मिज़ाजी से इस हॉस्टल में शरीफ़ घरों की लड़कियाँ और औरतें ही आती थीं जिन्हें बचपन से ही सख़्तियों और पाबन्दियों की आदत होती है क्योंकि यहाँ के उसूल बहुत सख़्त थे और सख़्ती से लागू भी होते थे। तीस सेकेंड और पार हो गये। सिर्फ़ दो मिनट बचे। यही दो मिनट उस गार्ड पर भारी पड़ गये। इस बीच कुछ ऐसा हुआ कि घर पहुँचते-पहुँचते उसे दो बज गये।

एक तेज़ रफ़्तार गाड़ी गेट पर आकर रुकी। हेडलाइट की रोशनी से गार्ड की आँखें चौंधिया गयीं। तेज़ ब्रेक की आवाज़ ने सोई हुइ फ़िज़ा को चरमराकर जगा दिया।

''कौन?'' गॉर्ड ने ऊँची आवाज़ में पूछा।

''ताला मत लगाना, अभी दो मिनट बाक़ी हैं।''

एक लड़की की आवाज़ थी। गॉर्ड ने टार्च की रोशनी सामने डाली। अट्ठाईस उनत्तीस साल की एक स्मार्ट लड़की जीन्स-शर्ट पहने बदहवासी की हालत में खड़ी थी। वह बहुत जल्दी में लग रही थी और दोनों हाथों से गेट की, लोहे

की सलाखें पकड़कर हिला रही थी।—''गेट खोलो''।

''इस वक़्त आपको किसी से मिलने की इजाज़त नहीं है। सुबह आइएगा। छः बजे गेट खुल जाएगा।''

''बारिश होनेवाली है। जल्दी गेट खोलो।''

''आप कौन हैं?'' गार्ड ने सवाल किया।

''मेरा नाम ज़ैनी है। मैं इस मोमिन हॉस्टल में रह चुकी हूँ। मुझे यहाँ सब पहचानते हैं। तुम्हारी वार्डन भी।''

''मगर मैं आपको नहीं जानता। सुबह आ जाइएगा। मैं गेट खोल दूँगा''

''क्या बकवास करते हो। गेट खोलो।''

''अगर आप यहाँ रह चुकी हैं तो अपनी वार्डन की सख़्ती को भी जानती होंगी। क्यों मुझे नौकरी से निकलवाना चाहती हैं।''

''मगर मैं उस से मिले बग़ैर नहीं जाऊँगी।'' ज़ैनी ने अपना सर गेट की सलाखों पर टिका दिया। गार्ड हमदर्दी से बोला—

''आपको किस से मिलना है?''

''रुबीना अली से।''

रुबीना अली का नाम सुनते ही एक लम्हे के लिए गार्ड को अपना ज़मीन आसमान घूमता नज़र आया। यही वह नाम है जिसने इस हॉस्टल में तूफ़ान बरपा कर रखा है। ख़ौफ़ से यहाँ की लड़कियाँ इस नाम को अपनी ज़बान तक लाने से डरती हैं। इस आनेवाली लड़की को कोई डर नहीं। कितनी बेबाक़ी से नाम ले रही है।

''तुमने सुना नहीं। वही रुबीना अली, सेकेंड फ्लोर पर कमरा नम्बर तेरह वाली। मुझे अभी इसी वक़्त इससे मिलना है। गेट खोलो।''

इन्टरकाम की घंटी ने बहस को आगे बढ़ने से रोक दिया। गार्ड ने जल्दी से रिसीवर उठाया। शायद वार्डन ने खिड़की से देख लिया था और मामले को समझना चाह रही थी। गार्ड उन्हें समझा रहा था कि ज़ैनी नाम की एक लड़की रुबीना अली को पूछ रही है। मैंने उन्हें समझाया कि अभी गेट नहीं खुल सकता। मगर ये मानती ही नहीं। आपसे मिलना चाहती हैं। कुछ देर बात करके गार्ड ने रिसीवर रक्खा और गेट खोल दिया। ''आइए।'' वह गार्ड के पीछे-पीछे चल दी। एक हाल कमरे की लाइट जलाकर गार्ड ने उसे वार्डन का इन्तज़ार करने को कहा। कमरा जाना-पहचाना था। लाइन से लगी हुई कुर्सियाँ, सोफ़े और बीच में रखी हुई सेंट्रल टेबल। कितनी बार वह यहाँ बैठकर मिलने-जुलने वालों के साथ चाय काफ़ी पी चुकी थी।

रुबीना अली से उसकी पहली मुलाक़ात यहीं हुई थी। ज़ैनी बीते दिनों

की यादों में खोने लगी। उसे वर्किंग हॉस्टल में कमरा चाहिए था, मगर कोई भी कमरा ख़ाली नहीं था। शेयरिंग में सिर्फ़ एक कमरे की बेड ख़ाली थी। सेकेंड फ्लोर पर कमरा नम्बर तेरह जो रुबीना अली का था। बहुत मिन्नतें करने के बाद वार्डन ने वह कमरा उसके नाम एलाट किया था। अब ज़ैनी को रुबीना अली से मिलना था। यहाँ इस सोफे पर वह बैठी रुबीना का इन्तज़ार कर रही थी कि सामने से उसकी हमउम्र एक लड़की कमरे में आयी। दुबली-पतली सूखी सी, बेरौनक़ चेहरेवाली लड़की। न ख़ाल में नमक, न आँखों में कशिश। बीच से सीधी माँग निकालकर उसने तेल लगे बालों की कसकर चोटी की हुई थी। घेरदार शलवार पर ढीली-ढाली लम्बी आस्तीन की जम्पर पहने रुबीना अली उसे बिल्कुल प्रभावित नहीं कर सकी।

"कहिए!" उसने सपाट लहजे में कहा।

ज़ैनी ने अपनी बात कही—"आपके साथ शेयरिंग में मुझे कमरा एलॉट हुआ है। आपको कोई एतराज़ तो नहीं।"

"मुझे क्या एतराज़ हो सकता है। मैं अपनी जगह रहूँगी, आपको अपनी जगह रहना है।"

जब तक ज़ैनी शुक्रिया कहती, तब तक रुबीना अली कमरे से बाहर निकल चुकी थी। सूखी, सड़ी, मरियल-सी लड़की, न एख़लाक़, न पहनने ओढ़ने का शऊर, अपने आप को समझती क्या है? उसने दिल ही दिल में कई गालियाँ उसे दे डालीं।

पिछली यादों में उलझी ज़ैनी को वार्डन के इन्तज़ार में बैठे हुए कुछ लम्हे ही गुज़रे थे कि गार्ड दोबारा कमरे में आया—"वार्डन मैडम खाना खा रही हैं। आप बैठकर थोड़ी देर इन्तज़ार कीजिए।"

गार्ड के चेहरे पर उलझन थी। साफ़ ज़ाहिर हो रहा था कि वह कुछ छिपा रहा है। उसकी बेचैनी देखकर ज़ैनी ने समझा कि ज़रूर उसे घर जाने की जल्दी है।

"लो तुम चाय पी लेना।" ज़ैनी ने पाँच सौ का एक नोट गार्ड के हाथ पर रख दिया। गार्ड की बाँछें खिल उठीं। उसने दीवार पर लगे कैमरे की तरफ़ देखा जिसे उसने कुछ देर पहले ही बन्द किया था। वह सलाम करके कमरे से बाहर चला गया और ज़ैनी सोफे पर आराम से बैठ गयी। घड़ी ने कुछ सेकेंड का रास्ता ही तय किया होगा कि ज़ैनी अपनी सोच में ग़र्क़ होकर माज़ी की यादों में फिर डूबने लगी।

ज़ैनी की माँ ईसाई थीं। एक मुसलमान लड़के से मोहब्बत और फिर शादी करके उसने एक अलग ज़िन्दगी बसा ली। उसकी माँ-बाप नौकरी करते थे। बेटी

पालने का मसला उनके लिए काफ़ी अहम था। कुछ साल क्रेच में रहने के बाद वह नानी के हवाले कर दी गयी। नानी और ख़ाला रिया के बीच वह अपने आपको काफ़ी आज़ाद महसूस करती। कहीं कोई पाबन्दी नहीं। जो दिल में आ जाय उसे अन्जाम दे डालो। वह नानी के साथ लॉन में फुलवारी के बीच बैठकर संगीत सुना करती। नानी उसके बालों में उँगलियाँ फेरतीं। आँखें बन्द करके संग-संग गुनगुनाती रहतीं। नानी कहा करती थीं कि संगीत में गॉड बसता है। नन्हीं जैनी गॉड की तलाश में संगीत सुना करती क्योंकि उसे अपने गॉड से कई सवाल पूछने थे। उसके पापा अरशद ख़ान इतने सख़्त क्यों हैं? उसके अपने घर में इतनी पाबन्दियाँ क्यों हैं? माँ जीन्स शर्ट पहनकर ख़ाला की तरह क्लब में क्यों नहीं जा सकतीं? क्राइस्ट की सलीब अपने गले में क्यों नहीं डाल सकतीं। क्या एक मुसलमान से शादी करके अपनी सारी आज़ादी खो देनी चाहिए? क्या मोहब्बत में मज़हब को क़ुरबान कर देना चाहिए? सात साल की नन्हीं ज़ैनी के दिमाग़ में ये सारे सवालात घूमते रहते। हालाँकि ये वो सवाल थे जो नानी और ख़ाला रिया बैठकर आपस में डिसकस किया करतीं और ज़ैनी उनके बीच में घुसकर बैठ जाती और उन्हीं सवालों पर सोचा करती। धीरे-धीरे वह इन्हीं सवालों के बीच बड़ी होने लगी। उम्र उसकी ग्यारह साल की होगी। हर वीकेंड पर वह मम्मी-पापा के घर जाती और इतवार की शाम वापस आ जाती। यहाँ उसे अच्छा लगता था।

नानी को जहाँ संगीत का शौक़ था, वहीं ख़ाला रिया घंटों डांस का रियाज़ किया करतीं। एक दिन ज़ैनी ने ख़ाला से सवाल किया—''ख़ाला, नानी तो गॉड को ख़ुश करने के लिए म्यूज़िक सुना करती हैं। आप डांस से किसे ख़ुश करना चाहती हैं?'' रिया ख़ाला ज़ोर से हँस दीं—''अपनी लव्ड एमन को।''

एमन आन्टी को ज़ैनी अच्छी तरह जानती थीं। वह अकसर शाम को ख़ाला के पास आ जातीं और घंटों कमरा बन्द करके ख़ाला के साथ रहतीं। ऐसे में ख़ाला एक बार भी कमरे का दरवाज़ा नहीं खोलतीं और नन्हीं ज़ैनी उलझन में कमरे के सामने टहलती रहती। अकसर उसे ऐसा लगता कि कहीं दूर कोई कबूतरी गुटरगूँ कर रही है। कभी लगता कि कोई बिल्ली जाली के दरवाज़े पर खुर-खुर करती पंजे मार रही है और कभी उसे नानी की कुतिया याद आती जो कच्चा गोश्त खाते हुए ख़ुशी में घुर घुर की आवाज़ निकालती रहती है।

नन्हीं ज़ैनी ने अपनी सोच से घबराकर दस्तक दी, दरवाज़ा खुल गया। सामने एमन आंटी खड़ी थीं—''क्या बात है ज़ैनी, यहाँ क्यों खड़ी हो।''

''रिया ख़ाला के पास आऊँगी।''

''तो आ जाओ।'' एमन आंटी दरवाज़े के सामने से हट गयीं। ज़ैनी तेज़

क़दमों से ख़ाला की तरफ बढ़ी, जो आँखें बन्द किये ख़ामोश बिस्तर पर पड़ी थीं। उन्होंने जिस्म पर एक हलकी-सी चादर डाल रखी थी। वह चित्त लेटी गहरी साँसे ले रही थीं। आँखें बन्द थीं मगर पलकों पर जुम्बिश थी। भीगे होठों के ऊपर पसीने के क़तरे चमक रहे थे। ज़ैनी ने घबरा कर एमन आंटी को आवाज़ देना चाहा मगर वह कमरे से अटैच बाथरूम में जा चुकी थीं। ख़ाला आहिस्ता लहजे में कुछ बुदबुदा रही थीं। ज़ैनी ने अपने कान ख़ाला के होठों के क़रीब कर लिये—ख़ाला ने समझा एमन आंटी झुकी हुई हैं—"एमन दरवाज़ा मत खोलना। ज़ैनी होगी। ज़ैनी को अन्दर मत आने देना। उसे यहाँ से भगा दो। उससे कहो यहाँ से चली जाय।" ज़ैनी को अपनी बेइज़्ज़ती का गहरा एहसास हुआ। इसके पहले वह कई बार एमन आंटी के सामने उसे डाँट चुकी थीं। इतनी प्यारी ख़ाला जो हमेशा उसे नयी ड्रेसेज़ और चाकलेट लेकर दिया करती थीं, वही एमन आंटी के आते ही एकदम से बदल जातीं।

आज बात कुछ भी नहीं हुई थी मगर ज़ैनी के मासूम दिल को चुभ गयी। वह वापस नानी के पास आयी और ज़िद करने लगी कि अपने पापा के घर जाएगी। बच्ची की ज़िद के आगे नानी को घुटने टेकने ही पड़े। वह अपनी अटैची के साथ मम्मी- पापा के घर आ गयी और यहाँ आकर उसने फिर ज़िद पकड़ ली कि अब वापस नहीं जाएगी। वह बड़ी हो चुकी है। अपने काम ख़ुद से कर सकती है। स्कूल अकेले जा सकती है। माँ-बाप को भी बेटी की ज़िद के आगे झुकना पड़ा मगर यहाँ भी ज़ैनी को राहत नहीं मिली। सुकून की तलाश में बे-सुकून होती चली गयी। न नानी के घर की आज़ादी उसे अच्छी लगती, न पापा के घर की पाबन्दियाँ। चौदह साल की उम्र तक पहुँचते-पहुँचते उसने फ़ैसला कर लिया कि उसे अपनी दुनिया अलग बसानी है। अपनी ज़िन्दगी अपने ढंग से जीनी है। एक वक़्त ऐसा भी आया जब वह ख़ुद ऊँची तालीम के लिए हॉस्टल में आ गयी। कई सहेलियाँ बनीं, कई लड़कों से दोस्ती हुई, होटल, पिक्चर, सैर-सपाटे सब कुछ मगर ज़ैनी न रिया ख़ाला बनी और न अपनी माँ कुलसुम जैसी। कुलसुम नाम पापा ने ही रखा था। माँ का असली नाम तो लिली था। ज़ैनी जवान हुई तो माँ-बाप ने शादी के लिए कहना शुरू किया मगर उसने साफ़ मना कर दिया। सैर-सपाटे और तफ़रीह में साथी बनने वाले लड़कों को भी वह ख़ूब अच्छी तरह से जानती थी और घरों में रहनेवाले पापा जैसे मर्दों को भी पहचानती थी। बाहर की दुनिया में ये मर्द औरत को तितली बनाकर उड़ाना चाहते हैं और घर के अन्दर यही मर्द औरत को झिंगुर की ज़िन्दगी देकर अँधेरे में धाँस कर मारना चाहते हैं। उसे ये दोनों ही ज़िन्दगी नहीं चाहिए। उसे एक तीसरी ज़िन्दगी की तलाश थी और एक दिन ये तलाश भी ख़त्म हुई।

ज़ैनी बचपन की यादों में खोई माज़ी के पन्ने पलट रही थी कि अचानक दूर कहीं आसमान में बिजली कौंधी। बादलों के गरजने की आवाज़ ने उसके ज़ेहन को एक झटका दिया और वह सँभलकर सोफे पर बैठ गयी। वार्डन के आने का इन्तज़ार अब उसे भारी पड़ रहा था। बाहर खड़े गार्ड ने दरवाज़े के अन्दर झाँका— ''मैडम मैं यहाँ हूँ। डरिएगा नहीं।''

''अभी तक वार्डन क्यों नहीं आयीं?'' उसने सवाल किया।

''आप इस तूफ़ानी बारिश को देख रही हैं ना, जब तक बारिश रुकेगी नहीं, वह कैसे आ सकती हैं। पूरा फील्ड पार करके उन्हें यहाँ आना होगा। जैसे ही बारिश हल्की होगी, मैं ख़ुद जाकर उन्हें ले आऊँगा।''

अपनी बात पूरी करके गार्ड वापस जा चुका था और ज़ैनी न चाहते हुए भी फिर से गुज़रे लम्हों में खोने लगी। आज उसे गुज़री ज़िन्दगी का एक-एक दिन, एक-एक घटना याद आ रही थी।

ये उन दिनों की बात है जब उसे एक प्राइवेट फर्म में नौकरी मिल गयी थी। किसी ने मोमिना वर्किंग हास्टल के बारे में उसके पापा को बताया। हालाँकि माँ ने बहुत चाहा कि ज़ैनी इस वर्किंग हास्टल में न रहकर अलग एक फ्लैट लेकर किराये पर रहे मगर उसके पापा नहीं माने। नयी नौकरी, नया शहर ऐसे में एक लड़की को बहुत महफ़ूज़ (सुरक्षित) जगह रहना चाहिए और इस हॉस्टल से ज़्यादा महफ़ूज़ जगह कोई हो ही नहीं सकती। ये हॉस्टल मोमिना अदारे का है। मोमिना अदारा एक इस्लामी अदारा है जो औरतों के लिए काम कर रहा था। ख़ासतौर से ऐसी मुसलिम औरतें जिन्होंने शादी नहीं की, जिनके तलाक़ हो गये या फिर जो बेवा हो गयीं। मोमिना अदारे का इस शहर में काफ़ी नाम और काम फैला हुआ था। उनका एक वर्किंग हास्टल, एक कॉलेज और एक क़ब्रिस्तान इस शहर में था। रुबीना अली इसी कॉलेज में पढ़ाती थीं।

क़ब्रिस्तान की ख़ूबी ये थी कि उसमें सिर्फ़ अदारे से जुड़ी औरतें ही दफ़नाई जाती थीं। जो बीवियाँ उम्र भर पाक दामन रही हों, उन्हें मरने के बाद मर्दों के साथ क़ब्रिस्तान में क्यों दफ़नाया जाय। ज़ैनी के पापा इन सारी बातों से बेहद मुतास्सिर (प्रभावित) हुए और उसे लेकर यहाँ आ गये।

ज़ैनी अपने सामान के साथ कमरे में दाख़िल हुई। कमरा ठीक-ठाक बड़ा और हवादार था। ज़ाहिर है कि आधे कमरे पर रुबीना अली का क़ब्ज़ा था। उसने बहुत करीने और सलीक़े से अपने सारे सामान अलमारी में लगा रखे थे। सिरहाने की तरफ़ उसने एक छोटी-सी मेज़ लगा रखी थी जिस पर जानमाज़, दुआओं की छोटी-छोटी किताबें, अगरदान, इतर, एक अदद सफ़ेद मलमल का नमाज़ का दुपट्टा रखा था। मेज के पास दीवार पर कील ठोंककर जन्नती दरवाज़े का

सुनहरा नक़्शा टँगा हुआ था।

ज़ैनी ने पहले ही दिन समझ लिया कि रूबीना अली के साथ उसकी नहीं पटेगी। यहाँ आकर जो चीज़ सबसे ज़्यादा ज़ैनी को नागवार गुज़री वह यह थी कि कमरे की खिड़की खोलो तो सामने ही मोमिना क़ब्रिस्तान था। रुबीना अली ने बताया कि ऐसा इसलिए किया गया है ताकि हर लम्हा हमें ये एहसास रहे कि दुनिया फ़ानी है। एक दिन सब ख़त्म हो जाएगा। इसलिए ज़िन्दगी की रानाइयों से दूर रहें। गुनाह और बदकारी से बचें ताकि क़ब्र में साँप बिच्छू न डसें। मौत के फ़रिश्ते तरह-तरह के अज़ाब नाज़िल न करें।

कमरे में ज़ैनी अपना सामान सेट करने लगी। कपड़े, किताबें, कुछ फ़ाइलें और रोज़मर्रा की ज़रूरी चीज़ें अलमारी में सेट करने के बाद उसने अटैची से अपना पिंक पैन्थर निकाला। रूबीना अली के चेहरे पर एक मरियल-सी मुस्कुराहट आ गयी।

"आप अभी तक खिलौने से खेलती हैं?"

"नहीं, मैं पिंक पैन्थर से खेलती नहीं, उसके साथ सोती हूँ।";

पैन्थर को बेड पर सजाते हुए ज़ैनी को बचपन के वो दिन याद आ गये जब वह तक़रीबन चार-पाँच साल की नन्हीं बच्ची थी, पापा ने उसे नानी के पास लाकर छोड़ दिया था। रात में उसे अकेले सोने में डर लगता था। रिया ख़ाला उसे लेकर सोने के लिए तैयार नहीं थीं और नानी को बच्चों को साथ लेकर सोने की आदत नहीं थी। ज़ैनी को बहलाने के लिए नानी ने एक तरीक़ा निकाल लिया। वह उसे लेकर बाज़ार गयीं और एक बड़ा-सा पिंक पैन्थर ख़रीद लिया जो क़द में ज़ैनी से भी ऊँचा था। हालाँकि ज़ैनी उस छोटे सी डॉल को लेने के लिए मचल गयी थी जो लेटते ही रोने लगती और उठा लो तो हँसने लगती। मगर नानी को गुड़िया पसन्द नहीं आयी। दिल मसोसकर ज़ैनी को पिंक पैन्थर ही लेना पड़ा। ज़ैनी को बाद में लगा कि नानी ने ठीक फ़ैसला लिया है। अकेले बेड पर लेटते हुए जब उसे डर लगता वह उसी पैन्थर से लिपट जाती। उसके मुलायम फरों में अपना मुँह छिपा लेती और फिर थोड़ी ही देर में गहरी नींद में सो जाती। ज़ैनी पिंक पैन्थर के साथ बड़ी होने लगी।

अब उसे किसी भी चीज़ से डर नहीं लगता। कभी-कभी वह महसूस करती कि जैसे उसके पैन्थर में उसकी नानी की रूह आ गयी हो जो संगीत में गॉड को तलाशती थीं, जो उसे क्राइस्ट के बलिदानों की कहानियाँ सुनाती थीं, जो उसे मरियम की पाकी के क़िस्से सुना-सुना कर सुलाया करती थीं। कभी उसे अपने पैंथर से माँ की रूह आती महसूस होती जो उसे लिपटाकर रोया करती थीं। चुपचाप ख़ामोशी से आँसू बहाया करती थीं। बहरहाल जब भी माँ की रूह

पैन्थर में आयी ज़ैनी ने ख़ुद को दुनिया की सबसे दुखियारी और बेसहारा लड़की समझा। मगर जाने क्या बात थी जब से वह बालिग़ हुई थी तब से नानी की रूह आकर कहानियाँ सुनाती और न माँ की रूह आकर उसे उदासियों में डुबा देती। बस, रिया ख़ाला ही पैन्थर में घुसी रहतीं और वह उनके साथ ख़ूब-ख़ूब इन्ज्वाय करती।

हॉस्टल की वह पहली रात थी। ग्यारह बज रहे थे। नाइट बल्ब जलाकर ज़ैनी अपने पैन्थर के साथ बिस्तर पर आकर लेट गयी। रुबीना अली बेड पर पहले ही लम्बी हो चुकी थी। आदत के अनुसार लेटकर ज़ैनी ने अपनी एक टाँग पैन्थर के ऊपर चढ़ा ली और उसे क़रीब से क़रीबतर करने लगी। ज़ैनी की आँखें आहिस्ता-आहिस्ता बन्द होने लगीं और होंठों पर लज़्ज़त आमेज़ मुस्कुराहट रेंगने लगी। बन्द पलकों में जुम्बिश हो रही थी, इस तरह जैसे वह कोई मीठा-सा ख़्वाब देख रही हो।

रुबीना अली ने इसे रईसों का एक चोचला माना और सोने के लिए नींद की गोली निकालने लगी। दुनिया में अपनों के नाम पर सिर्फ़ अम्मी ही तो थीं। अब्बू का इन्तक़ाल बचपन में ही हो गया था। अम्मी ने मोहल्ले के बच्चों के कपड़े सी- सी कर उसकी पढ़ाई पूरी करवायीं। ख़ुद उम्र भर बीमार रहीं। सारी-सारी रात वह पढ़ती रहती और अम्मी सारी-सारी रात खाँसती रहतीं। आख़िरकार एक सुबह वह उठी और फ़ज्र की नमाज़ के लिए अम्मी को जगाने लगी तो वह दुनिया से रुख़सत हो चुकी थीं। मस्जिदवाले इमाम साहब ने मुश्किल से उन लम्हों में काफ़ी सहारा दिया। ज़माने की बुराइयों को देखते हुए जवान बेसहारा लड़की कोई ऊँच-नीच न कर बैठे इस ख़ौफ़ से इमाम साहब ने उसे मोमिना (ऐसी मुसलमान औरत जो इस्लामी क़ानून और शरीयत का अक्षरशः पालन करती हो) अदारे के पास भेज दिया। मोमिना अदारे ने उसकी तालीम को देखते हुए मुस्लिम मोमिना कॉलेज में टीचर बनवा दिया। इस तरह रहने के लिए उसे यहाँ वर्किंग हास्टल मिल गया। अम्मी के बाद से उसे एक बीमारी सी लग गयी, नींद न आने की। मजबूर होकर उसने नींद की गोलियों का सहारा लिया। अब तो बग़ैर गोली खाये उसे नींद ही न आती।

जब से ज़ैनी उसके कमरे में आयी थी, रूबीना अली को लगता ज़ैनी से ज़्यादा उसका रिश्ता पैन्थर से जुड़ता जा रहा है। जब ज़ैनी अपने ऑफिस चली जाती और रूबीना अली को जल्दी छुट्टी मिल जाती तो वह कॉलेज से कमरे में आकर पैन्थर को देखा करती। कभी-कभी उसे लगता जैसे ज़ैनी ठीक कहती है, पैन्थर में एक जीता जागता इनसान है क्योंकि जब वह उसके ख़ूबसूरत मुलायम फरों पर उँगलियाँ फेरती तो उसे अपने जिस्म में झुरझुरी-सी आती महसूस होती।

कभी उसे लगता कि किसी की उँगलियाँ शरारती होकर उसे धीरे-धीरे गुदगुदा रही हैं। अक्सर उसका जी चाहता कि वह पैन्थर को फाड़ कर उसके अन्दर घुस जाय और फिर उसमें छिपे इनसान से लिपट जाय और कहे, सचमुच तुम बहुत राहत देते हो। इसी तरह पैन्थर को अपनी दोनों टाँगों के बीच में भींचती तो ख़ुद-ब-ख़ुद उसके होठों पर लज़्ज़तआमेज़, मुस्कराहट आ जाती, आँखें बन्द होने लगतीं, पलकों पर जुम्बिश होने लगती, जैसे वह मीठा-सा ख़्वाब देख रही हो। धीरे-धीरे उसने नींद की गोली खाना कम कर दीं। ख़ुद-ब-ख़ुद नींद आ जाती। रुबीना अली और ज़ैनी के बीच दोस्ती बढ़ने लगी।

वह बारिश की अँधियारी रात थी। उसने क़ब्रिस्तान की तरफ़ खुलनेवाली खिड़की के दोनों पट खोल दिये। नर्म फुहारें उसके चेहरे पर पड़ने लगीं, जिस्म को भिगाने लगीं। आज उसे क़ब्रिस्तान देखकर डर नहीं लग रहा था। हल्की हवाएँ और नर्म फ़ुहारों को वह आँखें बन्द करके महसूस कर रही थी। महसूस करने का हुनर उसे पैन्थर ने ही सिखाया था वरना इससे पहले उसने महसूस करने की अपनी ताक़त खो दी थी। पाँच वक़्त की नमाज़ी रुबीना अली ज़ोहर की नमाज़ के बाद क़ुरान पाक पढ़ना नहीं भूलती थी। मग़रिब की नमाज़ के बाद सूरे यासीन पढ़कर क़ब्रिस्तान में लेटी मोमिनाओं को बख़्शना नहीं भूलती थी। इशा की नमाज़ के बाद एक हज़ार बार तौबा की तसवीह ज़रूर पढ़ती ताकि रोज़े महशर (क़यामत के दिन रुसवाई से बच सकें, मौत की अज़ीयत से बच सकें, क़ब्र के अज़ाब से बच सकें, जहन्नुम की आग से बच सकें। मोमिना अदारे ने यही तो सिखाया था कि औरत को कहाँ-कहाँ बचना चाहिए। सनाइयों और रंगीनियों की तरफ़ से आँखें बन्द कर लेनी चाहिए क्योंकि ये दुनिया फ़ानी है। जल्द ख़त्म होनेवाली है। मौत बरहक़ है।

पैन्थर में जाने कैसा जादू था कि मोमिना अदारे की सारी तालीम पीछे हो गयी और अपनी ज़िन्दगी को जी भरकर महसूस करने की उसकी ख़्वाहिश बढ़ गयी। अचानक ज़ैनी की नर्म हँसी ने उसे चौंका दिया। खिड़की से हटकर वह ज़ैनी के क़रीब आ गयी—"क्या हुआ ज़ैनी क्यों हँस रही हो"।

"देखो रूबीना ये पैन्थर कितना शरारती हो रहा है। मुझे गुदगुदा रहा है।" ज़ैनी का बस नहीं चल रहा था कि वह पैन्थर को फाड़कर उसके अन्दर घुस जाय और उसमें छिपी रिया ख़ाला को बाहर खींचकर निकाल ले और फिर उसके साथ... ज़ैनी हँसने लगी। ज़ैनी को हँसता देख रुबीना अली भी हँसने लगी।

"आओ तुम भी आओ। पैन्थर को आधा-आधा शेयर कर लेते हैं। हँसते हुए रूबीना अली भी बिस्तर पर आ गयी। दोनों ही अपनी टाँगे चढ़ा कर पैन्थर से लिपट गयीं। पैन्थर ने भी दोनों को चुपके से गुदगुदाया। दोनों हँसने लगीं।

वह गुदगुदाता जाता, वह हँसती जातीं। गुदगुदी, हँसी और लज़्ज़तों का दौर ऐसा चला कि उस रात के बाद हर रात बिन बारिश के नर्म फुहारों के बीच गुज़रती रही। फिर ऐसा भी होने लगा कि पैन्थर चुपके से बीच से ग़ायब हो जाता और सिर्फ़ दोनों लड़कियाँ ही बचतीं।

सूखी, सड़ी, मरियल-सी बेरौनक़ रुबीना अली ऐसे खिल उठी जैसे तपती धूप में मुरझाया पौधा बारिश की नर्म फुहारों में खिल उठता है।

वक़्त अपने दोनों पंख फैलाये परिन्दे की तरह खुले आसमान पर उड़ता चला जा रहा था कि अचानक एक बिजली कौंधी। ज़ैनी का पैन्थर कमरे से ग़ायब था। कहाँ गुम हो गया, कौन चुरा ले गया पैन्थर को। वह जैसे पागल हो उठी। रुबीना अली भी नहीं थी। वह तो दो दिन से अपनी माँ की बरसी में गयी हुई थी। शाम को रुबीना अली वापस लौट आयी। उसने सुना तो मुस्कुरा उठी—

"आओ मेरे साथ आओ।"

रुबीना अली उसे लेकर उन्नीस नम्बर के कमरे में गयी, ज़ैनी की आँखें हैरानी से फैल गयीं क्योंकि वहाँ बेड पर वैसा ही एक नया पैन्थर रखा हुआ था। शाज़िया ने मायनेख़ेज़ (अर्थपूर्ण) निगाहों से देखते हुए ज़ैनी से कहा—

"माफ करना ज़ैनी। रुबीना ने पिंक पैन्थर की इतनी तारीफ़ की थी कि मैं बरदाश्त नहीं कर सकी। मैंने ही रूबीना अली से पैन्थर माँग लिया। हम दोनों ही रूम मेट ने जब इसकी कशिश को महसूस लिया तो अपने लिए नया पैन्थर ले आये। तुम अपना ये पिंक पैन्थर वापस ले लो।"

ज़ैनी उसे दीवानों की तरह चूमने लगी और फिर वह उसे लेकर वापस अपने कमरे में आ गयी।

इसके बाद कुछ ऐसी हवा चली कि मोमिना हॉस्टल की फ़िज़ा ही बदल गयी। कई कमरों में पैन्थर चुपके से घुस आये। क़ब्रिस्तान की तरफ़ खुलने वाली खिड़की से अब लड़कियों को ख़ौफ़ नहीं आता था। खिड़की खोलकर वह हवा और धूप को कमरे में दाख़िल होने देतीं। वो मोमिना हास्टल जहाँ सुई गिरे तो आवाज़ हो, अब लड़कियों के खनकते क़हक़हों से गूँजा करता। बेफ़िक्री से लड़कियाँ एक-दूसरे के कमरे में आती जातीं। छेड़-छाड़ करतीं, हँसती, खिलखिलातीं, खुली फ़िज़ाँ में टहला करतीं, मौसम की शिद्दत को अपने अन्दर महसूस करतीं, बन्द कमरों में ही सही मोमिनाएँ इकट्ठा होकर गेदरिंग करतीं, केक काटकर बर्थ डे मनातीं, सेंट, क्रीम, पाउडर, हद तो यह है कि उसूल तोड़कर ब्यूटीपॉलर भी जाने लगी थीं। हालाँकि सख़्त मनाही थी कि वो अपनी भवें नहीं नुचवाएँगी, क़यामत के दिन एक-एक टूटे बाल उनके ख़िलाफ़ गवाही में खड़े होंगे। जहन्नुम की आग की परवाह किये बग़ैर उन्होंने नाख़ूनों पर नेल पालिश लगाना शुरू कर

दिया। सीधी माँग की जगह बालों में अब तिरछी माँगें दिखाई देने लगीं। सरों पर रखे दुपट्टे सरककर शानों पर आ गये।

दबे पैर वक़्त खिसकता रहा। उस दिन ज़ैनी अख़बार पढ़ रही थी और रुबीना अली चाय बना रही थी तभी सेकेंड फ्लोर कमरा नम्बर तेरह का दरवाज़ा खटखटाया गया।

''ज़ैनी देखना प्लीज़ कौन है?''

ज़ैनी ने दरवाज़ा खोला। सामने दाई बुआ खड़ी थीं।

''बिटिया आपको वार्डन मैडम ने बुलाया है।''

''अच्छा आती हूँ।''

रुबीना अली ने सवालिया निगाहों से ज़ैनी की तरफ़ देखा।

''देखती हूँ मैडम ने क्यों बुलाया है।''

वह इस वक़्त वार्डन के कमरे में उनके सामने बैठी थी। ''ज़ैनी मुझे अफ़सोस है कि आपके वालिद ने एक अहम बात अदारे से छिपायी।''

''क्या हुआ मैडम?'' ज़ैनी ने हैरानी से पूछा।

''आपकी माँ ईसाई हैं। ये बात हम लोगों के इल्म में नहीं लायी गयी।''

''मैडम वह इस्लाम क़ुबूल कर चुकी हैं। उनका नाम कुलसुम है। वह पंज वक़्ता नमाज़ी हैं। रोज़ाना क़ुरान पाक पढ़ती हैं। तीस रोज़े रखती हैं। मेरी माँ एक मुक़म्मल मुस्लिम ख़ातून हैं। मैं भी मुसलमान हूँ। आप जानती हैं मेरा नाम ज़ैनब है। ज़ैनी नाम से तो मैं पुकारी जाती हूँ।'

''मगर एक ईसाई ख़ून को हमारा अदारा क़ुबूल नहीं कर सकता। दो दिन के अन्दर आपको ये वर्किंग हॉस्टल छोड़ना है।''

''मैडम मैं मुस्लिम लड़की हूँ। मेरी रगों में एक मुसलमान का ख़ून दौड़ रहा है। मेरे बाप मुसलमान हैं। सख़्त मुसलमान। मेरी माँ भी ईसाई से मुसलमान हो चुकी हैं।'' ज़ैनी ने वार्डन को समझाना चाहा। हालाँकि वह दिल ही दिल में वार्डन को गाली दे रही थी कि जाहिल दक़ियानूस औरत ख़ून भी कहीं जुदा-जुदा होते हैं। मज़हब कोई भी हो, हर जगह औरत मज़लूम है। ये अदारा औरतों का है फिर उसके लिए जगह क्यों नहीं।

उस वक़्त वार्डन मोबाइल पर किसी से बात करने में मशगूल हो गयी थीं। बात करते हुए उनकी आँख में रोशनी चमक रही थी। होंठों पर नर्म-सी मुस्कुराहट थी। मोबाइल से आती हुई एक मर्दाना आवाज़ की गर्मी को ज़ैनी महसूस कर रही थी। वार्डन ने हाथ के इशारे से उसे कमरे से बाहर जाने के लिए कहा। वह वापस अपने कमरे में आ गयी और फिर सारी मिन्नतों के बावजूद उसे हॉस्टल छोड़ना ही पड़ा।

रुबीना अली पर तो जैसे क़यामत टूट पड़ी। ज़ैनी चली गयी। रुबीना अली अकेले रह गयी। पहले से भी ज़्यादा अकेले। हालाँकि वह जानती थी कि हॉस्टल में बहुत से पैन्थर हैं। मगर जैनी के पैन्थर के साथ जो उसकी ट्यूनिंग थी, जो लज़्ज़त उसे ज़ैनी के पिंक पैन्थर से मिलती थी उसे अब कोई दूसरा पैन्थर दे ही नहीं सकता था और फिर वह इतनी हरजाई भी तो नहीं थी।

नींद की गोलियों का असर अब कम होने लगा था और एक की जगह उसे दो-दो गोलियाँ खानी पड़ रहीं थीं। फिर भी रातों की नींद आँखों से ग़ायब रहती।

अचानक दरवाज़े पर दस्तक हुई। ज़ैनी चौंककर सोफ़े पर सीधी होकर बैठ गयी। वह यादों के घेरे से बाहर आ चुकी थी। गार्ड दरवाज़े के अन्दर झाँकते हुए कह रहा था—"बाहर बारिश रुक चुकी है। मैडम आ रही हैं।"

"हैलो" वार्डन की आवाज़ आयी।

ज़ैनी जल्दी से उठकर खड़ी हो गयी।

"हैलो मैडम। आपने मुझे पहचाना। मैं ज़ैनब मिर्ज़ा। वही सेकेंड फ्लोर कमरा नम्बर तेरह वाली ज़ैनी।"

"अच्छी तरह पहचानती हूँ।" वार्डन का लहजा सपाट था। साफ़ लग रहा था कि उन्हें ज़ैनी का इस तरह यहाँ आना पसन्द नहीं आया। ज़ैनी ने नम लहजे में कहा—"सॉरी मैडम, आप खाना खा रही थीं। मैंने आपको बारिश में तकलीफ़ दी।"

"कोई बात नहीं, एक हफ़्ते की भाग-दौड़ के बाद आज इत्मीनान से बैठकर खाना खा सकी हूँ।"

"क्यों, क्या हुआ मैडम।"

"पता नहीं, सोसाइड किया था या नेचुरल डेथ थी, पोस्टमार्टम की रिपोर्ट में ज़ाहिर नहीं हो सका।"

ज़ैनी ने हैरानी से पूछा—"किसका पोस्टमार्टम हुआ है मैडम।"

"रुबीना अली का", वार्डन ने जवाब दिया।

ज़ैनी को लगा जैसे किसी बिच्छू ने उसे डंक मार दिया हो। यह क्या सुन रही है वह। कितने शौक़ और चाव से वह रुबीना अली से मिलने यहाँ आयी थी।। टूटी शाख़ की तरह वह सोफे पर गिर गयी। वार्डन बोलती चली गयीं।

"उसे नींद न आने की बीमारी थी। रोज़ाना गोलियाँ खाकर सोती थी। एक सुबह तमाम कोशिशों के बावजूद दरवाज़ा नहीं खुला तो तोड़ा गया। वह बिस्तर पर मुर्दा हालत में थी। मेडिकल रिपोर्ट में आया कि उसने नींद की गोलियाँ ज़्यादा खा ली थीं।"

"यह कब की बात है?" ज़ैनी ने डूबती आवाज़ में पूछा।

"पिछली जुमरात को ये हादसा हुआ है। जुमे के दिन उसे दफ़न किया गया। बहुत नेक और पाक दामन ख़ातून थीं। अल्लाह उसकी मग़फ़िरत करे। उम्र भर कुँवारी रही। ज़िन्दगी को दाग़ लगा बैठी, मगर जवानी को दाग़दार नहीं होने दिया।"

"क्या उसकी लाश को लेने उसके गाँव से कोई नहीं आया।"

ये पूछते हुये ज़ैनी को अपनी आवाज़ ही अजनबी लग रही थी।

"इमाम साहब को फ़ोन किया गया था जिनके ज़रिये वह यहाँ आयी थी, मगर अफ़सोस वह किसी ज़रूरी काम में मसरुफ़ थे। आ नहीं सकते थे। अदारे में अपना ही क़ब्रिस्तान बनाया गया है।"

"मैडम, क्या मैं फ़ातेहा पढ़ने के लिए क़ब्रिस्तान जा सकती हूँ।"

"क्यों नहीं जा सकतीं मगर इस वक़्त तो रात बहुत हो गयी है बारिश भी हुई है। सुबह चली जाना।"

"नहीं, मैं अभी जाऊँगी। ज़ैनी ने मज़बूत लहजे में कहा।

"ठीक है, जैसी आपकी मर्ज़ी, गार्ड के पास क़ब्रिस्तान की चाभी है।"

वार्डन बात पूरी करके जा चुकी थीं और ज़ैनी गार्ड के साथ गेट के बाहर निकलने लगी। अचानक ज़ैनी की निगाह हॉस्टल के बाहर बायीं तरफ़ रखे बड़े से सरकारी डस्ट बिन पर गयी जिसमें कई पैन्थर कूड़े के ढेर पर पड़े हुये थे।

"अरे, इन्हें यहाँ किसने फेंका?"

"ज़ैनी जी, दिखाने के लिए तो रुबीना अली की मौत का बहुत मातम मनाया गया मगर सच्चाई ये है कि रुबीना अली की मौत से मोमिना अदारे की बहुत बदनामी हुई है। इसलिए मोमिनाओं पर सख़्ती बहुत बढ़ा दी गयी है। हर लड़की पर कड़ी निगाह रखी जाने लगी है। हफ़्ते में एक दिन कमरे की तलाशी ली जाती है। तलाशी के दौरान ज़्यादातर लड़कियों के कमरे से ये पैन्थर निकले। वार्डेन के हुक्म से इन्हें बाहर फेंक दिया गया।"

ज़ैनी ने टार्च की रोशनी में ग़ौर से देखा। बेदर्दी से उन्हें चीरा फाड़ा गया था। किसी पैन्थर का चेहरा फटा हुआ था तो किसी की गर्दन धड़ से अलग कर दी गयी थी। बहुत से पैन्थर ऐसे थे जिनकी दोनों टाँगें बेरहमी से चीर दी गयी थीं।

"लड़कियों का क्या हुआ?" जैनी ने आँसू से रुँधे गले से पूछा।

"जिनके कमरे में से पैन्थर निकले, उन सभी लड़कियों को हॉस्टल से बाहर निकाल दिया गया। पुराना गॉर्ड भी हटा दिया गया। उसी की जगह पर तो मैं आया हूँ। अब नया रूल ये आया है कि कोई भी नयी लड़की यहाँ आएगी

तो उसका ख़ानदानी शजरा (वंशावलि) भी देखा जाएगा।''

अचानक ज़ैनी को लगा कि उसके मुँह पर किसी ने तमाचा मार दिया है। उस जैसी लड़कियाँ जिनके पास अपना ख़ानदानी शजरा नहीं, क्या वह इस हॉस्टल में दाख़िल नहीं हो सकेंगी।

गार्ड क़ब्रिस्तान का गेट खोल रहा था और ज़ैनी की पैनी निगाहें सेकेंड फ्लोर पर कमरा नम्बर तेरह पर ठहरी हुई थीं, जिसकी खिड़की बन्द थी और अँधेरे में डूबी हुई थी। वहाँ कोई नयी मोमिना आ गयी थी।

ज़ैनी कच्ची दलदली मिट्टी में धँसते अपने पैर को निकालती गॉर्ड के साथ उस क़ब्र की तरफ़ बढ़ रही थी जो अभी भी बिल्कुल ताज़ा थी। क़ब्र के क़रीब पहुँची तो आँखों से बहता पानी गालों से उतरता हुआ गर्दन को भिगोने लगा। बेसाख़्ता उसके मुँह से निकला—''कैसी हो। रूबीना अली।'' क़ब्र ख़ामोश रही। मरे हुए लोग भी कहीं बोला करते हैं? ज़ैनी ने चुपचाप क़ब्र पर फ़ातेहा पढ़ा और धीरे से बोली—''रुबीना अब मैं किसी हास्टल में नहीं रहती। मैंने अपना घर ख़रीद लिया है। मेरे साथ मेरी एक सहेली रहती है रीता आहूजा। वह भी तुम्हारी तरह बिल्कुल तनहा अकेली है। हम दोनों साथ-साथ ही रहते हैं। मैंने वह पिंक पैन्थर अपने स्टोर रूम में रखवा दिया है। मुझे तुमसे शिकायत है रुबीना अली, मेरा इन्तज़ार क्यों नहीं किया। मैं तो तुम्हें लेने आयी थी ताकि हम तीनों एक ही घर में, एक साथ, एक छत के नीचे रह सकें। तुमने इतनी जल्दी क्यों की? बोलो रुबीना जवाब दो।''

क़ब्र फिर भी ख़ामोश रही क्योंकि वह शहरे-ख़ामोश (क़ब्रिस्तान) का एक हिस्सा थी।

ज़ैनी टार्च की रोशनी के सहारे गार्ड के पीछे-पीछे अभी दो-चार क़दम ही चली होगी कि उसे लगा कि जैसे क़ब्र से आवाज़ आ रही है— ''जिन रास्तों की कोई मंज़िल न हो, उन रास्तों पर चलने से क्या हासिल ज़ैनी। अधूरे सफ़र की लज़्ज़तें उठाना छोड़ दो वर्ना एक दिन मेरी तरह तुम्हें भी ये शहरे-ख़ामोश लील लेगा।

ज़ैनी ने पलटकर पीछे देखा। हर तरफ़ अँधेरा और ख़ामोशी थी। ज़ैनी को लगा ये क़ब्र नहीं मोमिनाओं की उदास रूहों का ताबूत है और वीराने से आयी ये आवाज़, आवाज़ नहीं उसकी समाअत (सुनने की शक्ति) का धोखा है।

ज़ैनी कच्ची गीली दलदली क़ब्रिस्तान की मिट्टी को जल्दी-जल्दी पार करते हुए आगे बढ़ने लगी।

सबसे पुरानी कहानी

—शोएब इब्राहिम

बहुत दिनों से बूढ़ा क़िस्सागो ख़ामोश था। उसकी ख़ामोशी एक सवालिया निशान बनती जा रही थी। सब लोग पहले की तरह आते, महफ़िल जमती, कहवे के प्याले सजते; मगर वह ख़ामोश रहता। उसके ख़ामोश रहने से पहले तो चाचा फ़ैज़ बख़्श के हाथों से बरकत गिर गयी और आज जब उबलते कहवे से लबालब भरी केतली गिर गयी तो वह चीख़ता-चिल्लाता बाहर को भागा। सब लोग उसकी ओर लपके मगर क़िस्सागो ख़ामोश बैठा रहा। उसने कुछ देर बाद शाल से मुँह निकाला और गहरी साँस लेकर बोला, "क्यों मुझे ख़ामोश करता है... होने दे जो होता है।" उसने इधर-उधर देखा, कैफे में कोई भी मौजूद नहीं था। सब चाचा फ़ैज़ू को ढूँढ़ने चले गये थे।

ताहिरा बीबी ने ख़ानदान में शादी नहीं करने का फ़ैसला किया तो ख़ूब हलचल मची। बाहर कम, अन्दर ज़्यादा। वे जल नहीं रही थीं, पिघल रही थीं। यही बात सब घरवालों के लिए परेशानी का कारण थी। बड़े शाह साहब छह महीने के तबलीग़ी दौरे के बाद पूरब से लौटे थे और मुहर्रम से रबीह अलाकूल तक पवित्र महीने वतन आगी अज़ीज़ में गुज़ारने का इरादा रखते थे ताकि अलग-अलग मजलिसों की तक़रीर में धार्मिक क़दरों पर बातचीत कर सकें और फैली हुई बुराइयों के ख़ात्मे के लिए अपना किरदार अदा कर सकें। भक्तजन पूरे मुल्क से हाज़िरी दे रहे थे और उन लोगों के लिए वक़्त देने की ज़िम्मेवारी ख़लीफ़ा ग़ुलाम मुहम्मद की थी। सिर्फ़ यही नहीं, ताहिरा बीबी की ख़िदमत भी उसके कर्तव्यों में शामिल थी और ताहिरा बीबी को जो सेवाएँ चाहिए थीं उसे पूरा करने में वह क़ाबिलियत रखता था।

गिरोहवाले आश्चर्य से ग्वाले की ईमानदारी को देखते थे और उसके दूसरे हमपेशा ईर्ष्या में निरन्तर जलने के बाद राख में तब्दील होते जा रहे थे। उन लोगों का व्यवसाय ठप हो चुका था। 'यह कौन है... कहाँ से आया है... और यहाँ क्यों आया है?' समय के साथ-साथ अब ये सवालात दम तोड़ चुके थे और उनकी जगह ऐसे

सवालों ने ले ली थी जो ग्वाले के बजाय उसकी अभी-अभी जवान होती बेटी शादाँ से सम्बन्धित थे। शादाँ का असल नाम शाहिदा था। किसी को मालूम नहीं था। लोगों को नाम से नहीं, काम से मतलब था।

'ऐसी औलाद अल्लाह दुश्मन को भी नहीं दे... ऐसी औलाद तो पैदा होते ही मर जाए।' इस तरह की अधूरी अस्फुट आवाज़ जगह-जगह गूँजने लगी और गिरोह के बेचैनी का स्तर हमेशा के विपरीत बहुत ज़्यादा बढ़ गया था। मौसमे-बहार में भी लोग पसीने में सराबोर नज़र आते थे मगर लस्सी की बजाय कहवा पीते और परछाईं देखकर अपनी पहचान करते।

"ग़ुलाम मुहम्मद, मैं चाहती हूँ कि लोग अन्धविश्वास के दायरे से बाहर निकल आएँ। हमने खोल चढ़ा-चढ़ा कर अपनी पहचान का ख़ून किया है।" ताहिरा बीबी उन दिनों ग्रेजुएशन का इम्तहान पास कर के कराची से लौटी थीं और इसका फ़ैसला ख़लीफ़ा ग़ुलाम मुहम्मद पर तो चल सकता था किसी और पर नहीं।

"मैं आपकी तरह ज़्यादा पढ़ा लिखा तो नहीं हूँ मगर ये जानता हूँ कि जिसे आप खोल कह रही हैं उसी ने गदी का भ्रम रखा हुआ है वरना...।" ग़ुलाम मुहम्मद ने ताहिरा बीबी का सान्निध्य पाकर बड़े-बड़े मीनार पल भर में तोड़ दिये। शाह साहब से लेकर छोटे साये तक सब हमाम में नंगे खड़े थे।

"ग़ुलाम मुहमद, तुम सिर्फ़ वह जानते हो जो कुछ सतह के ऊपर है, मैं वह सबकुछ जानती हूँ जो अन्दर-ही-अन्दर हमारी जड़ें खोखली कह रहा है, इस जंगल से रिहाई में क्या तुम मेरा साथ दे सकते हो?" ताहिरा बीबी ने उसे सोचने के लिए दो दिन दिये पहले दिन 'उर्स' का इश्तहार छपवाने शहर चला गया। दूसरे दिन शाह साहब के साथ उसे हैदराबाद जाना पड़ा और तीसरे दिन थकान से चूर वह सोता रहा और ताहिरा बीबी आगे निकल गयीं।

ग्वाला भी अजीब आदमी था। हर तरह की नेकी कमाई। अल्लाह के प्रति फ़र्ज़ और बन्दों के प्रति कर्तव्यों को दिन-रात बदस्तूर अंजाम देता, मगर मस्जिद में दाख़िल होने से डरता था। सिर्फ़ और सिर्फ़ कमरी महीने की ग्यारहवीं शरीफ को मौलवी साहब के हुजरा तक जाता और फिर खीर छोड़कर दबे क़दमों वापिस लौट आता और कहता—

"ख़ुदा साहब के सामने की ताब नहीं।" उसकी आँखें भीग जातीं और जुबान लफ़्जों का साथ देने से मजबूर हो जाती। मगर दूसरी तरफ़ शादाँ ने ज़बान को साज़ और आवाज़ से लैस करके बेचना शुरू कर दिया।

बूढ़े क़िस्सागो की ख़ामोशी और चाचा फ़ैजू की गुमशुदगी ने सारी बस्ती को जकड़कर रखा था। क़िस्सागो उस वक़्त चाचा फ़ैजू को ढूँढ़ने निकल पड़ा जब दूसरे लोग तलाश करते-करते थक-हार कर वापस लौट आये थे। बूढ़ा क़िस्सागो गिरता-

पड़ता हाँफता हुआ पीर कताल साईं के दरबार पर आकर रुक गया, ''बाबा साईं... बाबा साईं...'' वह ज़ोर से पुकारने लगा। ''आज मैं अपना बन्दा वापस लेकर जाऊँगा।'' वह चीख़ रहा था, रो रहा था, दहाड़ें मार रहा था। उसका दिमाग़ फट रहा था। वह 'साईं...साईं...' पुकार रहा था और हवेली से गूँजने वाली ताहिरा बीबी की चीख़ें और शादाँ के घुँघरू की आवाज़ें बैक ग्राउंड में म्यूज़िक का काम कर रही थीं। अभी उसकी तलबी के फ़रमान पर दस्तख़त होने बाक़ी थे।

परदानशीं

—नीलम अहमद बशीर

''जलील कुत्ते, हरामख़ोर!''

चौधरी साहब ग़ुस्से में गुर्राये और फ़ज़ल करीम पर ताबड़तोड़ मुक्कों की बारिश कर दी। वह अपने को बचाने की हिम्मत भी न कर सका। चुपचाप मार खाता रहा, सज़ा पाता रहा। बोलता भी तो क्या? अपनी सफ़ाई में उसके पास कहने को था ही क्या? शायद वाक़ई उसका अपराध इतना बड़ा था कि उसको जितना मारा जाता उतना ही कम था।

''तेरी ये मजाल, तू अपनी औक़ात कैसे भूल गया नमक हराम? तुझे इतनी जुर्रत कैसे हुई? दो टके के आदमी, मैं तेरी खाल खींच लूँगा।'' चौधरी साहब थककर पल भर को सुस्ताने के बाद फिर चमड़े की अपनी पेटी से उसे पीटना शुरू कर चुके थे। उनका जी तो चाह रहा था कि उसे कच्चा ही चबा जाएँ।

''ले जाओ इसे मेरी नज़रों से दूर कर दो। आइन्दा यह हवेली के नज़दीक भी कभी नज़र आया तो तुममें से किसी की ख़ैर नहीं।''

उन्होंने बाक़ी नौकरों को आदेश दिया जो सहम कर दुबके खड़े थे और ख़ुद बाग़ में पड़ी कुर्सी पर ढेर हो गये। नौकरों ने अधमरे फ़ज़ल करीम को उठाया और बाहर चल पड़े। चौधरी साहब का ख़ास नौकर रहमत अली उसी वक़्त उनका इशारा पाते ही उनके पास आया और उनके घुटने, टाँगें दबाने लगा। चौधरी साहब ने सरूर से आँखें मूँद लीं। वे मार-मार कर थक गये थे। उनकी साँसें ऊपर-नीचे हो रही थीं। दिल ज़ोर-ज़ोर से धड़क रहा था। हालाँकि लगभग पचास-पचपन के होने के बावजूद वह बहुत सेहमतन्द और ताक़तवर थे।

''ज़रा वह गुलाबी शेड की नेलपॉलिश तो इधर लाना।'' छोटी चौधरानी नसरीन ने पर्दे की ओट से तमाशा ख़त्म होते देखकर सोग़रा को आवाज़ दी और ख़ुद सिंगारदान के आगे पड़ा हुआ रिमूवर उठाकर पुरानी नेलपॉलिश उतारने लगी।

नयी पिंक पॉलिश लगाते हुए पल भर को अपने हाथों को देखकर उसके चेहरे पर एक मग़रूर-सी मुस्कराहट खिलने लगी। वह अपने हाथों को ख़ुद ही

प्रशंसा-भरी नज़रों से देखने लगी। आख़िर इसमें बेचारे फ़ज़ल करीम का भी क्या क़सूर? इन ख़ूबसूरत, नर्म व नाजुक हाथों को देखकर तो कोई भी अपने होश खो सकता है। और हुआ भी तो यही था आज सुबह।

फ़ज़ल करीम, जो उनकी हवेली में घोड़ों की देखभाल पर तैनात था, कभी-कभार ऊपर भी काम कर दिया करता था। बाज़ार से सौदा-सल्फ़ ला देता। घर की सफ़ाई में दूसरे नौकरों का हाथ बँटा देना या माली से फूल लाकर छोटी चौधरानी के लिए अन्दर भिजवाना भी उसके कार्यों में शामिल था।

छोटी चौधरानी का आदेश था कि अलस्सुबह माली से ताज़ा शबनम से धुले रंग-बिरंगे गुलाब रोज़ाना उनके कमरे में पहुँचाये जाएँ। अगर ज़रा-सी देर हो जाती तो वे आसमान सिर पर उठा लेतीं। दिन चढ़े के गुलाब उन्हें बिल्कुल पसन्द नहीं थे। उनका कहना था कि शबनम धुले गुलाब कुँआरी लड़कियों की तरह अनछुए होते हैं और दिन चढ़े के गुलाब शादीशुदा औरतों की तरह, जब धूप उन्हें छू लेती है तो उनकी कुँआरी बू क़त्ल हो होकर अपना मातम मनाने न जाने किस अजनबी दुनिया को उड़ जाती है। और उन्हें गुलाबों की कुँआरी कच्ची महक से इश्क़ था।

फ़ज़ल करीम ज़नानख़ाना की ग़ुलाम गर्दिशों से धीरे-धीरे गुज़रता-गुज़रता छोटी चौधरानी के बेडरूम से पहले की चौखट पर दस्तक देता। सोग़रा या सकीना में से कोई नौकरानी बाहर आती। मुस्कराकर एक-दो बातें करके शबनम-धुले गुलाबों का गुलदस्ता अन्दर ले जाती।

यह रोज़ का काम था।

मगर आज सुबह न जाने क्या हो गया था!

सुबह-सवेरे जब फ़ज़ल करीम ने हमेशा की तरह दस्तक दी तो सोग़रा या सकीना में से कोई नहीं आया। दोबारा दस्तक दी तो एक मेंहदी लगे हाथ ने बाहर निकलकर उसके होश उड़ा दिये। संगमरमर-सा तराशा हुआ हसीन सफ़ेद हाथ आगे को बढ़ा हुआ था। उसका जी चाहा फूलों की एक पूरी दुनिया उस तालिब के हाथ पर लाकर रख दे।

पतली-पतली लम्बी नोकदार उँगलियाँ थीं जिन पर सुर्ख़ नेलपॉलिश बड़ी नफ़ासत से लगाई गयी थी। गदरायी हुई हथेलियों पर बने नक़्श-ओ-निगार की भूल भूलैयों में कोई भी अपनी हस्ती को पूर्णतया खोने के लिए तैयार हो सकता था। मेंहदी लगे उस हाथ पर खिले गुलबूटे तो उसने किसी बग़ीचे में खिलते नहीं देखे थे। पूरा गुलिस्तान अपने पूरे शबाब पर था। सोने में जड़ी हीरों की अँगूठियाँ, उँगलियों के हुस्न की हिफ़ाज़त के लिए कुंडली मारे बैठी थीं। नर्म-मुलायम गुलाबों का गुलदस्ता उस हाथ के हुस्न के आगे शर्माकर मुरझा गया। फूल कब के नीचे जा गिरे थे और फ़ज़ल करीम को ख़बर तक न हुई थी। ऐसा प्यारा हाथ तो

उसने पहले कभी न देखा था। इन्द्रधनुष के रंगों की धानी चूड़ियाँ एक बार ज़ोर से खनकीं। फ़ज़ल करीम के कानों ने संगीत की ऐसी मद्धिम झंकार पहले कभी नहीं सुनी थी जिससे आत्मा के तार तक झनझना उठें। एक ही बार खनकने के बाद वे सारी-की-सारी धानी चूड़ियाँ उस नर्म-व-नाज़ुक कलाई से ऐसे लिपट गयीं जिस तरह मुद्दतों से बिछड़े महबूब के गले लगने के बाद उससे लिपटे रहने को जी चाहता है। फ़ज़ल करीम देखता चला गया।

लेकिन उसकी नज़र में वह भूख नहीं थी जो बाज़ की आँख में फ़ाख़्ता को देखकर पैदा होती है। उसकी नज़र में वह हैरत भरी तारीफ़ थी जो एक ख़ूबसूरत मनमोहक पेंटिंग देखते समय एक आर्ट के क़द्रदान की आँख में होती है।

"ये इस तरह क्या घूर-घूर कर देख रहा है कुत्ते?"

एक कर्कश जनानी आवाज़ ने उसे झिंझोड़ कर रख दिया। वह उस वक़्त यह भूल गया था कि वह सिर्फ़ एक अदना नौकर है जो अपनी मालकिन को सिर्फ़ फूल पहुँचाने आया था। वह इस लम्हे सिर्फ़ एक मर्द था जो हमेशा से औरत की शारीरिक ख़ूबसूरती और कशिश की वजह से उसकी तरफ़ बेइख़्तियार खिंचता चला जाता है।

"कुछ नहीं जी!" फ़ज़ल करीम डर गया। झुककर गुलदस्ता उठाने की कोशिश में और अपने पत्थर बने जिस्म को नीचे झुकाने की कोशिश में फिर उस ख़ूबसूरत हाथ पर पलभर को नज़र डालने से ख़ुद को रोक न सका।

हाथ ने फूल पकड़ लिये। फूल भी इतराने लगे। ख़ुश होकर मुस्कराने लगे।

"बेहया, अपनी मालकिन पर बुरी नज़र डालते तुम्हें शर्म नहीं आयी? आने दे चौधरी साहब को। तेरी ख़बर लेते हैं अच्छी तरह। तेरा यों दीदे फाड़-फाड़ कर देखना उन्हें बताऊँगी तो देखना तेरे साथ क्या सुलूक़ करते हैं वे।"

"मालकिन!" फ़ज़ल करीम थरथराने लगा। उसे तो कुछ ख़बर नहीं थी कि वह किससे मुख़ातिब था! न ही उसे इल्म था कि वह छोटी चौधरानी का हाथ था।

वह छोटी चौधरानी को देख ही कहाँ रखा था! उसे तो यह भी पता नहीं था कि छोटी चौधरानी कैसी थीं क्योंकि वह सख़्त पर्दे में रहती थीं और किसी ग़ैर मर्द के सामने नहीं जाती थीं। जनानख़ाने की परम्परा का यही तक़ाज़ा था।

सोग़रा और सकीना का कहना था कि वे बहुत सुन्दर थीं। बिल्कुल मक्खन की तरह सफ़ेद और सरसों के साग के ताज़े हरे डंठल की तरह जवान।

"नहीं जी, छोटी चौधरानी जी ऐसा ग़ज़ब न करिएगा। आप तो मेरे माई-बाप हैं। ग़लती हो गयी। मैं आपके पाँव पड़ता हूँ। मुझे माफ़ कर दें।" वह गिड़गिड़ाने लगा। मगर छोटी चौधरानी गन्दी-गन्दी गालियाँ देती कब की अन्दर जा चुकी थीं।

वह चौधरी साहब की लाडली दूसरी बीवी थीं जिनके वे हर तरह के नाज़ उठाते थे। बड़ी बेग़म से उनकी कभी बनती न थी। वैसे भी औलाद के मामले में

बड़ी चौधरानी खुश्क़ दरिया साबित हुई थीं। औलाद का तोहफ़ा चूँकि छोटी चौधरानी की तरफ़ से चौधरी साहब को मिला था इसलिए उनकी नज़रों में छोटी चौधरानी की बहुत क़ीमत थी।

बरसों साथ रहने के बावजूद उन्हें बड़ी से प्यार न हो सका था। वो प्यार चाहते थे, आशिक़ और माशूक़ बनकर जीना चाहते थे। छोटी बेग़म नसरीन शहर की फैशनेबल लड़की थीं मगर चौधरी साहब से शादी करने के बाद हवेली के तौर-तरीक़ों को अपनाकर उनकी मर्ज़ी के मुताबिक़ ज़िन्दगी गुज़ार रही थीं। शौहर उनके हुस्न का ग़ुलाम और ज़ुल्फ़ों का शैदाई था। उनकी हर ख़्वाहिश की इज़्ज़त करता था और जी-जान से उनसे मुहब्बत करता था तो उन्हें किस बात की शिकायत हो सकती थी! गर्म रेगिस्तान में मुद्दतों पैदल चलने के बाद जब चौधरी साहब को नखलिस्तान नसीब हुआ तो उसकी हरी-भरी घाटियों ने उनके पाँव पकड़ लिये और वे वहीं के होकर रह गये। वे दिन में दो-तीन बार नसरीन से मिलने ज़नानख़ाने में ज़रूर जाते। उससे मीठी-मीठी बातें करते। उसकी फ़रमाइश पूरी करते। अपना जी ख़ुश करते। आज जब नसरीन ने मुँह फुलाकर उन्हें फ़ज़्ल करीम की गुस्ताख़ी का माजरा सुनाया तो पल भर में यों उस प्रिय वजूद से अलग हो गये जिस तरह बिजली का करंट लग गया हो।

''उसने तुम्हारा हाथ छुआ तो नहीं।'' उन्होंने दोबारा तसल्ली करनी चाही।

''नहीं, छुआ नहीं लेकिन लगता था जैसे पकड़ ही लेगा। मुझे बहुत बुरा लगा।'' नसरीन ने रूठने के अन्दाज़ में कहा।

जितनी देर फ़ज़्ल करीम पिटता रहा। नसरीन बेनियाज़ी से उसे पर्दे के पीछे से देखती रहीं। फिर बोर होकर वी.सी.आर. लगा लिया। वैसे भी फ़ज़्ल करीम को तो अब हवेली की सीमा से बाहर फेंकवा ही दिया गया था। थोड़ी ही देर बाद हर तमाशा अपनी कशिश तो खो ही देता है। उसे सारी घटना ग़ैर दिलचस्प-सी लगने लगी।

''नसरीन रानी! क्या बात है, मूड कुछ ख़राब लगता है। आपने हमसे कोई बात ही न की पूरी शाम!'' चौधरी साहब ने खाने की मेज़ पर अपनी लाडली बीवी को चुप बैठा देखकर उसकी ठुड्डी को प्यार से छुआ।

''कुछ नहीं, वैसे ही मैं आजकल कुछ बोरियत महसूस कर रही हूँ। इधर गाँव में कुछ करने को भी तो नहीं। उधर नौशीन की शादी की तैयारियाँ हो रही होंगी।''

''अरे भई, तो पहले क्यों नहीं कहा! कल ही लाहौर हो आओ। अपनी अम्मी से भी मिल लेना। ठीक है? आख़िर तुम्हारी बहन की शादी है। उन्हें भी तो सलाह-मशविरे की ज़रूरत होगी।'' चौधरी साहब ने उदारता से कहा।

नसरीन की आँखें जगमगाने लगीं। चेहरे पर मुस्कराहट खेलने लगी।

''ठीक है, मैं सुबह ही चली जाती हूँ। अम्मी की याद भी बहुत आ रही है। फिर शादी के लिए कपड़े सिलने के लिए भी तो देने हैं। अगर जल्दी न दिये तो शादी तक दर्जी सिलकर भी नहीं देगा। मुझे पहले ही यह डर है।'' नसरीन दिल-ही-दिल में कपड़े, ज़ेवर के बारे में सोचने लगी जो उसे शादी में पहनना था और लाहौर जाने का प्रोग्राम बनाने लगी।

''कल सुबह मैं भी चला जाता हूँ, ज़मीन पर रहूँगा दो दिनों के लिए। दिलावर को साथ ले जाना, सोग़रा को भी और सकीना तो साथ होगी ही।'' चौधरी साहब ने कहा।

अगली सुबह छोटी चौधरानी नाश्ते के बाद ही लाहौर रवाना हो गयीं। लाहौर पहुँचते ही उन्होंने सोचा पहले लिबर्टी मार्केट जाकर कपड़े सिलने के लिए दे आएँ तो फिर आराम से अम्मी के घर शादी के हंगामों में शिरकत कर सकेंगी वरना कपड़ों की चिन्ता लगी रहेगी। ड्राइवर ने गाड़ी उनके कहने पर लिबर्टी मार्केट की एक फैशनेबुल बुटीक के आगे खड़ी कर दी।

हर अँग्रेज़ी नाम की बुटीक लिबर्टी में मौजूद ग्राहकों को अपनी तरफ़ बुलाने के लिए अल्ट्रा मॉडर्न स्टाइल के कपड़े मुहैया करती है। फ़रमा के मुताबिक़ सिलकर कर देती है।

ड्राइवर गाड़ी में बैठा रहा। सफ़ेद पर्दोंवाली गाड़ी में से सबसे पहले दिलावर उतरा और बुटीक के अन्दर चला गया—

''चन्दनपुर के चौधरी साहब की बेग़म साहिबा अन्दर आना चाहती हैं। ज़रा पर्दा करवा दें। सेल्समैन ने काउंटर पर बैठी अपनी मालकिन की तरफ़ सवालिया अन्दाज़ में देखा। मालकिन ने बन्दूक और गोलियों की पेटी पहने बड़ी-बड़ी मूँछों वाले आदमी को देखकर पल भर के लिए सोचा कि न जाने कितनी बड़ी आसामी है! कोई बड़ी बेग़म होगी जो इस शान से अन्दर आना चाहती है। क्या हर्ज़ है, अगर उसे थोड़ी-सी प्राइवेसी चाहिए तो हमारा क्या जाता है!''

आँख के इशारे से उसने सेल्समैन को समझा दिया। वह लपका और दुकान के बाहर लगी ओपन की तख़्ती को क्लोज़ में बदल दिया। दिलावर ने इधर-उधर नज़रें दौड़ायीं, यह तसल्ली करके कि दुकान ख़ाली है वह वापस बाहर आया और छोटी चौधरानी व दोनों नौकरानियाँ अन्दर दाख़िल हुईं।

''जी फ़रमाइए।'' बुटीक की मालकिन ने पास पड़ा स्टूल पेश करते हुए पूछा। चौधरानी नसरीन ने मोटी चादर से अपने सरापा को ढाँप रखा था। उनके माथे पर पसीने की हल्की-हल्की बूँदें चमक रही थीं।

''बहुत गर्मी है अन्दर।'' नसरीन ने सबसे पहले चारों तरफ़ नज़रें दौड़ाकर

कहा।

"नईम, एअरकंडीशनर हाई पर कर दो।" मालकिन ने कहा। सेल्समैन ने जल्दी से हुक्म की तामील की। दोनों मुलाजिमाएँ ज़मीन पर बैठ गयीं। कॉरपोटिड फ़र्श पर एअरकंडीशनर की ठंडी हवा सीधे चेहरे पर आती महसूस हो रही थी।

इतनी मोटी बड़ी-बड़ी चादरें ओढ़कर बेगम साहिबा को गर्मी नहीं लगेगी तो और क्या होगा! मालिक ने दिल-ही-दिल में व्यंग्य किया।

"आपके टेलर मास्टर कहाँ हैं, उन्हें बुलवाइए ज़रा। मुझे दो सूट सिलने के लिए देने हैं।"

नसरीन ने मालिक से कहा।

नईम ने दीवार में लगा बटन दबाया। बेसमेंट की सीढ़ियों में से एक जींस-टी-शर्ट पहने नौजवान टेलर मास्टर गले में फीता लटकाये बरआमद हुआ।

"मास्टर साहब ये मिसेज़ चौधरी दो सिल्क सूट लागी हैं। सिलने के लिए।" मालिक ने सूट का कपड़ा दिखाते हुए कहा।

"मास्टर साहब, सूट सफ़ाई से सिलना चाहिए और फिटिंग बिल्कुल सही हो। देखिए मैं पहली बार आपकी टेलरिंग ट्राई कर रही हूँ। आपके बारे में मैंने सुन रखा है कि आपकी सिलाई फिटिंग बहुत सही होती है, इसीलिए आपके पास आयी हूँ।" नसरीन ने ज़ोरदार अन्दाज़ में कहा।

"आप फ़िक्र न करें जी, आपकी अपनी दुकान है।" सेल्समैन ने ख़ुशामदी अन्दाज़ में दाँत निकालते हुए कहा। उसी लम्हे मालिक फ़ोन पर किसी से बात करने दूसरे काउंटर पर चली गयी।

"मास्टर साहब, इन्हें शिकायत का मौक़ा नहीं मिलना चाहिए।" वह उठते हुए बोली।

"ठीक है फिर आइए ज़रा नाप ठीक से ले लें।" नसरीन ने अपनी मोटी-सी बड़ी चादर कन्धों से ढलकाकर नीचे गिरा दी। पल भर को सेल्समैन और टेलर मास्टर साँस लेना भूल गये। एअरकंडीशनर अपनी पूरी ताक़त के साथ धूँ...धूँ करने लगा। यह तो उन दोनों ने सुन रखा था कि जलपरियाँ होती हैं मगर किसी जलपरी को समुन्दर की अथाह गहराई से बाहर निकलकर टीले पर बैठा देखने की उन्हें कभी उम्मीद नहीं थी। ताक-झाँक करती, लैस की काली चुस्त कमीज़ में वह किसी जलपरी से कम नहीं दिखाई दे रही थी। कभी-कभी ऊपर वाला संगतराश फ़न के ऐसे-ऐसे पैकर तराशकर नीचे भेज देता है कि देखनेवाले आश्चर्यचकित रह जाते हैं। छोटी चौधरानी को समीज पहनना नागवार लगता था, इसलिए उनके गोरे बदन पर काली लैस देखकर यों लगता था जैसे सफ़ेद बेदाग़ सनोबर के तने से बहुत से काले गुलाब मुहब्बत से आकर लिपट गये हों। खुले कटावदार गिरेबान में से एक

बिलौरी गरदन क्रिस्टल के बेशक़ीमती वाइन गिलास की तरह जगमगा रही थी।

''मास्टर साहब, ज़रा जल्दी करें, नाप ले लें। हमें तो अभी और शॉपिंग करनी है।'' नसरीन ने लापरवाही से कहा और अपने दोनों बाजू ऊपर को फैला दिये।

दोनों पत्थर के बुत एकदम से जी उठे। मास्टर थूक निगलता हुआ आगे बढ़ा और सेल्समैन ने अपने खुश्क़ लबों पर ज़ुबान फेरकर नज़रें झुका लीं।

''मास्टर साहब नाप बिल्कुल ठीक-ठीक लीजिएगा। मैं घड़ी-घड़ी नाप देने नहीं आ सकती।'' नसरीन ने ताक़ीद की।

मास्टर का फीता जिस्म के ख़तूत पर फिसल-फिसल कर नाप करने लगा और सेल्समैन लिखता रहा। मालिक फ़ोन अटेंड करके आयी। पलभर को उसकी आँखों में एक घबराहट-सी नज़र आयी। फिर उसने रोज़मर्रा की बात समझकर रजिस्टर में कुछ लिखना शुरू कर दिया।

''दो हफ़्ते में कपड़े ले लूँगी।'' नसरीन ने अपनी मोटी-सी चादर से अपने बदन को मुक़म्मल तौर पर ढँककर बाहर जाते हुए कहा और अपनी पर्दोंवाली गाड़ी में बैठकर रवाना हो गयी।

हाथ की दूरी पर चादर

—शमा ख़ालिद

गाड़ी ने मोड़ काटा और साथ ही दृश्य बदल गया—जैसे परदा उठते ही दूसरा सीन शुरू हो जाता है। ज़िन्दगी चन्द मील के फ़ासले और कुछ लम्हों की दूरी से कितने रंग बदलती है! मैं रोज़ाना मोड़ काटते हुए यही सोचती हूँ। शहर लोगों से बनते हैं या लोग शहर बसाते हैं। यह बात मेरे लिए उस मोड़ पर बेहद महत्त्वपूर्ण हो जाती कि मेरे एक हाथ पर वे लोग रहते हैं जो रिमोट कंट्रोल ज़िन्दगी गुज़ारते हैं। कमरे को ठंडा करना हो या टी.वी. का चैनल बदलना हो। ज़िन्दगी उन लोगों के लिए आसानी मुहैया कराती है। और मोड़ के दूसरी तरफ़ की ज़िन्दगी छोटी-मोटी इच्छाओं का संग्रह... जैसे एक जगह के लोग दूसरी जगह पर बसने वालों के विषय में न सोच सकते हैं, न जान सकते हैं और न ही जानना चाहते हैं। कुछ ऐसा ही हाल उन बस्तियों में बसनेवालों का है।

जब मैं गाँव के स्कूल में काम करने के लिए तैयार हुई थी तो दिमाग़ के किसी कोने में भी नहीं था कि मैं रोज़ाना पुलसरात को (स्वर्ग और नर्क के बीच का पुल) पार किया करूँगी। मैंने सोचा था कि स्कूल घर से दस मील की दूरी पर है फिर स्कूल की बस से आना-जाना भी आसान नहीं होगा। पहले दिन जब स्कूल पहुँची तो मुझे लगा कि जैसे मैं किसी और ही दुनिया में आ गयी हूँ। जहालत, ग़रीबी की शक्ल ऐसी भी होती है कि मेरे लिए देखना और समझना बेहद मुश्किल था।

यह स्कूल एक एन.जी.ओ. ने बनवाया था और मैंने जब ज्वाइन किया तो मेरा ख़्याल था कि यह सब दिखावा और झूठ होगा। लेकिन स्कूल में दाख़िल होते ही मेरे विचारों में बदलाव आने लगा और मैं सोचने लगी कि अभी कुछ लोग बाक़ी हैं जहाँ में। स्कूल की ख़ूबसूरत इमारत, ख़ूबसूरत फर्नीचर, मुफ़्त किताबें और यूनिफार्म... यह सब कुछ इस गाँव-देहात के लिए था जो उस शहर के चिराग़ तले अँधेरा जैसा था।

दाख़िला फॉर्म भरते हुए रोज़ाना एक नयी कहानी, एक नया सिलसिला, नया रवैया देखने को मिलता। ये दुनिया मेरी दुनिया से बिल्कुल भिन्न थी। मैं जब कार

से उतरती तो भूल जाती कि मैं कौन हूँ और कहाँ से आयी हूँ। याद रहता तो सिर्फ़ ये कि मेरे इर्द-गिर्द ज़रूरतों की ख़ाली झोली उठाये लोग खड़े हैं। इतनी झोलियाँ और मेरे कमज़ोर हाथ... मैं घबरा उठती और सोचती कि ख़ुदाया इन ग़रीबों को भी ज़िन्दों में शुमार कर दे।

मैं झुकी फ़ाइल पर उन बच्चों के नाम लिख रही थी जिन्हें मैंने वज़ीफ़े के लायक़ समझा था। एक धीमी-सी आवाज़ आयी, ''मैडम, मेरे बच्चों को अपने स्कूल में दाख़िला दे दो।'' मैंने सिर उठाकर देखा। आठ-नौ महीने के बच्चे को गोद में लटकाये वह खड़ी थी। बच्चा आधा झोली में था और आधा नीचे लटक रहा था। पीछे दो सहमी हुई लड़कियाँ और लड़का खड़ा था। मैले कपड़ों में बच्चों की आँखों में एक अजीब-सी उत्सुकता थी, मैंने माँ को बाहर बैठने के लिए कहा और टीचर को बुलवाया कि वे उन बच्चों का इंटरव्यू लेकर रिपोर्ट दें।

मैं हमेशा इंटरव्यू के ख़िलाफ़ रही हूँ कि नन्हे-से बच्चों को नर्सरी में दाख़िला देने के लिए उन पर इतनी मुसीबत जारी कर देते हैं जैसे मुक़ाबले के इम्तिहान का इंटरव्यू ले रहे हों। लेकिन यहाँ बच्चों का इंटरव्यू लेने का एक मक़सद तो यह था कि बच्चों का आई.क्यू. पता चल जाए और दूसरा मक़सद था कि पता चल सके कि बच्चे किस माहौल में और किस स्थिति में रहते हैं ताकि उसी तरह उन्हें ट्रीट किया जाए। बच्चों के इंटरव्यू के बाद मैंने माँ को बुलवाया और फॉर्म भरना शुरू किया।

बच्चों के बाप का नाम पूछा तो वह बोली, ''वह क़त्ल हो गया है।'' इतनी सहजता से जवाब दिया उसने कि मैं चौंक गयी। सारे अदब भूलकर मैं ख़ास से आम औरत बन गयी और पूछने लगी, ''कब?''

उसने बच्चे को ज़मीन पर बैठाते हुए उँगलियों पर गिनकर कहा— ''सात महीने हो गये हैं, जब मेरा ये बेटा दो महीने का था...।''

''तो अब घर का ख़र्च कैसे चलता है?'' पीछे से एक बूढ़ी औरत बोली।

''मेरा बेटा, इन बच्चों का चाचा...।'' फॉर्म जमा करवाकर वह औरत चली गयी।

दूसरे दिन से उसके बच्चों ने स्कूल आना शुरू कर दिया। उसका बड़ा बेटा नौ साल का था। ख़ामोश सर झुकाए आता, तमाम दिन किताबों पर नज़रें जमाये रहता और छुट्टी के समय ख़ामोशी से चला जाता। दूसरी बेटी बेहद शैतान थी। क्लास में बैठना उसके लिए मुश्किल था।

एक दिन वह मेरे पास आयी और परेशानी भरे लहजे में बोली, ''सद्दाम ख़ान बता रहा था कि आप नाजिश से बेहद ख़फ़ा हैं। कहीं उसे स्कूल से निकाल तो नहीं देंगी?'' वह उस इलाक़े की पहली पठान औरत थी जो बच्चों की शिक्षा के लिए इतनी चिन्तातुर थी। यहाँ रोज़ाना मैं और मेरी टीचर्स घर-घर जाकर बच्चों को स्कूल

भिजवाने के लिए कह कर रहे थे। और यह औरत अपने बच्चों के लिए इतनी सजग थी। मुझे सोच में डूबा देखकर वह कहने लगी। "मैडम जी, मैं चाहती हूँ मेरी बच्चियाँ पढ़-लिख कर अपने आपको सँभाल लें। हमारे माँ-बाप तो हमें घर का व्यक्ति ही नहीं समझते थे। हमें कभी अपनी औलाद में शामिल नहीं करते थे। सिर्फ़ बेटों को गिना जाता था, औलाद समझा जाता था लेकिन मैं अपनी बच्चियों को बहुत पढ़ाना चाहती हूँ।"

"तुम्हारे शौहर को किसी से दुश्मनी थी?"

"नहीं जी, वह बड़ा भलमानस आदमी था। सारा दिन टैक्सी चलाता, जो कमाता लाकर माँ के हाथ में रख देता था। उसे अपनी बहन-भाइयों से बहुत मुहब्बत थी।"

"तुमसे मुहब्बत नहीं करता था?"

"पता नहीं जी... बच्चों से बहुत प्यार करता था। जहाँ कहीं जाता, बच्चों के लिए ढेर-सारी चीज़ें ले आता। पर बेगम साहब मेरे लिए कभी कुछ नहीं लाया। कभी एक दुपट्टा, कभी एक परान्दा बस। मेरा वजूद तो बच्चे पैदा करनेवाली मशीन का था।" एक अनपढ़ जाहिल औरत अपने बारे में ऐसा सोच सकती है, मुझे उसकी बातों में कशिश महसूस होने लगी। वैसे भी मैं उस वक़्त काम से फ़ारिग थी। वह कह रही थी, "मेरे शौहर की एक मौत से हम दस व्यक्ति बर्बाद हो गये। एक औरत ने मुझे बर्बाद कर दिया।"

"क्या उसका किसी औरत से चक्कर था?"

"नहीं जी, वह तो कभी दूसरी औरत की तरफ़ आँख उठाकर भी नहीं देखता था। पर वह जी मेरा देवर तीन बच्चों की माँ को निकाल लाया। मेरा शौहर दो बार उसे उसके गाँव छोड़ कर आया... पर वह फिर वापस आ जाती। फिर पंचायत ने मेरे पति को बुलवाया और उससे कहा कि, बदले में इसकी मंगेतर इस क़बीले को दे दो। मेरा शौहर बोला, वह पराई बेटी है, हम उसे कैसे दे सकते हैं?

"वह मंगेतर कौन थी?" मैंने पूछा।

"वह जी, मेरी बहन थी। दस साल तक मँगनी रही और उस ज़ालिम को ख़्याल न आया।"

"जब तुम ख़ुश नहीं थीं तो तुम मना कर सकती थीं।"

"बस मैडम जी, न पूछें मैं अपनी कहानी सुनाऊँगी तो आपका कलेजा फट जाएगा। बड़ी मुश्किल से मैंने ज़िन्दगी गुज़ारी है। हाँ, आप पूछ रही थीं कि मेरी बहन की मँगनी कैसे हुई? दरअसल मेरा ससुर मेरा ताया (ताऊ) भी है। मेरी बहन पाँच साल की थी तो वह मेरे देवर के लिए उसका रिश्ता माँगने गया। मेरे बाबा ने कहा कि तुमने मेरी पहली बेटी को कौन-सी ख़ुशी दी है जो दूसरी बेटी भी दे दूँ।

तो ताया कहने लगा, मैंने तो तेरी ग़रीबी पर पर्दा डाला है। तुम्हें दहेज़ देना पड़ता.. इसलिए पहली बेटी मैं ले गया हूँ। और दूसरी माँग रहा हूँ।

"मेरे वालिद के इनकार पर, मेरे शौहर ने मेरे बाप को दो गोलियाँ दाग़ दीं— एक टाँग में और एक पेट में। मेरे बाप की क़िस्मत अच्छी थी जो वह बच गया।" उसकी बातों में वक़्त गुज़रने का पता ही नहीं चला। जाते हुए वह मुझे कह रही थी—

"मेरी सास को पता न चले कि मैं आपको ये बातें बतायी हूँ।"

जाते हुए वह मेरे लिए एक सवालिया निशान छोड़ गयी थी। बाप ने गोली खाने के बावजूद दूसरी बेटी को कैसे उन लोगों के हवाले कर दिया?

तीसरे दिन जब वह आयी तो चेहरा उतरा हुआ था। मैंने पूछा तो वह कहने लगी, "रात गर्मी बहुत थी। मैं बच्चों को लेकर छत पर लेट गयी। काके को मच्छर काट रहे थे, मैंने एक चादर उस पर डाल दी तो वह कमीनी औरत कहने लगी, मेरी चादर वापस कर। उसे ये शर्म भी न आयी कि वह बच्चा उसकी वजह से यतीम हुआ है।"

"हाँ, वह तुम बता रही थीं कि तुम्हारे शौहर ने रिश्ता न देने पर गोली से तुम्हारे बाप को ज़ख़्मी कर दिया। तुमने कोई विरोध नहीं किया?"

"मैंने सोचा था कि मैं घर छोड़कर बाप के पास चली जाऊँ। फिर मुझे गोद में लेटे हुए फ़रहान का ख़्याल आ गया कि अगर मैं उसे बाप से अलग करती हूँ तो मेरा बेटा बग़ैर बाप के कैसे परवान चढ़ेगा।"

"अब कहाँ है तुम्हारा बेटा?"

"अब तो जी, वह सोलह साल का हो गया है। बाप क़त्ल हुआ तो छठी क्लास में पढ़ रहा था। पाँचवीं में वह फर्स्ट आया था। पर जी अब उसे मस्जिद में क़ुरआन पढ़ाई करने के लिए भिजवा दिया है। मेरी सास कहती है उसे भूल जाओ, वह अब तुम्हारा बेटा नहीं अल्लाह का बेटा है। उसे देखे हुए बहुत अरसा हो गया है। पता नहीं वह कैसा है, कौन-सी मस्जिद में है।"

"तुमसे मिलने क्यों नहीं देते?"

"वे कहते हैं कि तुम उसे पढ़ने नहीं दोगी। उसकी राह खोटी करोगी। वह जब पैदा हुआ तो उसके बाप ने पूरे गाँव को दावत दी थी। जब वह जश्न करवा रहा था तो उसे क्या मालूम था कि जिस बच्चे की वह इतनी ख़ुशी मना रहा है, वह यों बेघर हो जाएगा। जिस औरत की वजह से मैं, मेरे बच्चे बर्बाद हुए वह घर में बैठी ऐश कर रही है। मैं और मेरे बच्चे यों ज़लील व ख़्वार हो रहे हैं।"

"अच्छा जब पंचायत ने तुम्हारी बहन यानी तुम्हारे देवर की मंगेतर को माँगा तो तुम्हारे शौहर ने इनकार करते हुए कहा था कि वह पराई बेटी को कैसे उनके हवाले

कर दें। तो पंचायत ने क्या जवाब दिया?''

''पंचायतवाले कहने लगे तुम अपनी दोनों बेटियाँ उनके सुपुर्द कर दो। उस वक़्त नाजिश सात साल और रुक़ैया पाँच साल की थी। मेरे शौहर ने कहा, 'मैं वादा करता हूँ कि जब ये दोनों जवान हो जाएँगी तो मैं उनके सुपुर्द कर दूँगा।' क़बीले के बड़े ख़ान और सरदार को मेरे शौहर के बारे में पता था कि वह कितने पक्के क़ौल का है। पर जी उन्होंने कहा, 'पहले तीन लाख रुपये लाकर दो।' मेरे शौहर ने कहा, 'तीन लाख तो वह तमाम ज़िन्दगी में नहीं कमा सकता। तीस-चालीस हज़ार वह अपनी टैक्सी बेचकर दे सकता है।' वह जब घर आया तो सोच रहा था कि शहर जाकर टैक्सी बेच देगा लेकिन दुश्मनों ने उसे फ़ुर्सत ही न दी। घर में बैठा वह दाढ़ी बना रहा था कि किसी ने अख़बार दिखाते हुए कहा कि 'अकबर ख़ान देखो एक आदमी ने एक घर के पाँच सदस्यों को भून डाला है।' उसने मुड़ कर देखा तो उस पर गोलियों की बौछार कर दी। पूरी तीस गोलियाँ... वह अपने हाथ की उँगलियों से गिनकर बता रही थी। पूरी तीस गोलियाँ, उसका आधा मुँह और आधा धड़ उड़ गया था। मुझे जब सूचना मिली तो मेरे पास सफ़र के लिए भी किराया नहीं था। मेरी ननद और देवर ने एम्बुलेंस किराये पर लिया और हम मैय्यत तक पहुँचे।

काफ़ी दिनों के बाद वह मेरे पास आयी और बोली, ''मैडम जी, मुझे कहीं नौकरी दिलवा दो। मुझसे इन बच्चों की भूख बरदाश्त नहीं होती। कल इनका चचा अपने बच्चों के लिए रस लाया था। सद्दाम ज़िद कर रहा था कि मैं चाचा से पूछता हूँ मैं उसके भाई का बेटा हूँ, जिसे बिरादरी के सामने वह अपना बेटा मानता है, फिर अपने बच्चों को छुप-छुप कर अच्छी चीज़ें क्यों खिलाता है?''

वह बातें कर रही थी और मैं सोच रही थी कि उसकी नौकरी के लिए किससे कहूँ। मैंने पूछा, ''तुम्हारी उम्र कितनी है?''

''अट्ठाईस साल।''

''सोलह का तुम्हारा बेटा है और तुम अट्ठाईस की?'' आश्चर्य से मैंने पूछा।

''मैडम जी, मैं शादी के बाद जवान हुई थी। जब मुझे ब्याह कर लाये थे तो मैं छोटी-सी थी। उनके घर आकर जवान हुई थी, अकबर ख़ान की उम्र भी ज़्यादा नहीं थी। शादी के कुछ ही दिनों बाद इरफ़ानुल्लाह ख़ान पैदा हुआ था। मैडम जी, उसे मरना ही था तो इतने बच्चे न पैदा करता।''

''तुम्हारी बहन ने शादी नहीं की?''

''मेरे ससुर ने उसे कहा था कि' नाजिश तुम अपना घर बसा लो। वह बोली थी, ताया, तुम्हारे बेटे में हया नहीं कि उस बेग़ैरत ने अपनी मँगेतर को छोड़ दिया है, पर ताया मैं तुम्हारे और बाबा की ज़ुबान से निकले शब्दों का सौदा कैसे कर सकती हूँ। मैं सारी उम्र उसके नाम पर बैठी रहूँगी।''

मुझे उलझन-सी होने लगी। मैंने कोफ़्त होते हुए पूछा, "उस मँगनी के लिए जिसकी ख़ातिर उसके बाप ने गोली खायी थी!"

"हाँ मैडम जी, हम पठान औरतें ऐसी ही पागल होती हैं। इसीलिए तो सुलह करनी हो तो हमसे पूछे बग़ैर हमें दुश्मन के डेरे पर भिजवा दिया जाता है ताकि हम अपनी मुहब्बत से बदले की आग को ठंडा कर सकें।"

"तुम अपने माँ-बाप के पास क्यों नहीं चली जातीं?"

"मेरी सास कह रही थी कि वह मुझे तो जाने देगी लेकिन उसके बेटे की औलादों को नहीं भेजेंगी मेरे साथ। और अगर मैं माँ के पास चली गयी तो वे मेरी दूसरी शादी करवा देंगी। मैडम मैं छः बच्चे छोड़कर किसी और का घर कैसे बसा सकती हूँ!" कहकर उसने गोद में लटकाये बच्चे को सीने से लगा लिया।

"तुम्हें बड़ा बेटा याद नहीं आता?"

"याद क्यों नहीं आता? उसी की ख़ातिर तो ज़िन्दा हूँ। कल जब वह जवान होगा तो मुझसे ज़रूर पूछेगा— माँ तुमने मेरे ख़ातिर कितनी क़ुर्बानियाँ दी हैं...।

"लेकिन उसे तो तुमने अल्लाह का बेटा बना दिया है।"

"मैडम आप मेरी मुलाक़ात उससे करवा सकती हैं। यह है उसकी मस्जिद का फ़ोन नम्बर।" उसने क़मीज़ की ज़ेब से एक मुड़ा-तुड़ा काग़ज़ मेरे हवाले किया।

बच्चे से फ़ोन पर बात करने के बाद वह तड़प उठी... और मुझे कहने लगी...

"आप जब शहर जाएँ तो मुझे भी साथ ले जाइएगा।"

"मगर यह फ़ोन नम्बर तुम्हारे पास?"

"वह इरफ़ानुल्लाह ने छुपकर दिया था।"

दूसरे दिन वह सुबह ही स्कूल के दरवाज़े पर आ बैठी। मेरी टीचर्स कहने लगीं, "मैडम, इस तरह तो आप स्कूल डिस्पिलिन ख़राब कर रही हैं। यह औरत रोज़ाना क्यों आ जाती है?"

जब वह मेरे साथ स्कूल वैन में बैठी तो एक टीचर अँग्रेजी में मुझसे बोली, "मैडम आप शहर की रहनेवाली हैं और अकेली फिरती हैं। यह सरफिरे लोग कुछ भी करवा सकते हैं।" रास्ते में मस्जिद के नज़दीकी चौक पर उसे उतारकर मैं घर आ गयी और बार-बार सोच रही थी कि मुझे उन मआमलात में नहीं पड़ना चाहिए। ये लोग और इनका क़ानून कितना अलग है! कहीं ऐसा न हो कि मैं किसी मुश्किल में फँस जाऊँ।

दूसरे दिन मैं ऑफ़िस में बैठी थी कि वह कमरे में दाख़िल हुई। रोने के कारण उसकी आँखें सूजी हुई थीं। वह बोली, "मेरी ननद को पता चल गया है कि मैं इरफ़ानुल्लाह खाँ को मिलने गयी थी। उसने मुझे बहुत मारा है और कह रही थी कि अब उसे किसी और मस्जिद में भिजवा दूँगी, जहाँ मैं ज़िन्दगी भर उससे मिल नहीं

सकूँगी। बार-बार वह मुझसे पूछ रही थी कि तुम्हें मस्जिद का रास्ता किसने दिखाया है? मैंने कह दिया कि गाँव के एक बूढ़े आदमी ने, उसका बेटा भी उसी मस्जिद में पढ़ाई कर रहा है। मैडम आप फ़िक्र न करें आपका नाम कभी-भी मेरी ज़ुबान पर नहीं आएगा।''

लेकिन जाने क्यों मुझे डर महसूस होने लगा। मैंने दोबारा फ़ोन करके एड्रेस लिया था। चाहते हुए भी उसे न दे सकी। शहर में दाख़िल होते ही मुझे हिम्मत हुई कि अब मैं अपने जैसे लोगों में, अपनी दुनिया में हूँ। दूसरे दिन मैं स्कूल पहुँची तो वह जगह ख़ाली थी जहाँ वह अपने छोटे बेटे को लेकर बैठती थी। आज उसके दूसरे बच्चे भी स्कूल नहीं आये थे। मुझे डर ने घेर लिया। जाने वह अपने बच्चे तक पहुँच पायी या नहीं। जाने उसके बेटे से मिलवाया या नहीं।

स्कूल की छुट्टी के वक़्त जब मैं कार में बैठने लगी तो वह सामने मौजूद थी। उसके कपड़ों पर बरसों के सफ़र की धूल जमी थी। होंठ सूखे हुए थे। गोद में निढाल बच्चा था। वह हाथ जोड़कर बोली, ''आप बेशक़ मुझे साथ लेकर न जाएँ, बस मुझे किराया उधार दे दें।'' मैं अपने बेटे को तलाश कर लूँगी। मैंने पर्स से पचीस रुपये निकालकर उसके हाथ पर रख दिये।

रास्ते भर मैं अपनी बुज़दिली पर कुढ़ती रही। अगर वह वैन में मेरे साथ बैठ जाती तो मेरी कौन-सी इज़्ज़त कम हो जाती! मैं जो अपने आपको बहुत मज़बूत बहुत रोशन-ख़्याल समझती हूँ। मैं ड्राइवर और टीचर्स से डर गयी और उसे अपने साथ लिफ्ट नहीं दी। वह दोपहर और रात मेरे लिए बहुत ही लम्बी और डरावनी थी।

दूसरे दिन मैं उसका इन्तज़ार करती रही। इन्तज़ार करते तीन दिन गुज़र गये, मैं उस वाक़िया को भूलती जा रही थी कि वह फिर हाज़िर हो गयी और बोली— ''मैं इरफ़ानुल्लाह से मिल आयी हूँ। पहले तो मौलवी साहब ने मिलवाने से इनकार कर दिया। जब मैंने बहुत मिन्नत की तो उन्होंने उसे मुझसे मिलने भेजा। मैडम, वह मेरे से भी लम्बा हो गया है। वह अकबर ख़ान का फ़ोटो है फ़ोटो... वैसा ही क़द, वैसा ही गोरा-चिट्टा रंग।''

''तुम्हारे घरवालों को तो पता नहीं चला?''

''मैडम जी, उनके पास तो कोई जादू है। मेरी ननद कह रही थी कि अब वह इरफ़ानुल्ला को उस मस्जिद से कहीं और भिजवा देगी, पर मैडम जी मैं उसे आपका नम्बर दे आयी हूँ। वह कहीं भी जाएगा तो आपको फ़ोन कर देगा और आप मुझे बता दीजिएगा। सिर्फ़ अब दो-तीन साल और मुश्किल के हैं। यह छोटा ज़रा बड़ा हो जाए तो उसे नानी के पास छोड़कर मैं भी काम शुरू करूँगी और तब तक मेरा इरफ़ान और बड़ा हो जाएगा, मेरे सर का साया मेरी इज़्ज़त की चादर अब मेरा बेटा

मुझे पहचानेगा।'' वह और भी बहुत बातें करती रही।

यों ही दिन गुज़रते रहे। एक दिन मुझे एक फ़ोन आया कि ''एक लड़के की जेब से आपका नाम और नम्बर मिला था। वह शहीद हो गया है, वह आपका क्या लगता है? हमने लाश वहीं दफ़न कर दी है। बस आपको सूचना देनी थी।''

फ़ोन बन्द हो गया। मैं भौंचक-सी सोच रही थी कि मैं यह सूचना उसे किस तरह दूँ। उसे कैसे बताऊँ कि तुम्हारा बेटा अब वाक़ई अल्लाह का बेटा बन गया है। फिर ख़्याल आया, हो सकता है वह नम्बर उसने किसी और को भी दे रखा हो। मैं ऐसी ख़बर एक माँ को कैसे सुनाऊँ। वह शौहर को तो ख़ुद दफ़न कर चुकी है। बेटे की क़ब्र कैसे बनाएगी। मैं सिर्फ़ सोचती रही मगर यह ख़बर उस तक पहुँचा न सकी। वह कितनी बार मिलने आयी लेकिन मेरे होठ उसे यह ख़बर सुना नहीं सके। मैंने अपराध किया है या एक माँ से वह उम्मीद न छीनकर उस पर एहसान किया है, कौन जाने...!

लेकिन ये कि...

—समरा जमीर

सीमा जब गर्ल्स हॉस्टल के उस कमरे में पहली बार आयी तो उसे रख़्शन्दा बी के बारे में काफ़ी जानकारी पहले ही मिल चुकी थी कि वह पिछले चार सालों से हॉस्टल के उस कमरे पर कब्ज़ा जमाये बैठी है और मुसलसल फेल होती आ रही है। अब बेबी रख़्शन्दा से रख़्शन्दा बी कहलाने लगी है। लड़कियाँ कहतीं वरिष्ठ और अनुभवी लेकिन सीमा के छः माह का अनुभव उसके विपरीत निकला। रख़्शन्दा बी की तमामतर आवारगियों के बावजूद सीमा उसे नापसन्द नहीं करती थी। बल्कि कभी-कभी वह उसे एक मायूस बच्ची लगा करती। आज लायब्रेरी से आते हुए वह ये सोच रही थी कि रख़्शन्दा बी मेरी रूममेट हैं इसलिए पढ़ाई के दौरान कोई डिस्टर्बेन्स नहीं होती क्योंकि रख़्शन्दा पूरे-पूरे दिन के लिए ग़ायब रहती थी। आज देखो कहाँ का प्रोग्राम बनता है? सोचते हुए सीमा ने कमरे का दरवाज़ा खोला।

''रख़्शन्दा प्लीज़ अपने कपड़े समेट लो, पूरे कमरे में बिखरे हुए हैं।''

''रख़्शन्दा नहीं, रक्षी... रक्षी... रक्षी...।'' रख़्शन्दा ने नेल पॉलिश लगाते हुए कहा।

''हाँ...हाँ भई, सॉरी।''

''देखो सीमी ये रख़्शन्दा ज़रा आउट ऑफ डेट लगता है और अब वैसे भी मैं इस नाम की आदी नहीं रही। अरे आज फिर तुम इतनी सारी किताबें उठा लायी हो, क्यों अपनी इन ख़ूबसूरत आँखों की दुश्मन बनी हुई हो? अच्छा देखो तो ज़रा मेरी आँखों का मेकअप कैसा लग रहा है?''

''बहुत अच्छा है।'' सीमा ने कहा और कपड़ों को समेटना शुरू किया।

''अरे बग़ैर देखे कैसे कहा अच्छा है? ठीक से तो देखो।''

सीमा ने ग़ौर से रख़्शन्दा बी की छोटी-छोटी आँखों को देखा। सलोने रंग पर गहरा नीला आई शैड ऐसा लग रहा था जैसे किसी ने आँख पर ज़ोरदार मुक्का मारा हो और नील पड़ गया हो।

"बिल्कुल ग़ज़ाल की आँखें लगती हैं।"

"ख़ैर ग़ज़ाला से तो अच्छी हैं मेरी आँखें।"

"अरे बाबा ग़ज़ाला नहीं गज़ाल यानी हिरनी की आँख जैसी ख़ूबसूरत, समझीं कुछ! हाय, सच सिम्मी तू मेरी सब से अच्छी दोस्त है, तुझसे पहले जो मेरी रूममेट थी ना, इतनी सड़ू थी कि बस। बस मुझसे चिढ़ी रहती थी लेकिन माई डियर सिम्मी क्या तुम आसान उर्दू में मेरी आँखों की तारीफ़ नहीं कर सकती?" रख़्शन्दा बी ने सीमा के सामने आकर आँखें पटपटाई।

"हाँ-हाँ, क्यों नहीं... जब तुम उदास होती हो तो तुम्हारी आँखें बिल्कुल शबनम हिरोइन से मेल खाती लगती हैं और हँसते हुए तो तुम बिल्कुल सोफिया लारेन जैसी दिखती हो।"

"सिम्मी...सिम्मी, जी चाहता है कि तुम्हारा मुँह चूम लूँ।" रख़्शन्दा बी अन्दाज़ से आगे बढ़ीं।

सीमा ने एक नज़र रख़्शन्दा बी के लिपस्टिक से लिथड़े होठों पर डालीं और कहा, "बस... बस रहने दो, तुम्हारी लिपस्टिक ख़राब हो जाएगी।"

रख़्शन्दा बी ने मेकअप को आख़िरी टच देकर परफ़्यूम की शीशी अपने बदन पर उड़ेलना शुरू किया तो ख़ुशबू की अधिकता से सीमा का दिमाग़ चकराने लगा।

"बड़ी अच्छी ख़ुशबू है।"

"अच्छी है न, यह उस कमीने अशरफ़ ने दी थी। एक बात थी उसमें, कमबख़्त तोहफ़े बहुत क़ीमती देता था।"

अब रख़्शन्दा बी ने आईने में अपने सरापे पर निगाह डाली।

"कैसी लग रही हूँ, सैक्सी ना?"

सीमा ने ज़ोरदार आवाज़ में सराहना की, "टू मच, ए वन।"

रख़्शन्दा बी के बाहर जाते ही सीमा ने सुकून की साँस ली। अब कम-से-कम तीन घंटे अध्ययन किया जा सकता है।

पढ़ते-पढ़ते सीमा की आँख लग गयी। आँख खुली तो शाम के छः बज रहे थे। या अल्लाह रक्षी कहाँ रह गयी! सीमा ने चाय बनाते हुए सोचा। चाय के घूँट लेते हुए वह रख़्शन्दा के उस भाई के सम्बन्ध में सोचने लगी जिसके बारे में उसने बताया था कि अम्मा के स्वर्गवास के पहले ही आस्ट्रेलिया जाकर बस गये थे और माँ का मरा मुँह भी देखने नहीं आये। फिर उसे अपना छोटा भाई याद आया जो छह महीने पहले स्टेशन पर उससे लिपटा कह रहा था—

"आपा जल्दी से इम्तहान देकर वापिस आना, तुम्हारी सिफ़ारिश के बग़ैर अम्मी हमारी कोई फ़रमाइश पूरी नहीं करतीं।" वह दृश्य याद आते ही उसके होठों पर मुस्कराहट दौड़ गयी।

अचानक दरवाज़ा खुला और रख़्शन्दा का तमतमाया चेहरा नज़र आया जो दरवाज़े पर खड़ी हाँफ रही थी। दूसरे ही लम्हे एक छलाँग लगाकर उसने सीमा को जा दबोचा।

"सिम्मी...सिम्मी आई लव हिम... आई लव हिम।"

"तो क्या वसीम ने तुम्हें प्रपोज़ कर दिया?"

"नहीं यार, वह तो कुछ बोलता ही नहीं, आई थिंक ही इज़ वेटिंग फॉर दी राइट टाइम।" और वैसे भी मैं तो राशिद से मिलने गयी थी, तुम्हें बताया तो था परसों, जिससे नेट चैटिंग के ज़रिये दोस्ती हुई थी!

"लेकिन रक्षी..." सीमा ने मुँह से आधा वाक्य निकाला था क्योंकि रख़्शन्दा बी उसी रफ़्तार से शुरू थीं।

"सच वह इतना हैंडसम है, टू रिफाइंड यार...आई एम रेडी टू लव हिम।"

सीमा आश्चर्य से मुँह खोले यह सोचने की कोशिश कर रही थी कि आठ महीनों में चार मरतबा मुहब्बत में गिरफ़्तार हुआ जा सकता है यानी नम्बर आठ बटा चार, हासिल दो।

"सिम्मी तुम सुन रही हो न?" रख़्शन्दा ने सीमा का कन्धा हिलाया।

"ओ... हो... हाँ।"

"क्या बताऊँ सिम्मी वह बिल्कुल मेरा आइडियल है। वह बहुत बातूनी है, लेकिन बहुत प्यारा है।"

"लेकिन रख़्शी, तुम्हें तो वसीम पसन्द था न? उसकी ख़ामोशी और उसकी बोलती आँखें?" सीमा ने उसे याद दिलाने की कोशिश की।

"ओ हो, तुम तो पुरानी बातें लेकर बैठ जाती हो।" रख़्शन्दा ने बेज़ारी से कहा, "देखो डियर, अब ख़ामोशी से तो ज़िन्दगी नहीं गुज़ारी जा सकती ना? मैं उसे पसन्द करती हूँ लेकिन वह बहुत सस्त है।" फिर तुम मेरी उम्र भी तो देखो— पूरे तीस की हो गयी हूँ, अब क्या दो-चार साल और निकाल दूँ?"

रख़्शन्दा बी सोचने लगीं खामख्वाह तीस साल कह दिया, हालाँकि दो साल अभी भी घटा कर बतायी थीं।

"सुनो, सुबह वह मुझे लेने आ रहा है, तुम मिलोगी ना?"

"ख़ुदा के लिए रक्षी पन्द्रह से इम्तिहान शुरू हैं, कुछ पढ़ लो। फिर फेल होगी क्या? पाँच साल का रजिस्ट्रेशन होता है और यह आख़िरी साल है।" सीमा ने उसे समझाने की कोशिश की।

"यही तो मुश्किल है सिम्मी, मैं सोचती हूँ कि एम.ए. तो होगा नहीं, क्यों न जॉब कर लूँ, अरशद के ऑफ़िस में एक जगह भी ख़ाली है।"

और रख़्शन्दा ने नौकरी कर ली। सीमा रोज़ उसे नख-शिख तैयार होकर ऑफ़िस

जाते देखती। जिस दिन वह अपना आख़िरी पेपर देकर आयी तो हमेशा के विपरीत रख़्शन्दा पलंग पर पैर लटकाये सोच में गुम बैठी थी। सीमा ने कमरे के एक कोने में रखे कम्प्यूटर को देखा जो कि ऑफ था, फिर ताज्जुब से बोली—

"आज तुम गयी नहीं, क्या अरशद से झगड़ा हो गया है?" रख़्शन्दा की गम्भीर सूरत देखकर उसे यही ख़्याल आया।

"नहीं, वह तो आजकल अपने गाँव गया हुआ है।"

"अरे कब? तुमने बताया नहीं।" सीमा ने आश्चर्य से पूछा।

"तुम्हें फ़ुर्सत कहाँ है यह सब सुनने की।" रख़्शन्दा ने शिकायती लहज़े में कहा।

"सॉरी रख़्शी इम्तहान भी पूरा शैतान की आँत हो गया था। ख़ैर अब फ़ारिग़ हूँ बताओ मिठाई कब खिला रही हो?"

"बस उसके आते ही।" रख़्शन्दा ने छोटा-सा जवाब दिया और आँखें बन्द करके लेट गयी। सीमा ने ग़ौर से उसकी तरफ़ देखा। उसका चेहरा पीला और थका हुआ नज़र आ रहा था। फिर उदासी से सोचा, लगता है इस बार रख़्शन्दा को वाक़ई मुहब्बत हो गयी है।

फिर दिनों का इन्तज़ार लम्बा होने लगा। रख़्शन्दा का और सीमा को रिज़ल्ट का इन्तज़ार था लेकिन इस बार अरशद के अन्दाज़ बदले-बदले से नज़र आये। न नेट चैटिंग, न मुलाक़ातें और न ही फ़ोन पर बातें। उसके अन्दर बड़ी गम्भीरता और स्थिरता आ गयी थी और सीमा उसका यह अन्दाज़ देख-देखकर सोचती कि यह मुहबत भी कितनी फ़ज़ूल चीज़ है जो अच्छे-अच्छों को ख़राब और ख़राब को अच्छा बना देती है।

रिज़ल्ट आते ही सीमा को अपने माता-पिता के पास चले जाना था लिहाज़ा वह सबसे मिलती फिर रही थीं। और एक सुबह को निकली वह जब अपनी पसन्दीदा पुस्तक ख़रीदकर लौटी तो रख़्शन्दा बी बिस्तर में मुँह छुपाये लेटी नज़र आयीं, हिचकियों से उनका पूरा बदन हिल रहा था। सीमा ने घबराकर किताब बिस्तर पर डाली और रख़्शन्दा का चेहरा उठाने की कोशिश की—

"क्या हुआ रख़्शी, प्लीज़ इधर देखो, कुछ बताओ तो आख़िर हुआ क्या है?"

रख़्शन्दा की सिसकियाँ और तेज़ हो गयीं। सीमा ने बड़ी मुश्किल से उसे पानी पिलाया।

"अब बताओ हुआ क्या है?"

"उसने गाँव में शादी कर ली है।" हिचकियाँ लेते हुए उसने कहा।

"क्या...? कब?"

"गाँव में अपने चाचा की अनपढ़ लड़की से और अपना तबादला भी करवा

लिया है।'' रख़्शन्दा ने नाक पोंछते हुए कहा। सीमा ने कन्धे से लगाकर उसे तसल्ली दी—

''दफ़ा करो, तुम क्या किसी से कम हो!''

एक महीना गुज़र गया रख़्शन्दा वैसे ही उदास-उदास रहती। उसने दफ़्तर जाना भी छोड़ दिया। सीमा को यक़ीन हो गया था कि रख़्शी को अरशद से सचमुच में मुहब्बत थी। मगर अगली सुबह सीमा की आँख खुली तो देखा रख़्शन्दा पूरी तरह तैयार होकर सामने खड़ी थी।

''कहाँ चलीं?'' सीमा ने हैरानी से पूछा।

''दफ़्तर, और कहाँ।'' बड़े आराम से उसने जवाब दिया।

ठीक तीन दिन बाद तमतमाता हुआ चेहरा लिए रख़्शन्दा कमरे में दाख़िल हुई। 'सिम्मी...सिम्मी' पुकारती। उसके पुराने अन्दाज़ आसभरे वाक़िया का अन्दाज़ा कर सीमा की जान जल-भुन गयी—

''सीमी, वो बारी साहब हैं न?''

''कौन, वो तुम्हारे बॉस?''

''हाँ वही।''

''क्या इन्तक़ाल कर गये?'' उसने जल-भुन कर पूछा।

''स्टुपिड, वे इतनी उम्र के थोड़े ही हैं। 45 साल के होंगे।'' रख़्शन्दा बोली।

''तो क्या हुआ उन्हें?''

''उन्होंने मुझे डिनर पर बुलाया है, पता है बेचारे दुनिया में कितने अकेले हैं? मुझे तो आज ही मालूम हुआ उनकी कहानी कितनी दर्दभरी है।''

उनकी बेबसी के ख़्याल से रख़्शन्दा की आँखों में आँसू भर आये।

''एक मिनट ठहरो।'' सीमा ने सँभलकर बैठते हुए कहा— बाक़ी मैं बताती हूँ।

''उनकी शादी माता-पिता ने ज़बरर्दस्ती की होगी।''

''हाँ।''

''बेगम कम पढ़ी-लिखी होगी या अनपढ़ होगी, उससे मिजाज़ नहीं मिलता होगा, उनके जज़्बात को वह नहीं समझती होगी, एक छत के नीचे अजनबियों की तरह रहते होंगे और हाँ चार-पाँच बच्चे भी होंगे?''

''नहीं, छः हैं।'' रख़्शन्दा के मुँह से निकला, जो हैरत से सीमा का चेहरा ताक रही थी।

फिर बोली—

''मगर ये सब बातें तुम्हें कैसे पता चलीं?''

''अक़्ल सलीम (बुद्धिमानी) से।'' सीमा ने मुस्कराकर कहा।

''अच्छा तो तुम सलीम को जानती हो? ख़ैर मैं बारी साहब से कहूँगी कि

सलीम की जगह कोई दूसरा ड्राइवर रख लें। देखो ज़रा, उनकी पर्सनल बातें सबको बताता है जैसेकि तुमको बताई हैं, है न?"

"ख़ुदा के वास्ते रख़्शी तुम्हें कब अक़्ल आएगी?" सीमा ने सिर पीट लिया।

"अच्छा बाबा नहीं कहूँगी, नाराज़ क्यों होती है।" रख़्शन्दा घबराकर बोली।

सीमा ने अफ़सोस से उसकी तरफ़ देखा, फिर एक गहरी साँस ली, "मेरे पास भी एक ख़ुशख़बरी है।"

"अच्छा... क्या तुम्हें भी...?"

"नहीं, मेरी फर्स्ट क्लास आयी है।" सीमा ने रख़्शी की बात काटकर कहा। "और अब मैं परसों या तरसों चली जाऊँगी लिहाज़ा तुम ये बाक़ी दिन मेरे साथ गुज़ारो।"

"हाय सिम्मी, मुबारक हो। मुझे तो पहले ही पता था तुम्हारा, लेकिन तुम्हें तो मालूम है कि मुझे डिनर पर तो जाना ही होगा न! लेकिन कल का पूरा दिन तुम्हारे नाम, श्योर।"

सीमा अपनी पैकिंग में व्यस्त थी और रख़्शन्दा सात बजे शाम से डिनर पर गयी हुई थी, रात के ग्यारह बज रहे थे। उसके दिल में तरह-तरह के ख़्याल आने लगे थे कि यकायक दरवाज़ा खुला, रख़्शन्दा दौड़कर आयी और सीमा से लिपटकर रोना शुरू कर दिया—

"क्या हुआ रक्षी?" सीमा ने उसे थपकते हुए पूछा।

रख़्शन्दा ने हिचकियों के बीच कहा, "बारी साहब ने... उन्होंने मुझे प्रपोज़ किया है।"

"क्या?"

"हाँ... और मैंने हाँ कर दी है।" अब रख़्शन्दा ने ज़्यादा ज़ोर से रोना शुरू किया।

"अब रो क्यों रही हो?" सीमा ने पूछा।

"सिम्मी... वो बिल्कुल गंजे हैं। लेकिन मुझे बहुत प्यार करते हैं।"

"वे तो बहुत दौलतमन्द हैं, उनसे कहो ना हेअर प्लांट करवा लें।" सीमा ने मुस्कराकर मशविरा दिया।

रख़्शन्दा की हिचकियाँ रुक गयीं,

"सिम्मी... सिम्मी...क्या मश्वरा दिया है तुमने! तुम वाकई में मेरी दोस्त हो और बहुत अच्छी हो।दोस्त हो तो तुम जैसी।" और रख़्शन्दा बी चटाचट सीमा के गाल चूम रही थीं।

ऑक्टोपस

—शहनाज़ परवीन

कभी-कभी इंसान से उसका अपना आप छिन जाता है। अपने बिखरे हुए वजूद को समेटने की कोशिश करती हूँ तो हाथ लहूलुहान हो जाते हैं। मैं तो ख़ुद उस जादूनगरी से दूर भागना चाहती हूँ लेकिन बार-बार कोई अनदेखी शक्ति मेरा हाथ थामकर उस घटना-स्थल की तरफ़ ले जाती है। मैं डर से आँखें बन्द कर लेती हूँ तो कानों में सरगोशियों की आवाज़ें आती हैं। वादे की ज़ंजीर इतनी लम्बी हो जाएगी यह तो मैंने सोचा भी न था। उस ज़ंजीर की कड़ियाँ काटते-काटते मैं लहूलुहान हो चुकी हूँ। मगर लगता है यह कोई जादुई सिलसिला है, जितनी कड़ी काटती हूँ हर कटी हुई कड़ी एक ज़ंजीर बन जाती है। फिर यह ज़ंजीर ऑक्टोपस की तरह मुझे अपनी गिरफ़्त में ले लेती है। साथवाले घर से रात के सन्नाटे में रोने की आवाज़ नींद उचाट देती है। वक़्त-बेवक़्त सिसकियों की आवाज़ें सुकून छीन लेती हैं। कभी कोई बहुत ज़ोर से रोता है कभी ज़ोर-ज़ोर से घरवालों को आवाज़ें देता है। कभी हँसता है। कौन है यह? मैं घरवालों से पूछती हूँ।

"यहाँ उनका कोई रिश्तेदार नहीं है, सुना है बेटी ने बाहर जाते वक़्त हमदर्दी में माँ को एक फ़्लैट ख़रीदकर दे दिया था कि बाक़ी ज़िन्दगी किसी के आगे हाथ न फैलाना पड़े। हर माह पैसे भी भेजती है। बेटे दो हैं। मानसिक अस्पताल में भर्ती करने का बहुत प्रयास किया मगर चीख़ती चिल्लाती हैं। डॉक्टरों का कहना है कि बच्चों को बुलवा दें; ख़ुद ठीक हो जाएँगी। हमने बहुतेरे ख़त लिखे, कोई नहीं आया तो अब अपने घर ले आये हैं। शायद लोगों के बीच रहकर ठीक हो जाएँ।"

मेरे कानों में सीटियाँ-सी बजती हैं। उन्हीं सीटियों के शोर में चन्द और आवाज़ें कानों को जख़्मी किये देती हैं।

"हाँ सिर्फ़ एक दादी के सिवा मेरा कोई रिश्तेदार ज़िन्दा नहीं बचा। उनकी आँखों के सामने सब मार दिए गये। मेरे अब्बू, अम्मी, भाई, बहन। एक-एक को याद करके रोती है।" दस साल का अख़्तर सपाट लहजे में कहता है।

"देखो, अपने लोगों में जाकर हमें भूल न जाना।" सत्रह वर्षीया रज़िया अपनी

आँखों में उम्मीदों के हज़ारों चिराग़ जलाये मेरा हाथ थामकर बार-बार चूमती है।'' जब अपने वतन पहुँचना तो वहाँ की हवा, फ़िज़ाओं को मेरा सलाम कहना, उस मिट्टी को बड़े प्यार से हाथों में लेना और उसे बता देना कि तुम्हारे हाथों में मेरे हाथों का स्पर्श भी मौजूद है और वहाँ जब तक मैं न आऊँ थोड़ी-सी मिट्टी उस रुख़ पर भी उड़ा देना ''और फिर उसकी आँखों में आँसू आ जाते हैं'', हमें जल्दी बुलवा लेना।

मैं अपने कानों को दोनों हथेलियों से ज़ोर से बन्द कर लेती हूँ... फिर वही कहानी जो सुना-सुनाकर मैं थक चुकी हूँ, जिसे कोई सुनने को राज़ी भी नहीं मगर वादे की यह ज़ंजीर भी कितनी ज़ालिम है, न जीने देती है न मरने। एक क़र्ज़-तले हर वक़्त दबी रहती हूँ। हर लम्हे बेकली और अनजानी-सी चुभन क़िस्मत बन चुकी है। लगता है मेरा सरापा (सर्वांग) गुम्बद है जिसमें आवाज़ों की गूँज है, एक ऐसा खंडहर जिसमें बेशुमार चमगादड़ शोर मचाती रहती हैं या फ़िर ऐसी आग बरसाती ज़मीन है जो देखने में तो घेरा है मगर अन्दर से बेचैन व बेक़रार जहन्नम की आग उसमें बार-बार दरारें-सी पैदा कर देती है। कोई आसेब है, साया है, क्या है? मेरी अक़्ल जवाब दे जाती है। इसी ख़्याल से निजात पाने के लिए रेडियो का स्विच ऑन कर देती हूँ। फ़रीदा ख़ानम की आवाज़ में मुनीर नियाज़ी के राष्ट्रीय गीत के बोल कानों में रस घोलने लगते हैं—

ज़िन्दगी अपने वतन की ज़िन्दगी का नाम है,
नाम ही अपने वतन की ज़िन्दगी का नाम है

और फिर सारी फ़िज़ा महक उठती है। प्रिय देश की ख़ुशबू रगे-जाँ को सुवासित कर देती है कि अचानक दिल की सरज़मीन पर फिर आँसुओं की बारिश होने लगती है। बहुत से बे-वतनों की कहानियाँ दिमाग़ के पर्दे पर उभरने लगती हैं। उन ख़ूबसूरत आँखों में कितनी इल्तिजा थी हमारे लिए दुआएँ करना। एक के बाद एक कई निशान उभरते हैं। मुझे ऐसा महसूस होता है कि मेरे जिस्म या रूह का कोई हिस्सा गुम है, जब तक वह मिल नहीं जाता मेरा अस्तित्व अधूरा है। एक पल के लिए मैं सो जाती हूँ, या शायद जागते में ख़्वाब देखती हूँ। सामने क़र्बला का मैदान है, ज़ंजीर का सिलसिला, बढ़ते-बढ़ते कश्मीर, बोस्निया, चेचनिया और इराक़ तक पहुँच जाता है। मेरे इर्द-गिर्द बेशुमार लाशें हैं, फूल से बच्चों के जले हुए जिस्म, जिसे न कफ़न नसीब है न दफ़न होना, बिगड़े हुए चेहरे और जिस्म। मरनेवालों में बहुत-से ऐसे लोग भी हैं जिन्होंने इन्सानियत को ज़िन्दा रखते हुए अपनी आँखें व गुर्दे ज़रूरतमन्दों के लिए दान करने की ताक़ीद की थी। लोग अपने रिश्तेदारों की लाशें पहचानने के लिए आते हैं और सकते के आलम में वापिस ले जाते हैं। सारी कहानियाँ ख़त्म हो जाती हैं। सारी सरहदें सिमटकर एक बड़ा-सा मैदान बन जाती

हैं।

वादे की इसी ज़ंजीर ने मेरे अन्दर की आँख को रौशन कर दिया है। मुझे आत्मिक शक्ति दी है। अचानक कॉलबेल की आवाज़ मुझे ख़्यालों की दुनिया से वापस ले आती है, आनेवाली शख़्सियत आश्चर्यजनक ख़ुशी का कारण बनती है—

''आपने इस वक़्त, कैसे ज़हमत की?''

''इधर से गुज़र रहा था, सोचा तुमसे मिलता चलूँ।''

''वैसे मुझे इस वक़्त आप ही की ज़रूरत थी।''

''क्या कर रही थीं, फिर कोई समस्या?''

''कुछ नहीं बस वही बातें याद आ रही थीं जिन्हें भूल जाना चाहती हूँ। आप को याद है, एक शाम जब मैंने उस त्रासदी पर एक कहानी पढ़ी और समीक्षा करने वाले ने सिर्फ़ उस एक कहानी के सिवा सब पर चर्चा की थी। आपने मुझसे कहा था, ''क्यों करती हो मुर्दों की बातें, कौन सुनेगा गयी-गुज़री दास्तान?'' तो मैं रो पड़ी थी—

''वे मुर्दे नहीं हैं, यहाँ आ जाएँगे तो जी उठेंगे।''

''अब वे ज़िन्दा नहीं हो सकते।'' आपने धीमी और हारी हुई आवाज़ में कहा था। फिर आप का गला रुँध गया था और आँखों की कोरें नम हो गयी थीं।

''मैं अब भी यही कहूँगा, अतीत में जीना छोड़ दो।''

''अमल तो कर रही हूँ आप की बातों पर, सारी तारीखें भुला दी हैं मैंने, और नागासाकी पर बमों के हमले और उनके नतीजे में कई पीढ़ियों की शारीरिक और मानसिक बेबसी, सब कुछ भूल गयी हूँ। मगर क्या करूँ, बारूद की सरज़मीन से सर उठानेवाली कुम्हलायी हुई कलियों को देखती हूँ तो आपके पढ़ाये हुए सारे सबक़ भूल जाती हूँ। आपने यह भी कहा था न कि—

''नया भूगोल तलाश करो, दिमाग़ के कम्प्यूटर में वही फीड करो जो लाभदायक हो। बादशाहों और अफ़सरों के हुक्म के मुताबिक़ लिखे हुए इतिहास को सच जानो, सारी उम्र ऐश से गुज़रेगी।'' वे हँस पड़े।

''आज बहुत उदास हो?''

''और क्या, मैंने माना धमाके सिर्फ़ विध्वंसक होते हैं मगर क्या सारी दुनिया के द्वारा एटमी शक्ति के ग़लत इस्तेमाल को रोकने के लिए मिलजुलकर संघर्ष नहीं किया जा सकता? धमाका करनेवाली शक्तियों को संगीन सज़ाएँ भी तो दी जा सकती हैं ताकि हमारी इस धरती पर कहीं भी बारूद की बू न हो।''

''ख़्वाबों की दुनिया से निकल आओ, यहाँ जिस राष्ट्र पर बमों का इस्तेमाल होता है, वही ख़ौफ़ की मिसाल बन जाता है। यह तो हो सकता है कि धमाके के बाद जश्न न मनाएँ बल्कि प्रार्थना करें कि ज़िन्दगी में वह स्थिति कभी न आए कि

परमाणु हथियारों का ग़लत तरीक़े से इस्तेमाल किया जाए।''

''भई, यह धमाका तो ज़रूरी था। दुश्मन देशों को अपने होने का यक़ीन भी तो दिलाना था। तुमने सुना नहीं, उसी रोज़ टीवी पर एक बुद्धिजीवी उसे नयी सुबह की निशानी कह रहा था। उसने बताया था कि सामान्य स्थिति में पहाड़ जलकर कोयले की तरह काले हो जाते हैं। लेकिन यह पहाड़ जलकर सफ़ेद हो गया है, इसकी चमकीली सफ़ेदी हमारी विजय की निशानी है।''

''इसीलिए तो ज़्यादा भयभीत हूँ। मैंने पढ़ा था कि जब जहन्नुम की आग को एक हज़ार साल तक भड़काया गया था तो वह सफ़ेद हो गयी थी, फिर एक हज़ार साल तक और भड़काया गया तो लाल हो गयी और जब ज़्यादा साल तक भड़कने के लिए छोड़ दी तो वह स्याह और काली हो गयी, यहाँ तक कि अब उसमें कोई चिंगारी भी रौशन नज़र नहीं आती। लेकिन अगर उसे सुई की नोक के बराबर भी खोल दिया जाए तो उसी गर्मी से सारी दुनिया नष्ट हो जाएगी।''

कुछ देर के लिए ख़ामोशी छा गयी। फिर बोले, ''अगर मेरा कहना इतना ही मानती हो तो एक काम और करो, दिलो-दिमाग़ पर सब्र का एक बड़ा-सा पत्थर रखकर उन तमाम जगहों को बन्द कर दो जहाँ से सोच के सोते फूटने की ज़रा-सी भी आशंका हो।''

उनकी आवाज़ भर्रा गयी और उनका चेहरा पहले सफ़ेद फिर सुर्ख़ और फिर स्याह हो उठा।

आज की शहरज़ाद

—बुशरा एजाज़

उस समय से उसके राज-पाट में शोर मच गया था जबसे उसने अपनी ज़िन्दगी से मुहब्बत को निकाल दिया था। मुहब्बत को ज़िन्दगी से दूर करते समय उसने सोचा भी नहीं था कि उसके बिना कोई ऐसी मुश्किल भी पेश आएगी जिसे बाद में वह समझ ही न सकेगी और सुलझाते-सुलझाते वह ख़ुद एक मुश्किल बन जाएगी। उसने इस पर कभी ग़ौर नहीं किया था कि मुहब्बत कुछ दिनों में फूलों की तरह मुरझाने लगती है, प्यार की पुरवाई में तपिश का ज़ायक़ा घुल जाता है। घर की दीवारों पर उदासी का मेला लग जाता है और आँगन में भरी-पूरी आवाज़ों के बावजूद एक ऐसा सन्नाटा उग आता है जो दिल के बीचोबीच कौड़ियाले साँप की तरह फन काढ़कर बैठ जाता है। और जिसकी फुँफकार से वजूद एक ऐसी अनदेखी आग में जलने लगता है जिस का इलाज न ठंडे पानी से सम्भव होता है, न ऐसे में बर्फ़ ही कारगार साबित होती है। सिर्फ़ दिल जलता है। साँप फुँफकारता है। आग धधकती है और फिर बुझती नहीं, कुछ भी करो... बुझती नहीं... वाक़ई बुझती नहीं...।

उसने बायाँ हाथ सीने पर रखा और धीरे-धीरे खिड़की के पास आ खड़ी हुई। सामने गली में घुप्प अँधेरा था। दूर गली के आख़िरी सिरे पर ज़ीनत ख़ाला के मकान के सामने म्यूनिसिपलिटी का अकेला बल्ब अपनी धीमी रोशनी से सीमित उजाला कर रहा था जो दूर से जंगल के आख़िरी किनारे पर झोपड़ी में जलते उस दीये की तरह लग रहा था जो कभी-कभार भटके हुए मुसाफ़िरों को राह दिखाने का सबब बन जाता है। उस बल्ब के आस-पास ख़ामोश अँधेरा था। खिड़की के ठीक सामने अरशद चचा के घर के सहन से बातों की भिनभिनाहट सुनाई दे रही थी। चाची रशीदा हमेशा की तरह पोते-पोतियों को अपने पास जमा किये वही पुरानी शहरज़ाद की कहानी सुना रही होंगी और आख़िर में यह भी ज़रूर कहेंगी— वाह, क्या कमाल औरत थी, कितनी ज़हीन, हाज़िरजवाब और बहादुर।

"वह किस तरह चची?" अपने बचपन में जब उसने कहानी सुनी थी तो

चची से पूछा था उसने।

"भई, वह इस तरह कि बजाय जाबिर बादशाह के सामने हार मानने के उसने बहादुरी से लड़ने का फ़ैसला किया। ख़ुदा ने उसे कामयाबी भी दी। देखो बेटा! लड़ते हुए मरना बहादुरों की शान है। फिर मौत, मौत नहीं रहती, शहादत का दर्जा अख़्तियार कर लेती है और यह बहुत बड़ा दर्जा है।" चची ने शान से कहा था और चची रशीदा हमेशा यह कहानी वीकऐंड पर सुनाया करती थीं। यह उनका उसूल था। बच्चे पूरे सात दिन उस कहानी का इन्तज़ार करते थे तो चची माहिर क़िस्सागो की तरह बूँद-बूँद उनके कानों में उँडेलती थीं। यही वजह थी कि वह कहानी बच्चों में बहुत मशहूर थी।

अगले रोज़ छुट्टी थी और उसे याद था कि उसने वह छुट्टी बहन-भाइयों के साथ छत पर पतंग उड़ाने, गुड़िया खेलने और घर में उधम मचाने की बजाय, बड़ी ख़ामोशी से गुज़ार दी। बहादुरी से लड़ते हुए मरनेवाली बात उसके छोटे से ज़ेहन में बैठ गयी थी। वह तमाम दिन उसने छत पर पड़ी झिलंगी चारपाई पर लेटकर आसमान की ओर देखा और चची की बात को बार-बार दिल में दोहराया मगर उसे कुछ समझ न आया कि बहादुरी से लड़ते हुए मरने में आख़िर ऐसी कौन-सी बड़ी बात है जिसको चची इतना सराह रही थीं। और शहरज़ाद ने आख़िर इतनी कौन-सी बहादुरी दिखा दी जो चची निहाल होकर सबको उसकी कहानी सुनाती हैं। जब कुछ समझ में नहीं आया तो आइन्दा शहरज़ाद की कहानी न सुनने का फ़ैसला करते हुए छत से नीचे आ गयी।

"वाह चची।" उसने बातों की भनभनाहट अपने कानों के अन्दर जाते हुए महसूस की तो उसके सीने से सिसकी-सी निकली। तेरी शहरज़ाद ने तो अपने फन के ज़ोर पर मौत को पछाड़ दिया था। मगर यहाँ तो ज़िन्दगी है कि सदियों से पछाड़े चली जा रही है। हमें तो कोई ऐसी शहरज़ाद नज़र नहीं आयी जो उसको शिकस्त दे दे। सभी उससे डरते-डरते हाथ बाँधे सलाम करते नज़र आते हैं। उसके आगे मौत बिल्कुल बेचारी लगती है। मेहरबान और बहुत अपनी-अपनी जो कम-से-कम दुत्कारती तो नहीं। अपनी पनाह में बड़े दुलार से समेट तो लेती है। उसका दिल चाहा, खिड़की से मुँह निकालकर ज़ोर से चची रशीदा को आवाज़ दे और कहे, "चची ख़ुदा के लिए अब इस शहरज़ाद का पीछा छोड़ दें! माफ़ कर दें उसे। बेचारी मौत से लड़ते-लड़ते थक गयी होगी। अब ज़रा उसे ज़िन्दगी से भी दो-दो हाथ करने दें, कुछ उसे भी तो पता चले कि फन से बाहर भी तो दुनिया है जहाँ भूख है, पशेमानी है, उदासी है, नफ़रत है, बदसूरती है, और... और जाबर बादशाह जैसी ज़िन्दगी है जो किसी माहिर कहानीकार या दास्तानगो की बात पर कान नहीं धरती। जिसे ऐसे फन से कोई दिलचस्पी नहीं होती बल्कि यह कहा जाए तो ज़्यादा ठीक

होगा कि उसे ऐसी किसी बात से बहलाना मुमकिन ही नहीं। वह नहीं मानती। उसके अपने अधिकार हैं। अपनी माँगें हैं। अपना कैनवस है। अपना ब्रश है, अपने ही रंग हैं। ख़याल भी अपने हैं। तभी तो इतनी चाबुक़दस्ती से जो भी ज़ेहन में आता है पेंट किये जाती है। सीधा-उल्टा, टेढ़ा-तिरछा जैसी मर्ज़ी और मज़े की बात यह कि कोई उसे कुछ नहीं कह सकता। अच्छी शहरज़ाद कभी चची रशीदा के बनाये हुए इल्म से बाहर निकले तो तुझे बताऊँ, ज़िन्दगी की क्या है, दिल से उठनेवाली सिसकी उसके पूरे वजूद की आवाज़ बन गयी। अब उसकी आँखों की पुतलियों पर एक ग्यारहवर्षीय बच्ची की मासूमियत कसमसा रही थी जो एक तपती दोपहर की ओट में खड़ी, सायों को गज़ों के हिसाब से बढ़ता हुआ देख रही थी। जिसके एक हाथ में नन्हा-सा ब्रश था और दूसरे में कॉपी का सादा पन्ना फड़फड़ा रहा था। वह सायों की तस्वीर बनाना चाहती थी, साये जो रोज़ाना घर के मेहराबों, मुँडेरों, दीवारों, छज्जों और चौबारों के थे। जो सहन में लगे शहतूत, आम, जामुन और नीम के पेड़ों से आन की आन में उतरते और ओसारे में फैल जाते। अजीब-अजीब शक्लों और सिम्तों में! वह सहन के बीचो-बीच बनी बारादरी के एक उखड़े हुए प्लास्टर वाली मेहराब में बैठकर सायों का तमाशा देखती रहती और उस वक़्त उसके आश्चर्य का ठिकाना नहीं रहता जब वह मेहराब के बीचोबीच से उभरता, एक बुरी शक्लवाला, बेढंगा और फैला हुआ साया ज़मीन पर बिखरा हुआ देखती। मैं ऐसी हूँ। वह घबराकर सोचती और कमरे में भाग जाती! उन्हीं दिनों उसके दिल में आया कि वह सायों को तस्वीर के ज़रिये क़ैद कर ले। शायद उस तरह वह ज़्यादा फैलने और बढ़ने से रुक जाएँ। मगर उस दिन उसके आश्चर्य का पारावार न रहा जब उसने बारादरी के मेहराब के बीचोबीच एक साये को गज़भर लम्बे ब्रश से अजीब शक्ल में चौखटनुमा काग़ज़ पर दायें-बायें तेज़ी से हरकत करते देखा। क्या साये भी...? उसने दहशत में सोचा और ब्रश फेंक दिया।

उन्हीं दिनों वह बड़ा हादसा हुआ जिसने उसे एक ऐसे न ख़त्म होनेवाले चक्कर में डाल दिया, बाद में ज़िन्दगी उसी में ढल गयी और वह ज़िन्दगी का चक्कर बनकर रह गया। फिर वह उससे निकल ही न सकी। फिर वह कुछ देख ही न सकी। फिर उसने अन्दर की आँखें बन्द कर लीं। फिर उसने बचपने की तमाम छोटी-छोटी मासूम ख़ुशियों को आँसुओं की माला में पिरो दिया। वह माला चुपके से गले में पहन ली, कभी न उतारने के लिए। फिर वह छोटी-सी लड़की, अम्मा की छोटी-सी मुन्नी, ज़हरी से ज़हरा बाजी और ज़हरा आपी बन गयी। यह बात याद करते हुए, खिड़की में खड़ी ज़हरा के ठंडे वजूद पर कँपकँपी-सी तारी हो गयी। उसकी आँखों में धुआँ-सा भरने लगा। उसके चेहरे पर दरारें पड़ने लगीं जिनसे मासूम नींदों के, रंग-बिरंगी तितलियों जैसे समय-समय पर ख़्वाब डरते-

डरते झाँकने लगें। उसकी सादा हथेलियों पर टिमटिमाते जुगनुओं का सोग़-भरा उजाला, चमचम करने लगा। उसकी उदास आँखों में एक ऐसा मंज़र साँस लेने लगा जिसने कभी उससे साँस लेने की ख़ुशी छीन ली थी। एक बारहवर्षीया लड़की पर सदियों का बोझ लाद दिया गया था। ऐसा बोझ जिससे उसके कन्धे झुक गये थे। कमर दोहरी हो गयी थी। हाथों में कम्पन जैसी स्थिति पैदा हो गयी थी। और ऐसे में टाँगें बाहर की ओर मुड़ने लगी थीं मगर वह बोझ की शिकायत भी न कर सकी। बस मुस्कराती चली गयी। इन्तहाई दुख में मुस्कराना भी तो दुख को पछाड़नेवाली बात थी। अन्दर खाने से शिकस्त से दो-चार करनेवाली बात थी। मगर यह तो उस पर बहुत बाद में खुला कि बात ऐसी न थी। दुख तो एक ऐसा ताक़तवर पहलवान है जो अखाड़े से बाहर हो तो ज़्यादा दाव-पेंच आजमाता है। वहाँ तो उसको पछाड़ना सम्भव ही नहीं। अब वह खिड़की से हटकर कुर्सी पर आकर बैठ गयी थी। उसने काले बालों की अपनी लम्बी चोटियाँ खोलकर सिर कुर्सी के पुस्त पर टिका दिया था और थकी हुई आँखों को बन्द कर लम्बी-लम्बी साँसें लेने लगी थी। ज़िन्दगी चार सिम्तों की लड़ाई है। मैं ज़हरा सुल्तान, कहीं क़रीब से सरगोशी की आवाज़ उभरी। अकेली किस-किस मोर्चे पर लड़ूँगी। थक जाऊँगी। यह थकावट तो उस वक़्त से है प्रोफ़ेसर जका जब थकान का मानी भी पूरी तरह मालूम नहीं था। अब क्या थकना! उसने उदासी से कमरे की दीवारों के अन्दर सरसराते सन्नाटे को महसूस करते हुए सोचा, मैं क्या बताऊँ प्रोफ़ेसर जका जब ज़मीन ने करवट बदली थी तो उसके नीचे मेरा क्या-क्या आराम ख़ाक हो गया था। बहुत पहले प्रोफ़ेसर जका, जब एक अँधेरी रात ने मेरी रोशनी को ज़ालिम डाइन की तरह निकाल लिया था। जब नींद एक निरन्तर जागरण में और ख़्वाब डरावनी बेख़्वाबी में बदल गये थे। जब एक बारह वर्षीया लड़की ने गहरी नींद से चौंककर अपने गिर्द उभरती डरावनी आवाज़ों से दहलकर कानों में उँगलियाँ ठूँस ली थीं। जब उसने आँखों में सलाई फेरे जाने की दुआ गिड़गिड़ाकर माँगी थी। जब उसने आँखों की रोशनी से बेरहम किसी चीज़ को नहीं पाया था। जब उसने दुख के प्रेत को अपने चारों तरफ़ नाचते देखा था। जब उसने बेबसी के सामने ख़ुद को निहत्था जानकर ख़ामोशी से हार मान ली थी। और अपने प्रिय लोगों के कटे-फटे बेजान वजूद के क़रीब बैठकर उनके सुर्ख़ गाढ़े ख़ून के स्याल में उँगलियाँ डुबोकर अपने वजूद पर एक प्रतिज्ञानामा लिखा था और चीख़ती चिल्लाती माया को सीने से चिपटाकर चुपके से छत पर चली आयी थी, ख़ुदा से बातें करने के लिए। शायद उसे गुमान था कि छत पर ख़ुदा ज़्यादा नज़दीक होता है। बीच में कोई रुकावट नहीं होती, मगर यह भी उसकी कोरी कल्पना थी। उसे बाद में पता चला कि ख़ुदा हर जगह से दूर होता है। उस तक पहुँचना आसान नहीं। इसीलिए बाद में माँ, बाप और तीन छोटे बहन-भाइयों के ख़ून के दरिया को

पार करते, उनकी कटी–फटी लाशों को वे आवाज़ नौहो से गुसल देते और उन्हें ख़ाक में गुम होते देखकर वह बिल्कुल नहीं रोई। उसकी आँखों में उड़नेवाली ख़ुश्क रेत, उसकी पलकों पर जम गयी, होठों पर फैल गयी और उसके वजूद पर उड़ने लगी। बाद में वह अख़बार के पिछले पृष्ठ पर छपनेवाली एक दहशतगर्दी की ख़बर पर नज़रें गाड़े, घर का रास्ता भूले, आँसुओं को वापस बुलाने के जतन करती रही, जो एक बेरहम रात की दीवार में दरार करके वक़्त की किसी अँधी गली की भूलभुलैया में जाकर गुम हो गये थे।

प्रोफ़ेसर जका! उस कमरे की दीवारें बड़ी बेरहम और ठंडी होती थीं। माया को सीने से लगाये, उन कई कटी–फटी लाशों की खुली हुई दहशतज़दा आँखों के अन्दर लिखे सवालों से पीछा छुड़ाने की ख़ातिर, नींद के लिए तकिये पर सिर पटका करती थी। आँखों को दोनों हथेलियों के अन्दर छुपाकर ज़ोर–ज़ोर से आयतलकुर्सी पढ़ा करती थी। सो जाओ, सो जाओ, ख़ुद को झिड़का करती थी। कमरे की छत को ख़ुदा और अपने बीच रुकावट समझकर ऊपर खुले में जाने की आरज़ू को ख़ौफ़ की वजह से दबाये रखती थी। उन दिनों उसे अल्लाह पर बहुत ग़ुस्सा आता था। दिल चाहता था वह सामने हो तो उससे पूछे, ''तुम कैसे अल्लाह मियाँ हो जो सोये हुओं को बेख़बरी से लूट लेते हो। क्या वे तुम्हारे ज़्यादा पसन्दीदा हैं जो यों हर तरफ़ दनदनाते फिरते हैं। जिसे चाहा मार दिया। जिसे चाहा काट दिया। परवाह नहीं। एक हम हैं जो यों लुटकर भी तुम्हीं से फ़रियाद किये जाते हैं। तुम्हीं से बातें किये जाते हैं।

नीचे गली से तेज़ हार्न बजाती एक मोटर गुज़री तो उसने कुर्सी से उठकर खिड़की बन्द की और आकर बिस्तर पर लेट गयी। सामने दीवार पर बीस साल की माया की पोट्रेट लगी थी। माया जिसके होठों पर मुस्कराहट की कलियाँ खिली हुई थीं और आँखों से ज़िन्दगी पहाड़ी चश्मे की तरह फूटकर बहती नज़र आ रही थी। उसके विश्वास–भरे अन्दाज़ में अजीब तरह का खिलन्दड़ापन था। यों जैसे अभी तस्वीर से निकलेगी और हाउ–हो करती उससे लिपट जाएगी, ''आपी, ज़हरा आपी मुझे नीला आसमान उसकी ऊँचाइयों को छूती हुई पहाड़ों की बर्फ़पोश रहस्यमय चोटियाँ, उन चोटियों को फ़तह करनेवाले शानदार लोग, और उन लोगों की आँखों से फूटती कमिटमेंट की रोशनी बहुत अच्छी लगती है। आपी आओ हम भी किसी ऊँची चोटी को फ़तह करने निकलें। मेरा दिल चाहता है, दुनिया की सबसे ऊँची चोटी पर मैं अपनी आपी के नाम का झंडा लगाऊँ। ज़हरा आपी दी ग्रेट! दुनिया में सबसे ऊँची ज़हरा आपी 'के-2' और हिमालय से भी ऊँची... पागल, बिस्तर पर उसने करवट बदल ली। उसके सीने से पीड़ा की एक तेज़ लहर उठी वाह री माया, तू क्या जाने तेरी आपी की मिट्टी कितनी भुरभुरी है और वजूद कितना रेतीला। अरे! ये तो वही है जिसके लिए तेरी आपी ने हिमालय— जैसा रूप

धर लिया था। अगर ऐसा न करती तो क्या करती। मगर आपी तुमने कभी बताया क्यों नहीं? हम इतने रिश्तेदारों के होते हुए भी अकेले क्यों रहते हैं?''

''भई, हमें अपनी आज़ादी के साथ रहना अच्छा लगता है इसलिए।'' वह मुसकरायी थी।

''यह तो ठीक है, मगर ये तो बताओ जब अम्मी-अब्बू की मौत हुई थी उस वक़्त तो सुना है आप बहुत छोटी थीं, फिर आपने अकेले रहने का फ़ैसला कैसे किया?'' उसके सवाल पर उसके सीने से एक बेरहम रात ने व्यंग्य-भरे अन्दाज़ में उसकी तरफ़ देखा। मगर वह तो तैयार थी इसलिए इत्मीनान से बोली, ''माया, तू भी रही सदा की बेवकूफ़, अरे पगली! मैं अकेली कब थी? मेरे साथ मेरी माया थी। नूर चचा थे, मासी ख़ैराँ थी और चचा रशीद थे, ख़ाला ज़ीनत थी और मामू तुफ़ैल, मामियाँ ख़ालाएँ, सभी तो थीं। सबके बीच तो हम रहते थे। सारे तो दिनभर यहीं होते थे। बस यार माया, सच्ची बात तो यह है मुझे अच्छा नहीं लगता था कि अम्मी-अब्बू का घर बन्द करके हम कहीं और शिफ़्ट हो जाएँ या दूसरे हमें शेयर करने के लिए हमारे घर में आकर हमें परेशोन करें। सच बताऊँ माया, वह थोड़ी उदास हो गयी, तुम तो छोटी-सी थीं, तुम्हें पता ही न था कि अम्मी-अब्बू इस घर को किस तरह रखते थे। उन्होंने इस घर की एक-एक ईंट अपनी मौजूदगी में रखवायी थी। इस घर का पत्ता-पत्ता, बूटा-बूटा, क्यारी-क्यारी अपनी मेहनत, उम्मीदों और दुआओं से सँवारी थी। फिर मैं इसे कैसे ग़ैर-आबाद कर देती या इसमें औरों को घुस आने देती। मुझे तो लगता था माया, जैसे यह एक इमारतगाह है जिसमें मुहब्बत शर्त है, पाकीज़गी फ़र्श है जिसमें हरदम बावजू रहकर माथा टेका जा सकता है। सजदा किया जा सकता है और बस।'' यह कहते हुए उसने खुरच-खुरच कर बीच से उस बेरहम रात को अपने वजूद से मिटाने की कोशिश की। जब इस इबादतगाह में इंसानों का बिना मतलब ख़ून बहाया गया था। बेरहम रस्म अदा की गयी थी। जबकि न तो हुक्मे-ख़ुदाबन्दी था और ना ही किसी काली ने अपने चरणों के लिए ख़ून की फ़र्माइश की थी। अब शायद काली भी इंसानी ख़ून पी-पीकर थोड़ी ऊब गयी है या निरन्तर बेरहमी का प्रदर्शन करती-करती ख़ुद भी इस फ़ज़ूल काम से थक गयी है। शायद अब तो वे भी ऐसी क़ुर्बानी नहीं माँगती और अल्लाह, वह तो शुरू से अलिप्त है। बहुत अलिप्त, उसे ऐसी क़ुर्बानियों की क्या ज़रूरत। ''आपी क्या हुआ?'' माया उसके चेहरे पर बनती-बिगड़ती लक़ीरों को देखकर घबरा गयी। ''कुछ नहीं मेरी जान! वह वापस आ गयी थी। उसके रेत भरे होठों पर एक शुष्क मुस्कराहट थी।'' आपी फिर क्या हुआ?

फिर वह माया की चमकदार आँखों में फैली हुई जिज्ञासा देखकर धीरे-धीरे बोली, ''हुआ यह कि तेरी आपी बड़ी हो गयी। बहुत बड़ी। सब से बड़ी। अम्मी,

अब्बू से भी बड़ी और उसने अम्मी की राजगद्दी सँभाल ली। फिर उसने अपनी राजधानी की सीमाओं पर कड़े पहरे लगा दिये और ग़ुलाम रख लिये। उसने सारे चोर दरवाज़े बन्द कर दिये। राजधानी के अन्दर एक साथ शाह, बीवी और ग़ुलाम की नौकरी कर ली और मज़े से अपनी माया रानी के संग राजपाट का ऐश करने लगी। सब हैरान थे, सबको राजगद्दी के टूटने का यक़ीन था। सब प्रतीक्षारत थे। सबने बहुत बातें बनायीं इसलिए कि इससे पहले ऐसा कभी नहीं हुआ था। मगर तेरी आपी तो तेरे कहे हिमालय से भी मज़बूत निकली इसलिए सबकुछ मज़े से चलता रहा (और मेरी माया बड़ी हो गयी) उसने अरसे बाद सुकून की साँस ली और माया को सीने से लगा लिया) और शायद सब कुछ मज़े से ही चलता रहता अगर बीच में प्रोफ़ेसर जका सब कुछ उथल-पुथल न कर देता। उसके सीने में सदियों से क़ैद एक छोटी-सी ख़ुशी निकली और प्रोफ़ेसर जका के माथे पर जाकर ठहर गयी। यह क्या, उसकी मौजूदगी से बिल्कुल बेख़बर ज़हरा ने हैरत से उसे देखा। ज़हरा सुल्तान, वक़्त का बहाव तेज़ी से मुट्ठियों से गिरता जा रहा है। दुनिया में सच की तलाश में जीनेवालों के लिए सिर्फ़ एक ही रास्ता है कि वह अपनी तलाश को किसी मंसूर की झोली में डाल दे, वक़्त बर्बाद किये बग़ैर। आप क्यों भूल जाती हैं कि इस दुनिया में आप अकेली नहीं और भी ऐसे बददिमाग़ फिरते हैं यहाँ, जो ऐसे ख़ब्त पालते हैं। जो अपने ख़ब्त के साथ जीते हैं। जिन्हें बेतलब ख़्वाहिशें प्रिय हैं। उसने देखा ख़ुशी की किरण अब प्रोफ़ेसर जका के सीने पर मँडरा रही थी।

ज़हरा सुल्तान? मक़सद जितना भी बढ़िया हो उसे प्रकृति से नहीं टकराना चाहिए वरना मक़सद, मक़सद नहीं रहता, ज़िद बन जाता है। प्रकृति के ख़िलाफ़ लड़नेवाले, ख़ुद भी दुख उठाते हैं और दूसरों को भी ख़ुश नहीं रहने देते। प्रोफ़ेसर जका मुझे समझ में नहीं आता, आख़िर आप मेरे पीछे क्यों पड़ गये हैं? चाहते क्या हैं मुझसे? उसने ख़ुद को कहते सुना...। मैं कुछ ग़लत नहीं चाहता ज़हरा सुल्तान। उसने देखा प्रोफ़ेसर जका की आँखों में, चन्द लम्हे पहले जलती हुई किसी अनदेखी ख़ुशी की लौ यकायक बुझने लगी। वह हाथ में पकड़े नोट बुक मेज़ पर रखते हुए थोड़ा-सा झुका और उसने देखा कि ख़ुशी की नन्हीं किरन जो उसके सीने पर चमक रही थी यकायक बुझ गयी। मैं आप को अपने ख़ुद साख़्ता ज़िन्दान से निकालना चाहता हूँ, जहाँ आपने सदियों से ख़ुद को अपनी पहरेदारी पर तैनात कर रखा है। वह क़ैदखाना नहीं है प्रो. जका। उसकी आवाज़े-बुलन्दी में हार की मायूसी भी थी। हाँ, हाँ...मैं जानता हूँ आप उसे अपना राजपाट कहती हैं। उसके लहजे में तेज़ धार चाक़ू की काट थी मगर मैं बग़ैर खेद के कहना चाहता हूँ मिस ज़हरा सुल्तान कि आप बहुत बड़ी ग़लती पर हैं... बहुत बड़ी ग़लती पर...।

यही वह लम्हा था जब बिफरी हुई ज़हरा सुल्तान ने उसे एकदम अपने राज से निकल जाने का आदेश सुना दिया और मुहब्बत को अपनी ज़िन्दगी से देश निकाला कर दिया। मगर उसके बाद समय की चाल कुछ ग़लत होने लगी। चीज़ें अपना स्वाद बदलने लगीं। बहुत अरसा बाद अपनी रफ़्तार से चलते-चलते उसके दिल में रुक जाने की, ठहर जाने की एक नन्हीं-सी ख़्वाहिश जागने लगी। जिसे उसने अपने सख़्त उसूल और ज़ब्त से कुचलने की कोशिश की मगर उसने देखा वह तो बाँस के पौधे की तरह फैलने लगी थी, लम्हों, घंटों और दिनों में। राजपाट की व्यवस्था कुछ गड़बड़ होने लगी। सदियों से पहरे पर तैनात आँखें रतजगों से बोझिल होने लगीं। पलकें अनदेखे बोझ से बन्द होने लगीं और सीने में एक ऐसी चुभन पैदा होने लगी जिसे वह कोई नाम देने से घबराने लगी। बहुत घबराने लगीं ज़हरा सुल्तान! कितनी अजीब बात है आप जो इतनी बहादुर, इतनी समझदार और आत्मविश्वासी है, इतनी-सी बात भी नहीं जानतीं कि आप के दिल में क्या है? वह जो आप चाहती हैं, मगर मानती नहीं। शायद मानने को आपकी समझ में कायरता कहा जाता है, मगर मैं आप को इतना बता दूँ कि इनकार की भी कोई हद होती है और अगर इनकार हद से बढ़ जाए तो मुसीबत बन जाता है। प्रो. जका की आवाज़ उसके इतने नज़दीक से आयी कि वह चौंक गयी। प्रो. जका मैंने बचपन में एक बार सायों की तस्वीर बनाने की कोशिश की थी। मगर मैं अपना साया देखकर डर गयी और मेरे हाथ से ब्रश गिर गया था। फिर पता है क्या हुआ... मैंने अपने प्रियजनों का ख़ून नाहक़ देखकर उसमें उँगलियाँ डुबोईं और एक प्रतिज्ञानामा अपने वजूद पर लिख लिया और हैरत की बात कि मुझे उस दृश्य से डर नहीं महसूस हुआ बल्कि एक अजीब क़िस्म का इनकार मेरे रोम-रोम में न उतरनेवाले ज्हर की तरह जज़्ब हो गया जो निकलता नहीं प्रोफ़ेसर। वह राजपाट तो एक ढोंग था। तुम सच कहते थे मुझे यह कहने में उज्र नहीं कि मैं तुम्हें मुहब्बत करती हूँ। मगर यक़ीन करो मेरा इनकार तुम्हारे और मेरे बीच एक ऐसे शीशे की दीवार की तरह हो जाता है जिसके दोनों तरफ़ ही मुझे अपना आप खड़ा नज़र आता है। हर तरफ़ मैं ही मैं होती हूँ। ऐसे में तुम कहाँ जाते हो यह समझ में नहीं आता। अब बताओ किस तरफ़ जाऊँ, क्या करूँ।

दूर यूथ हॉस्टल के एक सामान्य से कमरे में गहरी नींद सोये हुए प्रो. जका की आँख बिना कारण ही खुल गयी। ऐसे जैसे आसमानी फ़रिश्ते के पंख की छुअन ने उसे हौले से जगाकर कहा हो, ''उठ जाओ प्रो. जका।'' वह उठा। उसने एक मुक़म्मल ख़्वाब को अपूर्ण नींद के हवाले किया और ख़ुद शहर के उस हिस्से की ओर रवाना हुआ जहाँ वक़्त के एक जाबर लम्हे की क़ैद में एक उम्र जागी हुई लड़की, इनकार का बोझ सिर पर उठाये, एक दोराहे पर खड़ी थी।

चंगड़ी शैदू

—फरख साबरी

''ये बाग़ कौन उजाड़ रहा है?'' हसीन बीबी की दबंग ललकार उभरी, ''सदी, ज़रा ख़बर तो ले।'' सदी छपाक से गयी। कुछ देर अमरूद के बग़ीचे से डाँट-फटकार की आवाज़ें आयीं लेकिन जब वह लौटी तो हँस-हँस कर बेहाल हो रही थी। आँखों से झर-झर आँसू टपक रहे थे और दोनों हाथों से पेट पकड़ रखा था, ''शैदू चंगड़ी पेट से है।'' उसने कहा।

''आय, हाय!'' हसीन बीबी ने हंडिया में डोई चलाई, ''कमबख़्त शैदी थी? कचे-पके सारे अमरूद डकार गयी होगी। सारा बाग़ उजड़ गया होगा। चिड़िया, तोते इतना नहीं उजाड़ते जितना यह भूखड़ बूढ़ी कर जाती है।''

''हाँ, बच्चों को तो छोड़ हसीन बीबी।'' झौरां मोचन बोली, ''वह अपना ही पेट का दोजख़ भर ले तो अनहोनी हो जाए। बदबख़्त का पेट है कि कुआँ? खोह भर जाएँ पर उस औरत की मटकी... ?''

''यह मटकी...।'' सदी पर फिर हँसी का दौरा पड़ने लगा था।

''फैक्टरी है मौसी! बच्चे पैदा करने की फैक्टरी।'' सदी हँसते हुए बोली। झौराँ इस फब्ती पर मुस्कराने के लिए बाँछें कानों तक खींचकर ले गयी और हसीन बीबी डोई हवा में लहरा कर चीख़ी—

''इक तो इस कुड़ी की बाँछें चरी पड़ी हैं, फट बक देगी, न शरम न दीद लिहाज़।''

''चल, बस कर हसीन बीबी!'' झौराँ तत्परता से बर्तन माँजने में जुट गयी। ''कुड़ी है, हँसने-खेलने दे। इस उमर में नहीं हँसेगी तो क्या तेरी-मेरी उमर में हँसेगी?''

''मैं कब मना करती हूँ, पर भैन जी, इन दिनों तो हया करे। शाह साहब ने सुन लिया तो जान निकाल देंगे।''

झौराँ ने दूर बैठे शाह साहब को देखा और घूँघट को खींचकर और लम्बा कर लिया।

"सदिये, तेरी माँ ठीक कहती है।" उसके लहजे में मलामत थी।

"ज़्यादा खिड़-खिड़ न किया कर। चल झाड़ू लगा। सफ़ाई ख़त्म कर।" सलमाबाजी उठनेवाली हैं। चल मेरी सोहनी धी।"

"बाजी डॉक्टरानी तो उठ गयी हैं।" सदी मेरी तरफ़ देखकर बोली और ठप-ठप करती सीढ़ियाँ चढ़ती चली आयी। मेरी आँखों में झाँका और शोख़ी से बोली—

"लगता है बाजी को नींद नहीं आयी। होता है। नयी जगह पर नींद नहीं आयी जी, कोई गल नहीं। चाय ला दूँ, डॉक्टर बाजी?"

"मैं अभी डॉक्टर नहीं हूँ।" मुझे उस चुलबुली लड़की की सादगी पर हँसी आ गयी।

"अभी मैं चौथे साल में हूँ।"

"कोई गल नहीं जी। चार जमातें भी बहुत हैं। यहाँ तो जो चार जमातें पढ़ जाता है उसके पाँव ज़मीन पर नहीं पड़ते जी। आप तो फिर शहर की चार जमातें पढ़ी हैं। बड़ी गल है जी, सलमा बाजी भी आपको डॉक्टर साहब कहती हैं।"

सदी ने कहा तो उसके भोलेपन पर मैं मुस्करा उठी। लेकिन सचाई थी कि उन लोगों की आत्मीय आवभगत से मैं ख़ुद भी महसूस करने लगी थी कि मैं पूरा डॉक्टर बन चुकी हूँ। असल डॉक्टर मेरे भाई जान थे जो शाह साहब के फैमिली फिजीशियन होने के साथ-साथ उनका गहरा सम्बन्ध था बल्कि सलमा बाजी को तो उन्होंने चौथी बहन का दर्जा दे रखा था। मुझे याद है, अज़हर भाई की शादी पर जब बरात रवाना होने लगी तो अज़हर भाई ने बड़े सम्मान से सलमा बाजी को अपनी गाड़ी में बैठाया था। जब हम बहनें अपने और ख़ासकर अम्मी के मामले में नाराज़ हुईं तो यह बहाना बनाया कि सलमा बाजी की तबीयत ख़राब है। मैंने सोचा कि उनके डॉक्टरी इलाज में कोई कोताही न हो जाए। सलमा बाजी बड़ी ज़बर्दस्त पेशेंट हैं।

आब्दी मरीज़ा... बीमारी में उनकी ख़ुश मिजाज़ी देखकर महसूस होता था कि ज़रूरी नहीं हमेशा कि मरीज़ सदा का मरीज़ भी हो। यह रोग शौक़िया भी पाला जा सकता है। बशर्ते शाह साहब जैसा शौहर चोंचले उठाने वाला हो। घर धन-दौलत की रेल-पेल हो। सलमा बाजी को तो ये तमाम सामान हासिल थे। उस पर उम्र में ज़्यादा फ़र्क, शाह साहब का बड़ा बेटा सलमा बाजी से भी बड़ा था। ज़ाहिर है सलमा बाजी शाह साहब की दूसरी बीवी थीं। और दूसरी बीवियाँ बड़ी चहेती होती हैं। बीवी से ज़्यादा बेगम। इसलिए सलमा बाजी भी पूरी-पूरी बेगम थीं। सोने पर सुहागा यह कि वे गाँव के आधी ज़मीन की शौहर के द्वारा नहीं बल्कि वालिद की विरासत की मालकिन व मुख़्तार थीं। इसलिए उन्हें अधिकार था कि जैसा मर्ज़ी

बीमार रहें। इब्ने इंशा के मुताबिक़ 'फार्मा कोपिया' में शायद ही कोई ऐसा मरीज़ हो जो उनकी लूट-खसोट से सुरक्षित रह पाया हो। सर्दी का मौसम हमेशा उनके सर पर सवार रहा। ब्लड प्रेशर से पीछा न छूटा। दिल की धड़कन थी कि पाँव ज़मीन धरते ही बेक़ाबू हो जाती। उस पर भी बचाव के बावजूद हॉर्ट अटैक का डर।

वज़न के साथ-साथ दिमाग़ी तनाव, नींद न आना, और ज़मींदाराना समस्याओं का असीम अम्बार। जो बस उन्हीं के लिए था। गोया, सलमा बाजी चलती-फिरती बीमारी की पुतली थीं। बल्कि सच कहें तो इश्तहार थीं। क्योंकि उनकी बीमारी की सीमा समस्याओं को अर्थ से जाकर नहीं मिलती थी बल्कि उनका सम्बन्ध सायकोलॉजी और बेफ़िक्री से था। इसलिए जब तक सप्ताह में दो-तीन दिन इंजेक्शन न पड़ता उनकी बीमारी से बोझिल आँखें देखी न जातीं। एक दिन उन्हीं बोझिल आँखों को मुझपर जमाकर आत्मीयता से बोलीं, "सायला, आप हमारे गाँव क्यों नहीं चलतीं? परीक्षा की थकान दूर हो जाएगी। ख़ालिस दूध, मक्खन गाँव की साफ़-सुथरी हवा-पानी... ऊपर गेहूँ की कटाई के दिन हैं। बैसाखी का त्योहार आ रहा है। हमारे गाँव में ख़ूब हंगामा होता है। बहुत आनन्द आएगा।"

मैंने ग़ौर से उनकी चमकदार आँखों में झाँका कि शायद आनन्द की कोई झलक वहाँ भी दिख जाए मगर वहाँ ज़िन्दगी की बेहतरी का हल्का-सा भी प्रभाव न था। शरीर और शक्ति ईर्ष्या के लायक़ मगर अन्दाज़ और ढंग कमज़ोरों जैसा। उनका सम्बन्ध ख़ालिस दूध, मक्खन और साफ़-सुथरे गाँव से था। लेकिन वे मज़दूर औरत न थीं। वे वहाँ की ज़मींदारनी थीं। जिनकी कलाइयाँ चूड़ियाँ और चूड़े पहन-पहन कर सुन्न हो जाती हैं। इस वक़्त भी उन्होंने चूड़ेवाली कलाई फ़िज़ाँ में लहराते हुए फ़रमाइश जारी रखी, "क्यों फिर सायला, चलती हो? वहाँ साग, मक्के की रोटी, पकी बेर और काठे बेर। तन्दूर से निकलती रोटियाँ... इन दिनों हमारे गाँव में बहुत ख़ूबसूरत रस्में होती हैं।"

उनकी ये दिलकश बातें मेरे दिल में अँगड़ाइयाँ ले-लेकर मुँहज़ोर हो रही थीं। लेकिन मैं यह भी जानती थी कि मोहतरमा किस चैनल से बातें कर रही हैं और उसके पीछे उनका मक़सद क्या है। उन्हें गाँव गेहूँ की कटाई के मौक़े पर जाना था और मुसीबत यह थी कि साथ एक हमेशा रहनेवाले डॉक्टर की मौजूदगी लाज़िम थी। इधर मेरे इनकार के बाद अज़हर भाई का चेहरा वाल क्लाक जैसा बन चुका था, पुराने वक़्त के घड़ियाल जो गोल या चौकोर की बजाय लम्बोतरा हुआ करता था। उनका विचार भी वज़नी था कि मेरे इनकार से उनकी परमानेंट मरीज़ा नाराज़ हो सकती थीं जबकि भाई के क्लीनिक की आमदनी का पचास फ़ीसदी दारोमदार इसी मरीज़ा पर था। और हमारे घर के तमाम ख़र्चे उसी क्लीनिक पर निर्भर थे।

मैं किसी तरह सलमा बाजी के गाँव आ तो गयी थी मगर यहाँ आकर पता

चला कि अगर मैं यहाँ न आती तो दुनिया के सबसे ख़ूबसूरत रंग से वंचित रह जाती। इस एक रंग में इन्द्रधनुष के तमाम रंग घुले हुए थे। मगर इन्द्रधनुष के रंगों के पीछे ज़िन्दगी अपनी बदसूरती लिये भी मौजूद थी। इस बात का अन्दाज़ा मुझे 'फ्री कैंप' के दौरान हुआ। सदी ने ख़ामख़्वाह मुझे पूरे गाँव में डॉक्टर मशहूर कर रखा था और औरतें क़तार-की-क़तार आने लगी थीं।

गुरबत झलकाते चेहरे, ज़रूरतों में दफ़न कमज़ोर जिस्म। सिवा कुछ घरों के, ख़ुशहाली ने हर घर से नाता तोड़ रखा था। हर तरफ़ सोच, फ़िक्र का बसेरा था। हर पेट ख़ाली था और भूखी निगाहें तहज़ीब से ख़ाली थीं। उसी क़तार में एक दिन शैदू चंगड़ी भी नज़र आयी और उसकी मटकी भी। उस मटकी में उसका चौथा बच्चा था। पहली नज़र में कोई अन्दाज़ा नहीं लगा सकता था कि वह उम्मीद से है। ख़ुद मुझे भी उम्मीद न थी कि वह ज़िन्दा बच्चा पैदा कर लेगी। लेकिन क्या किया जा सकता था। मैंने उसे एक टॉनिक लिख दिया। वह परेशान हो पूछने लगी, "डॉक्टर जी, कितने पैसे लग जाएँगे?"

"पैसे तो लगाने पड़ेंगे।" हसीन बीबी तिपाई पर चाय-बिस्कुट रखते हुए डपटकर बोलीं।

"ना! तुम औरतें समझती हो कि डॉक्टर बाजी को दिखा देने से ठीक भी हो जाओगी?"

"ग़ुस्सा क्यों कर रही हो?" शैदू मेरी बजाय बिस्कुटों को ललचाई नज़रों से देख रही थी।

"चल, दफ़ा दूर हो।" हसीन बीबी ने उसे दुत्कार कर बाहर जाने वाले दरवाज़े की तरफ़ धकेल दिया और बोलीं, "तू जिस चीज़ पर नज़र डाल दे वह बन्दे के टेड से निकलकर बाहर आ जाती है। ऊपर से अपना पूरा कुनबा भी साथ लिये चलती है।" हसीन बीबी ने दो-तीन धौले उसके बच्चों को भी दे मारे। शैदू बुदबुदाती हुई बाहर की तरफ़ खिसकने लगी।

"बड़ी नदीदी है।" झौराँ मोचन कूल्हे पर उल्टा हाथ धरकर खड़ी होती बोली, "पैसे के नाम पर तो मर जाती है। दुअन्नी, चवन्नी के लिए किसी नाले, किसी मोरी में भी गिरना पड़े तो गिर जाएगी बदबख़्त। किसी बनिये दी औलाद।"

सदी और हसीन बीबी ठठा मारकर हँस पड़ीं। सदी तो बाक़ायदा पेट पकड़कर लोट-पोट होने लगी। ऐन उसी वक़्त सलमा बाजी की दबंग डपट उभरी— "सदी, जान निकाल लोगी क्या?" और सदी भागकर बगल वाली कोठरी में जा दुबकी। पहली बार मुझे एहसास हुआ कि सलमा बाजी की आवाज़ किस क़दर आदेशात्मक ठंडी होती है।

बैसाखी के त्योहार में वाक़ई काफ़ी जोश था। शाह साहब ने मट्ठी भर

फसल दबोचकर बाक़ायदा कटनी की रस्म का आरम्भ किया। इधर उन्होंने दरांती चलाई उधर ढोलवाले ने ढोल पर थाप बुलन्द की। हंगामा व धूम धड़ाका मच गया। जवान बढ़-चढ़ कर फसल काट रहे थे और बड़ी तेज़ी से उनके गठे बढ़ते जा रहे थे। इस त्योहार ने वाक़ई मेरी सुस्त बेजान आत्मा में उमंग भर दी। नाचते गाते एक-दूसरे से बाज़ी मार ले जाते देहातियों में कितना उत्साह था कि ज़िन्दगी ने सारी उम्मीदें उन चेहरों पर फैला रखी थीं। औरतें भी बढ़-चढ़ अपने मर्दों के साथ कन्धे से कन्धा मिलाकर काम कर रही थीं। किसी लेबर फोर्स में उनका नाम दर्ज नहीं था। सरकारी आँकड़े में स्त्री की इस मेहनत का कहीं ज़िक्र नहीं। मैंने ऐसी नाक़ाबिले यक़ीन मिसालें देखीं कि आश्चर्य चकित रह गयी।

शैदू चंगड़ी का क़िस्सा मैं कभी भूल नहीं पायी। यह बैसाखी से कुछ दिन बाद की बात है। शाह साहब की फसलें लगभग कट चुकी थीं और मैं सदी के साथ तम्बू में बैठी इस रस्म की आख़िरी झलकियाँ देख रही थी। सदी मुझे समझा चुकी थी कि गँवई ज़ुबान में किस क्रिया को क्या कहते हैं। उसके कहे मुताबिक़ अब पढ़ोन्छा जा रहा था।

गाँव के छोटे तबक़े की औरतें खेतों में इधर-उधर बिखरे अनाज पर तत्परता से झाड़ू चला रही थीं। शाह साहब फसल उठवा चुके थे और ढेर-सारा गेहूँ अलग खेतों में 'तढ़' बनाकर सुरक्षित कर दिया गया। तढ़ें मिट्‌टी से लीपी जा रही थीं। अब खेतों में गेहूँ के बिखरे दानों को चुनने की छूट मिल चुकी थी जिसमें दाने कम और मिट्‌टी के ढेले ज़्यादा थे।

ग़रीबी रेखा से कहीं बहुत-नीचे ज़िन्दगी के पाताल में जीनेवाली ये कमी-कमीन और चंगड़ी औरतें इस मिट्‌टी मिले अनाज से दाना-दाना अलग करके निकाल लेतीं और बाल-बच्चों के लिए रोटी का बन्दोबस्त करतीं। इस क़दर शानदार सालाना आमदनी और शाह साहब की दरियादिली के बावजूद पता नहीं क्यों शैदू चंगड़ी की मटकी नहीं भरती थी। रोटी छोड़कर क्यों वह शाह साहब के मेहमानों के बिस्कुटों पर ललचाई नज़र रखती थी। उसकी आँखों की भूख क्यों नहीं मिटती थी। बहुत-से सवालों के जवाब मुझे मिल चुके थे। जी चाह रहा था कि मेडिकल छोड़कर पढ़ोंछा शुरू कर दूँ। नादान कहीं की, कहीं पढोंछने से ग़रीबी की रेखाएँ मिटा करती हैं!

''चलो सदी, हवेली चलें। मैं कीड़े-मकोड़ों जैसी स्त्री सृष्टि पर लानत भेजकर उठ खड़ी हुई। मुझे सामान पैक करना है। कल शाम मेरी रवानगी है।''

''डॉक्टर बाजी, न जाओ। आप कितनी अच्छी हैं, इधर ही अपना अस्पताल बनवालो जी। मैं शाह साहब से कहूँगी।'' सदी उदास होती बोली।

''चल पगली!'' मैंने हल्के से उसे चपत लगाई तो वह भाँयं-भाँयं रोने

लगी। हम दोनों उदास थीं, मगर हमारी उदासी में बहुत फ़र्क़ था। मैंने विदा की नज़र स्त्री सृष्टि पर डालकर लौटना चाहा पर एक औरत पर मेरी निगाहें जमकर रह गयीं। वह पेट पकड़े दोहरी होती चली जा रही थी, बिल्कुल गठरी की माफ़िक़। मैं भाग कर उसके पास पहुँची। वह शैदू चंगड़ी थी। इसके पहले कि मैं उससे कुछ पूछती, वह तनकर सीधी हो गयी। अपनी साथिनों की चुस्ती देखकर अपनी तकलीफ़ भूल गयी थी और मेरी मौजूदगी भी। अब उसे सिर्फ़ गेहूँ के दाने याद थे। गेहूँ का दाना जिसे इसी हव्वाज़ादी ने एक आदम को खिलाने का गुनाह किया था और कालान्तर में वह खेतों की मिट्टी से दाना-दाना चुन रही थी मगर न जाने उसकी सज़ा कब पूरी होगी। कोई तो आठ मार्च उसकी ज़िन्दगी में भी आये।

ये आठ मार्च महज़ शहरों में ही क्यों आते हैं? कैलेंडर का सम्बन्ध शहरों से ही क्यों? तरक़्क़ीयाफ़्ता मुल्क़ों से ही क्यों? क्या यह बाक़ी दुनिया झोंगे में साँसें ले रही है?'' चन्द रोज़ पहले सदी ने जब यह मुझसे कहा था तो मैं उसके अर्थ को समझ नहीं पायी थी। वह दुपट्टे के झोले में मलूक डालकर खा रही थी कि माँ ने डाँटा—

''आज फिर पैसे मारे हैं?''

''ना, माँ ना!'' उसने कानों को हाथ से पकड़कर डरी हुई आवाज़ में सफ़ाई दी—'' यह तो बाबे बहारी ने 'झोंगा' दिया है।

रात को मेरे पूछने पर उसने हँसते हुए बताया था। 'झोंगा' उसे कहते हैं जो कोई चीज़ ख़रीदने के एवज़ में दुकानदार देता है मुफ़्तो-मुफ़्त...।''

और अब मैं देहात में देख रही थी कि यहाँ निन्यानवे फ़ीसद रूहें झोंगे में ज़िन्दगी बसर कर रही थीं और उनके झोले-झोलियाँ भिखारियों की तरह फैले हुए थे। वे फ़सल उठे खेतों में दाना-दाना अपना ख़ुराक तलाश कर रहे थे।

मैं अपनी सोचे और चिन्ताओं में कहाँ-से-कहाँ जा निकली थी। सदी की आवाज़ पर चौंककर देखा शैदू दूर झुकी तेज़ी से दाने होंछ रही थी।

हम लोग घर लौट आये। तीसरे पहर को उठी तो सदी आज फिर बीबीसी बनी सूचनाएँ बाँटती फिर रही थी। वह पेट पकड़े आज फिर दोहरी हो रही थी।

''डॉक्टर बाजी, शैदू की फिरतियाँ देखें? खेत में बच्चा पैदा कर लिया।''

''आयँ...'' तौलिया मेरे हाथों से गिर गया। ''वह ठीक तो है न? मेरा मतलब है, जच्चा और बच्चा दोनों?''

''जी,'' सदी हैरान होती बोली, 'क्या मतलब? बच्चा तो पैदा हुआ, ये जच्चा कौन-सी सृष्टि है?''

''यह ऐसी सृष्टि है जिसे इस दुनिया में सृजन की यातना भुगतनी पड़ती है, दुनिया की बदतरीन पीड़ा।'' जनने की पीड़ा सहनी पड़ती है। वह अपने सृष्टिकर्ता

के नज़दीक पाक हो जाती है मगर दुनिया उसकी यातनाओं को कम नहीं करती।'' मैंने यह सोचा ज़रूर मगर नाबालिग़ सदी से कहा नहीं। शाम को मैंने सदी से कहा, ''चलो शैदू चंगड़ी के घर चलते हैं।'' उसने आश्चर्य से मेरी तरफ़ देखा और चुपचाप मेरे साथ-साथ चल पड़ी।

शैदू अपनी झुग्गी में न थी। उसे कोई हमदर्द अपने साथ ले गयी थी। मैं थोड़ा मायूस हुई लेकिन रात के साये बढ़ रहे थे। तेज़-तेज़ क़दमों से हम लोग हवेली लौट रहे थे। परिन्दों के गोल जैसी टोलियाँ अपने-अपने ठिकानों की जानिब रवाँ-दवाँ थीं। मैंने सदी से कहा, ''उन लोगों से शैदू का अता-पता मालूम करे। वह उनसे पूछकर जल्दी ही वापिस आ गयी और फिर पेट पकड़कर हँस रही थी। उसकी आँखों में आँसू थे। मगर उसकी बात सुनकर मुझे अविश्वास का ज़ोरदार झटका लगा। और चन्द लम्हा बाद मैं ख़ुद देख रही थी। शाम अब घनी स्याह हो चली और कोई हौले-हौले मिट्टी के ढेला की सूरत अपना नवजात बच्चा लिए चली आ रही थी। मैं लपकते हुए उसके पास पहुँची। वह शैदू चंगड़ी थी।

जनने के दर्द से भी बड़े दर्द की ढ़ोंछती शैदू चंगड़ी। जो खेत में अकेले बग़ैर किसी डॉक्टर, नर्स या दाई के यातना को मात दे आयी थी लेकिन सृष्टि के दर्द से भी दर्दनाक दुख कैसे छोड़ देती? क़रीब ही पगडंडी पर चार बच्चे तक़ाज़ों के मुँह खोले बैठे थे, नवजात झांज में लेटा इस दुनिया के अँधेरे को घूर रहा था।

और बच्चे की जच्चा...।

यकायक मेरे कानों को झौराँ मोचन की कही बातें चीरने लगीं... ''बड़ी नदीदी है... दुअन्नी, चवन्नी के लिए किसी मोरी-नाली में भी गिरना पड़े तो गिर जाएगी बदबख़्त, किसी बनिये दी औलाद, है न चंगड़ी दी चंगड़ी...!''

मूव ओवर

—निकहत रिज़वी

दो-तीन बार वह अब तक तीसरी मंज़िल और पहली मंज़िल का सफ़र तय कर चुका था लेकिन ऑफिस में अभी तक वह शख़्स उसी तरह बैठा था। दोनों पाँव कुर्सी पर रखे जैसे मुर्गी अंडों पर बैठी हो। ''इतनी देर हो गयी पर साले ने अभी तक अंडा निकालकर नहीं दिया। अब अगर नीचे आकर उसको उसी तरह बैठे देखा तो इतनी मार लगाऊँगा कि याद करेगा।'' उसे लगने लगा कि वह एक ज्वालामुखी है जिस के अन्दर मुसलसल लावा उबल रहा हो। किसी भी क्षण वह फट पड़ेगा। लेकिन यह तो बड़ी सामान्य-सी बात थी, अक्सर लोगों के अन्दर ऐसी स्थिति होती है। पर वह, उसके अन्दर कुछ दूसरा हो रहा था, उसकी स्थिति ग़ुस्से या झुंझलाहट जैसी बिल्कुल नहीं थी। वह तो जैसे उस सीमा से बहुत आगे जा चुका था।

''अब ये काग़ज़ात कहाँ लेकर जा रहे हैं?''

''कहीं नहीं, यह डाक से ऊपर जाएगा, बाक़ी तमाम काग़ज़ों के साथ।''

''डाक से? कब पहुँचेंगे?''

''जब भी पहुँचे, एक-दो-तीन दिन या हफ़्ता।''

''ठीक है तो फिर ये काग़ज़ात मुझे दे दो। इसी ऑफिस में जाना है तो मैं ख़ुद जाकर दे आता हूँ।'' उसने काग़ज़ात ले लिये।

''लाओ अब कहाँ जाना है?'' उसने घूरकर उसे ऊपर से नीचे तक देखा — ''ऊपर जाना है।''

''ऊपर, कितने ऊपर?''

''बहुत ऊपर।''

''ऊपर? कहाँ ऊपर? नाम बताओ उस ऑफ़िस का जहाँ जाना है?''

''ये तो तुम्हें ऊपर जाकर ही पता चलेगा।''

''अरे, यह क्या बक रहे हो? जगह का नाम क्या है? कहाँ जाऊँ?''

''मैंने कहा न, ऊपर जाकर गार्ड से पूछ लेना।''

उसके अन्दर लावा फूटने के लिए बेताब था—

"इतनी-सी बात नहीं बता सकता कि ऊपर कहाँ जाना है? क्या माँगता है? हाँ... क्या दूँ। कितने रुपये में बताएगा? बोल।" उसने उसका गला दबाना शुरू किया तो लोग जमा हो गये। कुछ घूँसे, कुछ लात खाकर और गालियों की बौछार करके वह लगड़ाता हुआ बाहर आ गया।

अब उसके लिए आर्हता प्रमाणपत्र लेना असम्भव हो गया था। उस इमारत में क़दम रखना तो दूर किसी ने आस-पास भी देख लिया तो नौकरी से हाथ धोना पड़ेगा। अहं, भाड़ में जाये सब।

अब वह क्या करेगा? अब वह घर जाएगा। दरवाज़ा खोलने बीवी आएगी, वह घुसते ही उसकी पिटाई शुरू कर देगा। पहले गाली देगा। फिर बाल खींचेगा। वह कुछ बोलेगी तो कहेगा—

"ज़बान चलाती है, कुत्ते की बच्ची।" बीवी चिल्लाकर विरोध करेगी और वह उसकी धुनाई कर देगा। उसे उठा-उठा कर पटकेगा। "साली हर वक़्त थकी-थकी रहती है। बीमार मरियल। शक्ल ऐसी बनाती है जैसे इसकी सारी मुसीबत का ज़िम्मेदार मैं हूँ।" वह अपने आप को धोबी समझकर उसे ख़ूब उजला-उजला धोकर अलगनी पर टाँग आएगा और अपनी बच्ची को जो दुबकी हुई कमरे में बैठी होगी, घूरता हुआ बाहर निकल जाएगा।

कीड़ा आहिस्ता-आहिस्ता उसकी टाँग पर रेंगता हुआ घुटने से ऊपर पहुँच गया, उसने दो-तीन बार ज़ोर-ज़ोर से टाँग को ज़मीन पर पटका... दो फ़क़ीरनियाँ घिघियाती हुई पीछे-पीछे चली आ रही थीं।

"ऐ बाबू..., भूख लगी है। नाश्ता करवा दो। अल्ला सवाब देगा...।"

"अल्ला? सवाब...?" वह भन्नाकर मुड़ा और घूँसा हवा में लहराया। औरत की चीख़ उसके कानों में गूँजी... यह चीख़ तो कुछ जानी-पहचानी-सी थी। "कौन चीखा?" उसे कुछ याद नहीं आ रहा था और न याद करने के लिए उसके पास वक़्त ही था। "मुझे कुछ करना था। देर होती जा रही है। क्या करना था?" वह सरपट दौड़ने लगा, पीछे से लोगों के चिल्लाने की आवाज़ें आ रही थीं।

वह बुरी तरह हाँफ रहा था। थककर गली की एक पुलिया पर बैठ गया। क्या करना था? कहाँ जाना था? उसने ग़ुस्से से जंगली गुलाब की एक डाली को झटका, जो मुसलसल उसे तंग कर रही थी और विचारों का सिलसिला तोड़ रही थी।

तो क्या बात थी? छत पर यह कमबख़्त कुत्ता कहाँ से आ गया? वह फिर भागने लगा। पीछे कुत्ता पड़ा हुआ था। उसने एक बड़ा-सा पत्थर उठाया और कुत्ते की ओर उछाल दिया।

अब वह पेड़ के साये में बैठा हाँफ रहा था। उसने चारों तरफ़ नज़रें दौड़ायीं। ये मकान तो कुछ जाने-पहचाने से हैं। अरे यह तो अपनी ही गली है।

सामने से सलमान चला आ रहा था—

"अरे आओ यार सलमान, मैं तुम्हें ही ढूँढ़ रहा था।"

"काम हो गया? सर्टिफिकेट मिल गया?"

"हाँ, सर्टिफिकेट तो मिल गया। अब मूव ओवर को कोई नहीं रोक सकता।"

"अरे वो कैसे यार? हमारे तो जूते घिस जाते हैं ऑफ़िस के चक्कर लगाते-लगाते। तुम्हें इतनी आसानी से कैसे मिल गया?"

"आसानी से...? आसानी से कोई चीज़ नहीं मिलती मेरे दोस्त...! बस तुम जूते घिसते रहो। मैंने ज़ुबान घिसनी शुरू कर दी है। ऐसी गालियों का फव्वारा छोड़ा और ऐसी मुक्केबाज़ी दिखायी यार, अल्लाह की क़सम, बड़े साहब ख़ुद चलकर आये मेरे पास और हाथ जोड़कर कहने लगे, "अच्छा बाबा, ले जाओ, एक नहीं हम दस-दस सार्टिफिकेट्स बना देते हैं। ले जाओ।"

सलमान मुँह खोले, आँखें फाड़े सुनता रहा, यह कौन है? यह वह तो नहीं है।

"अच्छा, तो दिखा न ज़रा।"

"दिखाना?" वह जल्दी-जल्दी अपनी जेबें टटोलने लगा। "कहाँ था भी या नहीं? कुछ याद नहीं आ रहा क्या हुआ था? यह कौन है? हँस रहा है? जल्दी-जल्दी कहाँ गया?" ज़ेबें टटोलने की क्रिया तेज़ हो गयी। हँसता है... अबे...।

वह फिर सरपट दौड़ रहा था... तेज़ और तेज़... उसने सोचा कि वह एक जहाज़ है। सुपर सौक। उसने दोनों बाँहें ऊपर की ओर उड़ने के अन्दाज़ में भागने लगा—

"जूँ ऊँ...।"

पीछे सलमान बेहोश पड़ा था। उसकी नाक से ख़ून बह रहा था।

"जूँ..."

भागते-भागते उसे ख़्याल आया, पर मैं जहाज़ तो नहीं हूँ... फिर? फिर मैं कौन हूँ? हाँ... याद आया... 16 ग्रेड ए.जी. आफिस आर्हता प्रमाणपत्र सब याद आ रहा। फिर मैं यहाँ क्यों खड़ा हूँ? वहाँ कुछ नहीं मिलेगा बच्चू। यहाँ सब कुछ है, यहाँ... तीन साल से जूतियाँ घिस रहे हो। कुछ नहीं। हमारा काम रेंगना है। रेंगनेवाले को उस ऊँची इमारत से कुछ नहीं मिलेगा।

पानवाला अपने खोखे में बैठा जल्दी-जल्दी पान बना रहा था। उसका हाथ बड़ी तेज़ी से चल रहा था। दाढ़ी और तेज़ी से हिल रही थी।

"एक पान देना।" उसने पानवाले की दाढ़ी पकड़कर खींची।

"जूँ... नशूँ...!" वह एक रॉकेट था और अब मंगल ग्रह पर जाने के लिए पहले से ज़्यादा तेज़ दौड़ रहा था। दोनों हाथ सामने की ओर जोड़े। पानवाले का खोखा तहस-नहस हो चुका था। पैसे ग़ायब थे। अब वह रॉकेट बन गया था और मंगल की तरफ़ उड़ रहा था क्योंकि उसकी जेब रुपयों से भरी थी।

बेटी के हाथ में बहुत-से खिलौने देकर वह उसे गोद में बैठाकर प्यार भी करता रहा। बीवी की तरफ़ मुहब्बत भरी नज़रों से देखता रहा।

"तुमने क्या बनाया है? बाज़ार से कुछ ले आओ।"

बीवी ने अविश्वास से उसकी तरफ़ देखा—

"अभी एरियर मिला तो नहीं होंगा ना?"

"ये यहीं के एरियर होगा, वहाँ का एरियर तो मूव ओवर के बाद मिलेगा।" यह कौन बोल रहा है? यह कौन मेरी बच्ची को गोद में लिये बैठा है?

वह परेशान हो गया। उसकी बीवी शहद में घुली हुई आवाज़ में बोली—

"जाओ, आज मस्जिद में नमाज़ पढ़ आओ। अभी वक़्त है।"

"नमाज़...? हाँ... हाँ... जाता हूँ। वह धीरे-धीरे क़दम उठाता हुआ मस्जिद की तरफ़ चल पड़ा।"

"अस्लामअलैकुम!" बहुत से लोग उसकी तरफ़ हाथ मिलाने के लिए बढ़े।

"वालेकुमअस्लाम।" वह खोया-खोया निर्लिप्त-सा बैठा रहा। कुछ याद नहीं आ रहा... बैठा रहता हूँ... शायद थोड़ी देर बाद याद आ जाए।

मस्जिद का ख़तीब कुछ कह रहा था— गुनाह... सवाब... चोरी... जुल्म... वह ख़ामोश बैठा सुनता रहा। ख़तीब दोज़ख़ (नर्क) की आग से डरा रहा था।

"तुम सबके सब जहन्नुमी हो। क़त्ल करते हो। दंगा करते हो। चोरी करते हो।" वह बोलता रहा। सुनाई तो दे रहा था।

"यह सब किससे कह रहा है यह मौलवी?" उसने बराबर में बैठे हुए एक बूढ़े से पूछा।

"अच्छा तो साहबज़ादे आपको यह भी नहीं मालूम कि ख़तीब किससे मख़ातिब है? अरे साहब वह आपको कह रहा है।" और वह एकदम से घबरा गया। पानवाले से लूटी हुई रक़म याद आ गयी। वह मस्जिद से बाहर निकला और फिर भागना शुरू किया। उसे ऐसा लगा जैसे मस्जिद का इमाम, पानवाला और बहुत से लोग उसका पीछा कर रहे हैं। वह एक ऊँची इमारत के नीचे थककर बेंच पर लेट गया। कोई उसे जगा रहा था—

"तुम अभी तक यहाँ पड़े हो। ऊपर नहीं गये?"

उसने ग़ौर से देखा, साथ ही अपनी जेब में हाथ डाला। वह ख़ाली थी।

"आपने मेरी रक़म... फिर उसे ख़्याल आया। मेरी जेब में वाक़ई रक़म थी या मेरी फैंटेसी थी।"

"तुम यहाँ पड़े हो। मैं कब से तुम्हारा इन्तज़ार कर रहा हूँ। तुम्हारे काग़ज़ात तैयार हैं। लेकिन अब छुट्टी का वक़्त हो गया है। कल आना।" फिर वह दूसरी ओर मुड़ा— "अच्छा हाँ, तुम्हें कितना एरियर मिलेगा?"

"लगभग दस हज़ार।"

"अच्छा कल दो हज़ार रुपये लेकर आना। अपना सर्टिफिकेट ले जाना।"

दो हज़ार, उसके मुँह से निकला और ख़्याल आया कि उसकी जेब में तो फूटी कौड़ी भी नहीं है लेकिन सर्टिफिकेट तो ज़रूरी है।

उसने कुछ कहने के लिए मुँह खोला मगर वह आदमी जा चुका था। उसने कुछ सोचा और फिर पानवाले की दुकान की ओर चल पड़ा।

दूसरी बाबरी मस्जिद

—आगा गुल

दोनों के दरमियान हिन्दू–मुस्लिम फ़साद वर्षों से जारी रहा। शील को विश्वास था कि ये सारे मुसलमान यहीं अपने बलूचिस्तान के हैं। इतनी बड़ी तादाद में अरब पलायन करते तो कोई इतिहास कार कोई समकालीन ने लिखा तो होता। फिर एक–सी शक्लें, ख़ूबियाँ और बुराइयाँ भी एक–सी। बहरहाल वह अपने धर्म पर क़ायम थी और धर्म के विरोध में जाने के लिए तैयार न थी। बाबर चाहता था कि किसी तरह शील इस्लाम क़बूल कर ले ताकि उनकी शादी हो सके। दोनों इस क़दर सजग थे कि उनके घराने तक ही बात सीमित रहे।

मुहब्बत की शुरुआत भी जंग से होती है। हुआ यों कि बचपन में एक बार बाबर बच्चों को इकट्ठा करके हिन्दू मुहल्ला पर चढ़ दौड़ा। अगले रोज़ बुलाहट हुई। वह अपने वालिद मीर मेहरूल्ला ख़ान के सामने मुजरिम बना खड़ा था। उसकी आँखों में इज़्ज़त थी, डर का साया तक नहीं था। मेहरूल्ला ख़ान निहायत शान्तिपूर्ण अन्दाज़ में हिन्दू पंचायत को यक़ीन दिला रहे थे कि कल की घटना बच्चों की शरारत से ज़्यादा कुछ नहीं थी। मगर हिन्दुओं को डर था कि ऐसे वाक़ियात भविष्य में भी हो सकते हैं। यह किसी बड़े हादसे का आरम्भ भी हो सकता है।

पंडित रविशंकर के साथ एक काँच की गुड़िया बैठी मुसलसल बाबर को शोलाभरी नज़रों से देखे जा रही थी। मानो उसे कच्चा ही चबा जाएगी। उसकी सफ़ेद रंगत में डूबते सूरज की कुन्दन–सी चमक थी। उसकी चोटियाँ असाधारण तौर पर लम्बी थीं। अचानक वह तमतमाती हुई उठ खड़ी हुई। उसका सुन्दर चेहरा ग़ुस्से से दमक रहा था और नाच की तपती चट्टानों की तरह गालों पर सुर्ख़ी फैल रही थी। वह बोली—

"वे सब कह रहे थे—आधी रोटी, आधा कबाब
हिन्दुओं को मारना बड़ा सवाब,
उन्होंने हमारे खिलौने तोड़ डाले, कुछ खिलौने उठाकर ले भी गये! चोर।"

''जवाब दो।'' मेहरूल्ला ख़ान ने सख़्त लहजे में पूछा।

''हम जेहाद करने गये थे।'' एक लम्हे के लिए सन्नाटा-सा छा गया।

''मगर क्यों? क्या किया था उन्होंने?'' मेहरूल्ला ख़ान का लहजा बदस्तूर तल्ख़ था।

''कुछ नहीं, मगर मास्टर जी ने बताया है कि हिन्दुओं को मारना सवाब है। इसे जेहाद कहते हैं।'' भीड़ एक सम्मिलित ठहाके से गूँज उठी। मेहरूल्ला ग़ुस्सा हो गये ''इस्लाम में और हम बलूचों में किसी पड़ोसी को सताना बहुत बड़ा पाप है। मैं तुम्हारे टीचर से बात करूँगा। आइन्दा ऐसी हरकत न करना, बल्कि दूसरों को भी रोकना। जाओ चाचा से माफ़ी माँगो।''

लेकिन रविशंकर ने बाबर के सर पर हाथ फेरकर आशीर्वाद दिया—

''और सुनो, शील को आइन्दा शिकायत का मौक़ा नहीं देना, उसे घर में ले जाओ।''

''तुम्हारा नाम क्या है?'' बाद में बाबर ने पूछा।

''शीला कुमारी।''

''इसका मतलब?''

''पत्थर की बनी हुई शहज़ादी। आइन्दा मुझसे न लड़ना वरना जान निकाल लूँगी।'' उसने अपने नाख़ून दिखाते हुए कहा। (बाबर उसके बाद अक्सर कहा करता, ''शील क़ाश उस जेहाद में तुम्हारे हाथों शहीद ही हो जाता।'')

उस दिन शील काफ़ी तोहफ़े लेकर उनके घर से रुख़सत हुई। अपने घर आकर उसने सबको तोहफ़े दिखाये और बाबर की बातें करती रही। फिर अक्सर वे साथ-साथ खेलने लगे और किसी ऐसे रिश्ते में बँध गये जिसका कोई नाम नहीं होता। इनसान ने ज़ाती रिश्तों के तो हज़ारों नाम रखे हैं मगर रहस्यमय शक्तिशाली भावनाओं को मुहब्बत कहकर सामान्य कर दिया।

आस्था से प्रेम, देश से प्रेम, महबूबा से प्रेम कितना विरोधाभास, किस क़दर फ़र्क़ है मगर एक नाम देकर सम्बन्धमुक्त हो गये। इनसान शारीरिक सोचों से आगे तो निकला ही नहीं, यह सृष्टि चन्द लाख साल पहले तक तो केंचुए खाती थी और पेड़ों पर लटकती थी, जिस तरह उत्तरी ध्रुव और पुरकशिश उत्तर में फ़र्क़ है बाचना एक भौगोलिक दुनिया है। एक मुहब्बत की दुनिया है जिसका दूरियों से कोई सरोकार नहीं। एक घाट में बन्द उम्रक़ैद के दो क़ैदी ज़िन्दगी भर साथ रहकर भी बिना सम्बन्ध के रहते हैं और दूसरे प्रदेशों में रहनेवाले दो प्रेमी एक साथ जीते हैं। हर इल्म पर हज़ारों किताबें हैं। मुहब्बत पर एक भी नहीं। इल्म की किसी भी शाख़ का नाम मुहब्बत नहीं।

शील शिक्षित परिवार की लड़की थी। उसका ख़ानदान परम्परावादी था। इस

ख़ास अन्दाज़ में हर पीढ़ी का पालन-पोषण होता था। उन्हें बहादुर और योद्धा लोगों के क़िस्से सुनाये जाते। राणाप्रताप सिंह, जिसने जीवन भर मुग़लों से युद्ध किया। सदा शिव राव जिसने पानीपत की तीसरी लड़ाई में घिर जाने के बावजूद हथियार नहीं डाले। उससे प्राणदान की बात कही गयी मगर उसने लड़ते हुए जान दे दी। और दीवान बचलमल तो कल ही की बात है। कलात में जंग जारी थी जब अँग्रेज़ ख़ान कलात के महल के ख़ुफ़िया रास्ते से दरबार तक पहुँच गये और अचानक धावा बोल दिया। बचलमल को ख़ान ऑफ कलात मीर मेहराब ख़ान बेगलूबेगी के लड़के ने रोक दिया कि तुम हिन्दू हो, हमारे आश्रय में हो, तुम्हें जंग में झोंकना हमारे धर्म का विरोध है। हाँ, मुसलमान होते तो ठीक था, दीवान बचलमल ने तलवार सूत ली और कहा अगर मर्दानगी और जाँ-निसारी की राह में यही रुकावट है तो मैं वफ़ा के नाम पर यह शर्त भी मानता हूँ। उसने बुलन्द कलमा पढ़ना शुरू किया और अपने बेटों सहित जंग में लड़ते हुए शहीद हो गया।

ऐसे फीडबैक की वजह से शील वाक़ई शीला थी। वह तुलसी की तरह थी जिसके बारे में आस्था है कि जहाँ तुलसी हो वहाँ साँप या कोई ज़हरीली चीज़ नहीं आ सकती? इसलिए शील से किसी ग़ैर ज़िम्मेदाराना रवैये की आशंका न थी।

बाबर भी मीर मेहरूल्ला ख़ान का बेटा था। परम्परा के साँचे में ढलकर निकला था। यह इतिहास का फ़ैसला है कि छोटे शहरों ने ही बड़े इनसान पैदा किये। उसका ख़ानदान पूरे बलूचिस्तान में इज़्ज़त व आदर की निगाह से देखा जाता था और किसी ख़ानदान को इज़्ज़त और वक़ार दस-बीस बरसों में नहीं मिलता। इसके लिए उम्रों की तपस्या चाहिए। यही वजह है कि बाबर और शील के गहरे सम्बन्ध की जानकारी सिर्फ़ उन्हीं दो घरानों तक सीमित रही।

प्रेम भी सिर्फ़ बुद्धि की बात है। समझ और नासमझ जैसा फ़र्क़ है। समझदार बुद्धिमत्ता के प्याले पीकर भी होश में रहता है और नासमझ अदना-सी चमक पर ही होश खो बैठता है। यह जो कहते हैं, इश्क़ छुपाये नहीं छुपता, आम लोगों की बात है वरना वह इश्क़ भी क्या जिसकी चर्चा हो। अफ़वाहों पर सवार गली-गली भटकता फिरे।

शीला का सम्बन्ध कश्मीर के ब्राह्मण परिवार से था। एक सदी से उनका ख़ानदान कश्मीर की सर्द वादियों को छोड़कर सेवी की जलती गलियों में सिमट आया था। सेवी के बारे में सदियों पहले मुसलमान विजेताओं ने एतराज़ के भाव से कहा था, "सेवी व ढाडर साख़्ती, दोज़ख़ चरा परदाख़्ती, (सेवी और ढाडर जैसे गर्म इलाक़ों के होते हुए, ख़ुदा को दोज़ख़ बनाने की क्या ज़रूरत थी।)"

सेवी हमेशा से हिन्दुओं का गढ़ रहा। दर्रा बोलन का दरवाज़ा होने के नाते उसकी अपनी हैसियत रही। कई बार उजड़ा। कई बार आबाद हुआ। सेवा राजाओं

की राजधानी रही। माई सेवी की राजधानी रही। मीर चाकर ख़ान रिन्द ने उसे रहने के लिए पसन्द किया। आठवीं और बारहवीं सदी के बीच बलूचिस्तान में इस्लाम फैला तो हिन्दुओं की तादाद कम होती चली गयी। फिर तो यह हालत हुई कि संग लाख की पवित्र गुफा (लास बेला), काली मन्दिर (कलात) और बुडढ़ा शाल (कोएटा) जैसे स्थान यात्रियों के लिए तरसकर रह गये। जब महिला कलात के हुकूमत का दौर आया तो उन्होंने हिन्दुओं को सरकार के दरबार में ख़ास महत्त्व दिया। हमेशा हिन्दू वज़ीरे-मालियात (ख़ज़ाँची) मुक़र्रर किये जाते। दीवानी और फ़ौजदारी मुक़दमों के निपटारे के लिए उनकी अपनी पंचायती व्यवस्था क़ायम रही। ऐसे तो उन्हें पूर्ण स्वतन्त्रता थी लेकिन इन तमाम मुरौवतों के बावजूद उनका स्तर दोयम दर्जे के नागरिक का रहा। सदियों के सामाजिक दबाव और आत्मिक उदासियों से बचने के लिए ख़ानदान का ख़ानदान इस्लाम क़बूल कर लिया।

लेकिन शील का परिवार भी उन घरानों में शामिल था जो अपनी आस्थाओं पर क़ायम थे। अब सिर्फ़ उनके दादा पुरुषोत्तम दास वाक़ियातना ही पुरुषोत्तम (बुद्धिमान) थे। उन्होंने पिता के विरोध के बावजूद अँग्रेज़ों की नौकरी कर ली। वापसी फ्रेंच (पादरी तामस वापसी फ्रेंच 1825-1891 जो लाहौर डायोसिस का पहला बिशप बना) अफगानिस्तान, जाते हुए उन्हें सेवी में मिला था। वापसी फ्रेंच निगाहें जौहरी की आँखें थीं। उसने पहचान पत्र दिया तो गोया ख़ानदान की क़िस्मत बदल गयी। जब गवर्नर बम्बई, जनरल को ज़बरदस्ती सेवी भिजवाया गया ताकि दर्रा बोलान से रेलवे लाइन गुज़ारने के लिए जायज़ा लिया जा सके, तो उसी घराने ने उसकी मदद की। हालात के रुख़ ख़ुद 1878 में अमीर अफ़गानिस्तान ने किसी अँग्रेज़ी मिशन के स्वागत की स्वीकृति दे दी। 1879 में ब्रिटिश स्टाफ को क़ाबुल में क़त्ल कर दिया गया। बदलते हुए राजनीतिक हालात और रूस के जार की सम्भव पहल के मद्देनज़र दर्रा ख़ैबर और दर्रा बोलान का दरवाज़ा सेवी था, लिहाज़ा यहाँ भी मेहरबानी हुई। उसी दौरान लार्ड लटन की फॉरवर्ड पालिसी सामने आयी। ब्रिटिश उन्माद का यह आलम था कि सिन्ध से सेवी तक 132 मील रेलवे लाइन एक सौ एक दिनों में पूरी कर ली गयी। 14 जनवरी 1880 को धुआँ उगलता इंजन सेवी में दाख़िल हुआ।

पुरुषोत्तम दास के बेटे विश्वनाथ ने दर्रा बोलान में रेलवे लाइन बिछाने में महत्त्वपूर्ण रोल अदा किया। यहाँ उनके साथ मिर्ज़ा मुहम्मद हादी रुसवा ओवरसियर थे। जिन्होंने उसके बाद उमराव जान अदा उपन्यास लिखकर शोहरत हासिल की। निरन्तर सेवाओं के बदले में विश्वनाथ को 'राय बहादुर' की उपाधि से नवाज़ा गया। चाहते तो सेवी के आसपास फैले जंगलों में शानदार बँगला बनाकर राजाओं की तरह रहते मगर वे परम्परावादी थे। मिलजुलकर रहनेवाले थे और वे यह भी जानते थे कि

अल्पसंख्यक जमाअत में ही सुरक्षित रहेंगे। लिहाज़ा हिन्दू मुहल्ले में ही एक नयी हवेली बनवाकर रहने लगे। लेकिन शिवशक्ति के आगे तो सभी बेबस हैं। नटराज के नृत्यरत पैरों की एक-एक जुम्बिश नये आन्दोलन लाती है। शिव एक ऊँचाई देकर उसे ऊपर लाते हैं और ऊपर लाकर नयी ऊँचाई देते हैं। यही उनके नृत्य का हुनर है और यही उनका मुक़द्दर।

जब शिव ने आँखें खोलीं तो हवेली के दरो-दीवार से अतीत की चमकती कहानियाँ लिपटी हुई थीं। मगर अब उसके पिता रविशंकर एक सामान्य हैसियत के सौदागर थे। वे कलकता से ग्रेजुएट थे। 1967 तक तहसीलदार और असिस्टेंट कमिश्नर रहे, मगर बाज़ हुकूमती कार्रवाइयों के सख़्त विरोध, ख़ासकर मेहरूल्ला ख़ान के क़बीले के ख़िलाफ़ होनेवाली कार्रवाइयों को उन्होंने ग़ैर आईनी क़रार दिया। कार्रवाइयाँ तो बरक़रार रहीं मगर उन्हें नौकरी से बर्ख़ास्त कर दिया गया। दुनियावी तरक़्क़ी के गुर वे जानते तो थे मगर उन पर अमल करने से वे मर जाना बेहतर समझते थे। हर कोई ज़मीर का सौदा करनेवाला तो नहीं हो सकता। वे ख़ुदकुशी के लिए तैयार तो हो सकते थे मगर ज़मीरकुशी के लिए नहीं। यह बात इलाक़े का हर शख़्स जानता था और उनकी इज़्ज़त करता था। ख़ासकर मेहरूल्ला ख़ान का क़बीला बाबर और शील के साथ गुज़रनेवाले साल तेज़ी से ख़त्म होते चले गये। यहाँ तक कि बाबर को ज़बरदस्ती फ़ौज में भेज दिया गया। उसने वालिद से बहुत बहस की मगर मेहरूल्ला के फ़ैसले अटल हुआ करते थे। उन्होंने चन्द शब्दों में फ़ैसला सुना दिया— ''अब दुनिया भर की लड़ाकू फ़ौजें नहीं, सरकारी फ़ौजें हैं। बादशाह की फ़ौजें हैं जो कभी-कभी शान व शौकत से शहरों में ख़ास दिनों में परेड कर लेतीं हैं, या रेड-स्क्वॉयर पर शक्ति का प्रदर्शन करती हैं। यह आर्थिक जंगों का दौर है, तुम्हें कोई ख़तरा नहीं।''

''मैं ख़तरे से नहीं डरता बाबा! मैं सेवी में रहना चाहता हूँ। अपने लोगों के साथ, अपने लोगों के लिए।''

''बड़े अफ़सर अपने लोगों के लिए ज़्यादा मुफ़ीद साबित हो सकते हैं। यह बात मैं पहले जानता तो ख़ुद भी सिविल सर्विस में शामिल हो जाता।''

''मगर बाबा, मैं सेवी से दूर नहीं जाना चाहता, मैं तो...।'' वह ख़ामोश हो गया।

''मैं जानता हूँ, मगर शील से तुम्हारी शादी मेरे अख़्तियार से बाहर है। मेरे एक इशारे पर क़त्ल व गारत (दंगा-फ़साद) हो सकता है, क़ातिलों को ख़ैर दी जा सकती है मगर यह नहीं हो सकता। शील कभी मज़हब नहीं बदलेगी। अगर उसने कभी ऐसा सोचा भी तो मैं उसका विरोध करूँगा। रविशंकर की हिन्दू बिरादरी में क्या इज़्ज़त रह जाएगी? तुम जानते हो उसकी क़ीमत पूरे घराने को चुकानी पड़ेगी।''

"और अगर मैं...! बाबर ने तमाम शक्ति बटोरकर पूछा तो महरूल्ला ख़ान जड़-से रह गये। फिर धीरे-धीरे से सहज हुए।"

"मैं तुम्हें नहीं रोकूँगा, मगर मेरे इकलौते बेटे हो, ख़ानदान का नाम अब तुमसे ही चलेगा। सदियों हमारे घोड़ों की टापों से दुश्मन काँपते रहे। हमने हुकूमत करना सीखा है। बाबा अहमद शाह के हम मददगार रहे। नसीर ख़ान नूरी के साथ मिलकर मराठों की ताक़त को कुचल दिया। अँग्रेज़ों से टकराये और..." वे ज़्यादा कुछ नहीं बोल सके। उन्होंने जब सर उठाकर देखा तो बाबर जा चुका था।

जब बाबर मिलिट्री अकादमी काकूल जा रहा था, शील की बड़ी-बड़ी काली आँखों में हज़ारों तूफ़ान थे। लाखों समन्दर लहरें ले रहे थे। मगर सिर्फ़ उसका काजल ही हल्का-सा फैला।

"मैं शीला नहीं— तुलसी हूँ। तुम्हारा इन्तज़ार करूँगी।" फिर साँय-साँय करती हवाओं में वह अकेली रह गयी। बाबर जब भी छुट्टियों में घर आता, दोनों घंटों बातें करते। फ़ोन पर। हर पोस्टिंग पर बाबर की तनख़्वाह का बड़ा हिस्सा फ़ोन की भेंट चढ़ जाता। फ़ोन विभाग को ज़्यादा रेवेन्यू प्रेमियों से मिलता है। तभी तो यह विभाग तीन अरब रुपये सालाना कमा कर दे रहा है और पोस्टल विभाग पूरी दुनिया में घाटे में चल रहा है।

जब बाबर सीनियर कैप्टन था और मेजर बनने की ज़्यादा उम्मीद थी, बंबावाला, रावी, बेदियाँ, लंक केनाल (बी.आर.बी.) के क़रीब एक फ़ौजी प्रेक्टिस के दौरान हादसे में एम नाईन जैसी भद्दी और ख़र्चीली स्टेनगन की ज़द में आ गया। उसकी टाँगें बुरी तरह ज़ख़्मी हो गयीं।

बेपनाह गर्मी में इतनी लम्बी दूरी तय करके रविशंकर अपने बेटे वसन्त कुमार के साथ लाहौर आ पहुँचे। बाबर टेंड मिलिट्री अस्पताल के एक कमरे में फ़ालिज के मरीज़ की तरह पड़ा था। रविशंकर पर नज़र पड़ते ही उसका चेहरा खिल उठा। ख़ुद मेहरूल्ला को भी रवि के आने पर आश्चर्यजनक ख़ुशी हुई।

बाबर ने यूँ मज़बूती से रविशंकर का हाथ पकड़ लिया जैसे कभी ये हाथ नहीं छोड़ेगा।

"अंकल आप कैसे हैं?" उसे शील की ख़ुशबू आ रही थी। रविशंकर की आँखें डबडबा गयीं।

"तुम अपनी कहो बेटा, कैसे हो?"

"अंकल, पहले हमें तलवारें पड़ती थीं। अब गोलियाँ लगती हैं। हम मार्शल रेस के लोग हैं। हमारे लिए आम-सी बात है। चाची का क्या हाल है... और... वह ख़ामोश हो गया।"

किस क़दर मुश्किल है ख़ामोश रहना भी! इनसान की सबसे बड़ी सज़ा भी तो

ख़ामोशी है। ज़िन्दगी के वीरान जज़ीरे (द्वीप) जहाँ बोलने का हक़ नहीं होता। इसीलिए तो शासक सजा-ए-मौत की बजाय क़ैदे-तन्हाई देते हैं ताकि इनसान हर लम्हा मरता रहेगा।

"सब कुशल है बेटा! तुम्हारे लिए प्रार्थना करते हैं। शील तो जानते हो, एम.ए. इंग्लिश के बाद गर्ल्स कॉलेज में पढ़ाने लगी है। बहुत ही परेशान थी वह!" रवि के चेहरे से पीड़ा गुज़र गयी। गर्द उड़ाती बवंडरों की तरह जो वीरान रास्तों पर उड़ते हैं। अचानक उन्हें एहसास हुआ कि यह सब कुछ उन्हें नहीं कहना चाहिए था। रिश्तों की भारी ज़ंजीरों से बँधे बेबस इनसानों की तरह वे चुप हो गये।

उसी शाम उसने डॉक्टर से फ़रमाइश की—

"डॉ. साहब मुझे कोई तेज़ एंटीबॉयोटिक दे दो ताकि मेरी साँसों से भी किसी तकलीफ़ का एहसास न हो।"

डॉक्टर भी ज़िन्दादिल था। शायद उसने भी कभी प्रेम किया हो, तभी इतना अच्छा था। उसने बातचीत की और इजाज़त भी दे दी और तकिया लगवाकर उसका सर कुछ देर के लिए ऊँचा करवा दिया।

मगर फ़ोन की दूसरी तरफ़ शील की सिसकियाँ थीं।

"शील... शील...।"

"वह कहता रहा, मगर शील की सिसकियों के सिवा वह कुछ नहीं सुन पाया। यहाँ तक कि हल्की-सी क्लिक के साथ लाइन ड्रॉप हो गयी।

इलाज के बाद बाबर को सम्मान और तमाम सहूलियतों के साथ फ़ौज द्वारा डिसएबल क़रार देकर घर भिजवा दिया गया। वह धीरे-धीरे बिना सहारा चलने लगा। अब वह अपनी ज़मीन-जायदाद को सँभालने लगा मगर उसका नतीजा यह हुआ कि उसका कज़िन बिबर्ग विरोध पर उतर आया क्योंकि पहले वह तमाम आमदनी का मालिक था। रहता भी उसके घर में ही था। क्योंकि बचपन में उसके वालिद (पिता) का स्वर्गवास हो गया था। ग़लत लोगों की सोहबत के कारण वह बाबर को अपना दुश्मन समझने लगा और चुपचाप बाबर को ख़त्म करने के मंसूबे बनाने लगा। ब्लूचिस्तान में सब से बड़ा दुश्मन ही कज़िन हुआ करता है। तभी बलूचिस्तान का मुहावरा है "कज़िन बड़ाई न ले जाने पाये वरना तुम अपने कान काट डालो।"

जिन वर्षों में वह बाहर रहा। सेवी में बहुत इन्क़लाबी तब्दीलियाँ उभरकर सामने आयीं। बड़े शहरोंवाले छोटे-छोटे बैक्टीरिया भी आये। जुदाई के कितने युग शील ने किताबों में डुबो दिये। अध्ययन ही पलायन का ज़रिया रहा जिसने उसकी सोच में गहराई और भावनाओं में मज़बूती पैदा कर दी। लिटरेचर के हवाले से उसे मालूम हुआ कि बुद्धिमान वर्ग बुद्धिमत्ता से दिमाग़ी बेचैनी और सामाजिक बन्दिश

की सख़्ती का शिकार रही है। यथार्थ ने बहुत हद तक उसकी भावनाओं में निराशा तथा उदासी भर दी। गर्ल्स कॉलेज में वह बहुत प्रसिद्ध थी और हिन्दू बिरादरी में ख़ास तौर से उसकी बहुत इज़्ज़त थी। बहुत धार्मिक। बाबर को उस स्थिति में देखकर उसका दिल काँप उठा था। बचपन में कैसे चाकर ख़ान के क़िले की शिकस्ता कंगूरों और बुर्जों पर चढ़ जाता और ज़ोर-ज़ोर से उसे आवाज़ें देता। खट्टी बेरियों में डाल-डाल घूमता, उसके दुपट्टे में बेर फेंकता। तेज़ रफ़्तार गिलहरियों को पकड़ने के लिए दौड़ लगाता।

मगर बाबर अब भी वैसा ही था। केअरफ्री, ज़िन्दादिल। "मेरा ख़्याल था तुम मुझे व्हीलचेयर पर लिये फिरोगी।" बाबर हँसा। वह आँसू पीकर बोली, "और जुमा के दिन जामा मस्जिद के सामने ले जाया करूँगी।" सभी हँसने लगे। एक अप्राकृतिक हँसी। क्योंकि जुम्मे के दिन भिखारी जामा मस्जिद के सामने जमा हो जाया करते थे। बाबर का अन्दाज़ ही ऐसा था प्लेब्वाय की तरह कि कुछ दिनों में ही लोग इसे सहजता से लेने लगे थे।

अचानक सेवी में हंगामे शुरू हो गये। हिन्दुस्तान में बाबरी मस्जिद के ढहने के बाद एक बार फिर बलूचिस्तान के सोये ज्वालामुखी सुल्तान पहाड़ की तरह जाग उठे। उस पुर-सुकून-शहर पर भी धुएँ, राख, अँगारों की बारिश-सी होने लगी। अयोध्या के हिन्दू बाबरी मस्जिद को मन्दिर में बदलना चाहते थे, उनका कहना यह था कि यह राम जन्मभूमि है, यहाँ मन्दिर होना चाहिए। दुनिया भर के मुसलमानों में शदीद बेचैनी फैल गयी। सेवी में भी लोग आग बबूला हो गए, तीसरी दुनिया के दबे हुए लोग पलक झपकते में बेचैन हो जाते हैं। बलूचिस्तान में भी बैलेन्स ऑफ पॉवर अब विरोधी था। बात बहुसंख्यक या अल्पसंख्यक की नहीं थी, फायर पॉवर की थी।

दो जातियों के समझदार लोग किसी भी आनेवाली तल्ख़ी से बचना चाहते थे। लेकिन एक घटना ने स्थिति का रुख़ बदल दिया। उसी खींचातान के दौर में रात गये बाबर तंग गलियों से होता हुआ हिन्दू मुहल्ले से होकर गुज़र रहा था, मक़सद सिर्फ़ यह था कि शील की हवेली के पास से गुज़रा जाए। उस पुरानी आबादी से उसे दिली मुहब्बत थी। ईंटों से बने दो मंज़िला मकानों की लम्बी क़तारें, घूँघट काढ़े हिन्दू औरतें मन्दिर आती-जाती रहतीं। मन्दिर के भारी लकड़ी के दरवाज़े का एक पट हमेशा खुला रहता। ईंटों के फ़र्श पर दूर दरख़्त के नीचे ख़ूबसूरत-सी सफ़ेद गाय बँधी रहती। उसी मन्दिर की सीढ़ियों पर वह बचपन में देर तक बैठा शील की राह तका करता था जो सामने अपने घर की बालकनी पर कभी-कभार आती और उसे देख-देख कर मुस्कराती। सरेशाम हिन्दू औरतें, पेंचदार कमरोंवाले मकानों से निकल-निकल कर गलियों में पत्थर के कोयलेवाली अँगीठियाँ सुलगाने को रख

जातीं। हिन्दुओं के मकान भी ख़ुफ़िया (घुमावदार) हुआ करते हैं, उनके दिमाग़ों की तरह। वरना तो वे शून्य का आविष्कार नहीं कर सकते थे जो पहिए के बाद इनसान का सब से बड़ा आविष्कार है। ख़मदार गलियाँ कोयले के धुएँ और उतरते साये से भरने लगतीं। उसे बचपन से यह धुआँ अच्छा लगता।

एक बार फ़ौज में कमांडर ने उसे धुआँ सूँघते देखा तो गरजकर अँग्रेजी में बोला, ''यह ज़हर है।''

''मगर रोमांटिक है।'' उसने कोई प्रभाव लिये बग़ैर अँग्रेज़ी में जवाब दिया।

बीबर्ग हफ़्तों से ऐसे सुनहरे मौक़े की तलाश में था। उसने जल्दी से एक साथी से खैरी कर्ज़ लेकर मोल लिया। अँधेरे से वह अचानक एक जीवित यथार्थ की तरफ़ आ गया। क़द-काठी और चाल-ढाल से बाबर ने उसे पहचान लिया। उससे पहले कि बाबर कुछ समझ पाता बिबर्ग की बन्दूक से एक के बाद दूसरा शोला निकला, पहली गोली बाबर के सर से सनसनाती हुई गुज़र गयी। दूसरी दायीं बाँह में लगी और तीसरी सीने में घुस गयी। बाबर लड़खड़ा कर गिरा। मकानों के दरवाज़े खुलने लगे। रोशनियाँ, शोर, भीड़... उसका दिमाग़ अँधेरों में डूबता चला गया।

शहर में कुहराम मच गया कि बाबर पर हिन्दुओं ने क़ातिलाना हमला किया है। इस ख़बर को ज़्यादा तूल बिबर्ग ने दिया जो बदला, बदला और इन्तक़ाम, इन्तक़ाम चिल्लाता फिर रहा था। उनके क़बीले के मर्द हथियारों के साथ जो भी जल्दी में मिल सके, दूर-दराज की पहाड़ियों और वादियों से उतर-उतर कर सेवी में पहुँचने लगे।

ए.के. 47 (क्लासिंकोफ) सिमानोफ, रूसी बर्गमैन, दूसरे विश्वयुद्ध की स्टेनगन, लम्बी बैरल वाली थ्री-नॉट-थ्री जो दुनिया में हो चुकी है इसरायल की स्टाल्ट रायफल, ओजी और गलील चेकोस्लोवाकिया की नन्हीं मुन्नी सिकारपिन। उनकी हवेली देखते-ही-देखते किसी फ़ौजी छावनी में बदल गयी। मेहरूल्ला ख़ान उन तमाम चीज़ों के विरोधी थे मगर क़बाइली रिवाज़ के मुताबिक सबका स्वागत करने पर विवश थे। उन्हें शिद्दत से बाबर के होश में आने का इन्तज़ार था।

शान्ति कमेटी को अपनी नौकरी की चिन्ता होने लगी, फ़ौरी तौर पर हिन्दू मुहल्ले को घेरे में ले लिया गया और हिन्दू, पंजाबी लोगों को बाहर निकलने से रोक दिया गया जो बाबर की ख़ैरियत पूछने के लिए जा रहे थे। विरोधी राजनीतिक पार्टी ने फ़ैसला किया की पार्टी को हटाने का इससे अच्छा मौक़ा शायद अगले कुछ वर्षों में नहीं मिले। उन्होंने बीच का रास्ता अपनानेवाली मज़हबी जमातों को भी मजबूर किया कि जुमा की नमाज़ के बाद बतौर सुरक्षा मन्दिर का घेराव करके सदियों से ज़ारी दस्तूर के मुताबिक़ हिन्दुओं से गुनाह तलब किया जाए।

हरी शेवाबास्त सिंह जैसी इन्क़लाबी संस्था सख़्ती से जवाब देना चाहती थी। रविशंकर के घर में गहरा सन्नाटा था। दिन भर वे हिन्दू नौजवानों को शान्त रहने की

हिदायत करते रहे। स्थानीय प्रशासन से सम्बन्ध बनाये रखे। यहाँ तक कि किसी फ़सादी ने टेलीफ़ोन का तार काट डाला और बाहरी दुनिया से उनका सम्बन्ध ख़त्म हो गया। शील बराबर मन्दिर में थी। वह श्रीमद्‌भगवत गीता में खो जाती जो इल्म का ख़ज़ाना है। जब श्री कृष्ण ने टाइम और स्पेस को कंट्रोल करके कुन्ती के बेटे को भगवान को पहचानने का इल्म बख़्शा, शायद हफ़्तों या महीनों में समय को कंट्रोल करने की वजह से ऐसे लगता है जैसे एक ही लम्बी बातचीत में सबकुछ समाहित कर दिया।

शील के दिमाग़ में सांख्य युग के तसल्लीबख़्श शब्द गूँजने लगते।

"न मैं कभी था और न तू, न ये राजा और न हम सब कभी आगे होंगे, जिस पर किसी के स्पर्श का प्रभाव नहीं। दुख और सुख में एक समान रहते हैं। आत्मा को न हथियार काटते हैं न उसको आग जलाती है।"

कर्म युग, ज्ञान युग से पुरुषोत्तम युग पर आ जाता है। उसका सीना आँसुओं से जलने लगता। उसका गला रुँध जाता पर वह उन संवेदनशील नौजवानों की दीदी थी। (और बाबर की क्या वह सोचती) बड़े परोपकारी अन्दाज़ में वह उन्हें समझाती और माहौल को क़ाबू में रखती। बाबर की जान भी शायद उसी की प्रार्थनाओं से बची। प्रार्थना साउंड एनर्जी है और एनर्जी को फ़ना नहीं। ऑपरेशन सफल रहा मगर बाबर अब तक ख़तरे से बाहर नहीं था। न ही उसे होश आया था।

जुमा के दिन शहर में बेचैनी बढ़ गयी। मेहरूल्ला ख़ान नहीं चाहते हुए भी जुलूस की अगुवाई करने के लिए तैयार हो गये ताकि कोई अनहोनी घटना न हो सके। उस जुलूस में मज़हबी या क़बायली भावना से ज़्यादा कहीं विरोध का भाव था जो स्थिति को ज़्यादा-से-ज़्यादा ख़राब करना चाहता था।

जुमा की नमाज़ में इनसानों का ठाठे मारता समुन्दर जमा था। इधर हरी शेवास्त सिंह के हथियारों से लैस नौजवान मन्दिर में पोज़िशन सँभालने लगे। अब ज़िन्दगी में चन्द साँसों की देर थी। शीला कुमारी ने घूँघट उठा फेंका और मीरा की तरह घुँघरू बाँध लिये। वह हुजूम में खड़े पिता के पास चली आयी। "मैं बाबर को मन्दिर में लाऊँगी। वह लोगों को बताएगा कि उसे हिन्दुओं ने नहीं मारा है।"

"बाबर बेहोश है।"

"मैं उसे लाऊँगी, मैं उसे ज़रूर लाऊँगी।"

रविशंकर के माथे पर पसीने की बूँदें उभर आयीं। उनके चेहरे पर रंग आते-जाते रहे। वे कुछ देर मौत व ज़िन्दगी की क़शमक़श में रहे, फिर उन्होंने सर उठाया, "मैं तुम्हें इजाज़त देता हूँ।"

मन्दिर के पिछले दरवाज़े से वह अपने भाई, राम और कुछ साथियों के साथ निकलने में सफल हो गयी। सुरक्षा दस्तों ने भी नहीं रोका। उनका ख़्याल था कि

शायद जान बचाकर भाग रहे हैं। वे चाहते थे कि किसी तरह सब निकल भागते और जुलूस को मन्दिर ख़ाली मिलता, मगर हिन्दू भी मन्दिर की सुरक्षा में जान देने का इरादा किये बैठे थे।

शील आँधी और तूफ़ान की तरह बाबर के कमरे में दाख़िल हुई। डॉक्टर दौड़कर सामने आ गया—

"यह आई.सी.यू. है, आप अन्दर नहीं आ सकतीं।"

"ये हज़ारों लोगों की ज़िन्दगी और मौत का सवाल है।" वह डॉक्टर को धकेलती हुई आगे बढ़ गयी।

"बाबर... बाबर।" वह दीवानगी-भरे अन्दाज़ में कहे जा रही थी। डॉक्टर उपहास-भरे अन्दाज़ में उन्हें घूरने लगा। शील ने आगे बढ़कर बाबर की पेशानी पर हाथ रख दिया—

"बाबर, बाबर...!"

यीशू ने जवाब में उनसे कहा, "ख़ुदा पर ईमान रखो, मैं तुम से सच कहता हूँ कि जो कोई उस पहाड़ से कहे उखड़ जा और समुन्दर में जा पड़ा और अपने दिल में शक न करे बल्कि यक़ीन करे कि जो कुछ वह कहता है वह हो जाएगा तो उसके लिए वही होगा। इसीलिए मैं तुमसे कहता हूँ कि जो कुछ तुम प्रार्थना में माँगते हो यक़ीन करो कि तुमको मिल गया और मिल जाएगा।"

और धीरे-धीरे बाबर ने आँखें खोल दी। चमत्कार हो गया। बिखरे-बिखरे फ़ीके रंग स्पष्ट सूरत अख़्तियार करने लगे। हिन्दू सांस्कृतिक लिबास पहने शील उसके सामने खड़ी थी। शील को यों इस क़दर क़रीब देखकर उसके पीले चेहरे पर रंग बिखर गये। उसने भावनाओं पर क़ाबू पाने के लिए दाँत भींच लिया। मगर उसकी बाँयीं आँख के कोने में सितारे की तरह एक बूँद झिलमिलाने लगी—शील ने एक ही साँस में सब कुछ कह डाला— बाबर ने अपनी आत्मा की शक्ति को बटोरते हुए कहा— "ग्लूकोज़ निकाल दो मैं साथ चलूँगा।"

डॉक्टर स्टाफ को आवाज़ें देता बाहर भागा, "रोको, उनको रोको...।" वह चीख़ रहा था।

मन्दिर घेरे में आ चुका था। क़ानून तोड़नेवाले नारा देते हुए मन्दिर की दीवारों से कमर लगाये चाक-चौबन्द खड़े थे। इनसानों का ठाठे मारता समुन्दर दंगे में बदलने ही वाला था। दंगा जिसका कोई धर्म, कोई आस्था नहीं होती। हिन्दू-मुस्लिम दंगे दरअसल ऐसे ही दंगे हैं। हिन्दुओं और मुसलमानों के नहीं। वे तो सदियों से साथ-साथ रहते आये हैं।

कुछ फ़सादी शान्ति चाहनेवाले नेताओं को धकेलकर आगे बढ़ आये। उनमें सबसे उत्तेजित बिबर्ग था। मन्दिर की दहलीज़ पर पाँव रखकर वह चीख़ा, "बाबर

पर क़ातिलाना हमला करनेवाले को हमारे हवाले कर दो! हम पाँच मिनट की मोहलत देते हैं।''

रविशंकर ने दिलेरी से कहा, ''किसी एक को बाहर जाना होगा। सबकी जान बचाने के लिए एक व्यक्ति की जान चाहिए।'' कई एक नौजवान एक साथ आगे बढ़े। रविशंकर ने उनको रोककर बिल्कुल निर्लिप्त आवाज़ में अपने बेटे बसन्त से कहा, ''बाहर जाकर ख़ुद को पेश करो।'' रविशंकर तो महादेव का दूसरा नाम है। बसन्त ने पिता के पाँव छुए और निहायत विश्वास से दरवाज़े की ओर बढ़ा। ऐन उसी वक़्त मन्दिर के गुप्त रास्ते से शील प्रकट हुई। बाबर की व्हीलचेअर धकेलते हुए वे अन्दर दाख़िल हुए। मन्दिर का कद्दावर सागवानी दरवाज़ा खोल दिया गया। इनसानों के ठाठे मारता समन्दर पर आश्चर्य मिश्रित ख़ुशी से सन्नाटा-सा छा गया। किसी ने मजिस्ट्रेट से माइक छीनकर बाबर के होठों से लगा दिया— बाबर ने भीड़ पर नज़र डाली। उसकी निगाह बिबर्ग से टकराई। उसने पूरी शक्ति लगाते हुए कहा, ''मुझे हिन्दुओं ने नहीं मारा। बिबर्ग ने मारा है, दौलत के लिए, मेरे भाई ने मारा है।'' भीड़ बिबर्ग पर झपट पड़ी। लोग गुत्थमगुत्था हो गये। उसी लम्हे बाबर लड़खड़ाकर सीढ़ियों पर गिर पड़ा और वक़्त के तूफ़ान में कहीं खो गया। बाबर के पक्ष में एक बड़ा जत्था आया, वे सब बाबर के नाम पर सेवी में बाबरी मस्जिद बनाना चाहते थे। मेहरूल्ला ख़ान का चेहरा सपाट था मगर उनकी आँखों में ग़म का अँधेरा छाया था, ''मेरा बेटा बाबर कोई बड़ा आदमी नहीं था। न मुग़ल शहंशाह बाबर, या मंगोल था। मंगोल शब्द मंग से बना है जिसका मतलब है ख़ून। आशाम सलातीन देहली या मंगालिया हुक्मरान तो अपने बेटों की आँखें निकलवा दिया करते थे। भाइयों की खाल उतरवा देते थे। किसी शहंशाह का कोई मज़हब नहीं होता। वह तो बस शहंशाह होता है। शहंशाह बाबर का मज़हब से क्या सम्बन्ध? आप तजुक-ए-बाबरी पढ़ लें। वह ख़ुद अपने बारे में क्या कुछ लिखता है?'' मस्जिदें तो ज़रूर बनाएँ, मगर इस धरती पर अब दूसरी बाबरी मस्जिद नहीं बनाएँ।

अगले दिन अख़बारों ने सुर्खियों में यह प्रकाशित किया। उन्हीं अख़बारों के अन्दर वाले पृष्ठों पर जहाँ अख़बारों को पालनेवाले बड़े-बड़े बे-मकसद सरकारी विज्ञापन प्रकाशित हुआ करते हैं। एक छोटी-सी महत्त्वहीन ख़बर छपी थी—

वी.सी.एस. पंडित रविशंकर की जवान बेटी आग की नज़्र हो गयी। शीला कुमारी किसी शादी में जाने के लिए तैयार हुई। उसने दुल्हनों वाला सिंगार किया था और अचानक उसके कमरे से आग की लपटें उठने लगीं, जिसने उसकी जान ले ली। इस शोक में कल गर्ल्स कॉलेज बन्द रहेगा।

❑ ❑ ❑

णाणं

पयासयं

वीर नि.सं. 2470

ई.सन् 1944

भारतीय ज्ञानपीठ